U0096444

中國新聞史研究輯刊

五 編

主編　方漢奇

副主編　王潤澤、程曼麗

第3冊

成舍我報業實踐研究

孟　鵬 著

花木蘭文化事業有限公司

國家圖書館出版品預行編目資料

成舍我報業實踐研究／孟鵬　著 -- 初版 -- 新北市：花木蘭文化事業有限公司，2020〔民 109〕

目 4+252 面；19×26 公分

（中國新聞史研究輯刊　五編；第 3 冊）

ISBN 978-986-518-168-0（精裝）

1. 中國報業史

890.9208　　109010533

ISBN-978-986-518-168-0

中國新聞史研究輯刊

五　編　第三冊　　ISBN：978-986-518-168-0

成舍我報業實踐研究

作　　者　孟　鵬

主　　編　方漢奇

副 主 編　王潤澤、程曼麗

總 編 輯　杜潔祥

副總編輯　楊嘉樂

編　　輯　許郁翎、張雅淋　美術編輯　陳逸婷

出　　版　花木蘭文化事業有限公司

發 行 人　高小娟

聯絡地址　235 新北市中和區中安街七二號十三樓

電話：02-2923-1455 ／傳真：02-2923-1452

網　　址　http://www.huamulan.tw　信箱　hml 810518@gmail.com

印　　刷　普羅文化出版廣告事業

初　　版　2020 年 9 月

全書字數　216624 字

定　　價　五編 4 冊（精裝）台幣 10,000 元

成舍我報業實踐研究

孟鵬 著

作者簡介

孟鵬，女，博士。畢業於中國人民大學新聞學院，研究方向為新聞史。

提　要

在中國二十世紀初期複雜多變的社會背景下，成舍我（1898 ～ 1991）作為民國年間新聞界的重要人物，先後創辦了「世界三報」（《世界晚報》《世界日報》及《世界畫報》）《民生報》《立報》等；其辦報活動涉及北京、南京、上海、重慶、香港、臺灣；辦報時期歷經辛亥革命、五四運動、軍閥混戰、抗日戰爭、解放戰爭、戰後和平階段，是中國新聞史上著名的報業活動家、社會活動家和新聞教育家。成舍我不僅熟諳新聞實務，能採能評，而且經營有道，並開辦了北平新聞專科學校（今臺灣世新大學前身）。成舍我的報業實踐逾半個多世紀之久，足跡跨越兩岸三地，是一位跨時代、跨世紀、跨海峽兩岸的新聞史人物，在不同的歷史階段，以多重身份，產生過重要的政治與社會影響，被稱為「民營報業巨擘」「新聞教育先行者」等。本書以成舍我創辦與經營報紙的活動與經歷為內容主體，共分七章，分別為「受學」「辦報」「理念」「經營」「興學」「問政」及「結語」。

目次

序　言

二十世紀二十年代，中國正處於一個新舊時代交替的大變動時期。辛亥革命推翻了封建帝制，新文化運動和五四運動啟蒙了民眾的觀念，從西方傳入的民主與自由思想發揮著作用，馬克思主義、社會主義等一系列的新思潮也在這時傳入了中國。這一時期正是中國的一個新舊思想鬥爭與融合的時期。這時的中國在政治上也處於一個新舊力量的博弈與替代的階段。北洋政府可以說是西方民主政治和中國封建統治相嫁接的一種特殊產物，也是辛亥革命後革命派與保守派相妥協的產物。革命的「不徹底」使得自辛亥革命後，國民黨和北洋軍閥之間的鬥爭此起彼伏，大小軍閥之間連年混戰，民不聊生。1926 年的北伐戰爭雖然推翻了北洋政府的統治，但封建軍閥並沒有得到根本消除，即使到 1928 年蔣介石在形式上完成了對中國的統一，各軍閥之間的明爭暗鬥仍然存在。從 1911 年的辛亥革命到 1929 年，中國始終被各軍閥派系之間的內戰充斥。

在中國二十世紀初期這種複雜多變的社會背景下，報刊幾乎淪為各政治勢力爭權奪利的工具，報刊影響社會有力手段的屬性越來越明顯。當時北京一些具有社會影響的報紙都紛紛被各軍閥派系所控制，要真正做到言論公正，幾無可能。但也正是在這一時期，出於對社會和國家的責任，產生了一批優秀報人和報紙。可以說，中國「最好的」和「最壞的」報紙與報人都產生於這一時期。這一時期中國的資本主義民族工商業也獲得了一定的發展，為現代新聞事業的發展奠定了一定的基礎。西方現代報刊的一些先進的辦報模式和管理經驗已經傳入中國並為一些報刊所模仿學習。

在這一階段出現的一批獨立於軍閥政治之外的報紙，形成了中國民營報業發展的一個高峰，如北方的北京《晨報》《世界日報》《大公報》，南方的《申報》《新聞報》，均在中國新聞史上佔有重要地位。這一時期的新聞界亦人才濟濟，精英迭出。在眾多傑出報人中，成舍我是尤為突出的一位。作為民國年間的新聞界重要人物，他先後創辦「世界三報」(《世界晚報》《世界日報》及《世界畫報》)、《民生報》《立報》等；辦報活動涉及北京、南京、上海、重慶、香港、臺灣；辦報時期歷經辛亥革命、五四運動、軍閥混戰、抗日戰爭、解放戰爭、戰後和平階段，是一位著名的報業活動家、社會活動家和新聞教育家。他不僅熟諳新聞實務，能采能評，而且經營有道，並開辦了北平新聞專科學校（今臺灣世新大學前身），他本人及其所創報紙在民國社會中起到了相當的影響。作為一名報人，他被稱為「民營報業巨擘」「新聞教育先行者」等。雖然其辦報活動因為時局動盪而歷經坎坷，其政治立場因時代變化而有所轉移，但他的報海生涯在中國現代新聞事業史上具有重要的影響和研究價值。

成舍我（1898～1991），原籍湖南湘鄉，1898 年生於南京下關，1991 年病逝於臺北。成舍我的辦報活動大致分為兩個時期，即 1913 年至 1920 年的「為別人辦報」與 1921 年至去世的「為自己辦報」時期。〔註 1〕成舍我十五歲就被安慶當地的一份報紙聘為外勤記者，但他正式的辦報活動始於二十世紀二十年代。1924 年憑兩百元大洋創辦《世界晚報》，1925 年創辦《世界日報》和《世界畫報》，形成世界報系，在北平各大報中發行量名列前茅，不少研究者認為這是我國最早的報業集團的雛形。成舍我 1927 年在南京創辦的《民生報》，是國民黨南京政府治下最早的一份民營報紙，銷數超過《中央日報》，因揭發汪精衛統治集團貪腐案被封，同時作為一份典型的小型報，在我國新聞史上佔有重要地位。1935 年成舍我在上海創刊《立報》，發揮小型報「短小精幹」的特色，日發行量一度超二十萬份，「打破我國自有報以來的最高發行紀錄」。淞滬抗戰上海棄守，1938 年《立報》遷至香港發行，直至 1941 年香港淪陷，《立報》被迫停刊。1945 年，在重慶復刊《世界日報》，同年復刊北平《世界日報》。後於 1949 年被北京市軍管會接收，成為《光明日報》的前身。1950 年，赴香港參與籌辦《自由人》三日刊至 1955 年停刊。1957 年發行世新大學校內刊物——《小世界》週刊。1988 年臺灣「報禁」解除後，創辦臺灣《立報》。

〔註 1〕方漢奇，《一代報人成舍我》，《發現與探索——方漢奇自選集》，首都師範大學出版社，2009 年，第 388 頁。

成舍我在辦報策略方面，注重堅持報紙的大眾化方向；內容上重視新聞和評論，尤其是教育界新聞及時政評論；特別值得一提還有其副刊，早期《世界晚報》所刊張恨水的文藝作品風靡京華，為報紙初創時期打開了局面，之後的《立報》副刊，亦是多姿多彩，享有盛名；在報紙的經營管理方面，成舍我不僅諳熟報館內部運營的各個環節，還曾親自前往歐美各地考察借鑒。孫瑞芹曾在《報業十年回憶錄》中對成舍我評價道：「成君是一位有才幹的領袖，也是一位觀察敏銳的記者。他對西洋報業最近的發展情形，消息很靈通，並且曾將美國報業方法，介紹給中國的很多。他確是中國今日賢能報業領袖之一。」〔註 2〕以成舍我的辦報經歷來看，這一評價是切中肯綮的。其次，辦學方面，成舍我以北平新聞專科學校（今日世新大學前身）為起點，1933 年草創於北京，1942 年輾轉於桂林，1955 年成立於臺灣，以「德智兼修，手腦並用」的宗旨立校興學，一脈相承，至今發展成為以新聞教育聞名的世新大學。方漢奇先生認為「在中國新聞史上，成舍我是以個人力量從事新聞教育時間最長、影響最大、成績最突出的卓越的新聞教育家」。

作為一代名報人，成舍我辦報辦學的一生，不僅在中國近現代新聞事業的歷史上佔有十分顯著的地位，而且擁有中國新聞事業史上的多項紀錄。〔註 3〕成舍我一生的理想是辦報，為此歷盡劫波而矢志不移，他以耿介、獨立、

〔註 2〕孫瑞芹，《報業十年回憶錄》，《報學》第一卷第一期，燕京大學新聞學會出版，1938 年，第 15-24 頁。

〔註 3〕一、從事新聞事業時間最長的人。從 1913 年為安慶《民嵒報》撰稿，到 1988 年他以 91 歲的高齡在臺北創辦臺灣《立報》，直至 1991 年逝世，先後從事新聞工作近 77 年；二、參與和創辦新聞媒體最多的人。他一生中參與和創辦了近 20 家新聞媒體，包括報紙、期刊、通訊社和廣播電臺。其中，由他直接創辦的達 12 家；三、為了辦報遭受挫折最多的人。在舊中國，截至 1945 年，他為了辦報「坐牢不下 20 次，報館封門也不下十餘次」。1926 年，險些斷送在軍閥的屠刀之下。到臺灣後，受「報禁」的限制，有近 30 年的時間辦不成自己想辦的報紙；四、舊中國發行量最大的報紙的創辦人和舊中國時期北京地區發行量最大的日報的創辦人。他創辦的上海《立報》和北京《世界日報》，分別發行達 20 萬份和 3.5 萬份，是當時全國發行量最大的報紙和當時北京地區發行量最大的日刊報紙；五、中國歷史上培養學生最多的新聞教育機構的創辦人。這個新聞教育就是世界新聞專科學校（現已改制為大學），累積培養學生已接近四萬人。方漢奇，《一代報人成舍我》，《發現與探索——方漢奇自選集》，首都師範大學出版社，2009 年，第 388 頁。

無畏的作風始終在洶洶的報海波濤中幾度沉浮，秉持理想。成舍我可以說一生與報結緣，在其長達 93 年的漫長歲月裡，幾乎傾盡全力於辦報事業，曾險些在軍閥的屠刀下付出生命，也曾在專制獨裁的統治下身陷囹圄，赴台後在近三十年的時間中為「報禁」所限卻始終不曾動搖過辦報的理想，作為一名報人，在某種程度上，他的報業生涯堪稱「中國新聞史上的奇情壯彩」。

自近代報業出現以來，傑出報人不計其數，以報業為終身志業者，亦為數不少，但終其一生堅持獨立辦報且又卓有成就者，則少之又少。將成舍我的報業實踐放在軍閥割據、抗日戰爭、國共內戰、以至臺灣「報禁」等前後相繼的歷史語境中考察，作為近代以來獨立辦報眾多的報業家，培養新聞人才眾多的報業家，對成舍我一生行誼的回顧，不僅具有研究價值，也具有一定的現實意義。目前關於成舍我的研究在學界不斷湧現，形成了不少研究成果，不容忽視的是，其中相當一部分是以回憶和紀念文章為主，有一定的價值，但深入研究不夠。首先，成舍我本人雖然留有大量文字，但其日記卻尚未被完全整理和披露，致使現有的很多研究無法形成定論。其次，相關同事、老友或親人的回憶大都源自個人記憶，能拼湊的印象稍顯單薄。而在這些文字其中，很多回憶者本身也是報人，其論斷大都囿於個人職位與身份。因此，個人文集、親友回憶雖為成舍我研究提供了珍貴的一手資料，卻因限於個別觀察和片段回憶而顯得個體和零碎。

整體來看，目前關於成舍我的研究雖然常見於各類報刊，仍缺乏整體和深入研究，尤其對成舍我本人的整體研究依然呈現學術空白點。大部分集中在報紙個案的研究，對報紙消息及言論與報人立場和社會背景的互動的研究不足。因此，本書希望將研究的視野放在當時的時政背景之下，既注意報人活動本身的變化發展，又重視其與外在歷史發展的關係。成舍我進入報界時正是中國報紙漸次進入專業發展軌道的時期，比如《世界日報》在報紙實務、經營管理等方面都有過人之處，成為北方報界翹楚。這些是值得深入研究的內容，可以為更全面地研究成舍我在中國新聞史上起到的作用和產生的影響提供參照和注腳，也為現實的新聞事業發展提供借鑒和參考。

新聞史研究關涉文化史、政治史、政黨史等歷史相關領域，民國時期新聞人物研究歷來為近代史、現代史及新聞史研究的重點。尤其自近代報業由西方傳入以來，歷代傑出報人在新聞業中的活動及其成果，構成新聞史書寫的基本內容。而報業史人物研究一直是值得投入精力，卻易力有不逮的領域，究其原因，除了作為人的個體的複雜多變性，也有時代的局限性。一直以來，人物研究成果數量蔚為壯觀，各種相關著作源源不斷地湧現，無論是個人專著，還是集體研究成果，研究者眾。然而，由於人物研究所具有的天然局限，即由於個人活動的複雜成因及多重影響，使研究者很難窮盡研究對象表面及背後的「真實」，進而呈現出「本真」的人。所以大多數研究傾向採用的是截斷面研究即專題研究或分時段研究。

成舍我的報業實踐恰逢中國歷史的時局動盪期，與其同時期的著名報人如張季鸞、胡政之、史量才等相比，雖然成舍我本人在言論史上的地位不及張季鸞，在經營管理上稍遜於《大公報》的胡政之和《申報》的史量才，但綜合來看，成舍我及其辦報活動在相當長的時期，在不同的歷史階段，都取得了一定的成就及影響，不僅在中國新聞史上是重要的組成部分，成舍我本人的辦報經歷，及其在個人活動與報業實踐中體現的新聞思想，也對後來的報人有著重要的參考和借鑒價值，故對其本人的評價還需有一個全方位的衡量和把握。本書將以歷史唯物主義的觀點對成舍我的報業實踐進行整體研究，對目前在中國新聞史研究中相對單薄的部分進行豐富和補充，亦期為後續研究提供借鑒和參考。

作為一位跨時代、跨世紀、跨海峽兩岸的歷史人物，成舍我一生經歷複雜豐富，在不同的歷史階段，以多重身份，產生過不同的政治與社會影響。本書將選擇他創辦與經營報紙的活動作為主體，將其「大眾化」的辦報思想為經，以其數張報紙的辦報經歷為緯，研究其辦報活動和思想的成敗得失。鑒於成舍我一生辦報不僅地域廣而且數量多，力求截取其中最活躍與精彩的時段，集中筆墨，進行重點考察和研究，注重採用歷史的眼光，除了關注成舍我作為報人個體的「定性、個性和唯一性」，還著眼於突出報人與其同時代的報界的橫向互動，及其在中國新聞史上存在和消亡的影響和意義之所在；以成舍我創辦的「世界」報系為核心，考察其報人經歷，同時研究其與媒體和社會的互動影響。將重點考察成舍我的報紙主持經歷，如其擅長經營方略；其所轄報紙的時政新聞對時局的關注，與其本人對當時時政的態度密切相關；其求學經歷、人際交往、政界活動、歐美遊歷等對其報海生涯的影響，即以成舍我的辦報活動為研究重心，以成舍我辦報思想為經，對其辦報思想的理論淵源、思想宗旨及經營理念等層面展開考察；以其各個時段的具體辦報活動為緯，考察其一系列的報業典型實踐，以期對成舍我的辦報活動和思想形成一個較為全面的認識。本書將以中國現代史為基礎，以社會史、政治史為背景，不僅僅局限於成舍我本人的生平和文字（包括其發表的新聞、評論、回憶等），以時代環境作為大背景，著重探討成舍我的新聞從業經歷及其與社會之間的互動。研究將以文獻描述為基本框架，進而著重於媒體、人物與社會關係的解釋，也就是說，將通過對成舍我個人活動的研究，梳理出其本人與所在的時代、媒體和社會的互動，關注其中報人在社會發生重大事件時是如何影響事件進程的，又是如何影響社會的。

羅家倫先生在《近代中國文學思想的變遷》一文裡，曾提及中國歷史學家忽略現代的事，目前的事，活人的事的過失，而時事是很容易變遷的，有許多事，眼見的人，不加細心的研究，也還不能清楚，何況後人？加之材料是很容易喪失的，過後要搜集是異常地困難。而且注意現代的事，能明瞭最近的變遷，環境的現象，便能作為求適應補救的根據。因而應具「此時此地」的觀念，是解決一切問題的前提。本書將試圖在研究中增加研究對象的社會深度，除了分析文本資料，進一步探討其背後的立場人事、營運制度、報人風格，盡可能領略文本的歷史內涵及社會意義，盡可能做到以原始文本為注腳，對研究對象的生存環境和歷史背景進行解讀和分析，力求結論客觀公允。可以說，對成舍我的研究既是一個新聞學的研究課題，又是一個歷史學的研究課題，須把新聞學的研究方法與歷史學的研究方法統一起來，以新聞結合歷史的實證研究為基礎，通過對大量具體事實的徵引旁證與考論分析，梳理與探究成舍我辦報活動的內涵。

基於歷史研究離不開文本分析，但文本分析應當回到歷史語境之中去理解，並且聯繫到當時的政治、經濟和文化脈絡；脫離歷史語境，文本容易切割的支離破碎，且無法還原整體的圖景，更抓不住歷史的趨向，本書將注重對報刊文本內容進行定量和定性分析的同時，注意通過對檔案文件的解讀、當事人的回憶力求得出符合歷史規律和對實踐有借鑒價值的結論。在具體研究中將主要採用文獻調查的方法，基於對報紙原件和重要文本的挖掘，對成舍我本人留下的採訪文字與回憶文章等相關史料進行搜集、整理和分析，運用新聞學、歷史學相結合的研究方法。

由於歷史人物研究所具有的天然局限，即由於個人活動的複雜成因及多重影響，使研究者很難窮盡研究對象「表面」及「背後」的「真實」，進而呈現出「本真」的人，本書雖以歷史唯物主義的觀點力爭對研究對象的有關材料進行全面解讀，但研究結論難以避免一定的有限性。加之本書研究對象早年在大陸活動及中後期在臺灣活動的資料，由於年代久遠而散佚各地，與研究對象有關的當事人也多已去世，現有檔案資料部分尚未公開，無法閱讀原件，使史料部分亦有所缺憾。此外，因相關論述參閱時間不一，實受別人作品影響而自以為是己出者，恐亦難免。故凡屬觀點相近相同，而別處有論著提及者，其「專利」自屬發表在前者，均請視為是本書未及注明，還請讀者和同人見諒。

最後，儘管本書尚不成熟，恐有負師教，我仍要衷心感謝尤其是我的導師方漢奇先生和王潤澤先生，在我於中國人民大學新聞學院求學階段向我傳道受業解惑，給我以熱誠的關懷和第一流的教誨，在我畢業之後繼續為我師表，誨我不倦，本書得以付梓，皆來自導師的熱心鼎助，從勉勵敦促、指點迷津到代為搜求資料，皆深感而難忘。是要特別致謝的！

引　言

《幸存的一粟》是成舍我之女成幼殊〔註 1〕的詩文回憶集，此書中有一幀照片，攝於 1940 年的香港，為成舍我與家人的合照。在這張照片中一個有意思的細節，就是成舍我坐的椅子下面有一卷報紙，據成幼殊回憶那是其「手不釋報」的父親成舍我拍照前暫扔在那裡的，不想這張報紙「頑強而又忠實地」顯現於主人足下。

成舍我是中國近現代歷史上的一位跨時代、跨世紀、跨海峽兩岸的新聞史人物，一生經歷複雜豐富，在多個歷史階段，以多重身份，產生過重要的政治與社會影響。方漢奇先生將成舍我的辦報活動大致分為兩個時期，即 1913 年至 1920 年的「為別人辦報」時期與 1921 年至去世的「為自己辦報」時期。無論早年的顛沛流離，抑或中年的輾轉奔走，或是晚年的「孤島」徘徊，成舍我在長達 93 年的漫長人生歲月裏，先後創辦「世界三報」(《世界晚報》、《世界日報》及《世界畫報》)、《民生報》、《立報》及香港、臺灣《立報》；辦報活動涉及北京、南京、上海、重慶、香港、臺灣；辦報時期歷經辛亥革命、五四運動、軍閥混戰、抗日戰爭、解放戰爭、戰後和平階段。1991 年，成舍我病逝於臺灣。

「自十四歲開始在安慶《民嵒報》擔任校對，至九十三歲在創辦一生最後一份報紙——臺灣《立報》後兩年逝世，長達八十年的辦報、興學、問政生涯，留下了『富貴不能淫、貧賤不能移、威武不能屈』的新聞記者典型，

〔註 1〕成幼殊（成舍我次女），畢業於上海聖約翰大學。抗戰時期，曾從事地下革命工作。解放後從事過記者、外交等工作。

和無數文字瑰寶，心血結晶；蘊藏了中國新聞史的第一手珍貴史料，和近代中國文化社會變遷的縮影。」〔註 2〕成舍我在其人生的各個階段以辦報為經，營報為緯，無論在報海危運中，還是營報歲月裏，始終堅持辦報的理想，作為一代名報人，方漢奇先生對成舍我傾盡精力於辦報辦學的一生做過凝練的概括，稱成舍我不僅在中國近現代新聞事業的歷史上佔有十分重要的地位，而且在中國新聞史上擁有多項紀錄。

此外，成舍我的新聞教育生涯以「德智兼修，手腦並用」的宗旨立校興學，草創於北京，輾轉於桂林、成就於臺灣，至今以新聞教育聞名的世新大學薪繼火傳，堪稱新聞教育的先行者。

張友漁在《報人生涯五十年》一書中說：「1925 年 2 月我考入北平《世界日報》，從此我和《世界日報》的關係長達十年之久。成舍我明知我是共產黨員，還要把我安排到重要崗位，不但讓我自己寫社論，另外兩個主筆寫的社論也要我審定，有決定取捨，修改之權，任憑我把一些左傾思想通過社論發表出去。」張友鸞在《報人成舍我》一文中這樣寫道：「評價一個人和他的事業，是不能離開那個客觀的時代，特定環境的……作為一個資產階級的報人，能夠這樣和政治上、社會上反動勢力作鬥爭，他算是盡到了本分了！」臺灣《中國時報》創辦人余紀忠推崇成舍我：「早年在大陸辦報時，為了維護新聞自由與報業尊嚴，不惜向軍閥惡勢力抗爭的歷史，是中國新聞史上膾炙人口的故事，令人感佩不已。」〔註 3〕

成舍我一生的理想是辦報，矢志不移，歷盡波折，卻始終在報海危運中秉持理想，幾度沉浮，曾險些在軍閥的屠刀下為了理想付諸生命，也曾在專制獨裁的統治下為了理想身陷囹圄，之後在長達三十年的時間中雖為「報禁」所限卻不曾動搖過辦報的理想，作為一代名報人，成舍我的報業實踐不僅跌宕起伏，也有著鮮明的時代烙印。

〔註 2〕成露茜（成舍我四女），《成舍我先生紀念文叢．緣起》，《成舍我先生紀念文叢——百歲誕辰專輯》，世新大學出版中心，1998 年，第 6 頁。

〔註 3〕余紀忠，《新聞記者應有的抱負與時代的認識——世界新聞傳播學院改制典禮致詞》，臺北《中國時報》社刊 86 期，1991 年 12 月 1 日，第 18 頁。

第1章　受學：成為職業報人的訓練

民國元年，平年十四，燾、希周均奔走四方。平亦艱苦求自立。時南北和議未定，國人憤清廷反覆，多主戰，黨人韓衍，以大義勖皖青年，組青年軍，涵為軍監，勢甚盛。平亦慷慨請入伍。顧太幼弱，習野戰，身長逾步槍僅寸爾。統一告成，韓遇刺，青年軍解散。寥落無所依，乃浪遊國中。遍為各種非所好尚之職役。先考見平喜讀報，好議論，一夕，詢平所志，以欲終身操記者業對，先考甚喜。始試撰文投各報。癸丑之役，坐黨籍，為皖督倪嗣沖購捕，間關走遼沈，任報社校對編撰者約一年。四年赴滬，任上海民國日報及他報編撰者又二年。然先考每有訓示，輒無不以平年少失學為慮。七年，以亡友某君介，之北平，主北平益世報編撰。報館夜作而日息，則就讀於北京大學。以書告先考，大悅。時薪給較前裕，差能自支，而先考亦垂老，因監乞先考休退，半以所入供菽水。〔註1〕

與眾多新聞史上知名報人經歷類似，成舍我在獨立創辦報刊以前就已經開始從事報業工作。從其父蒙難幸被記者執筆搭救，初知新聞輿論工具的力量，到1913年開始向報社投稿再到1924年起自辦報刊（即世界報系），這一歷史時期是北洋軍閥兵連禍結的年代，也是新文化運動蓬勃興起、新舊思潮交織碰撞的時代，對處於世界觀、人生觀形成主要階段的青年成舍我，在其開始自辦報刊前所接觸的外部世界及其價值觀念、職業歷鍊對其以後的報海生涯的影響尤其不容忽視。

〔註1〕成舍我，《先考行狀》，《報海生涯——成舍我百年誕辰紀念文集》，中國人民大學出版社，1998年，第28頁。

1.1 早年歲月：安慶・瀋陽・上海（1901～1917）

成舍我原名希箕，在安慶讀書時用名漢勳，在北大讀書時改用單名平；1916 年在上海以「賣文為生」時，取筆名舍我。〔註 2〕祖籍湖南湘鄉，1898 年 8 月 28 日（清光緒 24 年，戊戌 7 月 12 日）出生於南京下關祖父成策達〔註 3〕家中。1901 年成舍我父親成璧（字心白）前往安慶入仕，遂全家移居安慶。成璧曾為舒城縣典史〔註 4〕和桐城縣練潭鎮巡檢，均為位卑祿薄之職。成舍我幼年繼遷舒城，得以隨其父開蒙受訓。1910 年，成舍我入安慶旅皖第四公學高小班，一個月後因成績優異，升入中學班〔註 5〕，初中一年級讀完後，即因貧輟學。

在教育方式上，成舍我接受的仍是傳統儒家教育方式，成父只在關鍵時刻對子女的選擇進行表態。至於成舍我的母親則現有文獻幾乎從未提及。由於家境困難，成舍我的童年缺少正規教育。在上北京大學之前，由於家庭經濟困難，成舍我只在湖南旅皖第四公學上過兩年半的學。初中一年級上完以後，因為貧困而被迫輟學。根據成舍我自己的回憶，「五歲時從父親心白公，學習讀書寫字，開始念三字經、百家姓、千字文等書。繼之，讀四書五經，到十歲時，大部分都能背誦很熟，而且已能作簡短詩文。」〔註 6〕成舍我在回憶父親時曾經提到，父親為人正直，在經濟上「有所為有所不為」。

1908 年，成璧典史任內，曾因囚犯越獄之事被誣陷。起源是舒城縣監獄發生反獄事件。知縣為推卸己責，買通地方報紙訪員大造輿論，將「反獄」改為「越獄」，嫁禍成璧。成舍我與其父各處奔走求告，幸得記者方時蓀在上海《神州日報》上撰文詳細報導原委，成璧冤屈得以平反，而新聞記者執筆力旋乾坤之力，對時年僅十歲的成舍我一生影響之深遠，恐怕是當時父子二人未能預料的。成舍我從此對新聞這一行業產生興趣，加上方競舟的指導和

〔註 2〕方漢奇主編，《中國新聞事業通史》，中國人民大學出版社，2000 年版，第 496 頁。

〔註 3〕據稱當時成舍我祖父為湘軍首領曾國荃軍中幕僚。張友鸞等，《世界日報興衰史》，重慶出版社，1982 年，第 40 頁。

〔註 4〕為官名。元代始置，明清沿置，為知縣下面掌管緝捕、監獄的屬官。張友鸞等，《世界日報興衰史》，重慶出版社，1982 年，第 40 頁。

〔註 5〕據稱為一班湖南候補官吏挪用公款所辦。張友鸞等，《世界日報興衰史》，重慶出版社，1982 年，第 40 頁。

〔註 6〕馬之驌，《新聞界三老兵：曾虛白・成舍我・馬星野奮鬥歷程》，臺北經世書局，1986 年，第 136 頁。

推薦，有時投稿亦被採用。在一定意義上，方競舟可以稱作是成舍我進入新聞領域的啟蒙老師。〔註 7〕可以說，少年成舍我由於父親蒙冤並平反的緣故感受到了報紙的力量。成舍我自十歲起就接觸新聞業，比建立參軍報國的志向更早，這需要拜方競舟所賜。〔註 8〕

在父親成璧遭到縣官陷害而陷入監獄的冤案中，兩位記者的表現迥異，使少年成舍我印象深刻：一個記者接受賄賂，謊報事實，傷害無辜；另一個記者本著良知，仗義執言，用證據說明事實。由於後者的幫助，成舍我的父親得以平反。這些早期接觸難免使成舍我對新聞記者，感到由衷的感激和敬佩。〔註 9〕

1.1.1　從《民喦報》到《健報》：初涉新聞職業

成舍我最早樹為理想的職業並非記者，而是軍人。他嘗試軍人的角色，早於擔任職業記者的角色（十六歲）。1911 年，辛亥革命爆發，安慶於同年秋天光復，安徽一部分同盟會會員組織新軍，同時招募一批中學生組織青年軍。初中上完一年級以後，因貧困輟學的成舍我即加入青年軍，當時年僅十四歲。根據成舍我自己的回憶，「大概是心理上所感受的，覺得當時社會上的壞人壞事太多了，覺得只要參加革命，就能剷除『壞人』、『壞事』」，所以就去投考了。在 1500 人組成的三個大隊中，成舍我考取了第一大隊。考取時，軍監韓衍把《華盛頓傳》送給他們幾個成績最好的同學，並鼓勵他們做未來的華盛頓。〔註 10〕他也坦承這種以暴力剷除壞人壞事的理想，具有很大的盲目性，成舍我晚年回憶時曾說，「我入伍時個子很小，發給我一支槍，和我的人一般高，現在回想，那時青年軍也是胡鬧，他叫我們去找漢奸，因革命黨剛把滿清打倒，但許多人想做漢奸，再把滿清恢復起來，所以要抓他們。我們要輪班巡夜，差旅館，有時從晚上搞到天亮。還有幾次指說某人是漢奸，去把他打掉；我還算好，沒有派到這種人物。後來，連都督都管不了他們。」〔註11〕

〔註 7〕方漢奇主編，《中國新聞事業通史》，中國人民大學出版社，2000 年版，第 497 頁。

〔註 8〕馬之驌，《新聞界三老兵：曾虛白．成舍我．馬星野奮鬥歷程》，臺北經世書局，1986 年，第 141～142 頁。

〔註 9〕馬之驌，《新聞界三老兵：曾虛白．成舍我．馬星野奮鬥歷程》，臺北經世書局，1986 年，第 299 頁。

〔註10〕馬之驌，《新聞界三老兵：曾虛白．成舍我．馬星野奮鬥歷程》，臺北經世書局，1986 年，第 138 頁。

〔註11〕馬之驌，《新聞界三老兵：曾虛白．成舍我．馬星野奮鬥歷程》，臺北經世書局，1986 年，第 139 頁。

革命軍光復南京後，黃興任留守府留守，組織了一個入伍生隊。白烈武徵得黃興同意，把暗殺韓衍後留下的青年軍一部分，送到南京入伍生對離去，成舍我自願參加。但當船就要開走時，成舍我的父親知道了消息，及時趕到船上，把成舍我抓下船來，成父認為成舍我如那時就做軍人，年紀太小，還需好好讀書。所以，成舍我沒有變成職業軍人。這之後，少年成舍我「寥落無所依，乃浪遊國中，遍為各種非所好尚之職役。」〔註 12〕父親見到成平喜歡讀報、愛議論，有一天便問起終身志向。成平答曰願終身為記者。成舍我沒有去南京，在安慶待下來，開始寫稿，並向《民碞報》投稿，後被《民碞報》聘為記者。可以說，成舍我的新聞記者生涯，從十六歲開始。〔註 13〕可以看出，成父的堅持一方面改變了成舍我的人生軌跡，此外，成舍我與軍人的志願也漸行漸遠。

成舍我起初在安慶《民喦報》做校對，後被聘為外勤記者。該報創刊於1912 年 6 月 1 日，取「民言可畏」之意，以「皖民喉舌」為辦報宗旨，敢於逆忤權貴，雖屢遭軍閥迫害，但始終能堅持出版。頗受省內讀者歡迎，是民國時期安徽境內最有影響力的報紙之一〔註 14〕。至於《民喦報》對少年成舍我起到了什麼樣的職業生涯引領作用由於資料匱乏而無從考證，但這段經歷可看作成舍我報人生涯的開端。

成舍我投身報業的時期，正是袁世凱實行言論禁錮的時期。〔註 15〕袁世凱政府先後於 1914 年 4 月 2 日和 12 月 4 日頒布了《報紙條例》和《出版法》〔註 16〕，《報紙條例》規定：禁止軍人、官吏、學生和 25 歲以下者辦報，對

〔註 12〕成舍我，《先考行狀》，《報海生涯——成舍我百年誕辰紀念文集》，中國人民大學出版社，1998 年，第 28 頁。

〔註 13〕馬之驌，《新聞界三老兵：曾虛白．成舍我．馬星野奮鬥歷程》，臺北經世書局，1986 年，第 139 頁

〔註 14〕安徽省地方志編纂委員會，《安徽省志．新聞志》，方志出版社，1999 年，第 8 頁。

〔註 15〕黃遠庸，《懺悔錄》，《遠生遺著》卷一，商務印書館，1984 年，第 132 頁。

〔註 16〕該《報紙條例》由袁世凱執政時制訂，對報紙採用特許制和保證金制。1916 年 7 月 17 日由黎元洪下令廢止。見中國第二歷史檔案館編，《中華民國史檔案資料彙編》第三輯文化，江蘇古籍出版社，1991 年，第 299～304、306～307、308 頁。該《出版法》係袁世凱執政時制訂，一直為軍閥把持之北洋政府沿用，直到 1926 年 1 月 28 日由段祺瑞下令廢止。參見中國第二歷史檔案館編，《中華民國史檔案資料彙編》第三輯文化，江蘇古籍出版社，1991 年，第 433～435 頁。

報紙出版採用登記制，發行採用事先檢查制。《出版法》則採取事前干涉、事後懲治的原則，把違法的懲處權交由警察，使警察機關擁有事實上的對法律的解釋權和執行權。這些法規的頒布和實行，使袁世凱政府對於新聞自由的限制形成「合法化」。民國著名記者黃遠生就曾經發出如此感慨：「余於前清時為新聞記者，指斥乘輿，指斥權貴，肆其不法律之自由，而乃無害。及於民國，極思尊重法律上之自由矣，顧其自由不及前清遠甚，豈中國固只容無法律之自由，不容有法律之自由乎？」

1913 年，由「二次革命」興起的「討袁」湖口之役失敗後，倪嗣沖的部隊開到安慶，大肆搜捕新軍和青年軍官兵，成舍我曾以國民黨員身份參與「討袁」秘密活動，為避被捕，由安慶轉移至瀋陽。到達瀋陽後，在《健報》任校對及副刊編輯以謀生。《健報》是於 1915 年 7 月 10 日由革命黨人張復生創辦的一份旨在「反袁」的報紙。時任《健報》總編輯的王新命回憶當時的處境：「雖擔心暗殺的災難，但威武不能屈的少年氣概，卻又使我走到反帝制的極端。我除每日把上海報上反對帝制的言論和新聞編輯入要聞版外，還要寫一篇反對帝制的評論。」〔註 17〕而「以十七歲青年，做新命先生部下」〔註 18〕的成舍我，可以想見當時的「反袁」革命熱情應是同樣高漲。1916 年初，成舍我從瀋陽返回安慶準備創辦一份「反袁」報紙——《長江報》未遂。期間，與朋友湊集數百元辦「中國通訊社」，亦未成。成舍我在《健報》工作時，曾遭到逮捕，幸得保釋，隨後離開安慶轉往上海發展。

這段新聞工作經歷在一定程度上鍛鍊了成舍我在一種惡劣的輿論環境下，嘗試通過輿論工具發揮力量，適應當時的社會形勢，對新聞工作培養了更多的認同感。

1.1.2《民國日報》經歷：成為報館編輯

1916 年 11 月，成舍我辭去瀋陽《健報》一職，與王新命輾轉到上海，一度與王新命、向愷然（平江不肖生）等組成「賣文公司」，以向各地報刊投稿為生，和劉半農一起，「沒有桌子，睡在地板上，仰面寫文章」〔註 19〕。這期

〔註 17〕王新命，《新聞圈裏四十年》（上），龍文出版社股份有限公司，1993 年，第 104 頁。

〔註 18〕成舍我，《序》，王新命，《新聞圈裏四十年》（上），臺北龍文出版社股份有限公司，1993 年，第 8 頁。

〔註 19〕張友鸞，《報人成舍我》，載香港《大成雜誌》120 期。轉引自方漢奇主編，《中國新聞事業通史》，中國人民大學出版社，2000 年版，第 497 頁。

間結識了陳獨秀、李劍農等人。同年 12 月，成舍我因受葉楚傖賞識，進入上海《民國日報》做校對和助理編輯。《民國日報》於 1916 年 1 月 22 日創刊於上海，是中華革命黨（後改組為中國國民黨）的機關報，也是一張高舉「反袁復辟」旗幟的報紙，在它的發刊詞中曾提到：「帝制獨夫暴露之春，海內義師義起之日，吾民國日報謹為全國同胞發最初之辭曰：專制無不亂之國，篡道無不誅之罪，苟安非自衛之計，姑息非行義之道」。並提出：「發揚民國之精神，延長民國之壽算，除國民之惡魔，此民國日報之所由作也。」〔註 20〕

此時，成舍我曾加入柳亞子所辦「南社」。「南社」是一個曾經在中國近現代史上產生過重要影響的文學社團，1909 年成立於蘇州，發起人是柳亞子、高旭和陳去病等人。「南社」受同盟會的影響，取「操南音，不忘本也」之意，倡導資產階級民主革命，提倡民族氣節，反對滿清王朝的腐朽統治，在早期曾經為辛亥革命發揮過一些輿論準備作用。在 1924 年第 10 次雅集時修訂《南社條例》，確立了「研究文學，提倡氣節」的宗旨。〔註 21〕成舍我於 1916 年 5 月 8 日填寫「南社」入社書，介紹人為林寒碧、葉玉森。〔註 22〕加入「南社」以後，他先後參加了當年 6 月 4 日在上海愚園舉行的第 14 次雅集（共 56 人參加）和次年 4 月 15 日在徐園舉行的第 16 次雅集（共 39 人參加）。〔註 23〕

成舍我在「南社」的活動中最受關注的是一場因論詩而起的內部風波，這場風波直接導致了成舍我退出「南社」。風波的引子是 1917 年 6 月 9 日，社友聞野鶴〔註 24〕在《民國日報》發表《怬簃詩話》，稱晚清遺老鄭孝胥的詩「清神獨往，一反凡穢，零金片玉，誠可珍也。」到了 24 日，他含蓄地指責柳亞子「質美未學，目空一切。」更嘲笑批評「同光體」的人是「執蝘蜓以

〔註 20〕《本報發刊詞》，《民國日報》1916 年 1 月 22 日。

〔註 21〕《南社第六次雅集修改條例》（又名《南社條例》），此條例於 1914 年 3 月 29 日上海愚園第 10 次雅集修訂。柳棄疾，《南社紀略》，臺北文海出版社有限公司，1976 年，第 71 頁。

〔註 22〕楊天石、王學莊編著，《南社史長編》，中國人民大學出版社，1995 年，第 417 頁。成舍我自稱「是葉楚傖介紹參加的」，見《南社因我而起的內訌——成舍我談南社社務停頓始末》，張堂錡，《生命風景》，臺北文史哲出版社，1994 年，第 284 頁。

〔註 23〕楊天石、王學莊編著，《南社史長編》，中國人民大學出版社，1995 年，第 421、445 頁；柳棄疾，《南社紀略》，臺北文海出版社有限公司，1976 年，第 94、102 頁。

〔註 24〕聞野鶴，原名聞宥，1901 年生於松江，1917 年 4 月 15 日參加第 16 次雅集時加入南社。

嘲龜龍」。〔註 25〕柳亞子在 6 月 28 日和 29 日的《民國日報》接連發表題為《質野鶴》的文章，痛斥「同光體」的代表人物，比附為妖孽，有「與提倡復辟者同科」，有「萬劫不復」之罪等語，並指出「反對吾言者，有所謂鄉愿也」〔註 26〕。聞野鶴也於 6 月 30 日至 7 月 3 日，在《民國日報》連載《答亞子》，表示自己「誓為同光體及鄭、陳張目」，即使「刀臨吾頸，吾亦惟有如是而已」。柳亞子亦連續發表《再質野鶴》，申明自己的立場。對於這場論爭，成舍我起初保持中立態度，他在 7 月 11 日的《民國日報》發表《餘墨》，勸柳、聞二人：「都是好朋友，何必淘此閒氣？倘有佳興，何不多做幾篇大文章，替文壇藝藪生氣？則泥首叩謝者，當不僅不佞一人，即閱者諸君必同聲道謝曰：諸善士大慈大悲，增吾輩眼福不淺也。」〔註 27〕

然而，此時聞野鶴的同鄉、社友朱璽〔註 28〕的加入使這場風波又進一步發展。朱鴛雛起初認為是「同室操戈」〔註 29〕，但他在 7 月 31 日《中華新報》上發表的六首詩詞，對柳亞子表示了強烈的不滿。「個性向來不受人勸，而是愈勸愈僵」〔註 30〕的柳亞子隨後以「南社」主持人的名義，宣布驅逐朱鴛雛出社：「茲有附名本社之松江人朱璽，號鴛雛，又號孽兒者，妄肆雌黃，腥聞昭著，業已驅逐出社，特此布告天下，咸使知聞。中華民國六年八月一日，柳棄疾白。」〔註 31〕對此，作為社員的成舍我表示堅決反對，遂於 8 月 7 日在《申報》發表致「南社」社員公啟：

> 「《南社社員公鑒》：本社主任柳棄疾（亞子）因論詩之故為朱鴛雛所窘，乃老羞成怒，於八月六日在《民國日報》刊登《南社緊急布告》，驅逐朱君出社。查本社定章，並無驅逐社員之明文，柳棄疾何得以一人之私，妄為進退！且今日既能以私忿逐朱君，異日又何嘗不可以逐朱君者逐他人！我同社數百人多束身自好、學行兼優

〔註 25〕《民國日報》1917 年 6 月 9 日、24 日。

〔註 26〕《民國日報》1917 年 6 月 28 日、29 日。

〔註 27〕《民國日報》1917 年 7 月 11 日。

〔註 28〕朱璽，筆名鴛雛，1897 年生於松江，1915 年加入南社。

〔註 29〕《平詩》，《民國日報》1917 年 7 月 9 日。

〔註 30〕柳亞子在《我和朱鴛雛的公案》一文回憶：「驅逐鴛雛的詞最初是在《民國日報》上登載廣告的。當時邵力子、胡樸安許多人都在《民國日報》，都不贊成我的舉動，怕把事情弄僵了，寫公信來勸我不要把廣告發表。」柳棄疾，《南社紀略》，臺北文海出版社有限公司，1976 年，第 191 頁。

〔註 31〕《南社緊急布告》，《民國日報》1917 年 8 月 6 日。

之士，何能堪此侮辱！似此專橫恣肆之主任，自應急謀抵制，以杜其壟斷自私之漸。僕與朱君相見甚淺，為扶植公道，摧抑強權起見，故不得不徵求同意，為相當之對待。除覼具理由，另函呈覽外，特此布聞。諸希公鑒。社員成舍我啟。」〔註 32〕

從這篇公告中可以看出，成舍我有一種強烈的契約意識，他對於柳亞子驅逐朱璽的行為，認為「查本社定章，並無驅逐社員之明文」，因此，雖然「與朱君相見日淺」，但「為扶植公道，摧抑強權」而出面發言，認為柳亞子自行決定驅逐社員的行為不符社規。沒想到，此時柳亞子又向成舍我發出警告：「足下如服從南社，則速絕朱璽，自拔來歸，僕初不為已甚。如其否也，僕亦將以逐朱璽者逐足下。」〔註 33〕由於此時成舍我所在《民國日報》的總編輯葉楚傖接柳亞子信，使成舍我在《民國日報》形成被動，成舍我在連續發表兩則啟事後〔註 34〕，宣布脫離《民國日報》，退出「南社」。這場風波也成為了「南社」史的有名公案。

雖然圍繞這場公案有各種不同的說法。但可以看出，在這場風波中，成舍我顯現出不懼權威，耿介直言的一面，從成舍我的公告中，並未和朱、柳雙方有深厚交情，成舍我的態度認為柳亞子驅逐社員有意氣用事的一面，在這件事中，成舍我的立論不無有同情「弱者」，即在作為成員的朱鴛雛與「南社」主持人柳亞子的對峙中，作為「第三方」的成舍我本意應該是以持論公正來平息風波，雖然事情的結尾有「兩敗俱傷」之嫌，但成舍我此時表現出的個性在其後來的報人生涯中有些許照應。

1917 年 1 月，成舍我開始擔任《民國日報》副刊編輯。此時，成舍我開始使用「舍我」的筆名發表自己的主張和見解。起初主要是在副刊發表一些詩詞和小說。1917 年 7 月 1 日，張勳復辟之時，《民國日報》在要聞版發表了《討逆檄》一文，大量刊登《普天同憤之復辟消息》。成舍我自 7 月 2 日起在

〔註 32〕上海《申報》，1917 年 8 月 7 日。

〔註 33〕《報成舍我書》，《民國日報》1917 年 8 月 8 日。

〔註 34〕《成舍我啟事》，（一）：柳棄疾（亞子）因與《民國日報》主任葉君楚傖有同裏之雅，遂囑託葉君，禁僕在各報發表反對柳棄疾之意見。僕以宗旨所在，未便犧牲，且言論自由，初無干涉之餘地，只得宣告退出《民國日報》，職位統屬之關係。特此聲明。《成舍我啟事》（二）：柳棄疾霸佔南社，違背社章，專橫恣肆，甘為公敵。在未正式驅逐以前，鄙人與現在之南社斷絕關係。此布。《中華新報》1917 年 8 月 9 日，轉引自楊天石、王學莊編著，《南社史長編》，中國人民大學出版社，1995 年，第 469 頁。

「文壇藝藪」一版接連發表了多篇名為「餘墨」的文字，聲討復辟逆流。

在 1917 年 7 月 18 日的一篇「餘墨」中，成舍我寫道：「我輩不能殺賊，惟藉此無聊之筆墨以發洩義憤。其弱可嗤，其心彌苦矣。然而彼蒼渚天，猶必以病魔相纏。即此無聊之筆墨，亦有時為之絕響，豈不哀哉！」〔註 35〕可以看出成舍我對國事關注又深感無奈的心境。

成舍我後來由於「南社風波」離開《民國日報》，在這家報紙的時間雖短，但應該是成舍我正式踏入報海的一個起點，也對成舍我日後的報海生涯奠定了一個初步的基礎。成舍我當時雖然只是任職文藝副刊編輯，但仍然積極發表大量「短評」，表達自己的思想和見解，與《民國日報》當時所提倡的「擁護共和、保障民權、發展民生、闡明真理」〔註 36〕的辦報主旨同聲相契。

1.1.3　參與發起「上海報界俱樂部」：為「北上」伏筆

1917 年 5 月 1 日，時任《民國日報》編輯的成舍我和《中華新報》的吳稚暉、陳白虛、王新命、《新申報》的王鈍根等 18 人發起創立了「上海報界俱樂部」，成舍我和王鈍根擔任臨時幹事。「報界俱樂部」主要「議徵集全國報紙，逐日摘記要聞，備各報館隨時查考；又議徵求新出版書籍，加以評語，披露各報，介紹讀者。」並就此發表了「致各報館各書局通告」。〔註 37〕

《公民》、《太平洋》、《新青年》等雜誌社向「報界俱樂部」捐贈了刊物。《民國日報》曾專門刊載向《新青年》雜誌的致謝，並作扼要介紹：

> 「昨承蒙群益書社惠贈《新青年》雜誌第一至十四號各一冊，是書為陳獨秀先生主任，撰述者多一時名人，上海少年社會稱道已久，茲得飽覽，益用欽佩，專此致謝，並告全國。」〔註 38〕

可以看出，在參與「報界俱樂部」的活動期間，成舍我得以與陳獨秀等一些進步領袖建立了聯繫，為其日後在北京的發展提供了幫助。從時間上看，「報界俱樂部」成立不久就發生了「南社風波」，而俱樂部的不少成員在風波的主陣地《民國日報》和《中華新報》任職，這場風波牽扯人員眾多，耗時費力，也可能是「報界俱樂部」此後消息不多的原因之一。

〔註 35〕《民國日報》1917 年 7 月 18 日。

〔註 36〕楊天石、王學莊編著，《南社史長編》，中國人民大學出版社，1995 年，第 412 頁。

〔註 37〕《報界俱樂部消息》，《民國日報》1917 年 5 月 2 日。

〔註 38〕《報界俱樂部消息》，《民國日報》1917 年 5 月 10 日。

雖然「上海報界俱樂部」活動較少，影響有限，但其意義仍然不容忽視。俱樂部的發起人之一王新命就認為，「五四」時期成立的「全國報界聯合會」，雖不是民國六年上海記者俱樂部蛻化而成，但上海記者俱樂部的份子，卻都是聯合會的中堅分子，聯合會與俱樂部之間，有一種極密切的關係。〔註 39〕通過參與「上海報界俱樂部」的活動，對成舍我的社會活動能力有相當大的助益。此外，李大釗在上海時，對成舍我也有諸多鼓勵，認為成舍我若有機會，仍應再進入正規學校深造，他日必有發展。〔註 40〕民國六年，北京大學校長蔡元培，聘陳獨秀為文學院院長，李大釗為圖書館館長，亦引起成舍我「北上」求學「深造」的念頭。

1.2　求學北大（1917～1921）：作為「輿論家的準備」

成舍我之女成露茜在接受採訪時曾表示，「我父親當然是非常複雜的一個人。他最早是受李大釗的影響，進北大是李大釗介紹的，當時陳獨秀是文學院院長。……他說他很感謝李大釗和陳獨秀」。〔註 41〕1917 年冬，成舍我在辭去《民國日報》一職後，來到北京。〔註 42〕成舍我「北上」之時正值陳獨秀任北京大學文科院長（即後來的文學院長）。〔註 43〕成舍我當時與在北大理科肄業的湖南籍同鄉吳範寰結識，奠定了之後二人長達幾十年的合作基礎。據成舍我回憶，在嚴寒的冬季裏，成舍我因衣單不能出門，有時在宿舍裏發牢騷，有時作詩填詞以自遣。1918 年春，陳獨秀特許他應北大文科選讀生考試，錄取入學。〔註 44〕

1918 年正是蔡元培出任北大校長從事校園革新的時期，蔡所倡導的「兼容並包」的辦校方針，使校內各種革新組織如雨後春筍，層出不窮。成舍我

〔註 39〕王新命，《新聞圈裏四十年》（上），臺北龍文出版社股份有限公司，1993 年，第 175 頁。

〔註 40〕馬之驌，《新聞界三老兵：曾虛白．成舍我．馬星野奮鬥歷程》，臺北經世書局，1986 年，第 147 頁。

〔註 41〕溫洽溢，《成露茜教授口述自傳》，臺北《傳記文學》，2010 年，第 149～180 頁。

〔註 42〕成舍我北上時，據說只帶了一件行李和一隻小箱子（幾件單夾衣和《白香詞譜》一套、英文《伊索寓言》一本。張友鸞等，《世界日報興衰史》，重慶出版社，1982 年，第 41 頁。

〔註 43〕因為成舍我沒有中學畢業的資格，不能投考北大正式生，於是要求陳獨秀准他入文科國文系作選科生，陳答應並設法把成舍我安插在北大第六宿舍暫住。張友鸞等，《世界日報興衰史》，重慶出版社，1982 年，第 41 頁。

〔註 44〕張友鸞等，《世界日報興衰史》，重慶出版社，1982 年。第 41 頁。

作為其中一名學生，此時也表現出了相當的組織和活動能力。1920 年初，成舍我邀集了文科的易家鉞，法科的羅敦偉、郭夢良、陳顧遠，理科的姚文林、吳範寰等人，在校內組織了名為「新知編譯社」的機構，專以翻譯外文名著為宗旨，並由校長蔡元培批准成立。先後譯出一些書稿，後由於資金匱乏而無力出版。1921 年初，成舍我又發起組織「北京大學新知書社」。1921 年 4 月，「新知書社」成立，租賃乾麵胡同 3 號作為社址，經過股東大會產生董事會，選出成舍我為董事長兼總經理。社內組織分為總務、編譯、印刷、營業等部門，並在南池子 3 號設立門市部。印刷設備僅有兩部對開平板印刷機和簡陋的鑄字、排字車間等。〔註 45〕，並且採取了有限股份公司辦法，以北大教職員和同學作認購對象，進行公開招股，定 5 元為一股，分託同學進行招募。校長蔡元培也被加入其中，這個書社共計募得資金五千餘元。〔註 46〕由於資金少，生產力有限，營業計劃欠缺，不到幾月就無法維持。期間雖曾向上海的一些資本家進行募資活動，還是在是年冬季即宣告停業。成舍我在經營書社失敗後，遷居弓弦胡同，先是利用殘餘的資產創辦了一個四開小報——《真報》。由於缺乏資金和人力，該報不久即夭折。

1921 年夏天，從北京大學文學院畢業的成舍我自認為「在此期間，一切尚稱順適」，〔註 47〕通過這段時期，「無論是人格修養及思想見識，均由萌芽、茁壯，益臻成熟。」此時陳獨秀、李大釗等組織共產黨，因成舍我不贊成共產黨的關係，從此各自分途，時年二十四歲。根據陳平原的研究，在北大這段時期，作為學生的成平其活動基本是「文人」性質的。「五四」運動前，成舍我積極參與新文化運動。如 1919 年 4 月 4、5 日，在北京《晨報》副刊版第 7 版《小說》一欄發表《吾友》小說。4 月 6 日又在同一版發表了小說《車夫》。從主題和內容來看，這些小說都是新文化運動的典型成果。除了創辦書社及報紙外，甚至在《新青年》雜誌 9 卷 2 號，發表了列寧所著《無產階級政治》的一文。可以說進入北京大學讀書，是成舍我早年顛沛流離生涯的一個轉折點。雖然成舍我最後的政治立場和這些新文化先鋒不同，但這些新文化運動的旗手們卻將這一個安徽當地青年納入了全國政治、文化中心，並鼓勵成舍我進一步接觸新文化，對成舍我將來的辦報活動產生了深遠影響。

〔註 45〕張友鸞等，《世界日報興衰史》，重慶出版社，1982 年，第 42 頁。

〔註 46〕張友鸞等，《世界日報興衰史》，重慶出版社，1982 年。第 42 頁。

〔註 47〕馬之驌，《新聞界三老兵：曾虛白．成舍我．馬星野奮鬥歷程》，臺北經世書局，1986 年，第 145 頁。

陳平原在《輿論家的態度與修養》一文中，高度評價當時北京大學的氛圍和氣魄，「由於蔡元培校長的提倡和鼓勵，北大校園裏的社團活動十分活躍，既促進了學生思考，又可引導社會思潮。成舍我的文化眼光與組織能力，更是日後大展宏圖之預演。」〔註 48〕成舍我在北大期間的經歷，對其一生產生了深遠的影響，不僅在學識積累方面，更重要的是通過在北大的社團活動，鍛鍊了成舍我的組織管理能力，為其以後創立報館打下了基礎。此外，成舍我在北大期間還參加了「新潮」社。新潮社從 1917 年秋開始醞釀，至 1918 年 12 月 19 日正式成立，成舍我成為首批社員。新潮社成立後即出版《新潮》，取英文名“The Renaissance”，主編之一羅家倫後來回憶認為，從這一譯名（「文藝復興」之意）即「可以看見當時大家自命不凡的態度」。〔註 49〕，但並未過多參與其中。還有當時的一個名為「非宗教大同盟」〔註 50〕的組織，成舍我雖然活動不多，但從這些經歷中可以看出當時成舍我思想活躍的精神狀態和積極參與社會活動的能力。

1.3 北京《益世報》(1918～1920)：「一鳴驚人」

進入北大以後，為了解決生活問題。成舍我曾寫信託李劍農等設法，由李作函介紹，通過時任北大圖書館主任的李大釗，將成舍我介紹給北京《益世報》總經理杜竹宣，入該報任編輯。從此，成舍我白天在北大國文系聽課，晚間在北京《益世報》工作。〔註 51〕

《益世報》由天主教神甫雷鳴遠主辦，分別在北京和天津兩地出版，天津版經理為劉孟揚，北京版經理為杜竹宣。北京《益世報》在「五四」運動前名氣有限，銷路不多；「五四」運動時，憑藉天主教的勢力做庇護，在報紙言論和記載方面敢於放膽說話，銷數激增。從 1918 年到 1920 年，成舍我在北京《益世報》從小編輯做到大編輯，經常寫社論，署名「舍我」。尤其在第一次世界大戰以後，「山東問題」緊張時期和「五四」運動前後，成舍我寫了

〔註 48〕陳平原，《輿論家的態度與修養——作為北大學生的成舍我》，《報海生涯——成舍我百年誕辰紀念文集》，新華出版社，1998 年，第 93 頁。

〔註 49〕羅家倫口述，《蔡元培時代的北京大學與五四運動》，馬星野筆記，臺北《傳記文學》，第 45 卷第 5 期（1978 年 5 月），第 16 頁。

〔註 50〕《非宗教大同盟簡章》，王學珍、郭建榮主編，《北京大學史料》第二卷（1912～1937）·三，北京大學出版社，2000 年，第 2790 頁。

〔註 51〕張友鸞等，《世界日報興衰史》，重慶出版社，1982 年。第 41 頁。

不少文章，文筆相當犀利，博得一些讀者的稱許。

在《益世報》工作期間，成舍我最廣為人知的事件是於 1919 年 5 月 23 日發表了題為《安福與強盜》一文，文中對「安福俱樂部」的腐朽政客們進行了一針見血的鞭笞。這篇文章一經發表即引起轟動。次日，京師警察廳以「煽動軍隊，鼓蕩風潮」之罪，將《益世報》強行查封，並將總編輯潘雲超拘捕，轉交地檢廳判刑一年，其餘發行、印刷二人被判拘禁二月。由於《益世報》的創辦人雷鳴遠是比利時傳教士，該報又在美國使館註冊，在美方的干涉下，《益世報》在停刊 3 日後復刊。成舍我則非但未被社長解聘，反而代行總編輯之職。報紙的銷量經此風波從千份躍升至萬份。

《益世報》被查封表面上是因為轉載了上海《新聞報》的《山東第五師全體士兵敬告全國同胞電》，由於該電文表達愛國軍人對外交失敗的憂心和對曹汝霖等賣國賊的憤恨，觸怒了當局；實質上則是，「五四」運動爆發之後，該報一直站在支持學生運動一方為學生辯護，如 5 月 7 日登載的《對外怒潮影響之擴大》、13 日的《正告曹汝霖》、16 日的《勸告軍警》等，都直指北洋政府。而 23 日的《安福與強盜》的言辭更為「直接」和「激烈」。雖然這篇文章是由於主編一時「恰巧不在」而未經刪改刊出，但它在中國新聞史上留下的聲音頗為宏亮。因為這篇文章無論從立意還是角度，都顯現了當時尚為大學生的成舍我，具有的一種國家意識和民族情懷，是難能可貴的。

孫中山曾經指出，「自北京大學學生發生五四運動以來，一般愛國青年，無不以革新思想為將來革新事業之預備。於是蓬蓬勃勃，發抒言論。國內各界輿論，一致同倡。」〔註 52〕而成舍我對於民主、自由與正義的呼籲和吶喊，在這篇文章中展露無遺，成舍我的愛國主義思想在其言辭中溢於言表。在成舍我的報海生涯裏，北京《益世報》是一個重要的職業過渡期，正是從這份報紙開始，成舍我的新聞思想開始萌芽，筆觸更加集中在社會政治問題方面，《益世報》為成舍我提供了一個重要的實踐平臺，為其即將展開的職業辦報生涯拉開了序幕。

1922 年春，成舍我經北大教授沈溯明（兼任北京市立師範學校教務主任，原係新知書社股東）介紹入北京師範學校擔任了一段國文教員，不久又回到北京《益世報》繼續編輯工作。1923 年秋間成舍我加入李次山所辦的北京聯合通信社任編輯。次年，李次山南去，由成舍我主持社務，吳範寰及《益世

〔註 52〕《孫中山選集》，人民出版社，1981 年，第 482 頁。

報》同事張恨水成為該通訊社的骨幹。那時，「五四」運動已經進入低潮期。由於軍閥之間連年混戰，報紙成了軍閥官僚爭權奪利的工具。在北京具有社會影響力的《晨報》等，也無不聽命於某個軍閥派系，所謂「言論公正」事實上是做不到的。成舍我有鑑於此，決心辭去《益世報》職務，創辦自己的報紙。

成舍我從安慶到瀋陽再到上海，從《民嵒報》到《健報》；經歷「南社風波」，在上海《民國日報》，從「賣文公司」到報館編輯，參與發起「上海報界俱樂部」，為「北上」伏筆；求學北大，為作為「輿論家」而準備；到北京《益世報》「一鳴驚人」。成舍我自辦報刊以前的這段經歷，在諸多報業實踐與社會活動中已經初露一個報業工作者的素養，不僅在自身的知識增長、能力培養等方面大有收穫，更為重要的是其個人的職業理想和事業追求在這一時期得到了很好的啟蒙和鍛煉，表現出的思想狀態、理想抱負和作為報人的特質，為成舍我後期的新聞職業實踐奠定了扎實的認知基礎和活動能力。這一時期的報業實踐不僅使成舍我積聚了內涵豐厚的「報人素養」，也從各個渠道為其今後的發展累積了不少「社會人脈」，這些都成為成舍我日後報業持續經營發展的基礎。可以說，成舍我早期的報業經歷，不僅展示了其作為報人的思路、初步確立了報界話語立場，也有自主獨立的職業追求，這些都為其以後的報海生涯奠定了深厚的根基，表現在辦報業務、職業理念與思考方式等各個層面，因此，這一階段可以稱為成舍我報業職業生涯的醞釀期，奠定了成舍我報業實踐的基礎。

第2章　辦報：跌宕起伏的報海生涯

民國八年，先考始不再勞役於外。十年，平卒業。十三年，出所積金二百，就北平創辦《世界晚報》。不期年，大起。十四年，更增創《世界日報》。並迎養先考及母氏歐陽夫人於北平寓次，當是時，軍閥柄國，變亂相尋，兩報以指陳時政，無忌憚，迭為當居者禁閉，然愈禁閉，而兩報聲焰愈張。十五年，張宗昌捕殺北平新聞界先進邵飄萍、林白水。更於殺林白水次夕，遣緹卒數十，捕平。已宣示死刑矣，已故國務總理孫慕韓先生急救得免。在獄之日，惟日以震驚先考及母氏為慮，及出獄見先考夷然，心大安。先考徐語平：吾先人雖無大功德，然吾不信及吾之身，將見汝有非命之慘。且直言縱可賈禍，然士君子讀書所應爾也。不然，又何貴汝司言職耶。時國民革命軍已據武漢，順流東向，乃南走滬，抵滬而南京以克，乃更與同志創《民生報》於新都。〔註1〕

作為民國年間的新聞界重要人物，成舍我先後創辦「世界三報」(《世界晚報》、《世界日報》及《世界畫報》)、《民生報》、《立報》等；辦報活動涉及北京、南京、上海、重慶、香港、臺灣；辦報時期歷經辛亥革命、五四運動、軍閥混戰、抗日戰爭、解放戰爭、戰後和平階段，是著名的報業活動家、社會活動家和新聞教育家。成舍我不僅熟諳新聞實務，能採能評，而且經營有道，並開辦了北平新聞專科學校，成舍我本人及其所創報紙在民國社會中起到了相當的影響。

〔註1〕成舍我，《先考行狀》，《報海生涯——成舍我百年誕辰紀念文集》，新華出版社，1998年，第29頁。

2.1 北京：創刊「三個世界」(1924～1937)

二十世紀二十年代中期，成舍我利用北京軍閥統治的混亂局勢，接連創辦了以「世界」二字命名的《世界晚報》、《世界日報》〔註 2〕及《世界畫報》，統稱《北京世界日晚報》，1935 年改稱《北平世界日報》，是北京歷史上惟一同時出三份報紙的報社，這些辦報活動使成舍我步入了民國著名報人的行列。《世界晚報》自 1924 年 4 月創刊，1925 年 5 月《世界日報》創刊，同年 10 月增辦《世界畫報》，至 1937 年 8 月 9 日因日軍進入北京城而停刊，報社被日偽接收；1945 年抗戰勝利後，《世界日報》於同年 11 月 20 日在北京復刊，出至 1949 年 2 月，北京解放後，《世界日報》被人民政府接管，前後共出版 17 年，是解放前華北地區頗有影響的報紙。

2.1.1 「世界報系」創刊的社會背景：北伐完成，軍閥興起

張靜廬在《中國的新聞記者與新聞紙》一書中寫到：「北平，雖然說是首部，但是究竟中國的土地，為有槍階級統治權力所能及到的，所以在北平辦報的，確是比上海天津為困難，因為上海天津有外國人的租界呀！中國人辦的新聞紙一定要在租界上出版，才敢說話——自然是說中國話，而外人在中國境土內辦的新聞紙，卻可以自由地批評中國的政局，這是怎樣的矛盾，而可痛心的事呀！北平從前的新聞紙本來是亂七八糟的，論量，比任何地方都多，多的時候，日報竟有八九十種；論質，可以看看的確有獨立的精神，別出特色的，總不會有過八種十種，北平原是藏污納垢，賣官鬻爵的一個腐化的大窟窿，無聊的文人，拍上了一個官吏或一個軍人的馬屁，騙了他五百一千的津貼費就辦起一個報來，叫印刷所在別家已經排成的報紙的大樣上面，照樣地套印一下，不過改換過一個報頭，印下五十張一百張，就算他的日報出版了；他們這不是辦報，是用白紙印上了黑字，送給出錢的後臺老闆過過目，自己撈些津貼費化化罷了。這樣的新聞紙哪裏能夠持久呢？所以一朝天子一朝臣，每次政局的變動，同時就有一大批報紙連帶倒坍，但是過了幾時，又有一批新的日報出現在大柵欄口的報攤上了。」〔註 3〕

〔註 2〕電影《城南舊事》中有一個鏡頭，主人公林英子的爸爸，下班回到家隨手打開一張大報展閱，報頭赫然印着「世界日報」四個大字。這部根據作家林海音的童年經歷改編的電影，栩栩如生地描繪了二十年代北京的古城風貌及風土人情，曾在馬尼拉、南斯拉夫等電影節獲獎。雖然其中的鏡頭只是短短一瞬，但不難看出，《世界日報》在當時尤其是知識分子中應是頗受歡迎的。

〔註 3〕張靜廬，《中國的新聞記者與新聞紙》，光華書局，1930 年，第 47 頁。

《世界晚報》的開創階段，處於北洋政府段祺瑞的執政時期。北京自從清朝潰亡後，又經過北洋軍閥 17 年的武力統治，千瘡百孔，市面蕭條，人民生活在水深火熱之中。作為北洋政府的首都，在這幾年中，北京的政治局勢極為混亂。1923 年 6 月，直系軍閥驅逐北洋政府大總統黎元洪後，計劃選舉曹錕為大總統。在 1924 年秋賄選總統曹錕袍笏登場後，北洋軍閥政權已經搖搖欲墜。是年，孫中山在廣州任大元帥。改組國民黨，使南方的革命形勢蓬勃發展。1924 年 9 月，第二次直奉戰爭，直軍全部覆滅。11 月 15 日，張作霖、盧永祥、馮玉祥、胡景翼、孫岳五人聯合公舉安福系的段祺瑞為中華民國總執政。段祺瑞上臺後宣布「外崇國信」，取媚帝國主義各國，承認法國以金佛朗償還庚子賠款的要求，使中國損失八千多萬元。到了 1926 年春，南方革命軍開始北伐。7 月，北伐軍已消滅了吳佩孚、孫傳芳的武裝力量。又順江而下，先後佔領了上海、南京，控制了東南和中南地區。〔註 4〕

震驚全國的「三・一八慘案」發生後，段祺瑞政府於 1926 年 4 月下臺。魯軍接著進駐北京，而奉軍首領張作霖也對北京虎視眈眈，直到 1927 年 6 月 18 日，張作霖在北京就任大元帥，以潘復為總理，組成政府。不過張作霖能夠統治的地區已然處於岌岌可危之勢，在張 1928 年 5 月 30 日退出北京後，北洋軍閥的統治，至此告一段落。6 月 11 日，國民黨政府派閻錫山進駐北京，這個古老城市又開始了新的混亂。北洋軍閥末代統治者張作霖在 1928 年 5 月 30 日逃出北京。1930 年即開始了「蔣閻混戰」。蔣介石「清黨」後所組合的國民黨，並不是一個統一的整體。擁有武裝力量的蔣、馮、閻、桂各系，以及其他大大小小的軍閥，各自盤踞一方。蔣介石為了發展自己的勢力，削弱當時佔有華北、華中、華南廣大地區的馮、閻、桂各系，通過南京政府，召開了一系列會議，決定統一財政，裁減軍隊。1928 年 8 月召開國民黨五中全會還決定削減各地政治分會職權，並限於年底取消，企圖集中權力在他控制的南京政府。1929 年 1 月，張學良在東北易幟，中國在形式上完成統一。接著張發奎和桂系軍閥反對蔣介石，發生了「蔣桂戰爭」，在 1930 年 8 月，又發生了「蔣馮閻戰爭」，閻、馮倒蔣的活動，涉及範圍相當廣泛，除軍事外，在政治方面，以汪精衛、陳公博等為首的投機派和閻錫山、馮玉祥，以及舊官僚唐紹儀等人在北京另組國民黨中央黨部。7 月 13 日籌組擴大會議，8 月初舉行正式會議，還召開了討蔣群眾大會，並於 9 月 10 日在北京成立國民政

〔註 4〕張友鸞等，《世界日報興衰史》，重慶出版社，1982 年，第 50 頁。

府，以閻錫山為主席，和南京的國民政府分庭抗禮。可是因為前方軍事失利，不到一月，北京的國民政府就自行解體。9 月 22 日，東北軍開進北京，擴大會議以及閻錫山、馮玉祥兩軍的「要人」，紛作鳥獸散。張學良於 10 月 3 日在北京順承王府成立陸海空軍總司令行營，自任行營主任，統轄北京。〔註 5〕

政界混亂，新聞界同樣如此。許多軍閥政客為了吹捧自己，攻擊他人，紛紛辦報紙，開通訊社。據《晨報》在 1925 年底公布北洋軍閥政府六個機關贈送「宣傳費」的報社，通訊社達一百多家，加上空立名目，不發報不發稿的報社和通訊社就更多了，大約在二百家以上。當時北京的人口約一百萬左右，形成一種「畸形」的報界生態。可以說，當時所有的報社都有後臺老闆，某家報社或通訊社由某人或某派出資創辦，當事人並不隱諱，也無人引以為怪。而通訊社敲詐勒索，並不發稿，也是不足為怪。有的報紙和他報合用鉛版，各用各的報頭印刷，印上十多份，贈送給出資的軍閥政客，並不在市面上出售。若遇到政局大混亂時，更是投機者敲竹槓的時機。如曹錕「賄選」時，甘石橋「議員俱樂部」負責收買議員，也收買新聞記者，不少報社和個人領了數額不等的「津貼」。又如「金佛朗案」發生，更是有人趁機大發其財。據事後透露，有的報社竟得到兩萬元或幾千元的「津貼」，得幾百元的就更多了。還有的報社、通訊社因為沒有領到「津貼」而登報質詢。此外，報社之間為了「津貼」而互相攻訐，也是屢見不鮮。〔註 6〕這時親直系的眾議院議長吳景濂和直系軍閥、政客在甘石橋設了「議員俱樂部」，那時正值舊國會在北京復會，記者採訪新聞的目標集中於「議員俱樂部」。成舍我因聯合通訊社採訪新聞的關係，結識了不少議員，如眾議院院長吳景濂和議員陳策等。1924 年由吳的關係入眾議院任一等秘書，又因和彭允彝的關係，當過教育部的秘書，其後又結識了外交界的宋發祥等，由宋介紹給當時財政總長王正廷，當上了華威銀行的監理官。成舍我初涉政壇，但並不熱衷，一心嚮往的還是創辦自己的報紙。〔註 7〕

2.1.2 《世界晚報》面世：以副刊打開局面

1924 年初，成舍我開始獨力辦報。當時成舍我拿得出的資本只有二百元，

〔註 5〕張友鸞等，《世界日報興衰史》，重慶出版社，1982 年，第 43 頁。
〔註 6〕張友鸞等，《世界日報興衰史》，重慶出版社，1982 年，第 45 頁。
〔註 7〕張友鸞等，《世界日報興衰史》，重慶出版社，1982 年，第 51 頁。

限於財力辦對開日報捉襟見肘。同年 4 月他創辦了日出四開一張的《世界晚報》。晚報創刊時，社址設在西單手帕胡同 35 號成舍我的私寓內，設備簡陋，由外面私營印刷所代印。《世界晚報》於 1924 年 4 月 1 日出版，每日下午出版四開一張。草創之初，成舍我自任外勤記者，聘龔德柏〔註 8〕為總編輯，吳範寰為經理，張恨水系兼職，只能算半個人。《世界晚報》創刊時，當時北京已有 17 家晚報，同業間競爭很激烈，《世界晚報》標榜「主張公正，消息靈確」，以刊登當天新聞，「決不採用隔日舊聞」做號召，一改當時晚報新聞幾乎全部剪自日報的做法；創刊時，在《京報》等報刊登廣告，標榜「主張公正，消息靈確」，並突出五大特色。〔註 9〕（一）本報新聞，力求靈確。而對當日之國務會議，國會紀事及政局上之重要消息，尤能盡先揭載。各部院均有專員採訪，京外要埠並有專電，絕不向早報、滬報抄襲片紙隻字。（二）國外新聞關係重要，本報為引起國人之世界觀念起見，特聘專人擔任各國通訊，並與外國通信社特約，凡本日下午二時以前拍發到京之電報，本報均能盡先譯載，不但不抄襲早報，而且比早報先登一日。（三）本報為發展教育起見，特闢專欄，揭載關於教育界之種種消息，以引起國民注意。（四）本報特闢「夜光」一版，揭載各種富於興趣之文字，均聘有專員，分類擔任撰述。而《春明外史》描寫北京各級社會之狀況，淋漓盡致，尤為不可多得之作。（五）本報對於政治上各種問題，均時有公正之批評，遇有重大問題發生，並特請專家擔任撰述。其中尤以廣告中所列第三點最為突出，當時的晚報，固然各依其背景不同，刊載一些政治新聞，而大部分篇幅是登載社會新聞，以「聳人聽聞」吸引讀者，而《世界晚報》闢設教育專欄，在與同業競爭中可謂獨樹一幟。北京當時是全國中小學最多的城市，公私立的大學也有 29 所，為全國最多。為數眾多的教職員和學生，都是晚報銷售的對象。晚報登載學校及文教方面的消息，自然更增加對他們的吸引力。事實證明，教育新聞確為《世界晚報》招徠了不少讀者，對於報紙的打開銷路，起到了一定的作用。

針對普通讀者對晚報的政治新聞要求不高，而喜歡看輕鬆趣味的文字。

〔註 8〕龔德柏是湖南湘鄉人，日本留學生，曾任北京法政專門學校講師。初期和成舍我合作任晚報總編輯，後改日報總編輯，因要求分給股份和成爭吵不歡而散，離社自辦《大同晚報》。北伐後去南京任內政部參事。抗戰中在重慶以「日本通」自命，在王芃生所辦的國際研究所任職。戰後在南京辦《救國日報》，曾當選「國大代表」，解放前去臺灣。

〔註 9〕張友鸞等，《世界日報興衰史》，重慶出版社，1982 年，第 51 至 52 頁。

《世界晚報》「夜光」版迎合讀者所需，大登富有趣味的文字，尤其是張恨水所作的《春明外史》長篇小說連載，更受讀者歡迎。《春明外史》寫的是二十世紀 20 年代的北京，筆鋒觸及各個階層，書中人物，都有所指，有的讀者甚至把它看作是新聞版外的「新聞」，吸引力非常之大，很多人花一個「大子兒」買張晚報，為的就是要知道這「版外新聞」如何發展，如何結局的。〔註 10〕後來由《世界晚報》社出版單行本，也風行一時，增加了報社的經濟收入。

《世界晚報》的發行主要採取批發給報販的方式，每 10 份最多得 6 分，而 10 張四開白報紙，約合二分五釐，可餘三分五釐，一千份僅餘三元五角。就以這個最高估計數目，加上印刷和人工開支也是入不敷出。加上當時北京不是工商業區，廣告本來不多，因此需要推廣銷路。成舍我曾到街頭賣報，有時報社的人也去賣報，再由報社的人出頭去買，以引起行人注意，廣開銷路。半年後，雖然營業稍有起色，但是報社人員的薪金仍然沒錢開支。晚報處在存停的關鍵時刻。但成舍我不僅沒有停辦晚報，反而增添了日報。

2.1.3 《世界日報》創刊：「教育新聞是其生命線」

《世界日報》的發展歷史可分為兩期，從 1925 年創刊到「七七事變」停版，共有 13 年半的時間，這可稱為前期的《世界日報》；1945 年抗戰勝利，是年 11 月 20 日《世界日報》復刊，到 1949 年 2 月北京解放，被接管，共計歷時三年半，這可稱為後期的《世界日報》。前後兩期，共約有 17 年的歷史。

1925 年春成舍我添辦日報時，社址改租石駙馬大街甲 90 號作社址〔註 11〕。這所房屋是袁世凱族人袁乃寬的產業，庭院相當寬敞。由於成舍我和「安福系」財閥賀得霖建立了聯繫，以在政治上為賀支持作條件，賀從東陸銀行撥出幾千元，購置了對開平版印刷機和鑄字、排字等設備支持《世界日報》。1928 年成舍我從南方回來，由李石曾撥付一些資金，又陸續添置了兩部全張印刷機和新字模等。

〔註 10〕 張友鸞，《章回小說大家張恨水》，張占國等編，《張恨水研究資料》，天津人民出版社，1986 年，117 頁。

〔註 11〕 《世界日報》石駙馬大街社址的房東袁乃寬，是袁世凱稱帝時籌備處的庶務主任，曹錕賄選時他經手賄款，當時被稱為籌備大典的專家。成舍我與他在賄選期間結識，袁希求成的幫助，因而將房子租給成辦報。張友鸞等，《世界日報興衰史》，重慶出版社，1982 年，第 51 頁。

北京《世界日報》實際是三個報的總稱。1925 年 5 月 1 日創刊，初期每日出版對開一大張，以後擴增為兩大張，有一個時期曾出過三張到四張，抗戰後復刊改出一大張。由於先有晚報後有日報，所以初期對外名稱是「北京世界日晚報」，後因有人建議說這樣名稱不大方，從 1935 年起，就以日報作中心，定名為「北平世界日報」。出版前曾在《晨報》刊登廣告：「與北京各大報，有同等（或超過）價值之《世界日報》，現已定二月十日出版。凡在二月十日前訂閱《世界晚報》者，一律贈閱日報二十天（至二月底），不索分文。費銅元一百枚，而得讀兩種議論嚴謹、消息靈通之報紙，天下最便宜之事，實無過於此。愛讀諸君，幸勿交臂失之。」北京當時著名的日報有《晨報》和《京報》，還有日本人辦的《順天時報》。〔註 12〕《世界日報》為了和這些日報競爭，由初期的一大張，自四月起改為兩大張。內容和版面的安排，也儘量增加特色。當時《晨報》設有對開半張的學術性副刊，《世界日報》也從 8 月 1 日起，增闢了「學庫」版，以整版篇幅「介紹新潮，研究學術」，範圍廣泛，以吸引讀者。其版面的具體安排是，每版分 10 欄，每欄 89 行，每行 13 字。第一、四版是廣告，第二、三版是國內外要聞，第五版是畫報，第六版是各省新聞和社會新聞，第七版是「經濟界」、「教育界」和「婦女界」，第八版是副刊「明珠」。第五版的畫報是石印的，整版分為四大格，內容有小說畫、諷刺畫、滑稽畫、藝術畫等。這是 4 月出兩大張時增闢的，出到 131 期，按月出了單行本。到 10 月 1 日，畫報單張出版，另編發行數碼。「學庫」出版後，由萬枚子、莫震旦、羅敦偉主編，也有特色。只是限於人力，仍難勝過他報。因而在畫報出單張後，各版擴大篇幅，又增出「野果」週刊，「婦女與文學」週刊、「婚姻旬刊」和「小說旬刊」等。自 1926 年 4 月 1 日起，以原來「學庫」版面，專出週刊，計有經濟、婦女、科學、教育、兒童、文藝和政法 7 種，每週內輪流出版。後從 7 月 1 日起，又略加變更，計有戲劇、婦女、科學、兒童、政治、國學、文藝（原名「波光」）。另在第五版增出副刊，名為「世界日報副刊」，內容以科學與趣味並重，由《新青年》雜誌健將、文學家劉半農主編，劉半農的許多朋友，如《新青年》的同人，《語絲》的同人，以及許多學者名家，都曾為「世界日報副刊」撰稿。魯迅的《馬上支日記》就是最初連續發表於 7 月 5 日、8 日、10 日、12 日、19 日、23 日「世界日報副刊」上。魯迅在日記中曾記有：「1926 年 8 月 4 日，收世界日報稿費十四元三角。」就是指的《馬上支日記》的稿費。7 月 5 日、6 日、7 日、

〔註 12〕張友鸞等，《世界日報興衰史》，重慶出版社，1982 年，第 54 頁。

8日「世界日報副刊」還連續發表了張聞天的小說《周先生》，7月2日發表了許欽文的小說《我的父親和蘭花》，7月7日發表了沈尹默的舊體詩《雜感七首》等等。這些學者名家的作品，內容豐富精彩，吸引了很多讀者，也促進了報紙的銷數。半年後劉半農離去，該版由張友鸞接編。〔註13〕當時各報的新聞競爭激烈，副刊競爭也不例外。《世界日報》出版較晚，但幾經調整，很見成效。日報副刊「明珠」和晚報副刊「夜光」，堪稱姊妹刊，由張恨水主編，後來又有張友漁、馬彥祥、朱虛白、胡春冰撰稿。並陸續連載張恨水的長篇小說《新捉鬼傳》和《荊棘山河》，很受讀者歡迎。從1927年2月13日起，連載小說《金粉世家》更是轟動京華。這個副刊幾成日報的支柱。

以「世界」報系初創時期為例，當時北洋軍閥政府當政，北京不僅是全國的政治中心，也是文化教育中心，因而包括《世界晚報》、《世界日報》在內的各大報紙都十分注重軍事政治新聞。但是，成舍我卻獨創性地專門開設了其他報紙所沒有的教育新聞專欄，刊登北京教育界的消息。經過《世界晚報》、《世界日報》後來的實踐證明，教育新聞不僅為報紙招徠了大量的讀者，尤其是南京國民政府成立之後，全國政治中心轉移，北京報業凋零之際，《世界日報》更是一枝獨秀，更是幾乎成為「世界」報系的生命線。1928年6月，李石曾嗾使易培基提出建議，改組北京國立九校為中華大學，分設文、理、法、工、農、醫六個學院。與劉哲的京師大學堂的現狀並無二致。南京政府在7月11日通過設立中華大學的計劃，並派李石曾為校長。消息傳來，各院校師生一致反對，尤以北京大學師生最為強烈，於是發生了學潮。成舍我由於與李石曾的關係密切，人所共知，《世界日報》對待學潮的態度各方矚目。但《世界日報》卻出人意外地不但登載各校師生反對中華大學的新聞，還在南京政府派李石曾為中華大學校長後的第三天，7月14日，在第三版要聞版，登載劉復的《有關北京大學》文章，內容是反對成立中華大學。接著又登載了吳稚暉的《也關於北京大學》、豈明的《關於北京大學等》、朱希祖的《讀吳稚暉先生的〈也關於北京大學〉》、汪震的《國立九校合併問題》、李曼君的《從北大談到中華大學》、張躍祥的《一個理想大學》，以及一鳴的《我也來談談北京大學》等等。這些文章的作者，多是大學教授，他們的言論雖在某些細節上有分歧，但卻一致反對合併九校組成中華大學。這些文章反映了廣大師生的心意。《世界日報》並未顧忌，一律照登的做法，博得了

〔註13〕張友鸞等，《世界日報興衰史》，重慶出版社，1982年，第55頁。

讀者的讚賞，聲譽再度鵲起，銷量猛增。中華大學因各校師生的強烈反對，不能成立。李石曾設法將各院校合併，組成北平大學，與北平大學區配合。李石曾任校長、李書華任副校長，成舍我任秘書長，組織北平大學本部。李石曾欲將北京、天津、河北各院校的原有系統打亂，再任用一批親信主持，統管北方教育界。但當他準備就校長職時，遭到各校一片反對聲，北京大學學生在 11 月 17 日搗毀校長辦公處。只能由李書華代理校長。李石曾派人到各院校接收時，也遭到各校師生的反抗，如北京大學把前往接收的人打出校門；俄專和女大等校也拒絕接收。《世界日報》對於這些新聞都是如實登載，並不有所偏袒。尤其是師範大學學生在 1929 年 2 月 19 日遊行請願，封鎖校長辦公處和軍警互毆，是當時較大的一次學潮，也是引起成舍我憤而辭去秘書長一職的學潮。《世界日報》的「教育界」作為頭條新聞報導，幾乎用整版篇幅刊登各通訊社的稿件，連同該校學生會的有關來稿，都一同登出，不但詳細，而且使讀者感到公平、可信。《世界日報》對於學潮新聞也不是真正不偏不袒的。如 1930 年 6 月 21 日，女附中職員因不願隸屬女師學院，到校長辦公處請願，毆打女師學院院長徐炳昶，後來涉訟法院時，7 月 2 日，「教育界」刊載 6 月 21 日北平大學辦公處事件劉復的目證錄，為校方辯護。劉文很長，還有事件發生地點示意圖，佔了六欄多，這期的「教育界」為此改成整版，這個事件後來因人事變遷不了了之，但在當時，無論是社會觀感，或是法院訴訟方面，對附中教職員都是不利的。《世界日報》嗣後更是銳意加強教育新聞。1929 年 10 月報紙內容大刷新時，教育新聞是側重點。在刷新預告中，就有：「教育界篇幅，較前特別擴大。以後關於『教育界』新聞，必更有迅速詳盡之報告」。後來，「教育界」的篇幅，當即由五欄擴為八欄，內容更加豐富。重要新聞還登在要聞版，所佔篇幅更多了。副刊、週刊也轉向教育界。「明珠」版向來以詩詞掌故、趣聞一類文章著稱，這時也開始登載有關學生方面的作品。1931 年 1 月起連載枚子著的《半新女兒家》長篇小說，以大學開放女禁，招收女生後，男女大學生戀愛故事為內容的小說，新穎別致，情節生動，受到讀者歡迎。為此，將原載的《鳳頭鞵》連載小說，移登晚報「夜光」版。7 月 7 日，「明珠」版還刊登《一個北平大學生一天最低的消耗量》，說明一個大學生從學費、書費到生活的各項用費，極為詳盡，連載三天，引人注目。畫報也陸續刊登有關學生生活的照片和文章。幾種週刊，本來都是由各大學師生主編。1930 年 10 月 18 日起，增添「春明週刊」，

由春明女中師生組織的文學會主編，內容雖然淺顯，卻是報紙向中學生發展讀者的一項措施。〔註 14〕

這時日晚報的主要經濟來源，仍靠營業收入。日報發行定價，每份零售銅元 7 枚（約合大洋 3 分），每月 7 角，半年 4 元，全年 7 元 8 角。晚報每份每月 4 角（合銅元 100 枚），半年 1 元 8 角，全年 3 元 5 角。出版兩大張後，報價也做了調整，日報零售銅元 9 枚，每月大洋 8 角，半年 4 元 5 角，全年大洋 8 元。晚報零售銅元 6 枚，每月大洋 4 角 6 分（合銅元 140 枚），半年 2 元 5 角，全年 4 元。直接訂閱日晚報，除附贈畫報一份外，每月只收大洋 1 元。因此，廣告常以「一塊錢可看三份報」來招攬讀者。訂閱三份報每月 1 元，半年 5 元 6 角，全年 11 元。並以「價廉物美，世罕其匹」字樣作為營業收入的宣傳。廣告價，分甲、乙兩種。甲種（一版及新聞欄）：1 日至 3 日，每寸每日 8 角；4 日至 15 日，每寸每日 6 角；16 日至 1 月，每寸每日 4 角。乙種（封面中縫）1 日至 3 日，每寸每日 4 角；4 日至 15 日，每寸每日 3 角；16 日至 1 月，每寸每日 2 角。分類廣告在五版「明珠」上或下，7 月 1 日改版時，改登在二版「經濟界」下。分類廣告刊例是：50 字以內，每日 1 角；百字以內，每日 2 角。日報剛出版時，每日發行一千多份，由於批發價低，只能收回紙錢。一年以後，發行和廣告的收入逐漸增加，此時《春明外史》單行本銷數較多，有些營利，不無小補，能勉強維持。1926 年下半年以後，時局變化較大，新聞界變動也大，給了《世界日報》以發展機會，逐漸成為北京著名的大報。〔註 15〕

2.1.4　《世界畫報》：單張出版

《世界畫報》原來是《世界日報》的一個版。那時，北京有的日報出有單張道林紙的畫報，用銅鋅版印圖畫照片，頗受歡迎。《世界日報》初時沒有力量出單張，就在第五版增闢畫報版，每日都出，也可以說是獨創。1925 年 10 月 1 日，畫報開始單張出版，由褚保衡主編。9 月底的 3 天裏，在第五版原來畫報地位，用整版套紅廣告，宣傳畫報的單張出版。畫報第一期出版後宣傳：「本畫報系中國唯一之大規模的美術刊物，照相及製版均有完美之設備，圖畫由美術名家執筆，用銅版、石版彩色精印。」〔註 16〕，1925 年 10

〔註 14〕張友鸞等，《世界日報興衰史》，重慶出版社，1982 年，第 83 至 85 頁。
〔註 15〕張友鸞等，《世界日報興衰史》，重慶出版社，1982 年，第 56 頁。
〔註 16〕張友鸞等，《世界日報興衰史》，重慶出版社，1982 年，第 57 頁。

月 1 日發刊，每星期日出四開一張，用膠版紙鉛印，主要是用銅、鋅版製圖〔註 17〕。不過由於用石印，圖面質量相當差。半年以後，日報營業情況稍好，就出版單張畫報，完成日、晚、畫三個報的體系，也是當時北京唯一擁有三個報的報社。在內容和印刷上，是可以和別家畫報媲美的。不過《世界日報》始終沒有製版設備，銅鋅版係私人製版局承制，還達不到所謂「有完美之設備」的宣傳水平。

畫報單張出版之初，隔日出一次，四開大小。零售每份 3 分（合銅元 8 枚），每月 4 角。日晚報訂戶，先贈閱 3 期，每月收費 3 角。畫報除頭版外，其餘 3 版都刊登廣告。1926 年 9 月，特請林風眠先生為美術專家，擔任畫報編輯，目的在養成國人之「美的觀念」。並欲使歐洲美術與東方美術，得一融洽溝通之機會。此種以純藝術為前提之畫報，在中國實為首創。1926 年 10 月，《世界畫報》單張出版週年時，內容大刷新。9 月底，曾在晚報上刊登預告：「本報於去年十月一日發刊，迄今已屆一週年。茲自第五十七期起，特別刷新。敦請國立藝術專門學校校長林風眠先生主持編輯，精選中外繪畫、雕刻、建築、圖案各種極有價值之美術作品，按期刊登。並將世界美術家之派別、思潮、批評、傳記詳加說明，擇要介紹。此外如時事、風景、攝影，足以引人興趣者，每期亦酌刊一二。」〔註 18〕從第五十七期，已由林風眠先生著手編輯，定十月三日出版。林風眠接編時宣揚以純藝術為前提，因而畫報多是西方名畫家作品，有關時事的畫幅很少。畫報改為這樣的內容，是由於成舍我被捕釋放後，不敢涉及時事，以免發生意外。稍後畫報內容逐漸有所轉變。

2.1.5　「世界報系」的發展：從「一波三折」到北平淪陷被迫停刊

北洋軍閥政客迷信武力，用野蠻態度對待報紙，到了國民政府的統治時期，雖比舊軍閥略高一籌，他們在自己掌控的地域內，出版自己的報紙，辦自己的通訊社，最終目的依然是通過掌控新聞事業來為他們的統治服務。國民黨中央宣傳部於 1928 年 8 月在北京創辦了中央通訊社，又於 1929 年 11 月在北京創辦了《華北日報》。閻錫山、汪精衛等在北京另組國民黨中央黨部，舉行擴大會議

〔註 17〕在此以前有一個短時期，曾仿照從前上海點石齋畫報，用石印在日報內附出畫報一版。張友鸞等，《世界日報興衰史》，重慶出版社，1982 年，第 57 頁。
〔註 18〕張友鸞等，《世界日報興衰史》，重慶出版社，1982 年，第 58 頁。

時，1930 年 8 月 1 日，派人接收《華北日報》，利用原有的機器設備創辦《新民日報》，英文《新民日報》、《新民晚報》、《新民月刊》和新民通訊社。這部龐大的宣傳機器在 9 月 23 日隨著閻錫山的失敗也告終，其自辦及有關聯的報紙都自動停刊。而中央通訊社和《華北日報》卻在 10 月 10 日分別復刊。1930 年 12 月 16 日，張學良羅致《晨報》舊有人員創辦了《北平晨報》，作為他的宣傳工具。至此，北京新聞界經過這番動盪，日晚報只有大約 30 家，通訊社也不過約 20 家。同時由於國都南遷，市面蕭條，這幾十家報紙通訊社也不過勉強維持。以前享有盛名的《京報》，此時雖復刊，終因缺乏邵飄萍那樣的人才，不見起色。一度銷售甚廣的《益世報》，在動盪中一蹶不振。而《世界日報》則在動亂與同業凋零時，應時興起，營業逐漸發達，躍居北京報業首位。〔註 19〕閻錫山到北京時，就利用《晨報》的機器設備，於 1928 年 8 月 5 日開辦《新晨報》，接著又辦了《民言報》。

《世界日報》的發展，緣於當時北京報紙一時沒有可以與之抗衡競爭的同業，但天津的《大公報》卻是勁敵。《大公報》以消息靈通，敢於執言標榜於世，在北京高級知識分子中讀者頗眾，是《世界日報》的主要競爭對象。故而，《世界日報》針對與《大公報》的競爭，充實內容之外，也加強社論。同時利用《大公報》下午才能到達北京的弱勢，提早出報時間，這些措施收到成效，《世界日報》的發行數，在北京始終凌駕於《大公報》的銷數，保持首位。

1926 年，正值奉魯軍閥佔據北京時代，有些報紙的言論記載對軍閥敢批逆鱗，間作冷嘲熱諷之詞。張宗昌因潘復等的慫恿，決定實行殘酷的鎮壓手段。凡是發表對他們不利言論的新聞記者，輕則逮捕監禁，重則槍斃。1926 年 4 月以「赤化通敵」的罪名捕殺京報社社長邵飄萍。8 月 6 日深夜派憲兵逮捕《社會日報》主筆林白水，當夜即以「通赤有證」的罪名執行槍斃。並連續兩次逮殺報人，在當時已造成恐怖氣氛。接著在 8 月 7 日夜間成舍我又被憲兵捕去，當時報社同人多認為成此去必將遭到邵、林同樣的命運。英國路透社甚至宣稱「成氏已被處決」。成舍我被捕後，孫寶琦曾親自出面前往張宗昌處斡旋，張宗昌說：「像成某這樣人，死有餘辜。為了你的面子，可以暫時不殺。」孫辭出後，又親函懇求。張覆信說：「成舍我罪情重大，本應槍斃，既承親囑，可改處有期徒刑。」第二天，孫又親自前去保釋，張答覆要審查最近 10 天的報紙內容才可決定。報社同人立即仔細檢查，發現印好的畫報第

〔註 19〕張友鸞等，《世界日報興衰史》，重慶出版社，1982 年，第 71 頁。

50 期的內容稍有不妥，立即停止發行。副刊「明珠」原載有張恨水的長篇小說《荊棘山河》，也怕引起誤會而停止印刷。10 日，張宗昌答應開釋。開釋令略謂：「《世界日報》成舍我，既屬情有可原，著即開釋，並派人送往孫總理宅可也。此令。」並要孫宅收到後開個收條。孫的收條寫著：「茲收到成舍我一名。孫寶琦。」成舍我下午 7 時回家，第二天在報上登了特別啟事致謝：「平此次被捕，情勢危急，曲予矜全，業於十日下午七時安全回寓。被捕期中，承各方師友竭力營救，再生之德，沒齒難忘。除即日分別叩謝外，恐勞錦注，謹先奉聞，伏維垂察。成平謹啟。」成舍我對慰問的人談被捕時的感想，說他被推上大卡車時，腦子裏只有一個念頭，就是一顆子彈從後腦打進去的可怕設想。在此後一年多的時間裏，成舍我在報上一言不發，新聞報導也特別審慎。1931 年 9 月，成舍我在《先考行狀》裏寫道：「當繫獄時，平追念十餘年中之憂危恐怖，輒思一旦得釋，必棄此他圖。及聞先考訓，夙志益堅。然張氏終以不能得平為憾。」成舍我幸得孫寶琦搭救，1〔註 20〕孫寶琦，曾任北洋政府國務總理。履新之初，政敵曹錕以及輿論界大舉倒孫，唯有《世界晚報》力挺孫寶琦。加之成舍我與孫寶琦的兒子孫用時是盟兄弟，孫用時是日本在華商業公司的人員，想利用成為他做宣傳。1924 年 6 月 15 日，《世界晚報》登載國務院 14 日所發關於德發債票分配的通電。按德發債票如果解決，尚可收現款 1500 餘萬元。當時北洋政府財政困難，有此鉅款，自是人人眼紅。按說如何分配是財政部的事，可是財政部部長王克敏是曹錕最信任的人，與孫寶琦不和，孫就難於插手分肥。於是通電說，此款已由國務會議決定，由財政部開列分配清單，提經國會兩院議決，才能分發。這是孫寶琦玩弄的手段，他將電報透露給成舍我，《世界晚報》當然照登，中美和益智兩個通訊社也照錄發稿。第二天，《京報》等日報也予照登。曹錕對此大為不滿，國務院秘書廳又出面否認，謂係奸人捏造，意在挑撥。並函請京師警察廳對《京報》根究來源，嚴切法辦。《京報》社長邵飄萍以為捧孫最力的《世界晚報》首先登載無人問罪，《京報》轉載反而要法辦，極為氣憤，乃於 21 日在報上公開致函孫寶琦責問。當時德發債票並未解決，所有紛爭最後不了了之。由此可見，孫寶琦能夠出力從張宗昌刀下救出成舍我，不是沒有原因的。〔註 21〕

成舍我被捕，也有說是受他族兄成濟安的連累。成濟安表面和奉系接近，

〔註 20〕張友鸞等，《世界日報興衰史》，重慶出版社，1982 年，第 46 頁。
〔註 21〕張友鸞等，《世界日報興衰史》，重慶出版社，1982 年，第 50 頁。

實際是奉國民黨使命北來，在《世界日報》任職藉以藏身。後來自辦《民立晚報》和「民立通訊社」，為國民黨做宣傳。在國共兩黨分裂以前，奉魯軍閥對於為國民黨說話的，都叫赤化。成氏兄弟也被列入赤化名單。那天憲兵是先到《民立晚報》逮捕成濟安。成濟安當時正在報社後院，聽說前面來了憲兵，情知不妙，跳牆而去。憲兵撲了空，而到《世界日報》將成舍我逮捕。所以有人說他是代人受過。其實，按照當時情況，張宗昌要逮捕他兄弟兩人，只是因為成濟安和李大釗有些來往，對成濟安看的較為重要。成舍我為了應付軍閥的傳詢、逮捕，特別安置了一個掛名經理。先後擔任此職的有門覺夫、孫芳，月薪只有 20 元。成濟安也擔任過此職。成舍我被捕後，知道這樣的經理並不能代他被捕，就取消了。成舍我獲釋後，登載新聞極為慎重，也很少發表有關國內時事的社論，畫報也改為以藝術作品為主要內容。1927 年 4 月，李大釗被害，成舍我為躲避風聲，於 6 月前往南京，給《世界日報》採訪新聞、拍發專電。〔註 22〕成濟安，早年追隨孫中山，曾在 1917 年孫出任大元帥時，擔任孫中山的憲兵司令。此前袁世凱上臺，成濟安亡命日本，曾就讀於日本政法大學，繼又去新加坡辦報。後孫中山到廣州，曾派成濟安去瀋陽，對張作霖做工作。後成濟安到北京，從事新聞工作。當時國共兩黨合作，成濟安曾和李大釗有聯繫。在《世界日報》初創時擔任總編輯，後由黃少谷接任。1926 年軍閥張宗昌抓捕成舍我時曾下令先逮捕成濟安，幸好其乘坐人力車近家時見勢不好，未下車回家而繞道避入位於東交民巷的蘇聯使館，得以逃脫。後成濟安也攜家經武漢到南京，在國民政府擔任參事。八年抗戰期間全家到了重慶。日本投降後才重返南京。1934 年 7 月，成舍我因得罪了當時的行政院長汪精衛而被憲兵司令部藉故逮捕關押 40 天，成濟安憑藉曾在孫中山麾下擔任過憲兵學校校長和憲兵司令的身份持有特殊通行證，去給成舍我送牢飯。〔註 23〕

在軍閥專橫時期，成舍我幾乎「以身殉報」，正是「言之不能盡，即盡而絕不能有所裨益於事實」，「不復以言論貢獻於讀者一年數月於茲矣」的不得已的苦衷。1926 年 8 月以後，因備受北洋軍閥的壓迫，謹言慎行，默然無聲。內容方面，所登新聞全係官方消息，不再出現「特訊」，社論絕跡，也無「漫談」之類文章，副刊只談風月，週刊、畫報都與政治絕緣。兩大張日報、四

〔註 22〕張友鸞等，《世界日報興衰史》，重慶出版社，1982 年，第 47 頁。
〔註 23〕成幼殊，《幸存的一粟》，山東畫報出版社，2003 年，第 4 頁。

開的晚報，欠缺生氣，營業勉強維持。自 1928 年春，《世界日報》開始復蘇。3 月 17 日登載成舍我以「尊煊」筆名寫的題為《南方政局之剖析》的南京通信，論述當時的南北局勢，打破一年多的沉默，開始發言。到 5 月 3 日，日本出兵濟南，殺害我外交人員蔡公時的慘案發生時，用大量篇幅登載新聞，以「日人將為人類公敵」、「嗚呼山東，嗚呼中國」這樣的字句為標題，版面重新活躍起來。第三版闢「讀者論壇」欄，大量刊登反日文章，「明珠」版主編張恨水也寫了《中國不會亡國，敬告野心之國民》及《學越王呢，學大王呢？》之類的時事短評。文藝性質的「薔薇」週刊，改出「國恥號」，談起政治。教育版大事刊登各校師生聲討日軍侵略暴行的新聞，雖常有被檢扣的空白，但由殘留的字裏行間，仍能看出師生們同仇敵愾的情緒。5 月 10 日，日晚報同時發表社論。日報社論的題目是：《吾人將何以自處？》；晚報社論的題目是：《國人應速下決心》，內容都是對日本帝國主義暴行的譴責和聲討，同時也藉此抒發一年多來的感慨。日報社論開頭寫道：「吾人不復以言論貢獻於讀者，一年數月於茲矣。此雖在新聞記者之天職，良有未盡，然言之不能盡，即盡而絕不能有所裨益於事實，則誠不如不言之為愈。諺云：『留得青山在，不愁沒柴燒』吾人區區留得青山之意，或亦讀者所鑒諒歟？」社論裏表現出對於往事的無限感慨，對於未來寄予無限希望。〔註 24〕時異勢殊。希圖殺害成舍我的軍閥張宗昌，已成敗軍之將，4 月底從濟南落荒而逃；盤踞北京的軍閥張作霖，氣息奄奄，朝不保夕。而備受摧殘的《世界日報》，卻安然無恙。展望未來，引用的「留得青山在，不怕沒柴燒」兩句俗語，表現出對未來的樂觀情緒；一句「吾人區區留得青山之意」，又道出當事人內心深處的歡欣。這篇社論，雖未署名，但是成舍我在南京寫成，寄回北京發表的。

成舍我在南京一年多的時間裏，與國民黨人多有接觸，耳濡目染。尤其李石曾、吳稚暉等人對成舍我影響頗大。成舍我對於國民黨也抱有很大希望。當北京懸掛其青天白日旗時，《世界日報》從 6 月 11 日起，以第八版週刊地位，連續刊登孫中山的演講稿《三民主義》，自「民族主義」第一講起，全部登完。接著又連續刊登國民黨政綱及孫中山的《建國大綱》。還取消了照例的年節放假休刊，6 月 22 日為農曆端午節，也照常出版。1928 年 10 月 10 日辛亥革命紀念日時，除四版印紅色，另出特刊一大張，以示慶祝，前所未

〔註 24〕張友鸞等，《世界日報興衰史》，重慶出版社，1982 年，第 77 至 78 頁。

有。1929年元旦，出版新年特刊兩大張，國民黨要人蔣介石、胡漢民、閻錫山、孫科、孔祥熙等共四十餘人，都有題詞或論文，圖文並茂，洋洋大觀，是《世界日報》空前絕後的大特刊。可以看出成舍我對國民黨的希望和對報紙前途的信心之強。〔註25〕當時的北京新聞界對國民黨抱有希望，在易幟以後，新聞界提出取消新聞檢查。閻錫山為了籠絡新聞界，於1928年7月，蔣介石來北京時，宣布停止新聞檢查。這個虛偽姿態贏得了新聞界的歡迎，不過半月以後，北京市公安局通知各報社，凡是有關軍事新聞稿件，隨時要送局檢查。事實上，國民黨對待新聞界，與北洋軍閥並無二致，同樣沒有新聞自由與言論自由。只不過有時迫於形勢而擺出一種姿態而已。如1928年冬，國民黨中宣部制訂了檢查新聞條例，到1929年9月，國民黨中常會又決議：「凡新聞紙之一切檢查事，除經中央認為特殊情形之地點外，一律禁止。」又如國民黨中宣部在1929年12月27日指令各級黨部，按月審查日報、通信社，範圍極為廣泛，從論著、思想、黨義宣傳到印刷、版面都在審查之列。就在這個指令發出的第二天，蔣介石在通電各報中與在30日南京招待新聞界時，都說要廣開言路，其最終目的不過是要得到輿論支持。〔註26〕1930年新年，解除了桎梏的北京新聞界一派喜氣洋洋的氣象，《世界日報》卻遭遇波折。《世界日報》遭此波折，經濟上或稍有損失，卻增加了聲譽。按照新年休假慣例，各報休刊3天。1月5日復刊時，《世界日報》未能出版。在《世界晚報》上登有《世界日報》的緊急通告：「本報4日晚，忽奉公安局兼局長訓令，自即日起，禁止出版。當此中央廣開言路之時，同人等正思直言極論，稍補時艱；乃以自不審慎，致勞地方當局懲罰。內虧言論天職，外負讀者期望，中心惶歉，何可言宣。現惟有靜待諒解，再行復刊。至《世界晚報》，暫仍繼續發行。謹此通告。」其背後原因為1929年12月31日，《世界日報》第二版登載閻錫山將赴鄭州督師的頭條新聞，後面附有一段「某要人談時局」，注明是國聞通信社稿。而這段談話稿，正是問題所在。當時「蔣桂戰爭」剛結束，唐生智率部兩萬五千人，固守河南許昌反蔣。蔣令閻錫山由北出兵，配合何應欽由南出兵，夾擊唐生智部。所以，閻錫山揚言赴鄭督師。國聞社這篇談話稿，分析閻赴鄭督師內幕，舉出幾點事實，認為閻揚言赴鄭督師是政治姿態，不一定成行；若是離開太原，將止於石家莊，與

〔註25〕張友鸞等，《世界日報興衰史》，重慶出版社，1982年，第78至79頁。
〔註26〕張友鸞等，《世界日報興衰史》，重慶出版社，1982年，第79頁。

西北要人會晤。這本是實事，因為閻自覺是「三朝」元老，對蔣不服氣；馮玉祥自恃北伐功勞比蔣大，也不願甘居蔣之下，因此，蔣、馮、閻之間，貌合神離。閻此次出晉，督師是假，聯合馮玉祥是真。而被國聞社揭穿，又被《世界日報》發表，閻錫山在他統轄的北京命令公安局查封國聞社編輯室，勒令《世界日報》停刊。《世界日報》停刊後，經過新聞界多方援救疏通，才獲准於 1 月 13 日復刊。復刊時，登有特別啟事：「本報茲承當局寬諒，自今日起照常出版。在停刊期中，蒙各界及同業先進，或多方援助，或親臨慰問，同人等感愧交並，自當益加奮勵，藉副厚望。此後一切內容刷新，自十三日至十五日，本市一律贈閱三日，但以直接向本報索閱者為限（書面或電話通知均可）。至直接訂戶，所有一月份上半月報費一律免收。其已收報費，均按期順延半月，藉答雅意，並致歉忱。謹此公告。」同時，發表張恨水署名的《本報復刊的意義》社論。〔註 27〕1935 年後，《世界日報》基礎漸趨穩定，營業不斷上升，成舍我在政治、經濟各方面都在逐漸發展，於是仿傚王雲五辦商務印書館的辦法，實行科學管理，宣稱要建立一套新的管理制度，一切實行合理化，要用「趕快」的辦法，增加勞動強度，提高工作效率。從這時起，報館換用新式薄記，建立新的人事管理制度。添置輪轉印刷機和萬能鑄字機，大大擴充了印刷設備。建立電務室，添置收報機，經常收聽天空中新聞電波，增闢了新聞來源。除將石駙馬大街原址作「新聞學校」校址外，另在西長安街 32 號租用原西安飯店舊址作新社址。〔註 28〕「七・七事變」後，報紙被日偽接收，成舍我和大部分職工離北京南去。

2.2　南京：「小報大辦」《民生報》（1928～1934）

對於南京《民生報》的創刊和「小報大辦」的模式，成舍我自己有過專門的記述：「在南方，民國初年，南京，上海，沒有同北平那樣略具雛形，如《京話日報》，《群強報》那樣的小報，有之，亦為期短促，曇花一現，即告夭折，但非新聞性的小報，則上海最為發達。南方正規的小型報，自民國十六年國民

〔註 27〕張友鸞等，《世界日報興衰史》，重慶出版社，1982 年，第 80 頁。

〔註 28〕這所樓房當時是做過多年北寧鐵路管理局局長的奉系人物高紀毅的私產，1945 年日寇投降後《世界日報》復刊時，成舍我用三千塊「袁大頭」從高紀毅手裏買作他的私產。張友鸞等，《世界日報興衰史》，重慶出版社，1982 年，第 50 頁。

政府定都南京以後，才逐漸興起。十六年我在南京創辦《民生報》，這不僅是當時第一份小型報，也是國民政府統治下首都最早的一份民營報。《民生報》最初僅日出四開紙一張，以後逐漸增加，到日出四小張。九一八後，此類小型報，不斷有新的出現。《民生報》在南京的發行數字，比當時首位大報之《中央日報》多。民國二十三年，以揭發行政院長汪精衛親信彭學沛貪污案，被汪非法封閉，並將我拘囚了四十天，以後不但不許《民生報》復刊，且不許我再在南京辦報。林語堂所編的英文《中國言論自由鬥爭史》中，曾指此為當時言論自由被政府摧殘最慘烈的一次，且敘述經過，亦極詳盡。《民生報》停刊後，與《民生報》同型之朝報，乃極流行，銷路甚巨。」〔註 29〕

2.2.1 《民生報》的創刊：「國民政府定都南京後首家民營報紙」

成舍我從軍閥張宗昌的刀下逃生以後，即深居韜晦，很少活動。1927 年 4 月間，李大釗等被害，成舍我極感自危，轉而到南方去活動，一是為《世界日報》採訪新聞，二來也為報紙另尋出路計。在南京一年多的時間，確有收穫，不但其個人提高了社會地位，也為報紙打開另一條發展通道。成舍我到了南京，與李石曾、吳稚暉等往來更為密切，並和李石曾籌辦南京《民生報》創刊。李石曾也希望藉成舍我的報紙為自己的言論機關。在 1929 年元旦，李為《世界日報》寫新年祝詞：「《世界日報》記者，前以不容於魯系軍閥，闢地南京，與吾人共創《民生報》。『民生』與『世界』南北輝映，互為表裏，此實即世界之真義，亦即民生之真義也。」〔註 30〕《民生報》於 1928 年 3 月正式創刊，社址設在南京漢西門石橋街 40 號。

2.2.2 《民生報》的特色：「大報小型化」

《民生報》創刊時是南京第一份小型報，該報每天發行四開一張，後發展到每日出四張。其骨幹力量也多是《世界日報》的舊人，如張友鸞、陶熔青、左笑鴻等都任過總編輯。曾虛白在《中國新聞史》中評價《民生報》：「是國民政府奠都南京以後首創的小型報，是當時小型報的翹楚。」《民生報》同時作為國民政府定都南京後最早創辦的民營報，以「精、簡、全」的辦報原則，

〔註 29〕成舍我，《由小型報談到〈立報〉的創刊》，《報學雜著》，中央文物供應社，1957 年，第 128 頁。

〔註 30〕張友鸞等，《世界日報興衰史》，重慶出版社，1982 年，第 72 頁。

即時準確地報導社會新聞，反映民眾關心的問題，很快受到歡迎。成舍我自己也寫文章，1928 年 3 月，他發表了《南方政局之剖析》的文章，對時政發表評論。1931 年 9 月，發表署名「百憂」題為《國人抗日應有之認識》的社論，揭露日本侵華暴行，批評國民黨「『不抵抗』三字，可為民族崩潰之別解」，呼籲「立止內爭，協力禦侮，實為今日最迫切之唯一要務」。此外，他還發表《吾人將何以自處？》《誰謂我革命軍人不堪一戰》等社論，為抗日鼓與呼。〔註 31〕

成舍我的辦報思想在《民生報》體現的較為特別。首先，在經營策略上把《民生報》定位為小型報，不但節省了篇幅，更節省了報紙的成本。而「永遠保持一元錢看三個月廉價報紙的最低價格」優勢，更使訂戶猛增；其次，在編輯方針上，實行「小報大辦」，版面安排注重文字緊湊精簡，文章一般短小精悍；在編排設計上非常注意文字與圖片、短訊與報導的搭配比例，版面相對新穎生動；第三，在新聞報導上，成舍我認為小型報的重要新聞，非但數量不能比大報少，更要在質量上更勝一籌，故常常增加幾條大報所無的特訊，以擴大影響。〔註 32〕同時《民生報》由於對時事的批評精闢尖銳，而深受讀者歡迎。成舍我獨特的辦報思想給《民生報》帶來了巨大的成功，報紙初時發行 3000 份，一年後就發行十多萬份，有時日發行高達 3 萬份，甚至超過了同在南京的國民黨黨報《中央日報》的銷量。在這種情況下，成舍我曾對《民生報》寄予了他個人很大的希望，曾自建房屋，一度計劃在南京組織「中國新聞公司」。

2.2.3　《民生報》的停刊：一次「值得追憶的笑」

1934 年 5 月 24 日《民生報》揭發了汪精衛的親信行政院政務處處長彭學沛經手建築行政院官署貪污舞弊一案，「因言獲罪」，遭到了滅頂之災。此次「報案」緣自有位記者採訪到一條新聞。當時的「行政院」蓋大樓，建築商賄買汪精衛的親信、行政院政務處長彭學沛，給他修了一座私人住宅洋房，以致在主體建築上偷工減料，且屢次追加預算，超過原來計劃一倍以上。《民生報》總編輯張友鸞聽說彭學沛是成舍我的親戚，有些躊躇，就是否發稿徵詢成舍我的意見。成舍我不徇私情，說：「既然確有其事，為什麼不刊登！」

〔註 31〕《報界的正義之聲》，臺北世新大學舍我紀念館資料。

〔註 32〕成舍我常常利用多年採訪所認識的達官貴人探知官場內幕，曾多次以打聽到的獨家新聞進行報導並引起轟動。張友鸞等，《世界日報興衰史》，重慶出版社，1982 年，第 53 頁。

有些親友得知此事，也勸成舍我不要刊登，並說出兩個理由：一、汪精衛為行政院長、國民黨副主席，權勢很大，何必得罪他；二、彭學沛是成舍我妻子蕭宗讓的姑父，何必跟自己親友較勁。但成舍我認為，主持公道是報紙的職責所在，義無反顧地在報上公開揭露。南京新聞檢查機構曾將這條新聞扣發，但成舍我以扣發這條新聞與報館有關規定不合為由，堅持予以刊布。《民生報》很快刊登出報導：「某院處長彭某辭職真相有貪污嫌疑……某當局大不滿某院處長彭某，此次向某當局提請辭職之真實原因，外間鮮有知者。茲據記者探悉：彭某此次經手建築某院新屋，經核定預算原為六萬元，及至興工以後共用去十三餘萬元，竟超過預算一倍有餘，且彭某適於時另在鼓樓自建新式洋房一幢，因之外間頗多非議，而某當局素以廉潔勤勉僚屬，自得知此項情形後，表示非常不滿，故彭某迫不得已即呈請辭職，並聞辭意甚為堅決，外傳可望打消辭意之說實非事實云。」〔註33〕報導登出後，頓時激起軒然大波。彭學沛將此事告之汪精衛，汪精衛以「肆意造謠、不服檢查」為名，罰令《民生報》停刊三天。面對汪精衛的罰令，成舍我既無懼意，且迅速予以抗爭。「《民生報》今天復刊了。從 5 月 26 日到 28 日，這三天被停刊期內，首都數十萬市民，甚至全國民眾，從行政命令『不符檢查』四字上推想，一定會疑心《民生報》，已犯了如何嚴重的滔天大罪。我們因為要使全國國民，知道我們這次被罰的真相，同時希望全國國民，以及附有保障人民權利，糾彈官吏錯誤的政府機關，能給我們一個公平的裁判起見，所以，不得不於復刊第一日的今天，來寫出下面這一篇真憑實據、童叟無欺的報告：行政院罰我們停刊三日的命令，是於 25 日下午 7 時半，由首都員警廳派警傳到。命令全文，照抄如左：『行政院密令第二八四九號：查《民生報》於本月 24 日登載關於本院之惡意新聞，毫無事實根據。照肆意造謠，不符檢查，應即依中央政治會議第三九五次決議，予以處分。輒自本月第 26 日起，停版三日示儆，合亟令仰該廳遵照，即日執行，此令。』」接著，社論講述了報社被封後所遭受的不公正待遇，並指名引起禍端的所謂「毫無事實根據的惡意新聞」就是那篇《某院處長彭某辭職真相》，然後表明他們的憤怒，稱：「自從這個『犯罪的原因』，尋到以後，固然使我們十分憤怒，同時，也使我們弱者的膽量從『呵！原來我們並不犯罪』的自覺中解放而增強起來。我們站在法律和正義的立場，對於行政院罰我們的命令，無論如何，是不能甘服的。」

〔註33〕1934 年 5 月 24 日，南京《民生報》。

文章隨即進行反擊：「第一，這條『某院處長彭某辭職真相』的新聞，假使確如行政院所云，『毫無事實根據，肆意造謠』，那麼，請問行政院，從什麼地方，可以證明，這條新聞，就是說的高高在上的貴院。因為從頭到尾，並沒有『行政院』三個字，國民政府下，機關而以院名者……總不下數十千百，至處長，及處長而姓彭者，更比比皆是。何以其他大中小三等之院，均不出面，而以行政院獨挺身而出，將此項新聞，一肩擔當……何以『毫無根據肆意造謠』之無頭新聞，行政院一看，即能認定，這是民生報『指著和尚罵禿子？』同時又即能斷其『毫無事實根據，肆意造謠？』第二，我們這條新聞，縱如行政院所想，新聞中的某院，讀者很易看出即指行政院，彭某，即指五年前流亡海上，貧至不能舉餐之彭學沛先生。但是，請問行政院，又是從什麼地方，可以看出這條新聞的文字，有對行政院表示惡意之處？……」1934 年 5 月 29 日，即《民生報》復刊後的第一天，便在第三版和第四版刊登署名「舍我」的長篇社論，詳陳被罰經過，並聲言將依法抗爭：《停刊經過如此！！！敬請全國國民公判「言論自由」故可為「國家自由」而犧牲……但非法摧殘絕不能不依法抗爭》。社論一開頭，便直截了當地點出《民生報》被封三天的事實。〔註 34〕彭學沛向法院提出控告，成舍我本人出庭答辯，將彭的指控駁得體無完膚。後雖經雙方友人從中調解，由彭自動撤回控訴，但汪派黨羽已與成舍我結下仇恨，不免伺機報復。7 月 20 日《民生報》在頭版頭條位置發表了民族通訊社的一則消息，題目是《蔣電汪、於勿走極端》，公開揭露汪精衛與于右任為鐵道部向國外購買建築材料中發生的貪污問題而在中政會內部發生較大爭執，蔣介石致電二人意圖平息內訌。這一消息向外界透露了汪精衛、于右任的爭執以及蔣介石的干預，觸怒了蔣介石和汪精衛，最終蔣介石以「捏造文電、鼓動政潮」的罪名拘捕成舍我等四人，派人查封了《民生報》和民族通訊社，並永遠不准《民生報》復刊，不許成舍我在南京辦報。之後汪精衛派人示意如果成舍我肯低頭和解，即可免災。汪所派來人勸成舍我：「新聞記者和行政院長碰，總要頭破血流的。」不料成回答：「我和汪碰，相信最後勝利必屬於我，因為我可以做一輩子新聞記者，汪不能做一輩子行政院長。」雖然後來經過一些人物說情，成舍我終於在 9 月 1 日被釋放，由拘押成舍我的南京憲兵司令部，出示五項條件，命令其必須遵守：一、民生報永遠停刊；二、不許再在南京用其他名義辦報；三、不

〔註 34〕1934 年 5 月 29 日，南京《民生報》。

得以本名或其他筆名發表批評政府的文字；四、不得在任何公共集會，作批評政府的演說；五、以後如離開南京，無論到達任何城市，應向當地最高軍警機關，報告行止。〔註 35〕

成舍我後來回憶這段特殊的經歷時寫道，在出獄後第三天，與成舍我私交甚厚的一位汪精衛的親信來訪，勸說成舍我對汪精衛「俯首」，以獲得繼續辦報的資格。來人對成舍我表示：「汪先生對你並非不可諒解，假使你能向他，做一個懇切表示，則不特五項條件，全部取消，你艱難締造的民生報，也可立告恢復。」成反問：「所謂懇切表示，意義如何？」他說：「那就是你先寫一封信，說明以前種種全出誤會。信由我代交，我當力勸汪先生約你一談，然後你在見面時，再說幾句請他原諒，及保證今後對他竭誠擁護的話，則一場風波，決可從此終結。」成舍我當即全面謝絕了這一建議，同時被警告道：「一個新聞記者，要和一個行政院長碰，結果，無疑是要頭破血流的。」成舍我回答：「我的看法，全不如此，惟其不怕頭破血流才配做新聞記者。而且我十分相信這場反貪污的正義鬥爭，最後勝利，必屬於我。我可以做一輩子新聞記者，汪先生絕不能做一輩子行政院長。」〔註 36〕後來汪精衛聆悉此招降計劃完全失敗以後，一方面暗請那時在北平做行政院駐北平政務整理委員會委員長的黃郛，設法壓迫成舍我所辦的北平《世界日報》（《世界日報》在成舍我未出獄時，黃即循汪意，藉口鼓吹反日，妨害邦交，被封過三天）一方面則儘量督促南京軍警機關，限期要成舍我將民生報一切業務，結束完畢，離開南京。〔註 37〕使成舍我在南京已無法立足，以「小報大辦」聞名新聞史的《民生報》也結束了其短暫的報海生涯。

2.3 上海：《立報》的銷行奇蹟（1935～1937）

《立報》創刊於民國二十四年九月，不及兩年，七七戰起，上海淪陷以後，二十七年四月，香港《立報》出版。當淞滬抗戰最緊張時，《立報》發行數字，每日都超過二十萬份，打破我國自有日報

〔註 35〕成舍我，《由小型報談到〈立報〉的創刊》，《報學雜著》，中央文物供應社，1957 年，第 119 頁。

〔註 36〕成舍我，《由小型報談到〈立報〉的創刊》，《報學雜著》，中央文物供應社，1957 年，第 119 頁。

〔註 37〕成舍我，《由小型報談到〈立報〉的創刊》，《報學雜著》，中央文物供應社，1957 年，第 131 頁。

以來之最高記錄。三十年香港淪陷，《立報》在港資產，全部損失。屈指迄今（四十一年），計距《立報》在滬創刊，現已十七年，距在港停刊，也已十一年。時間雖然過去了如此悠久，但這張報紙的言論，編排，尤其他所倡導的「大報小型化」作風，似乎許多讀者還記憶如新，留下了不可磨滅的深刻印象。過去我曾不斷從一些報紙副刊或雜誌中，看到若干作家，對《立報》頻致其珍重的懷念，他們多很惋惜這張報紙精神、型態的消逝。雖然他們提到當時《立報》的一些經過，與事實偶有出入，其所予《立報》溫厚懇摯的同情，卻永遠是非常令人感動的。〔註 38〕

2.3.1 《立報》的創刊：辦報輾轉，從寧到滬

成舍我在一篇文章中回憶，他創辦《立報》的動議，是結束了《民生報》，到達上海，原本準備做短期修養，幾位上海同業朋友，偶而和其談及《民生報》的夭折實在可惜。有人提議，上海能不能產生一張和民生報相似的小型報；成舍我分析了上海的報業情形，聽取了成的詳細解答後，當場數位報界同人立即決定，在上海集資共同開辦一張小型報。參加創辦的人有嚴諤聲（時任新聲通信社社長）、嚴服周（時任新聲通信社南京分社主任）、蕭同茲（時任國民黨中央通信社社長）、錢滄碩（時任國民黨中央通信社上海分社主任）、管際安（時任《民報》總編輯）、程滄波（時任國民黨《中央日報》社長）、張友鸞（前南京《新民報》總編輯）、胡樸安（時任《民報》社長）、吳中一（時任新聲通信社副社長）、沈頌芳（時任《新聞報》記者）、朱虛白（前南京《朝報》總編輯）、田丹佛（時任南京復旦通信社社長）及成舍我。《立報》共集資 10 萬元，成舍我出資 3 萬元，被推為社長，由嚴諤聲任總經理，田丹佛任經理。〔註 39〕在這張小型報的創辦計劃中，曾特別強調，報館資本，必須全部出自以新聞為職業的同業朋友，不與任何黨派，發生經濟關係，也絕不要接受任何方式的政府津貼，因為只有如此，才可以鞏固報紙的基本原則，「立場堅定，態度公正」。否則，即使技術上，報紙辦得極其精彩，它的前途，也將是十分暗淡的！〔註 40〕

〔註 38〕成舍我，《由小型報談到〈立報〉的創刊》，《報學雜著》，中央文物供應社，1957 年，第 119 頁。

〔註 39〕張友鸞等，《世界日報興衰史》，重慶出版社，1982 年，第 149 頁。

〔註 40〕成舍我，《由小型報談到〈立報〉的創刊》，《報學雜著》，中央文物供應社，1957 年，第 132 頁。

此外，除強調這張報必須「立場堅定，態度公正」而外，並從編輯、採訪、發行、印刷各方面，也有若干與當時上海一般報紙不同的做法。成舍我認為，雖然辦一張小型報，但所有規模，必須力求完備。重要新聞，不特決不能比大報少，每天更應有幾條任何大報沒有的特訊。地點必在報館中心地區，有整棟房屋，足以容納營業、印刷、編輯等部分，俾能精神貫注，集中管理。印刷部分，最少應自置兩部輪轉機，每小時可出報十萬份。在報館每日銷數未達到十萬份以前，拒登任何廣告。報館走向成功的三部曲，只有先以全力弄好版面，才可以爭取讀者，擴展發行，發行擴展，然後各種廣告，自能不招而至。

《立報》誕生於內憂外患、國難深重之時。它在辦報主張上順應民心和時代潮流，採取了「對外爭取國家主權獨立，驅逐敵寇；對內督促政治民主，嚴懲貪污」〔註41〕。

《立報》於1935年3月開始籌備，館址選在上海繁華的中心區，報社整修後的兩臺小型輪轉機，每臺每小時可印四開報五萬份。報社實行社長負責制，下設編輯、經理二部。編輯部下分編輯、採訪、電訊三組；經理部下分發行、財務、總務三組。報館人力多為《世界日報》舊人，張友鸞、薩空了、褚保衡先後擔任總編輯，薩空了一度曾擔任經理。〔註42〕1935年9月20日正式出版，當天在《新聞報》刊登兩大整版套紅廣告，以大字標出：「以日銷百萬為目的，消息靈通，時代先驅，《立報》今日出版，五分錢可知天下事，一元錢可看三個月」。其次是「《立報發刊要旨》」〔註43〕。

在《立報》的創刊號上，有一篇名為說明報紙立場和經營方針的創刊詞——《我們的宣言》〔註44〕，雖未經署名，但在文章中，作者詳述了《立報》緣何以「大眾化」為辦報標矢，及「以日銷百萬」為辦報目的，希望在「立己」、「立人」和「立國」的共同目的下，達到「喚起民眾」的作用，關於報紙的營業和編輯方針，文中列出四項原則，以表明其辦刊態度和宗旨。這篇創刊詞可以說是成舍我為《立報》創辦而謀劃的一個藍圖，其中既有形而上

〔註41〕梁家祿、鍾紫、趙玉明、韓松，《中國新聞業史》，廣西人民出版社，1984年，第349頁。轉引自方漢奇主編，《中國新聞事業通史》，中國人民大學出版社，2000年，第509頁。

〔註42〕張友鸞等，《世界日報興衰史》，重慶出版社，1982年，第155頁。

〔註43〕張友鸞等，《世界日報興衰史》，重慶出版社，1982年，第150頁。

〔註44〕1935年9月20日，上海《立報》，未署名。

的鼓與呼，也不乏具體的操作章程，在今天看來，對於當時的報業可以有一個感性的瞭解，對於今日的報業，也不無指導意義，如其中關於《立報》營業和編輯方針的四個原則。即「憑良心說話；用真憑實據報告新聞；除國家幣制及社會經濟，有根本變動外，我們當永遠保持一元錢看三個月廉價報紙的最低價格，決不另加絲毫，以增重讀者的負擔；除環境及不得已原因外，我們認定，報紙對於讀者，乃一種無形的食糧，和無形的交通工業，應當終年為讀者服務，無論任何節日，概不許有一天的休刊。」〔註 45〕

《立報》形式為四開一張，第一版頂上居中為套紅報頭。報頭兩邊為新聞照片及漫畫。版面安排為：一版要聞；二版上半版登國內外要聞，下半版是副刊《言林》；三版上半版登本市新聞，下半版是副刊《花果山》；四版上半版登文教、體育新聞，下半版是副刊《點心》，後改名《小茶館》。每版 12 欄，每欄 43 行，每行 9 字，全版可容納 4600 餘字。第一版除去報頭，大概三千字左右的篇幅，卻刊載了 20 多條新聞，可謂篇幅雖小，新聞不少。所刊新聞語句極通俗簡練，主要根據各通信社的摘要及各報新聞稿改寫而成，力求短小精闢，淺顯易懂。二版《言林》是文藝性質的副刊，載有茅盾、夏衍、郁達夫等名家文章；三版《花果山》，主要刊載掌故詩詞一類文章，同時有包天笑、張恨水等小說名家的文字，如《藝術之宮》等長篇小說。四版《點心》注重趣味，載有如《假鳳虛凰》的小說和《桃花扇》一類的故事畫。〔註 46〕整張報紙可以說是內容充實，同時印刷精美，是同時期小型報中的佼佼者。一經刊行，即在上海引起閱讀熱潮，尤其在中下層社會中，擁有較多的讀者。

2.3.2　《立報》的特色：「大眾化」與「精編主義」

《立報》在發刊詞《我們的宣言》中明確表示，要憑良心說話，拿真憑實據報告新聞；要使每個國民通過讀報認識自身對於國家的責任，以期達到民主復興的終極目的，並響亮地提出了報紙要大眾化的口號，決心把報紙辦得通俗易懂，與廣大民眾利益休戚相關，使民眾能讀、必讀、愛讀，把報館辦成一個大眾樂園和學校。為了讓更多的讀者瞭解報紙宗旨，《立報》創刊初期，還利用報紙邊縫大量宣傳，用大字刊出「欲民族復興必先報紙大眾化」！「報紙大眾化是價錢便宜人人買得起，文字淺顯人人看得懂」「永遠不增價，

〔註 45〕張友鸞等，《世界日報興衰史》，重慶出版社，1982 年，第 155 頁。
〔註 46〕張友鸞等，《世界日報興衰史》，重慶出版社，1982 年，第 154 頁。

年終不休刊」，等等。〔註 47〕

《立報》極為重視新聞和評論。為增加新聞容量，採取精選精編的辦法。如報社規定選用通訊社電稿一律要經過改寫，否則排字房可拒排油印稿，其版面編排、標題製作、框線甚至字號運用等都顯示出編輯的「匠心獨運」，使其新聞內容非但在數量上不比一些大報少，而且在質量上相對大報更顯精練、活潑、醒目。《立報》囿於篇幅，通常「惜版如金」，但每逢重大新聞、重要事件，它毫不吝惜版面的組織大型連續報導，關於「七君子〔註 48〕案」的報導即是著名一例。1936 年 11 月 23 日凌晨 2 時左右，沈鈞儒等七人分別在上海被捕。《立報》在當天報紙頭版右下方加黑框發表消息：題為「今晨七人被捕」。在此後的 240 多天裏，伴隨此案的發展變化，《立報》綜合運用多種新聞手段，從多方面做出連續追蹤報導。1937 年 6 月 8 日，全文刊登《沈鈞儒等答辯狀》，從二版轉三版再轉五版，並在二版配發評論《怎樣溝通政治和法律》。《立報》對此案的報導，不僅有力地表明了「愛國無罪」，「抗日救國」的緊迫性，在讀者中也引起了積極的反響。此外，《立報》也很重視組織採寫獨家新聞。全面抗戰爆發後，以「本報戰地特寫」、「本報特約通訊」為題，刊發了大量獨家新聞通訊。

在「八・一三」事變之後的兩個多月裏，僅曹聚仁一人就為《立報》寫了 50 多篇戰地特訊。〔註 49〕增加了報紙在新聞報導方面的分量。在評論方面，《立報》從 1936 年 9 月 1 日起，在二版幾乎每天都刊出 500 字左右的評論文章。內容既堅持愛國主義的立場，對所發生事件進行褒貶之外，又能採用較為婉轉的方式，以避免國民黨的新聞檢查機關的扣發，如「西安事變」發生後，《立報》發表的評論《禦侮必須團結》（1936 年 12 月 14 日）、《不要忘記了綏遠》（1936 年 12 月 15 日）、《特赦與大赦》（1937 年 1 月 3 日）、《再談大赦》（1937 年 1 月 4 日）等，在幫助讀者瞭解事實真相和敦促國民黨政府團結抗日方面，起到了積極的作用。

《立報》副刊各具特色。《言林》由時任復旦大學新聞系主任的謝六逸主編，既有著名作家的作品，也有年輕的文藝愛好者的習作，在團結文化界

〔註 47〕張友鸞等，《世界日報興衰史》，重慶出版社，1982 年，第 50 頁。

〔註 48〕即全國各界救國聯合會領導人沈鈞儒、鄒韜奮、章乃器、李公樸、王造時、沙千里、史良等。

〔註 49〕方漢奇主編，《中國新聞事業通史》，中國人民大學出版社，2000 年，第 511 頁。

愛國人士共同為抗日救亡做宣傳方面，起到了積極的推動作用。《花果山》先後由張恨水、包天笑主編，除連載長篇小說外，還刊載風物小誌、名人軼事、歷史掌故、世界珍聞、諷刺小品等方面的文章。《小茶館》先由時任北平平民學院新聞系主任的吳秋塵主編，主要是向讀者介紹多方面的知識、趣聞。1936 年 1 月 1 日改由薩空了接編，薩空了在題為《向下走的告白》短文中明確宣布，歡迎「上等人眼中的下等人也來茶館坐坐」。這個副刊闢有幾個專欄，其中「血與汗」專欄主要介紹各行業工人生活、勞動情況等；「新知識」專欄側重介紹自然科學和社會科學名詞術語等；「街頭科學」專欄介紹生活小常識等；「苦人模範」專欄則鼓勵窮苦朋友恢復生活的自信心；「點心」專欄主要發表針對性較強的小雜文等。薩空了從大量讀者來信來稿中瞭解到勞苦大眾的需求，針對讀者反映的問題，每天發表一篇短文，論述讀者關心的問題，或曉之以理，或指明方向，或抨擊社會黑暗，或籲請社會力量給予支持。由於《小茶館》貼近大眾的思路，在三十年代的上海報界頗有聲望。

除了注重報紙內容，新穎的編排等策略之外，在《立報》的創刊過程中其中值得一提的還有，《立報》創刊時因「拒登廣告」的做法而在當時報販對發行的嚴苛控制下出奇制勝，在發行策略上收到了「反其道而行之」而一舉成功的成效。

《立報》在廣告和發行方面，也有「獨家特色」。民國時期，報販在報紙的發行中作用非常獨特，在某種程度上，他們甚至可以決定一家報館的生死存亡，尤其是對於新成立的一些報館。當時上海報館的出報，在本埠的發行的，訂戶部分除報館自備送報人外，主要由派報社代送，報館給予傭金。1926 年，當時上海共有大約 30 多家派報社，比較重要幾家有位於老靶子路來安里的陳如記、位於西門附近的仲根記及楊樹路公餘里的鄭三記，它們不僅彼此之間有地盤的劃定，互不侵犯，其傭金高達報紙零售價格的一半或三分之一。〔註 50〕報販這一特殊行業的出現，是在民國成立以後。上海的報販王春山、陸開庭、張阿毛、蔣仁清，曾有「望平街四金剛」之稱，他們控制眾多小報販，並自行組織行業協會「捷音公所」，團結甚堅，勢力囂張，對報紙零售影響頗大。〔註 51〕熟悉上

〔註 50〕【日】佐田弘治郎，《上海的新聞雜誌及通訊機關》，第 27 頁。轉引自王潤澤，《北洋政府時期的新聞業及其現代化（1916～1928）》，中國人民大學出版社，2010 年，第 275 頁。

〔註 51〕戈公振，《中國報學史》，上海商務印書館，1928 年，第 237 頁。

海報業狀況，並曾在北方辦報的胡政之，對此有切身的體會，曾坦言新聞記者終日勞苦之所獲，半為報販所得，十成之紅利，報販得六七，報館僅得三四，最多亦不過剖而過半，報販之以致小康者比比皆是。〔註 52〕所以，報販常說望平街是他們的，這一說法並不是誇張。連《新聞報》等大報也同樣受之鉗制，有一次竟被報販扯碎數千份報紙，《新聞報》卻只能和報販談判了事；1936 年天津《大公報》到上海發展時，前三天出報後，讀者根本見不到報紙，原因是報販將報紙全部收走，可謂給了《大公報》一個直接的「下馬威」，直到胡政之請杜月笙出面特地宴請了上海的幾位大報販後，才逐漸在上海站穩腳跟。

成舍我到上海辦《立報》時，也難逃此種狀況。但成舍我沒有採取與報販「和解」的途徑，反而定下兩條規矩：第一、拒登廣告；第二、決不遷就報販。為此，報館自行購買一批自行車，並配備發行人員，力爭與勢力龐大的報販抗衡。〔註 53〕成舍我在 1953 年出席臺北編輯人協會時，在演講中，曾頗為「自豪」的回憶《立報》這一堪稱「壯舉」的行為，在那篇演講中有一章即名為：「《立報》拒登廣告一炮而紅」。〔註 54〕不僅留下了一段報刊史佳話，同時，信守了創辦報紙之前立下的所謂「本報銷達 10 萬份之前不載廣告」的許諾。

2.3.3 《立報》的發展：銷數曾「打破我國自有日報以來之最高記錄」

據曹聚仁《上海春秋》一書——《望平街舊事》描述，當年上海的報業重鎮——「望平街這條短短的街道，整天都活躍著，四更向盡，東方未明，街頭人影幢幢，都是販報的人。一到《申》、《新》兩報出版，那簡直是一股洪流，掠過瞭望平街，向幾條馬路流去。」可以依稀想見當時上海報業的繁榮與競爭。成舍我選擇在這樣一個「強手林立」的地方「安營紮寨」，一方面可以看出其本人的膽識與魄力，另一方面也可以看出經過在北京、南京報界的歷練，成舍我和他的事業開始逐漸走向成熟。《立報》的創辦和發展在某種

〔註 52〕胡政之，《中國新聞事業》，載《新聞學刊全集》，第 243 頁。轉引自王潤澤，《北洋政府時期的新聞業及其現代化（1916～1928）》，中國人民大學出版社，2010 年，第 277 頁。

〔註 53〕王潤澤，《北洋政府時期的新聞業及其現代化（1916～1928）》，中國人民大學出版社，2010 年，第 278 頁。

〔註 54〕成舍我，《如何辦好一張報紙》，臺北編輯人協會演講詞節選。載《成舍我先生文集——港臺篇 1951～1988》，唐志宏主編，世新大學出版中心，2006 年，第 131 頁。

程度上印證了這樣的軌跡，這份報紙在成舍我的報海生涯中雖然歷時不是最久，卻是影響力巨大。

《立報》之所以選用「立」字為報頭，即有創辦人的用心。成舍我曾在和一位友人的談話中，回憶到當年上海報界的情形：「上海報紙最大的零售市場是閘北火車站，由上海通首都南京（蕪湖），由上海通杭州（寧波），沿線人文薈萃，財富聚集，每天上下旅客數十萬之多，大都利用在車上的時間看報，報販很多，都要利用上下車的幾分鐘急迫的叫賣，申報只是兩個字，所以都叫『申報、申報』，與申報齊名的新聞報以及四個字的報名，只是間歇地叫一次。……立報的立字，較申報的申字，更易發音，更便利報販的叫賣。立報之義，是要在上海立得住。再者，人要能立，國要能立，立之義大矣哉。」〔註 55〕而成舍我在談到《立報》成功的根本原因時曾分析道：首先，需要鄭重指出的，一張報紙，要獲得廣大民眾的欣賞和愛護，最主要條件即「立場堅定，態度公正」。特別在政治未上軌道的中國，這條件，對讀者的吸引力，尤極重大。抗戰前兩三年，汪精衛為行政院長，配合其他腐惡勢力所領導下的政治作風，群小用事，賄賂公行，當時國內報紙，絕大多數，不屈服於硬的威嚇，即屈服於軟的收買。若干具有政治背景的，更充分表現「有黨派，無是非」的特色。因此，廣大民眾，歡迎立場堅定，態度公正的報紙，乃格外熱烈，也格外迫切。《立報》在上海出版，正把握了此主要條件。探索《立報》成功相當原因，這一點，實應選列第一。〔註 56〕

此外，《立報》取得成功的原因，成舍我將之歸納為一種「動」的精神，即《立報》全體同人，無論擔任那一項工作，大家都以極大限度，發揮「動」的精神。換一句話說，每一工作人員，在工作崗位上，皆能認真奮鬥，自強不息。整個版面，都是這種「動」的精神的充分表現。成舍我認為「成功」這一個名詞，如用在新聞事業，其生命的短促，實非任何其他事業所可比擬。其他事業，經過若干時間，達到某項標準，即可以算作成功，新聞事業，則成功的生命，只能以「天」計算。譬如今天這張報，言論正確，內容充實，版面美觀，尤其擁有許多別報所無本報專有的特訊，這張報，確可以評為成功，但這「成功」的有效時期，僅以今天為限。倘若明天的報，言論荒謬，內容蕪雜，版面惡劣，

〔註 55〕張佛千，《追思成舍我先生》，《成舍我先生紀念文叢——百歲誕辰專輯》，成舍我先生紀念文叢編輯委員會，世新大學出版中心，1998 年，第 205 頁。

〔註 56〕成舍我，《由小型報談到〈立報〉的創刊》，《報學雜著》，中央文物供應社，1957 年，第 131 頁。

而且有許多重要消息，別報刊出，本報獨無，則同是一家報，昨天評為成功的，今天就突會變為失敗了。因此，《立報》出版之初，全體同人都以人人要爭取「今天」的成功，作為工作標的。決不能因為昨天這張報或昨天我的工作被評為成功了，今天就可以鬆一下勁，偷一下懶。成舍我時常以北京著名小型報《群強報》靠老牌子坐吃山空作為教訓警示報館同人，為從事新聞工作者最大警惕。成舍我認為，報紙要動不要靜，也就是說，報紙不僅不能後退，而且不能停滯，唯一出路，只有前進。應使一張報紙，任何一天，不會引起讀者平淡沉悶的感覺。沉悶是報紙的毒瘤。他認為要讀者不沉悶，最好辦法，正如遊客觀水，在「逝者如斯，不捨晝夜」之下，每天再投進幾塊巨石，讓它波瀾壯闊，水花四射，動人心目，否則死水一灣，自將毫無興趣，望望而去。這一「動」的原則，在《立報》出版兩年中，取得成功的最大原因。〔註 57〕

隨著《立報》聲勢的不斷壯大，1936 年 3 月 16 日，《立報》開始出版晚報，八開二版，形式與日報相同，只是篇幅更小，定價也更為低廉，選擇新聞的標準是注重「當天的」、「重要的，國內外隨時發生的事件」。不過晚報銷數並不多，同年 6 月 1 日停刊，出版為期兩個半月。晚報停辦以後，日報改出增刊，八開一張，隨報贈送本埠訂戶。1937 年 1 月 1 日起，《立報》增刊改為日報第二張，每天共出四開一張半，版面也隨之做出適當調整，將原來登在二版的國際新聞改登第四版上半版，原來四版的文教、體育新聞改為「教育與體育」專欄，和「經濟專欄」同放在第五版，原在四版的《小茶館》副刊改登第六版。改版後除一版外，各版及報紙中縫都刊登廣告。因廣告收入較好，所以增長後報價仍然維持原價不變。三個副刊分別為：第二版的《言林》；第三版的《花果山》，由包天笑主編；第六版的《小茶館》（原名《點心》），由薩空了主編。

1937 年「八・一三」事變前後，因戰局發生變化，《立報》再次調整版面，從 8 月 14 日起，又改出四版，在一版報眼處刊登「最後消息」（從 7 月 28 日開始），即把截至電稿時收到的最新要聞搶登出來。將三版副刊《花果山》停刊，增加本市新聞內容；六版副刊《小茶館》重新移至四版下，主要刊登反映戰時新情況、新問題的讀者來信和雜感。這一時期，《立報》發行量突破了 20 萬大關，居當時全國報紙發行之首位。為縮短印報時間，報頭不再套紅印刷。1937 年 11 月 13 日，日寇佔領上海，11 月 24 日，《立報》被迫在一版發

〔註 57〕成舍我，《由小型報談到〈立報〉的創刊》，《報學雜著》，中央文物供應社，1957 年，第 135 頁。

表停刊啟事，宣告從 25 日起停刊。《立報》宣布停刊，並發表告別讀者社論，表示「我們決不放棄我們的責任」，並相信上海的數十萬讀者「也決不會放棄他們對民族的責任」。〔註 58〕

《立報》雖然歷時不長，發行時間為兩年六十餘天，但作為一張面向市民階層的小型報，始終堅持報紙大眾化的方向，盡力「宣達大多數民眾的公意」，在言論和新聞報導上始終主張「對內和平，對外抗戰」〔註 59〕，開創了小型報嚴肅的辦報作風，在《立報》出現之後的一個時期內，報界曾將「小型報」和「小報」相區別。戈公振、趙君豪、胡道靜等新聞史論著中都將《立報》定義為不同於「小報」的「小型報」，意思是後者較為嚴肅些，而當代報刊史學者們至今仍多延用這一觀點。

在經營方面，《立報》也取得了不俗的成績。成舍我談到《立報》在經營上是虧是賺時曾談到，「有人認為《立報》以發行為本位，在廣告是報紙命源的上海資本社會中，致經濟上終於虧本。因此，他們的結論，是小型報在中國不容易有遠景。但是，關於這一問題，總括的說：《立報》在經濟上，不但沒有虧賠；而且賺的不算少。由開辦到賺錢，時間經過很短促，所獲盈餘，就資本利率的百分比看來，數字很高，這兩點都超過了創辦時的估計。如果不是日本軍閥殘暴侵略，「八一三」的炮火毀滅了和平繁榮的上海，則《立報》成就將不可限量。成舍我還斷言，中國小型報銷行標準，雖不敢立即比擬每日鏡報的四百五十萬份，但中國人口超出英倫三島好多倍。因此他確信，未來的中國第一位小型報，或許還不應僅以四百五十萬份為滿足。至於若干讀者，同情《立報》作風，特以懷疑小型報在經濟上難於支持，因即揣測，《立報》資本曾全部蝕光。這些事實，正完全相反」。〔註 60〕丁淦林〔註 61〕在一篇文章中提到《立報》成為小報與小型報的分水嶺的同時，也成為了中國小型報的發端，由此明確了小型報的地位和前景。

2.3.4　香港《立報》（1938～1941）：短暫的出版經歷

成舍我由上海到漢口後，曾和北京《實報》社長管翼賢合設兩報辦事處，

〔註 58〕《本報告別上海讀者》，1937 年 11 月 24 日，上海《立報》。

〔註 59〕《紀念宣言》，1937 年 9 月 20 日，上海《立報》。

〔註 60〕成舍我，《由小型報談到〈立報〉的創刊》，《報學雜著》，中央文物供應社，1957 年，第 131 頁。

〔註 61〕丁淦林，《三十年代中國小型報淺議》，《新聞大學》，2005 年 4 月。

準備合力復刊，後因管由武漢去香港又返回北平而作罷。成舍我在武漢辦報不成，在政治上另找出路，漸與陳誠建立聯繫，一度擔任軍委會政治部的設計委員。1937 年冬，由於戰局危急，漢口已非久居之地，成舍我由漢赴香港，先計劃在港恢復《世界晚報》，因資金無著，乃決定從各方面籌湊資金創辦香港《立報》。所籌得的資金來源相當複雜，陳誠、李書華等都有股份，也有些左翼人士出過資金。內部職工大部分是從上海《立報》調去的。〔註 62〕

1938 年 4 月 1 日，《立報》在香港復刊，日出四開報紙兩張，成舍我為社長兼總編輯，薩空了任經理。香港《立報》宗旨為：「立場堅定、打倒漢奸、革新政治」。香港《立報》仍繼承上海《立報》「三多」的傳統特色，即「副刊多」（如茅盾任主編的《言林》、卜少夫任主編的《小茶館》、王皎我任主編的《花果山》）、「專欄多」及「小品文多」。香港《立報》初期一直以左傾進步的姿態出現，其後由於成舍我和國民黨反動派關係日密，報紙的言論立場漸由進步轉向反動，隨著一些較進步的職工陸續離開，報紙銷數也逐漸下降。從 1940 年起，完全靠津貼維持。1941 年 12 月 8 日，太平洋戰爭爆發，日寇攻佔香港，《立報》停刊。1945 年抗戰勝利後，成舍我於 9 月從重慶飛回南京，以記者身份參加受降典禮儀式，旋到上海，接收《立報》資產，10 月 1 日自重慶趕往上海。上海《立報》復刊時，發行人為嚴服周，社長為陸京士，實際上已成為「CC 系」潘公展的報紙而非成舍我所有了。《立報》股東決議不再續辦，全部資財轉賣。〔註 63〕

至於《立報》在港期間，曾預言「太平洋戰爭」一事，成舍我曾在一篇文章中談到，至於香港《立報》，在太平洋戰爭爆發前一月，是否曾做過日本即將突襲英美的警告？當時《立報》既有此預見，何以未及早內遷，而竟讓在港資產，全部損失？〔註 64〕即一位《立報》讀者回憶當年於太平洋戰爭時逃難經過，1941 年 11 月，東條內閣登臺，一位《立報》讀者那時在香港，看到《立報》有一篇長文，說東條內閣一定將發動太平洋戰爭，實行南進，該讀者仔細讀過，覺得時機確很危急，於是先將家眷送走，自己一人留在香港，沒有多久，太平洋戰爭，果然爆發，他雖然家眷幸免於難，自己卻飽受了淪陷苦痛，他感到可

〔註 62〕張友鸞等，《世界日報興衰史》，重慶出版社，1982 年，第 156 頁。

〔註 63〕張友鸞等，《世界日報興衰史》，重慶出版社，1982 年，第 157 頁。

〔註 64〕成舍我，《由小型報談到〈立報〉的創刊》，《報學雜著》，中央文物供應社，1957 年，第 119 頁。

怪的，即預言日本要發動突擊的《立報》卻並未搬走，也一樣的淪陷了。〔註 65〕

成舍我則引用一個宋代的故事說明了其對此預言的不置可否：「談言偶中的人，不一定自己就真能百分之百，不受災難。何況報館職責與一般業務不同，絕不能因局勢危急，即先行停版遷走。香港《立報》，在出版時，即未敢多集資本，和上海一樣，充分設備，大舉經營，也就早已準備，萬一犧牲，損失不至太大。我這種解釋，即在十年後的今天，也還是一樣，可以答覆那位幾月以前在報紙上寫小說問我的作家。」〔註 66〕

2.4　重慶：復刊《世界日報》(1945～1945)

重慶復刊的《世界日報》與成舍我 1932 年的一個想法有關。從歐美考察回國後，成舍我根據自己的辦報實踐，借鑒外國的先進經驗，對報業實行科學化的經營管理，曾計劃成立「中國新聞公司」，擬設總部於南京，在全國各大城市各辦一份日報，組成一個龐大的兼具影響力的報業集團。

1945 年 5 月 1 日重慶版《世界日報》復刊，董事長為錢新之，公司總經理成舍我兼報社社長，程滄波任總主筆，趙敏恒任總編輯，日出對開一張，為「中國新聞公司」主辦的企業。成舍我任總經理兼業務主任，陳訓佘（陳布雷兄弟）任協理兼總務主任，范爭波任業務委員會主任委員，程滄波任言論委員會主任委員兼言論主任，趙敏恒任新聞主任，馬星野任資料主任。

1946 年 2 月 10 日發生「較場口事件」時，重慶各界人民在較場口舉行慶祝政協成功大會，發生參加會議人士與政府軍警衝突事件，造成新聞記者和民眾被毆。2 月 11 日重慶 8 種日報包括《世界日報》都廣泛報導此一事件。9 月 8 日北平記者 97 人舉行第一次理監事聯席會議，選舉結果成舍我當選三人常務監事，另二人為馬在天、李誠毅。9 月 11 日舉行會議，擬定職工待遇標準，提高為 20～40%。〔註 67〕

成舍我在重慶版《世界日報》只主持了最初四個月，即離開重慶。後來該報由陳雲閣接辦，1949 年 7 月，因該報指責國民黨四川省主席王陵基和重

〔註 65〕成舍我，《由小型報談到〈立報〉的創刊》，《報學雜著》，中央文物供應社，1957 年，第 119 頁。

〔註 66〕成舍我，《由小型報談到〈立報〉的創刊》，《報學雜著》，中央文物供應社，1957 年，第 140 頁。

〔註 67〕張友鸞等，《世界日報興衰史》，重慶出版社，1982 年，第 174 頁。

慶市長楊森的文章，由國民黨重慶市黨部宣傳處處長吳熙祖奪得該報，實際該報已由國民黨重慶市黨部接收，成為其機關報。

2.5　北京：復刊《世界日報》(1945～1949)

抗戰勝利後，成舍我從重慶到北京，接收《世界日報》全部資產，經過籌備，《世界日報》、《世界晚報》於 1945 年 11 月 20 日同時復刊。《世界日報》復刊號上，刊登成舍我撰寫的長文《我們這一時代的報人》〔註 68〕，他在文中寫到：「將我以及《世界日報》同人心坎上的一些雜感，寫出獻給我們今日的讀者，尤其我們這時代的報人。」文章歷數《世界日報》創刊及發展中的波折，及其本人創辦報紙——南京《民生報》和上海《立報》的遭遇，並以其個人的遭遇為例，論斷「這一時代」的報人，「有不幸，也真太幸運」。文章歸結「這一時代」的報人，應當負有政治和社會兩方面的任務，特別強調要「站在國民立場」，起到「無黨無派的超然報紙的作用」。雖然成舍我本人的政治立場依然傾向於國民黨一方，但文章中提到的「建國必先建設」，建設國家需從「改造國民性」入手，及由此而來報紙需肩負的「啟迪國民」的重任，有相當的進步意義。

隨著「世界」三報的復刊，成舍我成為新聞界的名流，國民黨召開所謂制憲國民大會時，成舍我被官方選為國民大會代表。1946 年，北京市參議會成立時，被選為參議員。1948 年，國民黨以「實施憲政」為虛名，成立新立法院時，成舍我被官方圈定為北京市區域立法委員候選人，選舉前夕，1948 年 1 月 20 日，《華北日報》社長張明煒，國民黨中央社北京分社丁履進，以他們把持的北京記者公會，《北京日報》公會和北京通訊社公會的名義，在全市各報大登廣告，「向本市市民推薦，請圈選成舍我先生為立法委員」。廣告中對成舍我推崇備至：「成舍我先生獻身新聞事業垂四十年，其在北平，手創《世界日報》，亦已二十年以上。抗戰勝利，《世界日報》復刊，所有言論，無一不代表人民，特別代表我北平一百七十萬市民，真正為老百姓說話，為老百姓奮鬥。同人等對成先生夙極敬佩。過去成先生以社會賢達地位，被選為國民參議員、國大代表（制憲）。此次立法委員選舉，復被提名為本市區域候選人，深盼我全市新聞界同人，一致支持。」〔註 69〕成舍我隨後正式

〔註 68〕全文詳見本書附錄。
〔註 69〕張友鸞等，《世界日報興衰史》，重慶出版社，1982 年，第 163、164 頁。

當選為立法委員。

但成舍我在這個階段的活動仍以《世界日報》為主，報紙言論的觀點立場，這時隨著成舍我活動舞臺的拓展也有一些變化。報紙也從注重教育新聞，轉變到以軍事政治新聞和時事評論為主。同時由於紙張緊張，報紙只出四開一張，有時更少。篇幅不多，但政治新聞和評論，卻占到一半以上的地位。新聞來源，主要採用中央社的新聞稿。在國內重要城市如南京、上海、天津等地，也有特派記者拍發新聞專電。本市各項新聞，由專職記者採訪。此外，另派專人收聽歐洲各國廣播新聞。《世界日報》復刊後的內容分類，和戰前基本保持一致，主要有國內外要聞、本市新聞、教育新聞、大眾公僕、學生生活和副刊「明珠」等。其中「人民公論」專欄多是關於市民生活方面的問題，較為吸引讀者；「經濟天地」專欄刊登的商業行情，鑒於當時物價波動很大，也頗為讀者注意；「教育新聞」壯烈多是各大學接收復員和淪陷時學生處理問題的新聞；「學人訪問記」專欄因缺乏專人採寫，時斷時續。「明珠」復刊時由張鳴琦主編，一度倡導副刊新聞化。〔註70〕直到1949年2月25日，《世界日報》被人民解放軍軍事管制委員會接管了全部資產，日、晚兩報於當日停刊。

2.6　香港：創辦《自由人》雜誌（1951～1952）

1950年，成舍我在香港與王雲五、卜少夫、程滄波、陳訓佘、陶百川、左舜生、阮毅成、徐復觀、劉百閔、雷嘯岑、許孝炎等籌辦《自由人》三日刊，成舍我任社長兼總編輯，董事長為左舜生，總經理卜少夫。王雲五曾有如下回憶：「每次參加座談會者，多至三十餘人，少亦一二十人，皆為文化界人士，或為舊日與政治有關係者，各政黨及無黨派人士皆有之。後來我以香港政府最忌政治性的集會，凡參加人數較多，尤易引起猜疑，動輒干涉，加以如此散漫的座談，亦未必能持久，因於某次座談會中提議創辦一小型之定期刊物，每週或半周出版一次，既可藉此刊物益鞏固反共人士之聯絡維繫，且刊物一經向港政府註冊，則在刊物辦公處所舉行的座談，皆可諉稱編輯會議，可免港府之干涉。……結果決辦三日刊，定名為《自由人》，其資金由參加座談會人士各自量力提供。我首先代表華國出版社提供港幣一千五百元，

〔註70〕張友鸞等，《世界日報興衰史》，重慶出版社，1982年，第186至193頁。

此外各發起人分別擔任，或一千、或五百不等；並決定撰文者一律用真姓名，以明責任。其後，又決定委託《香港時報》代為印刷發行。」〔註 71〕

據「自由人」之一阮毅成回憶：1951 年 1 月，大家在高士威道舉行餐會，公推王雲五先生主持，進一步商談雜誌出版事宜。當即決定出版三日刊，仿小型報格式編輯。阮毅成建議刊物命名為《自由人》。1951 年 3 月 17 日，《自由人》三日刊正式創刊。發刊詞由程滄波主筆，在文章中將世界分為「人的社會」與「非人社會」兩大壁壘：認為「人的社會」中有人性、人格與個人尊嚴、個性創造，每個人為自己而生存，也為人人而生存，因而生活幸福，社會和諧。「非人社會」不讓人保有人性與人格，而且鼓勵人做反人性的行為，專制寡頭通過所謂的紀律約束大多數人而自己為所欲為，全社會生活水準低下，充滿仇恨猜疑，每個人是奴隸，是牛馬，不敢再奢望有人的權利與幸福。文章說，每個人都想做人，參加「人的社會」，這是天經地義的事。那麼，做人的主要條件是什麼？「自由是做人的主要條件」，要做人必先得自由，得著自由，方可做人。因此，「我們揹著自由的大纛，叫著做人的口號，開始自由人的運動。爭自由，爭人性，發動全人類自由人性的力量，去打倒與剷除共產帝國主義反人性的非人社會」。這篇被阮毅成譽為「擲地作金石聲」的發刊詞，實際上揭示出《自由人》的兩大宗旨：第一要反共；第二要爭自由民主。為了貫徹這兩大宗旨，「自由人」們特別宣布三點：第一，凡參加《自由人》的人，必須輪流寫稿，而且要署真實姓名，以示負責；第二，在經濟方面，絕不接受美國人的幫助；第三，絕不接受臺灣國民黨方面的津貼。〔註 72〕

1959 年 9 月 13 日《自由人》因經濟不支而面臨停刊危機。首先是經費拮据。刊物的創辦經費及經常費，來自發起人的捐助。為了節省開支，《自由人》委託《香港時報》印刷，費用由該報暫時記帳。由於經營狀況不佳，1951 年年底，《自由人》即有「斷炊」之虞。到 1953 年 3 月，《自由人》已積欠《香港時報》印刷費 6000 元，稿費 11 期，難以為繼。其次，王雲五、程滄波、阮毅成等發起人紛紛赴臺，香港「自由人」聲勢日衰。到 1951 年底，已有三分之二的發起人去臺灣定居。第三，發起人之間政治思想發生矛盾。這

〔註 71〕郭太風著，《王雲五評傳》，上海書店出版社，1999 年，第 365 頁。

〔註 72〕馬之驌，《新聞界三老兵：曾虛白．成舍我．馬星野奮鬥歷程》，臺北經世書局，1986 年，第 269 頁。

些所謂的「自由人」，雖然幾乎都從事文化工作，但是大多與現實政治有瓜葛，具有濃厚的政治意識。例如王雲五曾出任國民政府行政院副院長，程滄波前後擔任過近十年的《中央日報》社長，左舜生是青年黨主席，金候城為民社黨人，雷震則是國民黨後起之秀。這個頗似一小型「聯合政府」的「自由人」團體，難免不發生政治思想的分歧。

除此之外，《自由人》最大的問題還在於編輯尺度難以掌握。這些「自由人」一方面要反共，但是香港環境複雜，不能不有所顧忌；另一方面要向臺灣國民黨當局爭民主、自由，如果爭的太多，就會被人猜疑是共產黨的「同路人」。在這種情境之下，編輯尺度很難做到「恰如其分」。《自由人》號稱超越黨派，「絕不接受任何津貼」，實際上在變相接受國民黨的資助。為《自由人》賒欠代印的《香港時報》，是國民黨中央在香港辦的機關報，當時的社長許孝炎，也是《自由人》發起人之一。陳誠任「行政院長」期間，某「立法委員」意外發現，「行政院」向「立法院」送審的年度決算中，列有補助「香港自由人社反共宣傳費」一項。〔註 73〕這批「自由人」，實質上幾乎都與國民黨有關聯，只是關係有疏有密而已，絕非其所標榜的「超於黨派之外」。成舍我於 1952 年底離港赴臺定居，擔任《自由人》社長兼總編輯將近兩年。這一時期，成舍我在《自由人》及其他刊物上，發表了大量言辭激烈的反共文章。

2.7　臺北：「報禁」之後辦臺灣《立報》

1955 年，成舍我以「立法委員」身份，在立法院會議上，以《人權保障與言論自由》為題作長篇發言，向當時的行政院長俞鴻鈞提出質詢，針對著名報人龔德柏被捕失蹤五年、立法委員馬乘風被捕三年的情況，提出何以「不審？不判？不殺？不放？」，質問「新辦報紙雜誌何以不許登記？」在成舍我的質詢提出之後，引起蔣介石相當不悅，蔣曾對人說，「現在立法院內有一個人不愛國」，「此人」即成舍我。國民黨宣傳部長陶希聖曾找成舍我談話，即「如果想恢復出版《世界日報》嗎？最好直接給蔣介石寫封信」。成舍我認為：「我不能寫，我一旦寫信給蔣，他必然會對我有所要求，我也必然對他有所

〔註 73〕馬之驌，《新聞界三老兵：曾虛白．成舍我．馬星野奮鬥歷程》，臺北經世書局，1986 年，第 280 頁。

承諾，這就束縛我辦報的手腳。我只能正式向政府申請出版《世界日報》。」並誓言：「報禁一日不解除，成舍我一日不辦報！」〔註74〕

直到1988年1月，臺灣當局正式解除長達三十七年的「報禁」。成舍我以九十高齡創刊《立報》，成為世界上最高齡的報紙創辦人，了卻在臺灣辦報的夙願。《立報》的報名及版式沿襲上海《立報》，當時是臺灣唯一一家四開小型日報，創刊伊始，即宣稱不介入任何黨派，主張新聞自由和言論自由。1991年成舍我病故，《立報》工作由其女成露茜主持。

從二十世紀二十年代於北京創刊「世界」報系，在南京「小報大辦」《民生報》，到上海《立報》的銷行奇蹟，再到重慶和北京復刊《世界日報》，1949年後在香港創辦《自由人》雜誌，赴臺於「報禁」之後辦臺灣《立報》，成舍我在93年的漫長歲月裏，可謂終其一生，傾盡全力地投入到了辦報事業中，堪稱是一代報業巨擘。成舍我的辦報活動大致分為兩個時期，即1913年至1920年的「為別人辦報」與1921年至去世的「為自己辦報」時期。〔註75〕成舍我辦報活動涉及北京、南京、上海、重慶、香港、臺灣；辦報時期歷經辛亥革命、五四運動、軍閥混戰、抗日戰爭、解放戰爭、戰後和平階段。成舍我一生的理想是辦報，矢志不移，歷盡波折，始終在報海危運中秉持理想，幾度沉浮，曾險些在軍閥的屠刀下為了理想付諸生命，也曾在專制獨裁的統治下為了理想身陷囹圄，之後在長達三十年的時間中雖為「報禁」所限卻不曾動搖過辦報的理想，作為一名報人，成舍我的報業實踐不僅是中國新聞史上的奇情壯彩，在某種程度上，也具有理想主義的色彩。

〔註74〕《成舍我一生波瀾壯闊》，臺北世新大學舍我紀念館資料。

〔註75〕方漢奇，《一代報人成舍我》，《發現與探索——方漢奇自選集》，首都師範大學出版社，2009年，第388頁。

第3章　經營：以「大眾化」為標的

> 我們所揭舉的報紙大眾化，不僅是對於中國報業的一種新運動，並且也是對於現在世界上所謂大眾化報紙的一種新革命。……必開創一種新風氣，使全國國民對於報紙，皆能讀、愛讀、必讀，使他們覺到讀報和吃飯一樣的需要，看戲一樣的有趣，然後國家的觀念，才能打入最大多數國民的心中，國家的根基才能樹立堅固，《立報》所揭舉大眾化的旗幟，其意義在此，其自認為最重大的使命，也在此。〔註1〕

報紙作為社會現代化過程中民眾生活不可或缺的事物，在引導大眾方面的作用也是顯而易見的。因此，報紙大眾化也應當是現代報紙的一個重要發展方向。成舍我採用的多種經營策略，總體來看，均以「大眾化」為經營報紙的標的，儘管在某些方面有一些不盡如意的地方，但這種「大眾化」的辦報思路與黨人辦報、商人辦報有著一定的區別。表明了他「以最新姿態，使報紙功能普及全國大眾」的辦報立場，「使全國國民，對於報紙皆能讀、愛讀、必讀，使他們覺到讀報，和吃飯一樣的需要，看戲一樣的有趣。」〔註2〕

採用何種經營方式與組織結構是評判一張報紙成功與否的重要指標之一，也是考察一張報紙是否能達到創辦旨趣的方法之一，即報社內部的機構設置和職能分配是否科學合理。在清末的報館，通常只有簡單的主筆房和會計室兩部門，賬房會計兼任報館經理，如早期《申報》。直到二十世紀一二十年代，報館機構才逐步開始走向完善，有的報館開始建立具有現代報業屬

〔註1〕《我們的宣言》，1935年9月20日，上海《立報》。
〔註2〕《我們的宣言》，1935年9月20日，上海《立報》。

性的營業、編輯與印刷等主體部門，一些大的報館甚至根據發展所需，設計出符合自身需要的部門。

二十世紀二十年代北平《晨報》的報館設置，其中分門別類，已頗具規模，包括兩部（經理、編輯）、十四股（圖畫、事務、採訪、圖繪、畫報、遊藝、週刊、通訊、經濟、體育、教育、社會、國際、政治、論評）、十七課（承印、廣告、書品、發行、印刷、稽核、庶務、會計、文書、保管、纂集、登記、校對、核算、譯電、繕發、收文）及一個收發室。〔註 3〕民國時期的報館組織大多採用公司制的形式，包括股份有限公司的組織形式，其中有代表性的如上海的《時事新報》，1927 年由政治機關報改組為商業保障，同時改組為公司。到 1926 年天津新記《大公報》成立，採用了更具現代因素的股份有限公司形式，即承認人才和勞力對報館的貢獻，並折合成相應股本，進行發送和饋贈。這種私人投資與智力入股相結合的新型投資結構，無疑能有效調動創辦者的積極性。〔註 4〕

胡道靜在《新聞史上的新時代》一書中曾經談到在新聞界流傳著一樁故事〔註 5〕，是國民黨在北洋軍閥壓制下奮鬥的時代，黨宣傳機關上海《民國日報》的經濟是非常困難的，館員欠薪不必說了，即連印報的紙頭也有時沒錢購買，甚至挨到半夜當了東西買紙頭才得出版；主筆葉楚傖先生，生平好酒，每晚總要弄一百錢，九十文買高粱，十文買花生米，浮一大白，報上許多傳誦的著作，大半在這酒後寫的，大有李白斗酒詩百篇的氣概。這種慘淡經營的生活，常使人憧憬不已，但就這樣的方式而求事業的成功和發達，卻是可一而難再的。況且我們知道，當時還有邵力子先生在任經理，他有事業的腕力，一舟雙槳，戮力共濟，所以才有那樣的成就。

美國 1934 年全國日報總數為 1911 種，每日平均總銷數達三千五百餘萬份，按人口比例，平均每四人得報一份。同時期的中國約每八百人始得報一份。歐美近代報業的發展，為因有三：第一個是外在的原因，就是人們對於報紙的需要增加；第二個是內在的，就是由於報業經營採用科學的管理方法；

〔註 3〕鄭錫安，《自北伐完成至抗戰前夕北平民營報業研究（1928～1937）》，1938 年，燕京大學文學院新聞學系論文。

〔註 4〕《新聞事業》，《上海研究資料》，《民國叢書》第四編，第 80 卷，上海書店，第 380，381 頁。轉引自王潤澤，《北洋政府時期的新聞業及其現代化（1916～1928）》，中國人民大學出版社，2010 年，第 231～232 頁。

〔註 5〕胡道靜，《新聞史上的新時代》，世界書局，1946 年，第 63 頁。

第三個原因卻是由於本身的進步，如內容的充實，編輯的得體，印刷的精良。

1936 年，劉覺民寫了一部《報業管理概論》才使報館經營管理這門學問呈露出了曙光。他認為從報業企業化的特質可以知道報業管理的範圍不外：組織，管理，經營，理財四大部門。這四大部門雖是各相關聯，但是各個部門均包含著許多特殊性質的問題。組織的一門，多半涉及國家商法問題。管理經營和理財三個部門大半根據實用經濟學的原理和法規，如商業原理，會計學，公司財政學，工廠管理，人事行政，售貨術等等均屬必要的基本知識。不過報業管理雖屬商業之一種，卻與普通商業究有不同，所以有它特殊的經營法則，著者除運用其商業經濟知識外，並參考西籍論報業組織，管理，會計，及通論人事管理實業管理的書籍十餘種，又加上平日蒐集的國內實際情形的材料而成。

中央政治學校於 1934 年設新聞學科於外交系中，為該系的必修科。同年冬，設立新聞學系，為國立大學設新聞學系的創例。課程編排，分社會科學，語言文字，及新聞學術三部；社會科學的課程最多，約占二分之一，後兩者各占四分之一。「報業經營」是三年級的課程。從中不難看出，報業經營管理在二三十年代的中國已經開始有人作為專業學問來重視並研究。

成舍我在辦報策略方面，注重堅持報紙的大眾化方向；內容上重視新聞和評論，尤其是教育界新聞及時政評論，尤為突出；特別值得一提的是其副刊，早期《世界晚報》所刊張恨水的文藝作品風靡京華，為報紙打開了局面，之後的《立報》副刊，亦是多姿多彩，享有盛名；在報紙的經營管理方面，成舍我不僅諳熟報館內部運營的各個環節，還曾親自前往歐美各地考察借鑒。民初燕京大學新聞系教授孫瑞芹先生曾在《報業十年回憶錄》中對成舍我評價道：「成君是一位有才幹的領袖，也是一位觀察敏銳的記者。他對西洋報業最近的發展情形，消息很靈通，並且曾將美國報業方法，介紹給中國的很多。他確是中國今日賢能報業領袖之一。」〔註 6〕

以成舍我的辦報經歷來看，其在報業經營管理方面，有許多在今天仍值得借鑒的方面。經營報紙是一項複雜的系統工程，需要編輯、印刷到廣告、發行等多個部門的通力協作，這其中有許多共通的辦報規律，經營報紙的人都能相互參照。比如，民國時期，副刊在報紙的經營中佔有重要的地位，各

〔註 6〕孫瑞芹，《報業十年回憶錄》，《報學》第一卷第一期，燕京大學新聞學會出版，1938 年，第 15～24 頁。

大報紙，包括成舍我在內都注意到這點，紛紛創辦副刊吸引讀者；廣告成為報紙最重要的收入來源後，各大報紙紛紛設立廣告科，想方設法招攬廣告。成舍我的報業經營業績歷來為人所稱道。他先後在報業競爭激烈的北京、南京、上海等地創辦報紙，每次都獲得成功，取得驕人業績。綜觀其各個階段的辦報歷程，成舍我之所以成功，除此共同的經營方法、手段之外，取決於其有一套獨特的辦報方法和經營策略。

3.1 以「讀者」為中心

讀者市場對一份報紙的生存和發展的重要性是不言而喻的，但是中國報刊發展的特殊情況，尤其是中國近代報刊誕生以來，報刊主要是作為一種政治宣傳工具而存在。無論是早期的洋務派、維新派、資產階級革命派，還是後來的國共兩黨，其創辦報紙都是從自身宣傳思想、主張政見的需要出發，以宣傳為出發點和主要目的。「讀者」概念在辦報人頭腦中是模糊、籠統的，甚至是漠視的。「讀者」被看作是其說服教育的對象，而非真正意義上的「讀者」。少數盈利性報刊出現以後，注意吸引讀者，卻很少與讀者互動，一般都是觀念中的「讀者」。成舍我創辦報刊之後，非常重視讀者市場，充分考慮讀者的需求，努力做到以讀者為出發點，從而能夠準確地把握讀者市場，使報紙銷路大佳。

在辦報過程中，成舍我注重了解讀者意見。《世界晚報》創刊後，為打開銷路，成舍我曾與工友們混在人群中自賣自買，吸引購者。在這個過程中，以改進報紙。在《世界日報》創辦 8 週年的時候，成舍我還開展了與讀者互動的活動，充分採納讀者意見來調整、改進版面。1932 年 5 月，成舍我隨《世界日報》附送了一份函表，公開徵求讀者對於報紙的意見。半個月後，共收到 3700 多封讀者覆函。經過整理，報紙以整版的篇幅刊登了「讀者意見總揭布」。同時根據讀者意見，調整、改進版面，完善發行。如在新聞編排方面，報紙一般是將同一事件的稿子編在一起，但是有時稿子太多，讀者必須全部看完，才能完全瞭解事件，這對讀者而言是比較費力。於是成舍我要求報社在要聞版頭條新聞前，刊登一條綜合記述，說明事件的原委和要點，簡單扼要，使讀者一目了然，受到讀者的極大歡迎。在 1934 年 2 月，成舍我又發表致讀者的一封公開信，主動徵求意見和批評，顯示出其辦報理念中可貴的讀

者意識和市場意識。〔註 7〕

成舍我從讀者出發的辦報思路，也體現在其北京辦報時期，特別注意到的一個人數眾多的教職員和學生讀者市場。北京當時除了是政治中心，還是文化中心。當時北京是全國中小學校最多的城市。僅公私立的大學就有大概 29 所之多，是全國高校分布最多的城市，有一個人數眾多的教職員和學生讀者市場；加上新文化運動的影響，教育界一直處於時代的風口浪尖，學生學潮時有發生，此外教育界本身存在很多問題，如拖欠教師薪水等等，使得教育界總是有很多有價值的新聞，教育新聞因此成為《世界日報》一個很重要的新聞類目。

除在報紙內容方面與讀者互動外，成舍我還曾嘗試在報紙管理方面與讀者互動。1933 年，成舍我在報社實施科學化的管理制度，設立監核處，並且專門添裝了一部電話，作為讀者監督檢舉之用。讀者可以就多個方面的事項打電話或者寫信進行監督，報社方面負責查明情況，給予切實答覆。比如，讀者可以對「報差有遲送、漏送情形者」或「本報職員對待顧主有侮慢及故意留難者」進行檢舉。成舍我的這一系列舉動，在當時的北京新聞界堪稱創舉，充分反映出成舍我以讀者為出發點的辦報思路。正是這樣一種辦報思路，使得成舍我能夠在準確把握讀者市場方面，走在其他報社前頭，從而贏得發展先機。〔註 8〕

3.2　注重教育新聞

北京作為一座古老的文化城，教育界的讀者多，新聞也多。《世界日報》的新聞方針，在前一時期除對所謂軍政要聞特別重視外，鑒於北京學校較多，又是文教界人士集中之地，為了爭取在文教界找基本讀者，所以不斷對文教新聞想新辦法。最初是在報上闢「教育界」新聞專版，專門刊載教育新聞，並在各文化機關和著名的學校裏找特約通訊員。在一個相當長的時間裏，利用經理吳範寰兼任北平大學校長辦公處秘書的便利，每天從大學所收的文電中摘錄新聞，除以一小部分可以公開的次要消息作為公布的新聞，交由通訊社發表外，較重大的消息，特別是有關教育經費的消息（北京學校教職員工

〔註 7〕張友鸞等，《世界日報興衰史》，重慶出版社，1982 年，第 40 頁。
〔註 8〕張友鸞等，《世界日報興衰史》，重慶出版社，1982 年，第 42 頁。

身受多年欠薪的痛苦，對於教育經費的消息特別關心）經常由《世界日報》盡先報導。〔註 9〕

成舍我任北平大學區秘書長期間，對教育界動態關注極多。例如，當時，教育界最關心的是經費問題，因為自北洋政府以來，經常拖欠教育經費，各校教員常常是幾個月領不到薪金，教員有「災員」之稱。成舍我對於教育經費發放的問題非常關注，對於往來的有關教育界的文電較為清楚，所以《世界日報》常常能搶先發表，很多教員因此爭看《世界日報》。其次是學潮新聞。教育界的改制、易長以及增減經費等等，都可以引起學潮。學生請願、遊行、被軍警毆打的事，接連不斷。國民黨軍政當局進駐北京後，學潮頻繁發生，學生甚至被稱為「丘九」，這一時期，最大的學潮就是改變高等院校體制問題。北京原來的高等院校總共不下二三十所，比全國任何城市都多。1927 年 8 月，軍閥張作霖下令合併國立九校為京師大學堂，以教育部長劉哲兼任校長，如有違抗，即以武力對待。各院校師生敢怒不敢言，紛紛離開北京南去，教育界一片寂靜。

從 1934 年 9 月起，除「教育界」專版外，另闢「學生生活」專版，吸引各校學生投稿，目的在從學生群中找基本讀者。1935 年 1 月起，又添闢「學人訪問記」專欄，吸引上層教育界人士的注意。先後作為訪問對象的有：李達（經濟學和社會學）、余上沅（戲劇）、錢玄同（文學）、陶希聖（社會學）、張貽惠（數理）、許地山（印度哲學）、柯政和（音樂）、胡先驌（生物）、吳承仕（文學）、梁實秋（文學）、文元模（物理學）、黃文弼（考古學）、陳綿（戲劇）、何基鴻（政治）、黎錦熙（文學）、王季緒（機械工業）、熊佛西（戲劇）、馬裕藻（文學）、袁同禮（圖書館學）、趙乃搏（經濟）、白眉初（地理）、吳俊升（政治）、郭毓彬（生物）、楊仲子（音樂）、王覲（刑法）、汪怡（速記）、夏元瑮（物理）、趙進義（數學）、秦振黃（生物）、沈兼士（文學）、章元善（合作事業）、秉志（生物）、孟憲承（教育）、王桐齡（史學）、黃國璋（地理）、顧頡剛（史學）、劉拓（化學）、趙學海（化學）等。〔註 10〕

世界日晚兩報，自創刊始，即以注重教育新聞見長於各報。成舍我的新聞編採方針以軍事政治新聞為主，兼重教育新聞為特色。以《世界日報》為例。北京當時是北洋政府所在地，是全國的政治中心。而北洋政府為軍閥控

〔註 9〕張友鸞等，《世界日報興衰史》，重慶出版社，1982 年，第 45 頁。
〔註 10〕張友鸞等，《世界日報興衰史》，重慶出版社，1982 年，第 33 頁。

制，哪個派系的軍閥得勢，就由這個派系的政客組織政府。所以軍政是緊密相連的。《世界日報》自然以這方面的新聞為主要內容。在 1926 年以後，由於政治形勢的變化和學生運動的高漲，為了抓住廣大的教育界讀者，還注意教育新聞，而這正是其他報紙所忽略的方面。《世界日報》的新聞編採，完全以吸引讀者為出發點。而吸引讀者的目的，又是為擴大報紙聲譽，增加營業收入。所以常常使用比別的報紙更為突出的誇大炫奇等手段，久而久之，也成為了《世界日報》的一種風格。新聞歷來以國內外有關軍事政治的消息最為重要。《世界日報》也用了很大的力量，加強這些新聞的採訪報導。《民生報》創刊後，利用從南京拍發的專電，能得到中央社以外的消息。所以這個時期，日報上的專電較多，晚報也能登載當天南京、上海的重大新聞。同時，版面上也突出專電新聞，要聞版頭條，「今日要目」以及「最後消息」，都是以專電為主，更顯醒目，令人感到消息靈通，內容豐富。1930 年 10 月刊載的歐洲通訊，如董鳳寄自日內瓦的《中國在國際聯盟競選失敗經過》，丁作韶寄自柏林的《轟動世界的德國大選》和日本通訊等；1931 年 4 月，張友彝的《從婦人參政說到「下臺」！》都引起了讀者的興趣。《世界日報》的新聞內容早期以對北洋軍閥政權的揭露和譴責為主，國民政府成立後，則以對國民政府的鼓吹和讚揚為主調。「官」方新聞和通訊佔據了大部分的要聞版。其他新聞，除偏重教育新聞外，為了加強體育消息的報導，增加了「體育界」專欄，和「教育界」同在第六版，共占 7 欄，「體育界」占 3 欄。兩欄設置相對靈活。原來的本市新聞和各地新聞在一起，成為「世界瑣聞」欄，後來將各地新聞分出去，稱為「本市新聞」欄，內容除市政消息外，主要是社會新聞。自 1928 年元旦起增添「法庭旁聽記」，如伶人楊小樓的義子楊克明的訟案，伶人言菊朋的離婚案，都曾轟動一時。後來又增加「社會訪問記」，如《第一監獄訪問記》、《婦女救濟院訪問記》等，也頗受歡迎。又因《新晨報》每天刊有漫畫，很能吸引讀者，於是每天刊登蔣漢澄的漫畫，諷刺性很強，得到讀者好評。「經濟界」因政治經濟中心南移，經濟新聞比重下降，行情信息有時改登本市新聞欄。1930 年 6 月，為了吸引商業界訂戶，將「經濟界」改為「商業界」。1928 年，河北省政府遷至北京時，另闢設「河北新聞版」，後因新聞來源少，廣告位置擁擠，自行取消。這些新聞版的增減，內容的變化，主要為適應讀者喜好，還有就是視同業競爭而定。報紙內容的發展變化，也促使編輯工作的變化。主要表現在編排形式和標題製作方面。《世界日報》新聞的編輯，並不是千篇一律固定不變的。各報的頭版頭條，慣例是軍政新聞，而《世界日報》卻打破常規，有些地方性新聞，如女師學生被軍警毆傷，教育部強行接收女師大，首都群眾革命運動，甚至銀號被竊鉅款，也都編為頭條新聞。各版新聞，大致有個範圍，但也很靈活，如公債行情暴漲暴落，引起社會很大波動時，這條新聞不登在「經濟界」，而登在要聞版，都使讀者感到新穎醒目。新聞標題，慣用驚人詞句，大小新聞多是如此。只是重要新聞用大字或木刻字，占幾個通欄地位。如 1925 年 8 月 22 日，北洋政府教育部司長劉百昭帶人強行接收女師大，學生緊閉校門，劉百昭爬牆進去。這條頭條新聞標題是：《劉百昭爬牆而入》。1925 年 11 月 29 日，登載的首都新聞，標題為《昨日十萬民眾對段政府大示威》。1926 年，三一八慘案的標題是：《段政府果與國民宣戰矣》。《世界日報》注重教育新聞，起初也有炫奇的想法。別的報紙不注意這方面的新聞，它卻特闢專欄，作為獨有的特色，以吸引讀者。當美國教育家柏克赫斯特女士來北京宣傳道爾頓制時，認為這是新奇的教育法，就連篇累牘地登載她的消息和演講，並且出了專集。及至 1925 年底，許多大學發生學潮，《世界日報》更加注重教育新聞，而且後來成為以教育界讀者為發行重點。至於新聞採訪方面，為了出奇制勝，多得特訊，用盡多種方法。〔註 11〕幾年的實踐證明，教育新聞為該報招來了廣大讀者，使之在同業競爭中有所長，使之在消沉暗淡的兩年多時間裏，能夠賴以生存，使之在「國都」南遷，北京百業凋零之際，卻出人意外的發展。成舍我為搞好教育新聞報導出力頗多，教育新聞堪稱《世界日報》的生命線。

3.3 「版面重於一切」

成舍我經常注意版面，除各報共有的通訊社消息外，總要設法找一些「特訊」。例如《世界晚報》初期，成以「每日一人」做口號，在每天上午訪問一個所謂軍政要人，從談話中探索時局消息，編成特訊。每日派人去東交民巷訪問英、日、法等國使館，找使館參贊探詢各地領事館來訊。如日本使館每天可收到各地領事館大批電報，有一個時期（日本幣原內閣時代），日本人利用中國人代為宣傳，每日摘出一些與己有利的情報，改用新聞方式告訴往訪的記者，這樣，此類情報也變成特訊在中國報紙上發表。

〔註 11〕張友鸞等，《世界日報興衰史》，重慶出版社，1982 年，第 85 至 92 頁。

成舍我在一篇文章中對版面的重要性有過如下描述，版面重於一切，編輯人掌握著辦好一張報的主要關鍵。成舍我認為：「要把報業看作指揮一支作戰軍隊，要把辦報看作開機器，馬達固然重要，小螺絲釘也不能忽視。編輯人縱然絕頂天才，如果配上一些缺乏能力，不太負責的校對，錯字連篇，那麼這張報仍將難以博取讀者良好的印象，由編輯方面推而至於其他部門，報差不按時送報，信差不按時取稿，工人不按時出版，其對於報紙的能否辦好，也會影響很大。編輯人這一職位，在英美報紙，極其重要，英國的編輯人簡直和我國報館社長相等，無事不管，有時廣告方面都要聽其指揮。美國編輯人雖只管言論，版面，然而事實上，許多報館，編輯人由社長（即館主）兼任。無論英美，編輯人的確掌握著一個報館最大部分的命運，成敗興亡，幾乎繫於一身。一張報紙辦好的因素，固然極多，不過最應注意而必須全力以赴的，自以報紙內容，言論版面為第一。」「新聞工作，雖被稱為自由職業，但為增加工作的效率，一報館的組織和紀律，卻絕對不能鬆懈。指定的發稿時間，一定不許遲誤，指定的採訪任務，一定需要達成。印刷部延時出版，一定要追究責任，校對房錯字連篇，一定要依章處罰。尤其重要的，即對於報館的每一份子，必須隨時隨地充分鼓舞他們的戰鬥精神。一個標題不如人，編輯先生應該感到羞愧，一條新聞不如人，外勤先生應該吃不下飯，人人要爭取勝利，但這勝利的有效期限，永遠只有一天。今天勝利了，明天仍需要勝利。粒米寸布，不許浪費，不應該節省時，幾千幾萬，也毫無吝惜。」從這段話中不難看出他對版面編輯所持的態度和要求。〔註 12〕1927 年無線電廣播還未盛行的時候，《世界日報》首先從天津日租界買來短波無線電收報機，雇用收報員經常收聽天空中飛來飛去的電波，每天可以收到不少消息，改頭換面編成新聞。以後又添置新式收報機，成立電務組，除收聽中外新聞外，並經常收聽南京中央社的廣播，在中央社電稿子未發以前，提前幾小時發稿，提早報紙的出版時間。在後期還逐日收聽延安廣播，但對所收到的新聞並不發表，只選擇一些可以改編的摘出改寫。又在上海、南京各地，找公私電臺走私代發新聞電報，不通過電信局可以直達報社的電務組，既可避免檢扣，又可節省用費。

對於採訪記者管理很嚴。成舍我每天親自比較報紙版面的優劣，樹立幾個「假想敵」，如以北京《晨報》和天津《大公報》作目標，摘記自己有什麼

〔註 12〕成舍我，《如何辦好一張報紙？》，《成舍我先生文集——港臺篇 1951～1988》，唐志宏主編，世新大學出版中心，2006 年，第 131 頁。

特點，人家有什麼佔先。凡認為落後於人的，屬於外地的即用函電責詢駐外記者。1947 年，南京特派記者所發專電中報導某地發現大烏龜的一條新聞，即據以刊布。次日，另外幾家報紙所報導的不是烏龜而是玳瑁。成當時很惱火，即發致南京一電，內有「人皆玳瑁，我獨烏龜」之語，員工見此電報者莫不失笑。新聞落後屬於本市的，就找採訪記者詢問，並以此作為記者的獎懲標準。〔註 13〕

每天報紙出版後，有專人負責通讀。凡因校對或排印方面發生的錯誤以及文句不妥的地方，都要剪貼送閱。根據錯誤情況，追查校樣和原稿，追究錯誤發生原因。屬於校對或排印方面的錯誤明定罰則，錯一個五號字罰洋 2 分，一個四號或三號字罰 1 角，一個二號字罰 3 角，一個頭號字罰 1 元。如係大題初號錯字，那就要另議了。先後在《世界日報》擔任總編輯的，有龔德柏、羅介邱、張恨水、張友鸞、陶熔青、成濟安、黃少谷、盛世強、張慎之、朱沛人等。〔註 14〕

3.4 以辦學促辦報

一份報紙辦得好不好，人才因素是非常關鍵的。這裡的人才不僅是指優秀的名編輯、名記者，更包括一大批掌握新聞理論知識與業務技巧的新聞人才。但是那個時候，我國的新聞教育事業處於萌芽時期，當時全國只有大約 12 所大學開設報學系（科），根本無法滿足日益發展的新聞事業。所以，整體上專業的新聞人才緊缺，人才供求處於一種不均衡狀態。在此情況下，要想獲得精兵強將，以高薪吸引人才成為各大報館的不二法寶。招聘不熟悉新聞業務的人才進入報社，通過天天跑新聞，學編排，慢慢入門也是可以的。事實上，這也確實是當時各大報社的主要做法。但是，從經營的角度上講，這樣則不僅降低了報社的工作效率，也提高了報社的經營成本。面對此種狀況，成舍我獨闢蹊徑，走出了開辦新聞專科學校為自己的報業培養輸送人才的新路。這一做法不僅充分顯示了成舍我的經營天分，也成為了成舍我「以辦學促辦報」的一大經營特色。

1933 年 2 月，在北平創辦的世界新聞專科學校，首先開設培養熟練印刷工人的初級職業班。學校訓練學生的方針是新聞教育與實習並重，提倡一種

〔註 13〕張友鸞等，《世界日報興衰史》，重慶出版社，1982 年，第 56 頁。
〔註 14〕張友鸞等，《世界日報興衰史》，重慶出版社，1982 年，第 56 頁。

「手腦並用，德智兼修」的教育方式。學校既是課堂，同時又是報館。按照安排，學生上午學習文化課，下午開技術課，學排字、背字盤，學習兩個月後即為報社印務服務。不久以後，報社排字房裏所有的排字工人就都由新聞專科學校的學生充當了。表面上看，學校免費培養學員上學，不僅解決了學員的食宿問題，負擔了一定的開支，事實上，開辦學校培養人才也為報社節約了大量的人力成本。因為對於學生的勞動，報社只支付學徒工資，這比雇傭熟練工人節約了大量人力成本。可以說是一舉多得的辦學和經營策略。〔註15〕成舍我在實施科學管理制度的時候，需要具備報業管理知識的人員加以貫徹執行，於是在 1933 年開辦報業管理夜班，以最短的期限訓練熟悉報業管理的合格人員。畢業之後，這批具有報業管理資質的學員全部被安排在《世界日報》工作，薪金只有 15 元，低於排字印刷工人。在報社電務人員不足的時候，又適時開設無線電特班，訓練電務人員。學員畢業之後，擇優錄用，分在《世界日報》和《民生報》，月薪也不高，比從外面聘請的有經驗的從業人員低得多。總之，成根據報社發展對於人才的需要，不斷拓展新聞專科學校的教學領域，機動靈活地開辦新專業以彌補報館經營的需要。

在《立報》創辦的時候，有「一批新聞鬥士」加盟，即北平世界新聞專科學校的學生，到上海參與到報紙的創辦中，對報館成功貢獻非常大。他們雖僅受過兩年初級訓練，但排字、校對、譯電、編短稿、及採訪新聞，都能勝任愉快。這批學生他們年齡各只十六、七歲，但是新聞鬥志，異常堅強。他們不肯僅以專任某一工作為滿足，必於本身工作以外，要求更兼任一種以至二三種。尤其採訪工作，最感興趣。「八一三」淞滬抗戰，所有同學，每天幾乎全體出動，採訪戰訊，此於促成《立報》在作戰期間，發行數字高逾二十萬份，破中國自有日報以來之記錄，所關極巨。他們工作稍暇，即加緊自修。由於他們這樣勤勞興奮，也就影響了其他一切工作人員。成舍我回憶道，《立報》過去那一種蓬勃向上的朝氣，使報紙整個版面，每天都充滿了「動」的精神。無論言論、新聞、副刊，每天總要設法供給讀者若干茗談的資料，辯爭的題材。立志做到今天有今天的成功。而這一張「動」的報紙，功勞最大的，要首推那批青年同學。〔註 16〕《立報》創業之初的這段回憶可以說是

〔註15〕張友鸞等，《世界日報興衰史》，重慶出版社，1982 年，第 124 頁。

〔註16〕成舍我，《由小型報談到〈立報〉的創刊》，《報學雜著》，中央文物供應社，1957 年，第 118 頁。

成舍我「以辦學促辦報」經營理念的極好寫照。

成舍我這種通過開辦新聞專科學校為自己的報館培養輸送人才的辦法，為世界報系和其他自辦報紙提供了發展所需的人才，也為報館儲備了大批後備人才，不僅大大緩解了人才壓力，而且提高了報社的工作水平與工作效率。同時，由於對新聞專科學校的學生所付工資低，也給報社節約了大量的人力成本。在某種程度上而言，以辦學促辦報給報社節約的開支和創造的價值遠遠超過了辦學的成本，辦學促辦報的方法獲得了很大的收益。世界新聞專科學校的開辦不僅是中國新聞教育史上的一筆，更重要的是從中一大批專業新聞人才的走馬上任，為成舍我所辦的報紙參與報業競爭增加了一定的砝碼，為其日後的報業經營增加了成功的助力。

3.5 重視副刊

副刊在成舍我的報海生涯中有舉足輕重的作用。首先體現在 1924 年成舍我辦北京《世界晚報》，以副刊一鳴驚人。成舍我創辦《世界晚報》時，人手只有吳範寰、龔德柏、張恨水三人，成舍我因與張恨水曾在《益世報》共事相識，並因同好詩詞而結交。成舍我向來喜歡吟詩填詞，〔註 17〕張恨水寫的《春明外史》中「舒九成」一角就意指成舍我。小說中描繪的楊杏園和舒九成水邊聯句，也是兩人早年交情的寫照。張恨水自 1919 年秋來到北京，已於新聞界工作幾年，先後曾為天津《益世報》、上海《新聞報》、《申報》以及一些通訊社採訪寫稿，得以知曉了政界學界許多軼聞，這也為其後來的寫作生涯積累了豐富的新聞素材。成舍我因為極為欣賞張恨水的文采，遂邀其主編《世界晚報》副刊《夜光》，為其後來多部連載小說的轟動一時提供了最初的平臺。張恨水在多部小說中，尤其是《世界晚報》、《世界日報》期間的連載小說，尤為獨到。〔註 18〕

〔註 17〕據說成舍我曾與張恨水因一聯詩句「五年湖海，問舊囊，除是一肩風月。」相識。張明明，《回憶我的父親張恨水》，百花文藝出版社，1984 年，第 110 頁。

〔註 18〕張恨水以一個報人的開闊視野、豐富閱歷和敏銳感覺，在大量的作品中以精彩的筆觸，展示了 20 世紀 20 年代到 40 年代中國社會的奇聞軼事、風俗習慣、民間疾苦、民族情緒和政治經濟熱點等社會現狀，尤其是對北京、江淮地區和重慶的下層社會及某些上中層社會的描寫。在執掌《世界晚報》副刊「夜光」時發表的連載小說——《春明外史》堪稱張恨水「以社會為經，言情為緯」創作路徑的代表作之一，也是作者本人最為得意的小說之一。這部 1924 年 4 月 12 日在《世界晚報》副刊《夜光》連載的《春明外史》，甫一面世，

《立報》的副刊也是各具特色。《言林》由時任復旦大學新聞系主任的謝六逸主編，既有著名作家的作品，也有年輕的文藝愛好者的習作，尤其是在團結文化界愛國人士共同為抗日救亡做宣傳方面，起到了積極的推動作用。《花果山》先後由張恨水、包天笑等主編，除連載長篇小說外，還刊載風物小誌、名人軼事、歷史掌故、世界珍聞、諷刺小品等文章。《小茶館》曾由時任北平平民學院新聞系主任的吳秋塵主編，主要是向讀者介紹多方面的知識、趣聞。1936 年 1 月 1 日改由薩空了接編，薩空了在題為《向下走的告白》短文中明確宣布，歡迎「上等人眼中的下等人也來茶館坐坐」。這個副刊還闢有幾個專欄，其中「血與汗」專欄主要介紹各行業工人生活、勞動情況等；「新知識」專欄側重介紹自然科學和社會科學名詞術語等；「街頭科學」專欄介紹生活小常識等；「苦人模範」專欄則鼓勵窮苦朋友恢復自信心，度過生活難關；「點心」專欄主要發表針對性較強的小雜文等。薩空了從大量讀者來信來稿中，瞭解到勞苦大眾的需求，針對讀者反映的問題，每天發表一篇短文，論述讀者關心的問題，或曉之以理，或指明方向，或抨擊社會黑暗，或籲請社會力量給予支持等。由於《小茶館》貼近大眾的思路，曾在三十年代的上海報界頗有聲望。

副刊作為報紙的重要組成部分，歷來為各家報紙重視，成舍我所辦的數家報紙更是一以貫之的體現了副刊的特色，在成舍我所辦的報紙中，集中了一批副刊幹將，如「小說大家」張恨水，「副刊聖手」張友鸞、「釧影樓主」包天笑等，為成舍我所辦的各個報紙都起到了舉足輕重的作用。

即造成了北京讀者爭相傳閱的盛況，影響頗大。這部小說以虛構的人物北京新聞記者楊杏園為著墨核心，因職業關係，楊出入於報社、茶館、戲院、飯館、俱樂部等不同場合，也因此遇到各階層的各色人物，如新聞記者、演員、官僚、總理、學生、政客、文人等等，小說由此揭露了形形色色的社會世相，既有上層社會名人的交遊酬酢之事，也有如「菩薩顯聖」的騙局等社會奇聞，盡其所能地描繪出了 20 年代北京社會的種種奇聞軼事。據說當時很多報紙都有專版登載連載小說，像《益世報》甚至一天刊載五六篇，卻從來沒有一篇像《春明外史》那麼叫好叫座。1925 年成舍我再創北京《世界日報》，邀張恨水繼續執掌副刊「明珠」，張恨水再度以諷刺當時社會亂象的連載小說《新斬鬼傳》而風靡京城。因為數部小說引起的轟動效應，當時北京各大報都爭相邀請張恨水寫小說以增加報紙銷量。1929 年，上海《新聞報》主編嚴獨鶴因慕張恨水文名，曾親赴北京，請張寫小說。而這一切得益最豐的可以說還是小說的載體，副刊的平臺報紙，成舍我更是憑此副刊得力幹將使創辦初期的《世界晚報》一鳴驚人。楊義，《張恨水：文學奇觀與文學史困惑》，《張恨水名作欣賞》序言，中國和平出版社，2002 年。

3.6 借鑿西方「科學管理法」

科學管理法是報業發展的重要因素之一，所以歐美各大學新聞學院更有報業組織與經營講座的設立，討論報社組織的要件是什麼？必需的資本如何估計？報館的設備怎樣？印刷工廠如何管理？材料人事財務如何管理？發行推廣及廣告推廣的方法怎樣？一些繁瑣的事情：每磅鉛能鑄某號字多少？一家報館所用的鉛字重多少磅？各種闊度的捲筒紙計重的方法如何？每份八頁一千份的報紙用墨多少？……經營一樁事業，蘄必所成，除非採用商業手段。知道計算成本，籌集資金，節省生產費，增加生產額，使產業趨於合理化，消費者勞動者與企業家各得其平，而令事業自然發展。十九世紀末葉至二十世紀初，美國工程師泰勒〔註19〕（Frederick Winslow Taylor, 1856～1915）首創「產業之科學管理運動」數十年來，凡百企業，無不受其影響而相率研求科學管理的方法。近代歐美新聞事業的企業化，報紙的商業化，均為受此運動得到的結果。〔註20〕

成舍我推行的「科學管理法」有效法王雲五的原因。1930年3月，王雲五正式就任商務印書館總經理，實施《科學管理法計劃》。科學管理法的主旨是擴大生產、降低成本、提高質量、勞資雙贏。〔註21〕

〔註19〕對於泰勒，當時和現在，西方與中國，在不同的時空有著不同的評價。泰勒改造了資本主義社會企業的生產組織形式，將其生產工序標準化，將工人的薪酬標準進行計量化，用科學方法尋求成本最低、效率最高的工作模式，從而使大規模的現代化生產成為可能。這是「泰勒制」（Taylorism）的核心。從發展生產力的觀點看，「泰勒制」對資本主義生產貢獻巨大，泰勒本人在資本主義社會也獲得極高的評價，被譽為「管理之父」。但也有許多人，特別是代表工會利益的左翼人士提出批評，指出「泰勒制」旨在提高生產效率、減少生產成本的所謂科學管理是以犧牲工人利益為前提的。像卓別林的電影《摩登時代》就把「泰勒制」描繪成資本家為了不斷提高產量，將工人變成機器。馬克思列寧主義經典作家對泰勒制採取了一分為二的辯證關係，列寧說過，「泰勒制」「既是資產階級剝削的最巧妙的殘酷手段，又包含一系列的最豐富的科學成就」。儘管如此，在西方的主流意識形態，「泰勒制」雖有這樣那樣的不足，但正是像「泰勒制」這樣的管理學、經濟學理論的不斷出現和發展，才使資本主義重新煥發出活力，幫助西方發達國家取得全球優勢。而在中國的意識形態語境，相當長時間內更多強調「泰勒制」有利資本家不利工人的負面價值，而忽視其貢獻社會的科學價值。對「泰勒制」的這種不同的價值判斷，實際上是王雲五在商務印書館推行科學管理法失敗的最主要的思想根源。金炳亮，《文化奇人王雲五》，廣東人民出版社，2006年，第86頁。

〔註20〕胡道靜，《新聞史上的新時代》，世界書局，1946年，第63頁。

〔註21〕商務印書館館史資料 http://www.cp.com.cn/newsdetail.cfm?iCntno=4486

1932年「一・二八」事變，商務印書館遭受重創。在商務印書館復業過程中，王雲五化整為零的科學管理計劃，再一次開始實施改革。王雲五著重從以下幾個方面對商務印書館進行了改革，主要體現在：（一）強化總經理個人的權力。除了前述以總經理獨任制代替總務處會議合議制外，王雲五還兼任生產部部長和編審委員會主任。而生產部和編審委員會是商務印書館組織架構改組後最核心的機構。（二）重組商務的經營管理架構。7月22日，王雲五宣布總管理處組織暫行章程及處理重要事務暫行規則。其重要的改變，一是將總務處改為總管理處，將原來的總務處和其他總館各部門、各省分館、各地分廠等所有商務系統的部門、職能全部歸入總管理處，由總經理統管。組織架構的這種改變一者是科學管理計劃的需要——我們可以看到，這種以垂直管理為主的架構，以及扁平化的部門設置，頗合現代管理之道。二是取消了編譯所的建制，而以編審委員會取而代之，編審委員會則隸屬於生產部。生產部主管編譯、審查（審稿）、編輯、出版、印刷等項工作。三是增設秘書處、人事委員會和清理委員會，作為橫向的協調部門。（三）人事制度改革。科學管理法的精粹是勞資雙方實現共贏。復興商務，須以科學管理法推進，而欲實施科學管理，人事制度改革至關重大。商務印書館董事會做出先行解雇全體職工，等復興後再爭取返雇職工的決策，為王雲五進行人事制度改革提供了良好條件。王雲五在人事制度方面的改革涉及多個方面，其中最主要的是兩條：一是設立人事委員會。所有復業後新錄用的職工，副科長及編譯員以上均由總經理直接聘用，其他則提交人事委員會核議。改變原來各由有關主管人員自由錄用的辦法。二是建立迴避制度，直系親屬只能錄用一人，一方面可使更多家庭因復興而受益，另一方面則可避免近親繁殖。三是對商務舊職工中的工會積極分子，在復職時須書面保證不再參加工潮。（四）企業制度改革。商務印書館由總廠、各處分館和各地印刷廠組成，機構龐大，人財物統一管理，王雲五深感這種企業制度不但效率低下，更不利於調動各分館分廠的積極性。經過改革，各分館分廠實行股份制，全部獨立經營，自負盈虧。商務總館以出資人身份進行控股，只負責重大決策和實施大型項目。〔註22〕經過王雲五的努力和實施科學管理改革，商務印書館不但在遭受巨劫後不到半年就開工復業，一半以上職工陸續復工，生產效率也大幅度提高。以10月才新成立的上海各印刷廠為例，成立一年多時間，「機器僅當從前百分之五

〔註22〕商務印書館館史資料 http://www.cp.com.cn/newsdetail.cfm?iCntno=4486

六十，工人亦不及從前之半，而生產能力卻當從前之兩倍有半」。應該說，自「一·二八」事變至 8 月 1 日，遭到重創的商務印書館能夠在短短半年時間之內復興，王雲五個人的才乾和他從國外引進的科學管理法，是一個十分重要的原因。〔註 23〕

科學合理的管理制度，對於報社運作來說同樣十分重要，因為它直接決定著報館運作質量與效率。當時各大報紙在管理上都煞費苦心。成舍我根據自己的辦報實踐，吸收西方先進的管理經驗，設計了一套科學化的企業管理制度。受成舍我個性特色的影響，這套管理體制又帶有明顯的十分節儉的管理作風，頗具成氏特色。這套科學而嚴格的管理制度是成舍我報業經營中的突出特點，也是其在競爭激烈的報業市場屢見成效的又一大制勝策略。

《世界日報》從 1931 年起，基礎日固，成舍我仿傚王雲五辦商務印書館的辦法，建立新管理制度。成舍我的「科學管理」法，意在將一切實行合理化管理，突出用「趕快」的辦法，增加勞動強度，提高工作效率，實際也就是正式走上新式資本主義經營方式的道路。成舍我採用的管理制度具體設計如下：在報社設立總管理處，集中統一領導報社各方面的事務。其下分設總務、監核、擴充、倉庫四組，分工負責管理諸如辦公用品的物資調配等相關事務。此外，又設立編輯、營業、印刷、會計四處，各司其責，搞好新聞報導、發行、廣告、財務等具體工作，維持報社日常運作。〔註 24〕

從 1935 年起第一步先設計整套新式簿記，建立新的人事管理制度，實行會計成本管理。第二步變更組織，設立總管理處集中領導。總管理處之下分總務、監核、擴充、倉庫四組，另設編輯、營業、會計、印刷四處。高度集中權力，嚴格人事管理。如錄用職員練習生偏重公開考試辦法，錄取後要填具商鋪的保證書，規定一年為試用期，在試用期內報社如認為不合用可以隨時解雇。員工本人不得無故離社，違則處罰一百元，由鋪保負責賠償；除年節休刊外，員工終年工作，星期日也照常工作，也無輪流休息辦法。編輯因病或因事請假須自行託人代理，否則由報社代覓替工，代理人應得工資則由請假人月薪內扣撥。全體人員按工作性質分別規定上班時間，遲到三次作為請假一天；曠職一天作為請假三天，每月匯總結算照扣工資；全社職工一律

〔註 23〕金炳亮，《王雲五與中國現代出版的轉型》，新華書摘報，2007 年 6 月 13 日～19 日第 6 版。

〔註 24〕張友鸞等，《世界日報興衰史》，重慶出版社，1982 年，第 36 頁。

以寫工作日記方式彙報工作。每日工作過程、工作中發生的問題，以及有關建議事項均可寫入日記。各部處工作日記由部處領導簽閱後，當晚匯送總管理處。一般人員的日記即由經理簽閱批答。擔任重要工作的以及各部處領導人員的日記須轉送成舍我親閱。成根據比較各報版面的結果，摘出優缺點，在有關人員的日記上批答。如有重大錯誤即嚴詞指責，甚至批註某人應予罰薪，某人應予處分。〔註25〕

在這套管理制度中，總務處監核組是管理的核心與亮點，也是優於其他報社管理制度的地方。監核組負責對報社的日常編輯、發行、廣告等工作實行全面、細緻、系統的監督管理，而且行之有效。如在報紙編排方面，設立專門的讀報人進行監核。每天報紙出版後，專門的讀報人負責通讀，一方面拿各新聞版與其他報紙比較，如發現重大消息有遺漏，報社長處理；另一方面，核查報上錯別字，一經發現，馬上查找原因，並採取相應措施處罰。這一監核措施，對於提高報社的編排工作水平、提高在讀者心目中的形象大有裨益。

同期，成舍我在報館物質裝備方面，添置輪轉印刷機和萬能鑄字機，大大擴充了印刷設備。建立電務室，添置收報機，經常收聽天空中新聞電波，增闢了新聞來源。除將石駙馬大街原址作「新聞學校」校址外，另在西長安街32號租用原西安飯店舊址作新社址。科學管理法的推行和實施為成舍我的報業經營注入了相對先進的理念，為其報業實踐逐步確立了一個較為紮實的經營平臺。

在人事管理上，實行工作日記制度。具體規定是，全社成員必須每天在工作日記本上記載當天的工作情況，下班時上交，然後匯總到總管理處審閱。各處負責人及編輯記者的日記，由成審閱；一般職員的日記由經理審閱。若有錯處，則寫有批語；若有表現出色之處，則給予言語鼓勵。此外，對於社員的作息時間、請假、曠職等也有嚴格細緻的規定，處罰措施與薪水掛鉤。這一監管措施對於端正員工工作態度，防止工作懈怠，提高工作效率，具有極大的督促力度，非常具有實效。

正是成舍我的這一套嚴格的管理制度、節儉的管理作風，使得報社的人、財、物得到有效的監管，盡可能實現了人盡其力，物盡其用，各項工作也有條不紊，報社成為一個有機運行的整體。這不但有效地提高了工作效率，夯實了報社的基礎，而且為與其他報社競爭提供了堅強的後盾。

〔註25〕張友鸞等，《世界日報興衰史》，重慶出版社，1982年，第37頁。

3.7 「自買自賣」「直接訂閱」

成舍我在發行方面的經營特色主要體現在「自賣自買」和「直接訂閱」兩方面。報紙的經營管理，包括發行、廣告、副業和印刷等方面，對於報紙而言，均是重要環節。《世界晚報》出版時，開始被幾個「把頭」封鎖。這些「把頭」各擁一批報販，總管全市報紙的發行。對新出版的《世界晚報》，百般剋扣，不然就不承銷。位於和平門內南柳巷的鐵老鸛廟，是這些人的發報地點。成舍我不甘心受報霸的剋扣，於是用「自賣自買」的辦法，打開銷路。使零售報數，逐日增加，超過一千份，有時達兩三千份。

成舍我對於報霸的操縱剋扣極為憤恨，曾計劃興辦報童工讀學校，並於1926年10月4日在日報上刊載《世界日報附設報童工讀學校》章程和募捐啟事。據說當時全市約有近10萬報童，多是15歲以下的貧兒。報童工讀學校，就是要收容教育這些報童。計劃在全市分點辦20所這樣的學校，每校設兩班，每班定額60人，兩班交替在上午學習，下午工作。這所學校辦成，約可收2400人，所謂工作，就是賣報。上午有1200名報童出動售賣日報；下午有1200名賣晚報，推銷力量頗大。但需要開辦費6000元，每月經費為2400元，特別費第一年28800元。〔註26〕如此巨大費用，報社即使有力量負擔，也是不合算的。後因募不到鉅款，計劃未能實現。

成舍我為了增加報紙銷量，與一般報紙業務經營方式也有不同，一般報紙慣例，每日出版後在市內通衢要道，樹立貼報牌，逐日張貼，以便公眾閱覽。成舍我卻別有打算，每日除在報社門外張貼一份外，市內任何公共場所向不貼報，雖經讀者建議亦不肯實行。其所以這樣做，是認為報是要賣錢的不能白看，多貼一份即等於減少若干訂戶。對一般圖書館和民眾閱報處等一概不贈報，其理由和不貼報牌是相同的。

《世界日報》的發行業務由日銷四、五千份逐漸升到三萬份，時局緊張時達到六萬份，其中絕大部分是在北京市內發行。其所以能在一地保持巨大銷數，主要原因是把發行重點放在「直接訂閱」方面。在《世界畫報》出版後，以「一塊錢三份報」的口號，號召讀者直接訂閱。一面組織專送網，將北京市劃分為若干區，雇用專人分區騎自行車盡早遞送，規定日報在上午8時前送到，晚報在下午5時前送到。如有漏送或遲到，訂戶均可隨時用電話通知，照址補送。因此直接訂戶逐漸增加且能長期訂閱。對於送報人規定每日按

〔註26〕張友鸞等，《世界日報興衰史》，重慶出版社，1982年，第143頁。

時取報分送，遲送一份罰洋 1 角，漏送一份罰洋 2 角。後因雇用的人數漸多，不易管理，又以報紙批發要經過報房或大報販子的手，利潤被人分占，曾在 1948 年夏間計劃利用郵局代辦發行，擬通過合同方式，由郵局按照全市各分支局區域代辦直接分送或批發，因國民黨末期物價波動劇烈，未能實現。〔註 27〕

《立報》創辦後，也曾面臨報販的抵制，成舍我一度採用讓報館工作人員直接送報上門，來開拓發行市場，為此，報館自行購買自行車，並自配發行人員，與勢力龐大的報販抗衡。

3.8　「內容為本，廣告為末」

自民國成立後，政治混亂的局面，並無多大的改善，為黨派及個人做宣傳的報紙也並未減少，報紙受津貼的現象同樣不可避免；但另一方面，私人辦報的報紙，與純商業性質的報紙，與時俱進，續漸興起，尤其在各大都市，或通商口岸，如上海的《申報》、《新聞報》，由外國人手中轉到中國人手裏來辦，同時天津的《大公報》、《益世報》，廣州的《七十二行商報》，北平的《晨報》，以及《世界日報》等先後興辦，大體上這些報館都以辦報本身為事業。以前曾因限於廣告費收入的不良，報紙的發展不易的狀況，後來因為廣告技術的改良，報紙本身的改良，銷路的擴張，報紙的地位得到日趨鞏固，而社會人士對報紙的信仰也日益加深，同時國內的各種工商業的繁榮，譬如小商店，百貨公司及個人的通告等，都逐步認同採用報紙廣告宣傳的力量來推廣營業，在國內新興的工商業，之前廣告是輕易看不見的，這時亦漸露頭角，其中尤以紙煙、電影、醫藥、銀行、書籍等的廣告，充滿報紙各版。這時候，如上海的申、新兩報，直接由廣告營業每年所得的款項數額，已能在數百萬元左右；天津《大公報》、《益世報》等也有數十萬的收入，可以看出廣告在報紙的作用有顯然的進步了。

二十世紀三十年代燕京大學新聞系的一篇研究當時報業廣告的論文中曾提到：「自有報紙以來，迄無僅靠發行而無廣告之報紙，今日之歐美商業報紙，其廣告收入最高者達全部收入百分之九十左右。北平非工商業都市，廣告收入自然較低，然而亦在報館總收入百分之四十上下。若干報紙，雖有軍閥或政府之津貼，廣告收入仍供開銷之一部分。就地位而言，各報廣告占總面積最低者百分之二十，最高時可達百分之六十五以上。例如《世界日報》，出兩

〔註 27〕張友鸞等，《世界日報興衰史》，重慶出版社，1982 年，第 146 頁。

張半時，廣告占五版有奇，出三大張時，廣告可增至七版或八版，出四大張時，廣告多至十一二版。晨報出三大張時，廣告亦在五又二分之一版以上，約占總面積百分之五十強。廣告之價目按刊登之地位而異，新聞中之廣告價格約倍於封面，副刊或夾縫中之廣告則賤於封面。各報之廣告價格亦復各各不同。廣告價格與銷路成正比，但亦視報紙之大小及讀者對象而異。《實報》銷數倍於北平《晨報》及《世界日報》，但因報型小，其讀者之購買力薄弱，故其廣告價格尚不及後者高。廣告之內容約可分為下列數門：文化、日用、娛樂、經濟、醫藥、奢侈、交通、商務、社會、雜項等。」〔註 28〕根據統計，《北平晨報》及《世界日報》之每門廣告面積與廣告總面積之百分比如下：

《北平晨報》及《世界日報》之每門廣告面積與廣告總面積之百分比表

廣告類別	北平《晨報》	《世界日報》
文化	12.3%	22.6%
日用	5.7%	7%
娛樂	14.4%	10%
經濟	3.9%	6%
醫藥	40.2%	27.8%
奢侈	／	4.3%
交通	3%	14%
商務	12.3%	2.4%
社會	2.3%	3.1%
雜項	7.9%	16.4%

從上表可看出醫藥廣告占絕大多數。翻閱此時期之報紙，同樣可以覺察此種特徵。「然而，一般言之，自十七年至二十五年，醫藥廣告日趨減少。可見報界對廣告之選擇，確在漸漸進步。分類廣告甚少，僅《世界日報》每日有半版左右，其他各報不輕見。〔註 29〕」廣告收入一向是報社的主要經濟來源，但北京那時的工商業不發達，廣告來源不多。縱或有的商家登廣告，也不會照顧新出版的報紙。官廳廣告講究派系，不會在毫無瓜葛的報上登廣告。

〔註 28〕麥雋曾，《中國報紙廣告》，1938 年，燕京大學文學院新聞學系論文。

〔註 29〕鄭錫安，《自北伐完成至抗戰前夕北平報業的演變（1928～1937）》，1938 年，燕京大學文學院新聞學系論文。

所以，日、晚報初期的廣告都很少。為了增加廣告收入，成舍我採用了三個辦法。一是從別家報紙的廣告裏，選擇幾家商業廣告，如百齡機大補丸之類的醫藥廣告，不徵求業主同意，照樣刊登出來，然後派人持收據取廣告費，不拘多少，給錢就行。第二是派人出外兜攬，不一定照報上登的定價收費，所以也攬來一些廣告。第三是自編廣告刊登，以廣招徠。如日報增闢小廣告時，以費用少，效用大為號召。並由報社人員刊登廣告，如張恨水徵租房屋，賀子遠征購照相機，莫震旦徵購揚琴等等，這些廣告是免費的，可是逐漸招徠了真正主顧。到 1926 年，廣告業務好轉後，這些辦法也就不用了。

值得提出的是，成舍我認為報紙應注重內容為本，廣告為末，這種做法在當時和今日對報紙經營都有可資借鑒之處。他在一篇文章中提到，一個報紙辦好的順序，是由編輯到發行，由發行到廣告，不先搞好內容，即妄想銷路大、廣告多，那就完全因果顛倒，必將勞而無功。正如英國報人霍華德所說，有才能的編輯人是報紙辦好的重要因素，而後以內容吸引廣告，即正是這個道理。〔註 30〕

此外，成舍我在報館內設立監督電話，歡迎讀者、廣告主對報社送報問題、廣告刊登款項問題（如數目不清、舞弊等）進行監督。對內，每天對廣告、發行收支款項記錄進行監核。如對於報上所登廣告，根據收據存根，核查所佔版面與收費是否相符，報紙每日發行量與回收的款項是否相符。這種內外結合的嚴格的監核管理措施，使得經營中的錯誤幾乎都能夠被發現，有效地杜絕了財務管理人員私吞公款等舞弊行為，提高報社資金回籠的效度，為報社創造了資金。

3.9　設立「副業部」

除發行、廣告外，設立副業部也是成舍我報紙經營的一個舉措。即先從代辦印刷業務入手，漸擴充而代辦各種有關營業。1932 年從上海《新聞報》學到了捲筒紙改裁平版紙的辦法，把上海的木質圓筒裁紙機，打成圖樣帶回北京仿製成功，同時從上海購進大批輕磅道林捲筒紙，雇人把捲筒紙裁成平版紙，大登售紙廣告，分令出售，獲利不菲。又於日本購買新式字模後，刊

〔註 30〕成舍我，《如何辦好一張報紙？》，《成舍我先生文集——港臺篇 1951～1988》，唐志宏主編，世新大學出版中心，2006 年，131 頁。

登廣告出售鉛字，供應各報和印刷局急用，日夜可以購買。此外又代辦介紹廣告，利用發行剩餘的報紙按月裝成合訂本出售，使一切可以利用的剩餘物資都變成商品。抗戰後投機商人尋找遊資，短期貸款的利息逐漸上升，從百分之五升至百分之三四十。《世界日報》每日留存的現金很多，除以一部分購進黃金美鈔外，另以一部分在偽法幣極度惡化以前，投入了高利貸。〔註 31〕

1926 年 6 月設立出版部，代售書籍。這些書籍多是作者自印自銷的，銷數不多，利潤不大。還出售報社出版的書籍和合訂本。如《春明外史》、《柏女士演講討論集》、《法權報告書》以及《世界畫報》合訂本、日報副刊、週刊合訂本。除《春明外史》外，其餘的銷數不多。不到一年，這個出版部也取消了。

3.10 匯攬人才

《世界晚報》創刊時，成舍我為社長，經理吳範寰，總編輯龔德柏，副刊「夜光」主編是張恨水。吳範寰和成舍我在小學、大學同學，私交甚篤，成舍我辦「新知書社」，主持「聯合通訊社」，吳範寰多年一直是成舍我辦報的得力助手。成辦報紙，吳任經理，無論總務、營業、印刷以及編輯事務，幾乎無所不管。吳範寰在《世界日報》任經理 15 年，相始相終，直到最後停刊，是報社任職最久的人。此外，如張恨水和成舍我在北京《益世報》和「聯合通訊社」同事，繼「夜光」之後，《世界日報》出版後，兼編副刊「明珠」。張恨水富有才學，尤擅小說，為《世界日報》殫心盡力，除編兩副刊外，還寫過社論。在龔德柏之後，曾一度擔任總編輯，直到 1929 年末離開報社。

《世界日報》出版時，人員增多了。總編輯龔德柏因與成舍我交惡，於 1926 年 4 月離去。在這個時期，相繼擔任日晚報總編輯的有羅介邱、張恨水、陶熔青、黃少谷、周邦式、成濟安、張友鸞、左笑鴻。先後擔任編輯的有羅敦偉、劉半農、萬枚子、莫震旦、賀子遠、雷嗣尚、夏華圭、楊善南、陳大悲、盛世強、虞肆三、何仁甫、陳文虎、楊適之、張嘯空、李蝶莊、高紀生、吳承昌等人。營業部的人員有成舜卿、謝玉書、姜壽頤、王國祥、李顯曾等人。〔註 32〕

編輯人員的來源，如羅敦偉是成舍我、吳範寰的同學，張友鸞是吳的鄉親，他們是私人關係進入報社的；有的如萬枚子、黃少谷、莫震旦、何仁甫等，是 1925 年夏招聘時錄用的。1926 年 1 月招聘編輯時，規定應聘的人需年

〔註 31〕張友鸞等，《世界日報興衰史》，重慶出版社，1982 年，第 39 頁。
〔註 32〕張友鸞等，《世界日報興衰史》，重慶出版社，1982 年，第 60 頁。

齡在 25 歲以上，專門學校畢業，在新聞界積有經驗者，開具略歷，編寫 500 字新聞稿，經審查合格，才能錄用，每月薪金 30 元。營業部人員靠招考練習生，1925 年裏，營業部就兩次招考練習生。

在 20 世紀初各種政治因素錯綜複雜的環境中，成舍我及其所辦的報紙之所以能在激烈的報業競爭中立於不敗之地與他的知人善任關係密切。成舍我既引進一些資產階級右翼文人，也吸收一些進步人士和共產黨人。他廣泛吸收各種人才進他的報社，如張友鸞當《世界日報》總編輯時年僅 22 歲，當時還在平民大學新聞系學習；被稱為「中國傑出新聞出版家」的薩空了任《立報》總編輯時，也不過 29 歲；對於思想有進步傾向的張友漁，成舍我不僅曾將他安排在重要位置上，擔任報館主筆，而且讓張友漁撰寫社論等重要文章，甚至其他人撰寫的社論也由張友漁來審查以決定取捨或修改；這些獨到的用人眼光和策略均在一定程度上幫助了他的新聞事業。「世界」報系的成功可以說鎔鑄了當時一批報業精英的心血才智，曾在「世界」日晚兩報做過總編輯的就有龔德柏、羅介邱、張恨水、陶熔青、黃少谷、周邦式、成濟安、張友鸞、左笑鴻等人。至於報社的一般編輯記者、營業部人員，多數採用招聘、招考選錄的辦法。如 1925 年報社第一次進行社會招聘，當時應聘者多達 800 人，最後僅錄取 4 人。這些做法雖然不乏為報社做宣傳的作用，但最終可以保證了錄取人員的質量，也體現了成舍我的人才觀。時任記者畢群曾說到，《世界日報》開的是流水席，一批人進去了，一批人又出來了；又一批人進去了，又一批人出來了。可能由於人事流動性大，成舍我提拔幹部是較為放手的。稍具才幹，往往能受到重用。因之，在新陳代謝中，鍛鍊了人的工作能力。在相當長的時期內，只要聽說那個人是從《世界日報》出來的，其他的報社都樂於接納。可以說，《世界日報》實際上是一所新聞從業人員的訓練班，這話含蓄著辛辣的諷刺意味，同時又是真實的寫照。〔註 33〕

3.11　善於宣傳

從成舍我的辦報經歷中能夠發現，成舍我對報紙的商品性具有深刻的意識，非常注重報紙的宣傳，提高報紙知名度。其宣傳的手段之一是廣告的運用，如《立報》初創期爭取廣告的方法，主要有三種手段：一是派出廣告人

〔註 33〕張友鸞等，《世界日報興衰史》，重慶出版社，1982 年，第 211 頁。

員出外招攬生意，由他們靈活掌握廣告費；二是直接從別家報紙上選取廣告，未經業主同意便登上自家報紙，然後再派人去收取廣告費，無論多少，收到便行；三是通過自編廣告以吸引商家注意，《立報》出版當天，還從大名鼎鼎的《新聞報》上買下兩個整版，刊登特大套紅廣告，「以日銷百萬為目的，消息靈通，時代先驅，立報今日出版，五分錢可知天下事，一元錢可看三個月」。反復強調「立場堅定，態度公正」。強調為大眾謀福利，與市民休戚相關，申明自己的大眾化宗旨，還刊登一些口號，如「報紙大眾化是價錢便宜人人買得起，文字淺顯人人看得懂」，「永遠不增價終年不休刊，憑良心說話拿真憑實據報告新聞」，「只要少吸一支煙你準看得起，只要略識幾百字你準看得懂」，即使在今天看來，這些廣告語都是相當有吸引力的。宣傳手段之二是借助具有「轟動效應」的事件，傳聲揚名。最突出的事件是報導顧竹軒案，那時《立報》正在試版期間，因為印刷條件沒有準備充分，本不該於 9 月 20 號正式出版，但正值上海有名的「大亨」顧竹軒因與巡捕房分贓不均，被翻出過去殺人的舊帳，遭逮捕送交法院，《立報》認為這對報紙是一個一炮打響的好機會，於是尚在試版期間就派出記者，四處出擊採訪，做好準備，提前出版。雖然創刊那天，由於種種原因，並未得到預期的效果，但一周後在《立報》刊登的對「顧案」的報導以聳人聽聞的手法和早先的充分調查而轟動一時，銷售量即時上升至七萬份，此後《立報》又進行了一個多月的追蹤報導，從此名氣直升，一躍成為上海的暢銷報。這種辦報策略與成舍我一貫的重視搶獨家新聞的思想是分不開的，早在創辦《世界晚報》時，他就利用報內編輯龔德柏與日、英、法等國使館的密切關係，探尋各地領事館的電訊，以掌握別家報紙所沒有的消息。〔註 34〕但是成舍我的宣傳不同於小報在「桃色新聞」等上面大做文章的做法，而是採取更加高明的做法。從成舍我創辦「世界報系」和上海《立報》時的籌資策略可以看出這一點。在辦《世界晚報》初期，成舍我除自己出動採訪新聞以外，每天下午晚報出版後，一面攜帶報紙若干份，雇汽車到城南遊藝園一帶去賣；一面成舍我自己又夾雜在人叢中爭相購買自己的晚報，以吸引購者。成舍我還想出打筆墨官司的辦法來吸引讀者的注意。有一時期成舍我以那時的《北京晚報》作對象，指責對方哪些新聞失實，甚至詆為造謠，並揭發對方同某派某系有關係。對方不免照樣回敬，於是造成兩報對罵的熱鬧場面，引起不少讀者看晚報打架的興趣，後來有一個時期，

〔註 34〕張友鸞等，《世界日報興衰史》，重慶出版社，1982 年，第 213 頁。

成舍我和《大同晚報》的龔德柏又「對陣」了一場。因成、龔二人原是辦《世界晚報》的夥伴，在這場筆墨官司中，雙方互揭隱私，更顯熱鬧。以後成又另想計策，有意識地針對一些權貴，如段祺瑞的兒子段宏業和當時教育總長章士釗等為對象加以攻擊，一方面可以吸引注意力，博取「敢言」的名聲；一方面引起權貴干涉，藉此提高聲價，擴充報紙的銷路。

綜觀成舍我這些經營方法與策略，作為一個報業經營者，能取得一定的辦報成就也就不足為奇了。儘管時過境遷，但在報業日益市場化的今天，成舍我的某些經營特色對我們仍然具有一定的啟示。

成舍我在辦報策略方面，注重堅持報紙的「大眾化」方向；內容上重視新聞和評論，尤其是教育界新聞及時政評論，尤為突出，其獨特的新聞編採方針，「以讀者為中心」思路，注重教育新聞，視「版面重於一切」，「以辦學促辦報」，重視副刊，推行「科學管理」，獨特的發行及廣告策略，設立「副業部」，重視人才，精編「小型報」，善於宣傳，嘗試報業托拉斯〔註 35〕等；

〔註 35〕成舍我為了能有更大的發展，曾專程到歐美遊歷，以期將來成為中國新聞界的巨頭。他的想法得到李石曾的贊助，由李當時主持的北平研究院以赴歐美考察學術文化和新聞事業的名義，考察用費由中法教育事業費內津貼一部分，還由南京政府司法行政部長魏道明，委以簡任秘書的名義，支付一年薪金。成舍我於 1930 年 4 月 16 日離開北平由上海出國。臨行前，成舍我發表告別北平報界書，認為今後經營新聞事業無論其主張與立場如何，必將由各個奮鬥而趨於互助合作，則大規模新聞事業不難出現。7 月 22 日，成舍我到了法國馬賽，旅程 30 多天，沿途分別在西貢、新加坡、哥倫布、巴黎等地寫回多篇歐遊通信，記敘途中情形，內容多半是有關風土人情的事，僅在巴黎通信中提到報紙情況。成舍我在法國考察新聞事業後，於 9 月 10 日到瑞士日內瓦參加萬國報界公會。12 月 28 日到比利時的布魯塞爾，在報界公會演說，主要宣傳李石曾的合作互助主義，謂世界和平之保障，在乎世界各國新聞記者之推誠合作。嗣後經德國、英國等地，轉到美國考察新聞事業，於 1931 年 2 月 19 日回到上海。成舍我在英、法、德、美等國遊歷期間，仔細考察各國著名報紙。據當年在巴黎的丁作韶回憶：「他們兩位（成舍我、程滄波）到巴黎去參觀報館，由我陪著他們，曾看過《無敵報》、《日報》、《小巴黎報》、《巴黎晚報》、《論壇報》。還有很多別家的報紙，舍我之看，並不是走馬花的看，而是細細的看，從排字開始，而編輯而發行，無一不看，不但看，且研究，而且比較他們彼此間的差別，及其同中國報紙的比較。有點不明了的，他必問，反覆的問，不厭其詳的問」。曾寫了兩篇有關考察新聞事業的通信。一是《我所見之巴黎各報》，記述巴黎各報的情況很詳細。他認為巴黎各報縮減篇幅，降低售價（法報售價當時只合中國一分）是值得仿傚的。另一篇是《在倫敦所見英國報界之新活動》，提出四點看法：一、英報界兩巨頭與最近政潮；二、帝國會議與英報界；三、倫敦市長在廣告大會之演說；四、故北岩爵士之銅在報紙的經營管理方面，成舍我更是不僅諳熟報館內部運營的各個環節，還曾親自前往歐美各地考察借鑒。成舍我的報業經營業績歷來為人所稱道，先後在報業競爭激烈的北京、南京、上海等地創辦報紙，取得驕人業績。綜觀其各個階段的辦報歷程，成舍我之所以成功，取決於其有一套自己獨特的辦報方法和經營策略。可以說這種報紙「大眾化」的趨向在二十世紀上半葉，正值中國新聞事業起步未久之時，其報業經營主張和新聞思想是頗為先進的。其注重實用性的新聞理念，「大眾化」的辦報策略不僅在當時產生了重大影響，取得了不俗的成就，有些方面在今天看來也是值得借鑒的。

像落成禮。全文有兩萬多字，敘述詳細。成舍我對於英國報紙對政界的影響，尤其是報界兩巨頭羅塞邁（北岩爵士之弟）和畢維林左右政局的作用，極為讚賞。他說：「符離街（英國報館集中地）支配唐寧街（英國首相府所在地），在詞典上無『言論自由』之吾輩中國記者觀之，自不能不悠然神往耳。」對於他經營新聞事業可以說起到了不少影響，使他組織報業托拉斯，做個真正權威的「無冕之王」的思想更為明顯。回國後，成舍我於 1931 年 3 月 16 日起發表《就算是我的感想》作為赴歐美考察歸來的總結式文章，全文預定分為政治、經濟、教育、新聞四部分。先發表的是政治、經濟兩部分，約七、八萬字，記敘各國政治、經濟情況。而教育和新聞兩部分，則未能發表。北京報界公會於 6 月 24 日在中山公園水榭開會，歡迎成舍我。他在會上報告世界新聞概況，認為歐美新聞事業發達，有五個原因：一，資本主義發達；二，教育發達；三，交通發達；四，工商業發達；五，言論有保障。他主張報紙的言論應完全聽民意的支配。後來，成舍我採用了歐美報社所謂科學管理的經營方式，在《世界日報》實施，就是後來成立了總管理處。其歐美之行的另一個收穫是與國民黨新聞機構中要人程滄波結識。赴歐美考察遊歷，使成舍我對西方「大眾化報紙」的辦報方式和報業托拉斯嚮往不已，遊歷歸國以後，醉心資本主義國家新聞寡頭的壟斷方式，首先改革《世界日報》的業務經營辦法，使報紙高度資本主義化。企圖逐漸用互助合作的手段，擴充據點，以達壟斷的目的。萌發成立「中國新聞公司」的想法，擬設總部於南京，在全國各大城市各辦一份日報，組成一龐大的、兼具影響力的報業集團。由於日本帝國主義的大肆入侵，內憂外患，成舍我壯志未酬。直到在國民黨支持下，著手籌建「中國新聞公司」，這時的成舍我對於在中國開辦新聞企業已有一套較成熟的方案，他多次向程滄波等國民黨新聞界人士游說。其想法最終得到陳果夫的支持，陳關照交通、農民和中國三銀行集資創建「中國新聞公司」。並以「提倡民主建設，獨立經營新聞事業」為標榜，擬在重慶復刊《世界日報》，抗日戰爭勝利後再以南京為中心，在全國東南西北中五大地區主要城市分期創辦十幾家報紙，都用《世界日報》命名，以實現成舍我當年的夢想，使「世界報系」成為中國的報業托拉斯。但「中國新聞公司」最終只不了了之。張友鸞等，《世界日報興衰史》，重慶出版社，1982 年，第 74 至 76 頁。

第 4 章　理念：「獨立自由」的報業觀

我願意鄭重指出的，一張報紙，要獲得廣大民眾的欣賞和愛護，最主要條件，即「立場堅定，態度公正」。……我們並反覆要約，絕不招半份官股，絕不請一文津貼，以便出版後對於「立場堅定，態度公正」的最高原則，得以確切信守，不為任何政治關係所影響。……未來的中國報紙，他應該受民眾和讀者的控制。他的主權，應該為全體工作人員，無論知識勞動或筋肉勞動者所共有。他在營業方面雖然還可以商業化，但編輯方面，卻應該絕對獨立，不受「商業化」任何絲毫的影響。〔註 1〕

我始終確認小型報具有無限美麗遠景，在中國，除了小型報一般有利的條件以外，中國造紙工業不發達，用紙越多，外匯的漏卮越大。尤其工商業在最短期間自不易立趨繁榮，大報所倚靠唯一命源的廣告費，希望很少；人民購買力薄弱，報價愈低，銷數愈可儘量擴增；這種特殊因素，中國的小型報，定將比任何國家還更能飛速發展。〔註 2〕

4.1　成舍我報業理念辨析

成舍我一直主張報業的獨立自由，即報紙要有獨立的報格。報人與報業應

〔註 1〕成舍我，《中國報紙之將來》，為成舍我在北平燕京大學新聞學系第二次新聞周演講的題目。由榮濤、於振綱兩先生紀錄下來，經成舍我親自校閱整理，曾在《世界日報》（1932 年 5 月 6 日至 12 日）、南京《民生報》發表過。

〔註 2〕成舍我，《報學雜著》，中央文物供應社，1957 年，第 119 頁。

脫離任何黨派，按照自己的方針和宗旨辦報是成舍我「獨立自由」新聞觀的核心。〔註 3〕以「真實、客觀、中立、自由及服務公眾」為標矢的新聞專業主義精神〔註 4〕源自西方，其中既有對新聞工作者職業道德的要求，又有對新聞工作外部環境的要求。這在一定程度上，對新聞從業人員的行為提出了更加直觀和更具參考價值的規範。該理念自誕生以來，即成為無數新聞從業者的行為圭臬。成舍我進入報界的年代，未必在心中有一把「新聞專業主義」的標尺，但其辦報實踐卻在多個時期多個方面體現出「獨立自由」的新聞專業主義特色。

4.1.1 辦報宗旨：「立場堅定，態度公正，不受津貼，消息靈確」

「立場堅定，態度公正」，在成舍我的報業理念中佔有重要的地位。成舍我在創辦屬於自己的報紙前就表達過自己的願望，如果辦報，第一是要說自己想說的話；第二是要說社會大眾想說的話。初步展現了「服務大眾」的新聞理念，即媒體要做社會公器，真實報導新聞，服務公眾。1924 年 4 月 16 日，《世界晚報》創刊後，成舍我所設立的四項宗旨：一、言論公正；二、不畏強暴；三、不受津貼；四、消息靈確。無不表明了一種「專業主義」的辦報理念——真實、準確、客觀、公正地報導新聞。從 1925 年 2 月 10 日，《世界日報》創刊後，上述辦報宗旨不改，對於政治上各種問題，均有較為公正之批評。尤其是在「五卅慘案」中，日報發表大量新聞報導事件真相，成舍我發表的署名時評《滬案唯一之目標》，主張懲凶、賠款，並組織日報募捐援助

〔註 3〕《世界日報》發刊辭即宣布「不黨不偏」的宗旨，提出報紙不受津貼、不畏強暴，保持公正立場，替百姓大眾說話。上海《立報》籌措股金時聲明：「絕不招半份官股，絕不請一文津貼」。並特別強調，「報館資本必須全部出自以新聞為職業的同業朋友，不要與任何黨派發生經濟關係，也絕不接受任何方式的政府津貼，因為只有如此才可以鞏固報紙的基本原則即立場堅定，態度公正，否則即使技術上報紙辦得極為精彩，它的前途也是十分暗淡的」。成舍我於 1952 年去臺灣後，限於「報禁」而無法實現辦報理想，有人勸他給蔣介石寫信以獲得辦報許可，成舍我堅稱不能寫信已獲得辦報資格，因為《世界日報》向來是民營報紙，他說：「我一旦寫信給他，他必然會對我有所求，我也必要對他有所承諾，這就束縛了我辦報的手腳，因此只能正式向政府申請出版《世界日報》而不能給他寫信。」一直到 1988 年臺灣「報禁」解除後他才如願以償地辦了《臺灣立報》，更以 91 歲高齡成為我國歷史上辦報年齡最長的報人。成舍我，《從上海到香港——想起十年前手創的〈立報〉（下）》，香港《新聞天地》雜誌，第 229 期。

〔註 4〕新聞專業主義精神在本質上是新聞媒介和新聞從業者所追求的一種職業理想和操作理念。新聞專業主義的普適精神具體表現在：它以服務公眾利益為目的，秉承客觀公正原則、堅持實證主義手法、追求事實真相、嚴守專業規範。

上海罷工工人。對事件的發展起到了一定的積極影響。次年「三・一八慘案」發生後，日報又以大量篇幅刊登了有關慘案的新聞和照片，成舍我發表的時評《段政府尚不知悔禍耶》，一方面譴責軍閥當局鎮壓學生愛國運動，另一方面提出段祺瑞政府引咎辭職、懲辦兇手和撫恤死難者的三項要求。其中表現出的「不畏強權」的正義之聲使成舍我和他的報紙受到社會公眾的尊重。到抗戰勝利後，成舍我於 1945 年 11 月 20 日恢復出版世界日晚兩報。當天他在日報上發表長文《我們這一時代的報人》，其中談道：「三十多年的報人生活，本身坐牢不下二十次，報館封門也不下十餘次……人與報均朝不保夕，未知命在何時……」但成舍我亦堅定表明：「過去凡是我們所反對的，幾無一不徹底消滅。這不是我們若干報人的力量，而是我們忠誠篤實反映輿論的結果……打倒我們的，只有我們自己；只有我們自己，變成了時代和民眾的渣滓。我們向正義之路前進，我們有無限的光明。我們太幸運，做了這一時代的報人！」1935 年，他在《立報》的《發刊要旨》中對評論提出明確要求，即：「說大家要說的話，絕無任何背景，及為金錢勢力左右」。在《世界日報》時他還經常對編輯和記者說：「只要保證真實，對社會沒有危害，什麼新聞都可以登，如果出了什麼事你們不負責，打官司、坐牢，歸我去。」

成舍我曾在文章中談到《立報》創辦時，曾特別強調，報館資本，必須全部出自以新聞為職業的同業朋友，不要與任何黨派，發生經濟關係，也絕不要接受任何方式的政府津貼，因為只有如此，才可以鞏固報紙的基本原則，「立場堅定，態度公正」。否則，即使技術上，報紙辦得極其精彩，它的前途，也將是十分暗淡的！除強調這張報必須「立場堅定，態度公正」而外，並從編輯、採訪、發行、印刷各方面，指出了若干與當時上海一般報紙不同的做法。雖然是辦一張小型報，但所有規模，必須力求完備。重要新聞，不特決不能比大報少，每天更應有幾條任何大報沒有的特訊。地點必在報館中心地區，有整棟房屋，足以容納營業、印刷、編輯等部分，俾能精神貫注，集中管理。印刷部分，最少應自置兩部輪轉機，每小時可出報十萬份。在報館每日銷數未達到十萬份以前，拒登任何廣告。報館走向成功的三部曲，只有先以全力弄好版面，才可以爭取讀者，擴展發行，發行擴展，然後各種廣告，自能不招而至。不幸大多數的報館創業者，總往往倒果為因，他們先運用各色各樣的人事關係，去招攬廣告，再運用種種不正當方法，賄賂報販，減價傾銷，而對於一份報紙最基本問題——言論、編輯、採訪、排版，反粗製濫造不肯注意，這種做法，結果必十九歸於失敗。成舍我反覆申明，《立報》絕不招半份官股，絕不請一文津貼，以便出版後對於「立場堅定，態度公正」的最高原則，得以確切信守，不為任何政治關係所影響。

在成舍我的辦報生涯中，「立場堅定，態度公正」的宗旨囿於個人的政治立場及整個時代環境難以完全做到，譬如經濟上的獨立自存，還要在政治立場上不偏不倚，成舍我一生辦報不能說從沒有接受過津貼，但在度過創業期之後，他幾乎未再接受津貼。始終以無黨派民間報人自居。沒有辦過官報，也沒有擔任政府官職，始終沒有突破民間報人的底線，從而保證了「立場堅定、態度公正」辦報宗旨的貫徹，在不同的歷史時期都盡力以此辦報理念為宗旨，體現了一種難能可貴的態度。

重視「消息靈確」是成舍我辦報的另一宗旨，反映出他對媒體功能的正確認識。從《世界晚報》開始，成舍我就經常堅持親自採寫消息，固然有創辦之初人手匱乏的原因，但隨著他辦報時空的變化，對「消息靈確」的追求卻從未放鬆。報社曾自設短波無線電收報機，雇傭收報員「偷聽」空中電波，得到「獨家新聞」。「西安事變」、蔣介石被釋放、「七君子」被捕等重要消息，在上海報紙中首先發表的就是《立報》。〔註 5〕這些可以說還是源於成舍我強烈的新聞觀念，用其本人的話說就是「新聞第一」。成舍我曾經在回憶《立報》創辦過程時，談到其所認為的報紙的成功只有一天。因此報紙每天都要競爭，特別是新聞的競爭，一定要比別的報多一條新聞或特訊，才可以培養讀者對本報的信心。名記者陸鏗擔任《世界日報》南京特派員時，被特許用成舍我的專車採訪，也是由於「新聞第一」。〔註 6〕

4.1.2　辦報途徑：追求「獨立自由」和「超然於黨派之外」

在成舍我的辦報生涯中，「追求獨立」是另一個鮮明特徵，在其創辦的所有報紙中，其中所共有的一項宗旨即「不受津貼」。在創辦《世界日報》時，成舍我雖然也接受過北洋政府「六機關」的津貼，但宗旨仍如其舊，即在發刊詞中提出不黨不偏，不受津貼，替百姓說話，做民眾喉舌。同時提出「以

〔註 5〕鄭逸梅，《書報話舊》，中華書局，2005 年，第 283 頁。

〔註 6〕對於熱愛的新聞事業，成舍我可以說做到了專心致志，心無旁騖。員工經常看到成舍我手持當天的《世界日報》，計算著新聞的條數；「國大」開會時，成舍我關注的還是自己報紙上出現的錯別字。

國民意見為意見」，「以超黨派立場爭取全民福利」等，堅持言論獨立，指陳時弊。時任政府財政總長的賀得霖以曾資助日報 4000 多元的開辦費為由，向成舍我發出警告，遭到拒絕。1925 年北京政府以「宣傳費」名義給全國數家報館、通訊社發布津貼，《世界日報》、《世界晚報》每月獲得二等津貼 200 元。但報紙照樣秉筆直書批評政府，未向權勢低頭，顯現出難能可貴的報格。1927 年成舍我在南京創辦《民生報》，同年國民黨重新登記黨員，成舍我以辦報不應受黨派約束為由，宣布放棄黨籍。成舍我創辦《立報》時，在發刊詞《我們的宣言》中再次宣稱「絕不招半份官股，絕不請一文津貼」，「說大家要說的話，決無任何背景，及為金錢勢力所左右」。他說：「……我們要使報館變成一個不具形式的大眾樂園和大眾學校。我們始終認定，大眾利益，總應超過於任何個人利益之上。」在報紙發行方面，成舍我努力擺脫報販的控制，體現了「獨立自由」的新聞理念。《立報》在上海創辦後，以「拒登廣告」的經營策略一舉成名，讓報紙成功擺脫了報販的操控。此外，成舍我在報館通過自備自行車將報紙直接送到訂戶手中，同時以低於批發給報販的價格，把報紙推向市場；雇傭一些失學流浪兒上街兜售。同時還公開以優厚條件向社會招聘報紙推銷員，這種行之有效的「成氏發行體系」，不僅使《立報》在較短的時間內在強手如林的上海灘立住了腳，銷量還一度超過《申報》與《新聞報》兩家老牌大報。「八・一三」淞滬抗戰時，《立報》達到每日 20 萬份，「打破了我國自有日報以來的最高紀錄」。成舍我和他的報紙在評論時事時能夠做到相對公平公正，不偏袒任何一方，和他力爭「超然」於政治之外的原則有關，而在激烈的黨派紛爭的環境下，他的辦報活動雖屢遭波折，但還是較大程度上踐行了新聞專業主義「追求獨立自由」的準則。

1927 年成舍我在南京創辦《民生報》，同年國民黨重新登記黨員，成舍我以辦報不應受黨派約束為由，宣布放棄黨籍。成舍我創辦《立報》時，在發刊詞《我們的宣言》中再次宣稱「絕不招半份官股，絕不請一文津貼」，「說大家要說的話，決無任何背景，及為金錢勢力所左右」。他說：「……我們要使報館變成一個不具形式的大眾樂園和大眾學校。我們始終認定，大眾利益，總應超過於任何個人利益之上。」[1]成舍我和他的報紙能夠始終堅持出一種「超黨派」的色彩。成舍我本人雖與一些政界要人都有過從，卻未加入過任何黨派。在《我們這一時代的報人》中，成舍我直言要辦「站在國民立場，無黨無派的超然報紙」，認為只有「真正超然」、「代表最大多數人民說話的報紙，

能充分發揮輿論權威」,「『超然』的可貴，就因他能正視事實，自由思想，自由判斷，而無任何黨派私怨，加以障害。」〔註 7〕

4.1.3 辦報旨趣:「大眾化」的「小型報」

成舍我在看中消息的迅速、新鮮、準確為報紙佔領市場的要素之外，其對於報紙「大眾化」潮流的認識在《立報》發刊詞中有所闡述，成舍我關注特定讀者群，娛樂性強等大眾化、平民化的受眾思想及堅持獨立辦報的原則，為報紙內容增添了極大魅力，加之科學的報業經營思想則使這些特性得以輻射至千萬百姓，並為讀者所認同。「大報小辦」即小型報思想，可以說是成舍我本身對辦報方式的深刻領悟，又加上他 1930 年對歐美報界考察後的更深層次的認識，對其報業經營影響很大。他認為「大眾化」的辦報潮流，不僅是對於中國報業的一種新運動，並且也是對於現在世界上所謂「大眾化」報紙的一種新革命。而中國報紙「大眾化」的需要尤甚，因為「近百年間，內憂外患，紛至沓來，甚至遇到空前困難，而最大多數國民，不能瞭解本身與國家的關係，何者為應享的權利，何者為應盡的責任，卻模糊不清，莫名其妙。一方面，政治面臨腐敗，領土遭受蠶食；一方面，國民卻不肯為國家有分毫犧牲。人人只知有己，不知有國。之所以造成這樣現象，成舍我斷言，最大多數國民不能讀報，實為最主要原因中最主要者。如韋爾斯氏所言，中國報紙，內容艱澀，國民能完全瞭解報紙所記載者，為數極少。且中國多數報紙，定價高，篇幅多，文字深，所載材料，又始終與最大多數國民，痛癢無關。此種報紙，固然自另有其寶貴的價值，但欲達到普及民眾之目的，則顯然十分困難，以致現有報紙，只能供少數人閱讀，最大多數國民，無法與報紙接近，國家大事，知道的機會很少，國民與國家，永遠是隔離著。在如此形勢之下，要樹立一個近代的國家，當然萬分困難。成舍我認為，要打破這種困難，必開創一種新風氣，使全國國民對於報紙，皆能讀、愛讀、必讀，使他們覺到讀報和吃飯一樣的需要，看戲一樣的有趣，然後國家的觀念，才能打入最大多數國民的心中，國家的根基才能樹立堅固,《立報》所揭舉大眾化的旗幟，其意義在此，其自認為最重大的使命，也在此。」〔註 8〕認為報紙作為社會現代化過程中民眾生活不可或缺的事物，在引導大眾方面的作用也是顯而易見的。因此，報紙大眾化也應當是現代報紙

〔註 7〕《世界日報》，1945 年 11 月 20 日。

〔註 8〕《我們的宣言》，1935 年 9 月 20 日，上海《立報》。

的一個重要發展方向。成舍我採用的多種經營策略，總體來看，均以「大眾化」為經營報紙的標的，儘管在某些方面有一些不盡如意的地方，但這種「大眾化」的辦報思路與黨人辦報、商人辦報有著一定的區別。表明了他「以最新姿態，使報紙功能普及全國大眾」的辦報立場，「使全國國民，對於報紙皆能讀、愛讀、必讀，使他們覺到讀報，和吃飯一樣的需要，看戲一樣的有趣。」

小型報是成舍我新聞理念的另一重要組成部分。作為中國新聞史上比較獨特的報刊類型，小型報的定義迄今無固定說法。追根溯源，小型報是在小報基礎上演變過來，界於小報和大報之間，既堅持嚴肅的時事報導的辦報態度，又不失生動活潑的編輯方法的一種新型報紙。小型報與小報相比，雖然兩者外形及所用紙張大小近乎一樣，但所傳遞的意義內容卻有很大不同。傳統小報輕言論弱新聞，偏重市井俗常的生活趣味；而小型報則重點在將大報的主要材料加以濃縮、精編，以質勝量，堪稱大報「精華」版，並以新穎靈活，圖文並茂的姿態與大報一較高低，是比大報更為精粹的報紙。

成舍我新聞理念中的「小型報」與「小報」的有著質的區別，其對「小型報」在中國的發展遠景持非常樂觀的態度，認為小型報在中國新聞事業中，將有無限前途，即就全世界新聞事業的動向看來，也早已顯露了美麗遠景。成舍我所言的「小型報」和「小報」，意義絕不相同。小型報主要原則是要將一切材料，去其糟粕，存其精華。換一句話說，即「小型報」乃「大報」的縮影，它每一篇文章每一條新聞，最好都不超過五百字。舉凡一般大報所刊載冗長而又沉悶的文章，絕對不容許在小型報內全文照登。小型報重視言論，競爭消息，廣用圖片。簡言之，小型報的特點是長話短說，重視言論，競爭消息，廣用圖片，在更小的篇幅內加大報紙信息量，降低價格。成舍我最初嘗試創辦小型報，是在南京出版的《民生報》，以「精、簡、全」為原則，力求做到精美細緻、簡要明瞭、全面觀照。由於成的小型報給人耳目一新的感覺，上市一年，銷量從三千份增至三萬份。嘗到了甜頭，當《民生報》因揭露彭學沛貪污案被汪精衛封閉館後，又到上海，重整旗鼓再開張，創建《立報》，其宗旨、特色基本是《民生報》的延續。在強手如林的上海灘，想要插足，實非易事，成舍我堅持小型報立場，要求新聞比別家迅速、準確、信息量大；排版、印刷比別家生動、精美；副刊比別家多彩、有趣。因《立報》版面新、內容多、價格低、膽子大，聲名鵲起，備受各階層人士喜愛，再次證明了成的小型報辦報方針的正確性和先進性。總之，除量的方面以外，質的方面，只有比大型報更優勝，更精美，亦即所謂「以少許勝多許」。

成舍我報業理念中的小型報的工作重心在「改寫」與「精編」。至於人才的儲備，新聞網的布置，決沒有任何一點，可以較最進步、最完美的「大報」減色。因為小型報的精編特色，成舍我始終確認小型報具有無限美麗遠景，因為在中國，除了小型報一般有利的條件以外，中國造紙工業不發達，用紙越多，外匯的漏卮越大。尤其工商業在最短期間自不易立趨繁榮，大報所倚靠唯一命源的廣告費，希望很少；人民購買力薄弱，報價愈低，銷數愈可儘量擴增；這種特殊因素下，中國的小型報，定將比任何國家還更能飛速發展。〔註 9〕

採用小型報的辦報策略是成舍我報業經營的特色。成舍我曾寫道，之所以對小型報的辦報方式青睞有加，與其認為中國報紙尤其不宜在篇幅方面展開競爭，應該注重「節省篇幅」有關。因為，第一，中國不能大量造紙，新聞用紙的百分之九十九，靠外國進口，多消耗一噸紙，即多支出一筆外匯。第二，工商業未臻於高度發達以前，廣告數量不會多；廣告價格一定低，尤其越靠廣告填篇幅，價格越無法提高。不幸幾十年來，大家都受上海兩大報——《申報》、《新聞報》——的影響，積重難返。抗戰以前，《新聞報》有時每天出到八大張。那時三大張以下的日報，在上海幾乎無法立足。平津各地第一流報紙，起碼也必須兩大張。一直到抗戰勝利，全國各報，無論是復刊或是新辦，都一致受著全世界戰後紙荒的壓迫，及其他因素，這種風氣，才逐漸轉變，連申、新兩報，也不再集中力量，以爭取篇幅之加多了。《申報》限定日出兩大張，《新聞報》日出兩大張半。〔註 10〕

成舍我總結其小型報辦報經驗為：第一，評論每篇字數最多勿過五百字，要針針見血，不堆砌詞藻，不模棱兩可；第二，凡通信社稿，必須綜合比較，徹底改寫；第三，每天要有幾條任何大報沒有的秘聞特訊，而大報所登一般要聞，小型報卻提要鉤元，應有盡有；第四，不將寶貴篇幅，應酬要人或朋友，換言之，即無關宏旨的演講論文，任何請託，均須一律謝絕。成舍我表示雖然這四項原則，在其所辦的小型報中，未必都完全做到，但他和從事這

〔註 9〕成舍我，《由小型報談到〈立報〉的創刊》，《報學雜著》，中央文物供應社，1957 年，第 118 頁。

〔註 10〕成舍我，《由小型報談到〈立報〉的創刊》，《報學雜著》，中央文物供應社，1957 年，第 118 頁。

一工作的同人，總竭力以赴，求其實現。〔註 11〕

綜合來看，無論是《民生報》還是《立報》為代表的小型報，既不是縮減篇幅的「小張報」，也不是黃色化的「小報」，它確實是向著一條正常而新穎的路子去發展的一種獨特的報紙形態。在當時特殊的歷史背景下，雖然不能說小型報走到了盡善盡美的地步，在當時與各大報的競爭之下，能崢露頭角，獲得一種優異和受人重視的地位，這在中國報業發展史上，可算是難能可貴的一頁了。

4.2　成舍我報業理念溯源

成舍我的報業理念以追求「獨立自由」為主要特徵，其報業理念的形成無論是從宏觀上對於報業在社會生活中地位的看法，抑或是從中觀上對於報刊宗旨的確立，再或者是從微觀上對於具體新聞實踐的言論立場等等，都有深遠的影響，他多年辦報始終追求「超然」路線，這種理念的形成與貫徹既有中國儒家傳統觀念的影響，如「文人論政」傳統，也有西方新聞理念的影響，如自由主義論和社會責任論，另外，知名西方報人的報業實踐在某種程度上也影響了成舍我的報業觀，如「大眾化」的辦報理念和「小型報」的經營理念等。

4.2.1　「文人論政」思想

中國之所以能歷經興亡交替，戰亂相尋而能夠綿延不絕，其中一個重要的因素就是士人群體發揮的政治、文化和社會功能。士人也就是我們通稱的文人、讀書人，西方社會十八世紀才出現的所謂知識分子。在中國，士人群體早在三千年前就已存在。正是士人群體的創造、傳承與弘揚，才使中國這個文明古國能夠巍然長存。中國的士，自古以來即分布在政府與民間，無論在朝在野，其主流意識都以擔負起天下興亡、人民禍福的責任為己任。自從漢武帝獨尊儒術後，中國的文人或士，都深受儒家文化的薰陶與涵養，儘管個人的性情與日常作風差異很大，其精英分子都遵循儒家的基本規範，擔負起天下興亡的責任，善盡對國家、民族、社會應盡的義務，即使到了近代，

〔註 11〕成舍我，《由小型報談到〈立報〉的創刊》，《報學雜著》，中央文物供應社，1957 年，第 118 頁。

這一傳統仍然延續和發揚。〔註 12〕

王作榮曾將中國近代知識分子定義為：基本條件是具有知識，有儒家文化傳統，有西方社會的文化修養，能與資本主義結合，此為基礎；有社會責任、有社會良心；國家利益放在前面；社會的公平、正義都是應當支持、主張的，不能歪曲；國家有難，知識分子應有負起責任的雄心，個人能力到底有多大不要緊，但是，匹夫有責，雖然做不了什麼，但有責任感。〔註 13〕這也是成舍我那一代知識分子的標準和要求。

「文人論政」的基礎在儒家文化中，其實質是站在知識分子的獨立立場上，對政府和社會進行客觀公正積極的評價與引導，即所謂「天下興亡，匹夫有責」。它與西方的社會責任論並不完全一致，西方理論的主體是報紙，而中國是文人，也就是說，每一個讀書人都有這樣的責任。正如費正清所言，「中國有過一個強烈而確有感召力的傳統，每個儒生都有直言反對壞政府的道義責任」，這一傳統不因王朝的更迭而改變，甚至無數人因此不惜殉身。明辨是非、敢言直諫，體現了中國古代讀書人身上的風骨，因此當西方報紙傳入中國以後，中國文人也很好地運用了這一新式武器。正是有了中國文化的底蘊，因此「文人論政」的報紙才格外適合中國國情，《大公報》也才能為上下同時接受，為中外同時倚重，更成為中國歷史上唯一在世界上有影響的國家代表報紙，除了其出色的報紙業務以外，其「文人論政」的特色應是重要原因之一。

民初商業報紙興起後，「文人論政」的特徵或多或少地體現在商業報紙上。如二十世紀二十年代後，幾乎每家報館都要重金聘請一位主筆，如《時報》的陳景韓（後被《申報》聘去做主筆）、《新聞報》的李浩然、《商報》的陳布雷以及《大公報》以張季鸞為主的主筆。其中張季鸞和陳布雷甚至成為兩份報紙的「靈魂」。重視主筆的作用，也是中國報紙「文人論政」傳統的體現。雖然有的報紙存在時間不長，或者特點不夠突出，未能都如《大公報》那樣成熟，但中國報紙及其報人所秉持的「文人論政」傳統是非常突出的。

成舍我成長於封建官僚的家庭，儒家文化對他的影響很深，具有中國傳統知識分子的基本特徵，作為民營報紙的老闆，又具有商人色彩。在某種程

〔註 12〕左成慈，《余紀忠辦報思想與實踐研究（1988～2001）》，南京大學出版社，2003 年，第 45 頁。

〔註 13〕左成慈，《余紀忠辦報思想與實踐研究（1988～2001）》，南京大學出版社，2003 年，第 52 頁。

度上，成舍我雖然標榜自己「超然」於黨派之外，但其辦報活動也體現出對三民主義有較深的認同，受到張季鸞等中國近代報人「文人論政」思想的影響。

在成舍我的辦報生涯中，中國報業和報人對他的影響，《大公報》和主筆張季鸞不得不提。《大公報》無論在物質還是精神方面，對成舍我的報館事業都幫助頗大，尤其以張季鸞所代表的「文人論政」精神首當其衝。民國初年是中國「文人論政」報刊思想走向成熟的時期。中國報紙從誕生之日起，就傳承了中國知識分子「文人論政」的傳統，肩負起啟蒙救亡的重任。這一傳統自王韜創辦《循環日報》開始，在梁啟超創辦《時務報》、《清議報》和《新民叢報》時達到第一個高峰，之後被中國報人普遍繼承下來。直到 1926 年天津《大公報》誕生，將「文人論政」思想提到一個新高度，成為詮釋這一傳統的典型而成熟的媒體。《大公報》自言，中國報有一點與各國不同。就是各國的報是作為一種大的實業經營，而中國報原則上是文人論政的機關，不是實業機關。這一點可以說中國落後，但也可以說是特長。民國以來中國報有商業化的趨向，但程度還很淺。以本報為例，假若本報尚有渺小的價值，就在於雖按著商業經營，而仍能保持文人論政的本來面目。〔註 14〕1941 年成立的「中國新聞學會」稱我國報業之有與各國不同的地方，是大多報紙為文人發表政見而設，這種風氣，源遠流長。〔註 15〕「文人論政」思想無疑是中國報紙文化一大內涵所在。

4.2.2　中國傳統文化及「三民主義」

成舍我作為一名典型的中國知識分子，從小受到儒家傳統文化的薰陶，家學深厚，父母均對其灌輸愛國的思想，有深厚的中國倫理觀念。孔子說：「聖之時者，君子不器」。成舍我或多或少也受到這種觀念的影響。這裡的「時」是時務、時機、時宜，等等，使其對大的形勢和趨勢看得很準，有遠見，能敏銳地察覺時代的趨向，不斷調整自己的思維路向，做出新的變革，既因應

〔註 14〕《本社同仁的聲明》，載《大公報》，1941 年 5 月 15 日。雖然該文發表於 1941 年報紙獲得美國密蘇里大學新聞學院獎章之時，但「文人論政」是從該報誕生之時就有的特徵。王潤澤，《北洋政府時期的新聞業及其現代化（1916～1928）》，中國人民大學出版社，2010 年，第 344 頁。

〔註 15〕王潤澤，《北洋政府時期的新聞業及其現代化（1916～1928）》，中國人民大學出版社，2010 年，第 344 頁。

這一發展趨勢，又著眼於長久，保持理性的思維方式，切合現實環境。綜觀成舍我的辦報歷程，雖然也曾積極配合國民黨的宣傳，但是，幾十年來成舍我的幾個基本理念沒有變，一是發揮言論的影響，二是民主自由理念的堅持，三是中華民族的理念未作調整。

此外，成舍我有著中國知識分子不屈不撓的韌性。成舍我鬥志頑強，任何時候都想超越競爭對手，在北平創辦「世界報系」如此，在面臨聲勢如虹的申新兩報的上海灘創辦《立報》更是如此，不甘下風的性格讓成舍我在辦報實踐中時時得以保持領先。成舍我認為中國的未來，國民心理的改造不可忽視，因此，成舍我的很多言論體現出這種人文主義的關懷。可以說，成舍我是一位具有強烈儒學意識的近代知識分子，在新的時代和社會環境中繼承了中國士大夫的愛國傳統。

1895 年孫中山在香港創立興中會總會時就提出要「設報館以開風氣」。孫中山對報紙的宣傳作用非常重視，對於報業引導輿論，認為極其重要，「你們報界諸君，在野指導社會，也是一樣，諸君都是先知先覺，應該以先知覺後知，以先覺覺後覺，盡自己的力量為國民嚮導」。〔註 16〕孫中山將新聞事業列為民生必需工業之一環，而與衣、食、住、行同等重要。孫中山認為，新聞事業「為以知識供給人民，是為近世社會之一種需要，人類非此無由進步。一切人類大事，皆以報紙記述之，一切人類知識，皆以報紙蓄積之，故以為文明之一大因素」。〔註 17〕孫中山的新聞思想和新聞實踐活動，體現了當時中國新聞思想的主流方向。其中孫中山主張的新聞自由、言論自由、出版自由，辛亥革命成功以後，中華民國臨時政府頒布法令，明文規定言論出版自由等的新聞觀念，對成舍我的辦報活動應產生影響。「三民主義」主張的民族主義的觀念，維護民眾生存權、知情權，爭取言論自由的權利，提供國民充分的知識成為良好的公民，能夠獨立和理智地使用公民權，提供確實、公正、完整、客觀的新聞報導，作平實、明智、有效、快速的評論，促進社會團結進步，這些主張在成舍我的辦報理念中都有所體現。

「三民主義」中提倡的民族、民權、民生，對成舍我那一時代的報人影

〔註 16〕孫文，《國民議會解決中國內亂之法》，《國父全書》，臺北陽明山國防研究院印行，1963 年，第 1012 頁。

〔註 17〕孫文，《〈實業計劃〉第五計劃》，《國父全書》，臺北陽明山國防研究院印行，1963 年，第 108 頁。

響不可忽視。尤其是成舍我在南京一年多的時期，與國民黨人多有接觸，耳濡目染，尤其李石曾、吳稚暉等人對其影響頗大。當北京懸掛起青天白日旗時，《世界日報》從1928年6月11日起，以第八版週刊地位，連續刊登《三民主義》，自「民族主義」第一講起，全部登完。接著又連續刊登國民黨政綱及建國大綱，還取消了照例的年節放假休刊，6月22日為農曆端午節，也照常出版。1928年10月10日辛亥革命紀念日時，除四版印紅色，另出特刊一大張，以示慶祝，前所未有。1929年元旦，出版新年特刊兩大張，國民黨要人蔣介石、胡漢民、閻錫山、孫科、孔祥熙等共四十餘人，都有題詞或論文，圖文並茂，洋洋大觀，是《世界日報》空前絕後的大特刊。可以看出成舍我對國民黨的希望和對報紙前途的信心之強。

4.2.3 西方媒介學說

成舍我雖然沒有留學經歷，但其對西方文化有相當深刻的瞭解和認同，其本人直到九十三歲高齡都還每天讀英語、聽英語，做的資料卡就有好幾箱。〔註18〕同時，成舍我在辦報的各個階段都很注意關注西方的報刊，與西方的報人有不少交流，親自遊歷歐美報館。西方傳媒理論對成舍我的辦報思想具有相當大的影響。根據西方學者的劃分，自從現代化的大眾傳媒產生以來，世界各國大眾傳媒事業不外基於兩種基本觀念——「極權主義傳播理論」和「自由主義傳播理論」。到了二十世紀，這兩種大眾傳播觀念又經過了一次分化，即先後出現的四種傳媒理論：極權主義傳播理論、自由主義傳播理論、社會責任傳播理論和共產主義傳播理論。應該說，前三種理論對成舍我辦報思想的影響較大。

「自由主義」思想起源於十六、十七世紀的歐洲，而根植於十七、十八世紀的「啟蒙運動」。自由主義者相信，人是理性的動物，他有獨立思考和判斷的能力，故可明辨是非。社會的終極目標是謀求個人的福祉；個人之充分發展，是人類、社會、國家之共同目標。故國家之存在，在於創造一個有利於個人充分發展之環境。自由主義傳播理論脫胎於十七至十九世紀間自由哲學家的思想，這其中包括笛卡爾、彌爾頓、洛克、傑斐遜和密爾等人。〔註19〕

自由主義認為，大眾媒介不需要形式的控制，而是要一個真理自我矯正的

〔註18〕《舍我先生志節文粹》，臺灣立報社出版。
〔註19〕李瞻，《新聞學原理》，臺北黎明文化事業股份有限公司，1992年，第48頁。

過程，也就是暗示要有一個真正「自由的意見市場」的存在；每一個人必須有機會利用傳播的通道，任何意見都不應遭受消滅，除非它確實危害到公共利益（但這個範圍卻不易加以劃分）。據此一理論，新聞傳播事業必須是私營的企業，在公開的市場上自由競爭。在十八世紀和十九世紀的初期，任何人有足夠的資本，即有權開辦報紙，發行雜誌，設立出版公司。換言之，在當時開創新聞事業並不需要大量的資本。因此，加入傳播事業的市場，不是一件很困難的事。而在科技發展較快的二十世紀，一切新聞傳播事業的創辦和經營權，僅限於擁有龐大資金的少數資本家。新聞傳播事業實際上並不能自由、公開地開放給社會大眾，故自由主義的新聞制度，經受到嚴重的考驗。此外，在自由主義的理論基礎上所建立的新聞事業，是以營利為目的，新聞自由不免被濫用，以遂一己之私願，故黃色新聞充斥新聞傳播媒介之內容。新聞事業所有權被壟斷在少數財團手中，更嚴重地影響自由主義理論之運用。這一切使人懷疑自由主義之適用性，使人懷疑「意見的自由市場」是否存在，使人懷疑新聞傳播媒介是否願意發表不利於自己的意見。尤有進者，心理學家從根本上懷疑人類的「理性」能力，懷疑人類是否能明辨是非善惡。〔註20〕這樣的情況下，新的自由主義的新聞傳播理論——「社會責任論」就應運而生了。

自由主義的傳播理論與成舍我「獨立自由」的辦報思想有不少契合之處。可以說成舍我辦報的宗旨在很長一段時間是以「自由民主愛國家」為核心的。自由主義傳播理論認為大眾媒介是一種社會公器，成舍我也同樣認為報紙是社會公器，辦報無論對於革命或建國都有必要之處，自由主義的傳播理論與成舍我所追求的民主自由的辦報思想有一定的相合之處。自由主義在十七世紀奠定了自己的思想基礎，十八世紀付諸實踐，十九世紀達到了頂峰。歷史發展到二十世紀，特別是二十世紀中葉以降，自由主義開始了自己無可奈何的跌落。自由主義在確立時期那個最為動人的「意見的自由市場」已不復存在，自由主義傳播理論認為大眾媒介是一種社會公器，旨在服務民主政治，但是，商業化的結果，不幸使大眾媒介淪為資本家的工具，惟有腰纏萬貫的人才能掌握經營。「報刊的控制權已經掌握在越來越少的一些人手裏，一個有話要說的人，不能再用自己的喉舌訴諸他所需要的聽眾，不能再創辦報紙和雜誌，以及不再能在和公眾通信工具享有同樣威信的小冊子中，來表達他的

〔註20〕李瞻，《新聞學原理》，臺北黎明文化事業股份有限公司，1992年，第50頁。

思想了。」〔註 21〕由於自由主義理論沒有對大眾媒介自由發表意見的限度做出規定，這使言論自由常常處於放任狀態。惡性競爭中，大眾媒介紛紛以「激情主義」處理新聞，黃色新聞的嚴重泛濫，誇大、渲染與欺騙妨害了社會的常態發展。「新聞業者認為，他們與美國其他私有企業一樣，是在做生意。他們有憲法的特許。對於他們來說，新聞自由意味著不受限制地採集新聞，經過專業性加工，將他們變成信息，傳播出去。」〔註 22〕形勢發展到這一地步，已不能再盲目伸張「新聞自由」，而是要求建設「自由而負責」的傳播事業，也就是必須對大眾媒介加上某些必要的約束。這種「社會責任傳播理論」的思想在 20 世紀初葉就已經在英美兩國逐漸發展。〔註 23〕

「社會責任論」是 1947 年由美國新聞自由委員會在題為《自由與負責的新聞業》為題的報告中提出的。該委員會認為，新聞自由處於危險之中。其原因大致有三點：第一，隨著新聞業的發展，大眾傳播作為一種工具，對於人們更加重要了。但是作為大眾傳播的工具，其發展卻極大地降低了那些依賴報業表達意見和思想的人的比例。第二，那些將新聞機器當做大眾傳播工具使用的少數人，不能滿足社會的需要。第三，那些掌管新聞機構的人，時常參與為社會所譴責的活動。如果這種狀況持續下去，社會將不可避免地要採取限制或控制措施。〔註 24〕該委員會開宗明義地指出新聞自由陷於危機之中，分析了其主要原因是缺少責任的約束。該報告宣告了「社會責任論」的問世，其後，施拉姆等人的《報刊的四種理論》第一次為「社會責任論」命名，將其列為新聞理論的一種，該書強調「社會責任論」將成為近代傳播事業發展的必然趨勢。該書認為，自由與責任同時俱來，大眾媒介在憲法保障下有其特殊地位，相應地，它也有義務去完成大眾媒介的主要功能，並對社會克盡責任。大眾媒介如果能體認自身的責任，並以之作為營運政策的基礎，則自由制度便不能滿足社會的需要。如果大眾媒介無法克盡其責任，其他的團體便應該出來干預，使大眾媒介的主要功能得以完成。〔註 25〕

美國新聞自由委員會主張，現代的新聞傳播事業應達成五項目標，這五

〔註 21〕Fred Siebert, Theodore Peterson and Wilbur Schramm: Four Theories of the Press; Urbana: University of Illinois Press, 1956, p. 106.
〔註 22〕丹尼．埃利奧特編，《負責的新聞業》，臺北賢明出版社，1986 年，第 100 頁。
〔註 23〕鄭貞銘，《新聞與傳播》，臺北正中書局，1973 年，第 123 頁。
〔註 24〕Commission on Freedom of the Press: The Free and Responsible Press; University of Chicago Press, 1947, p. 1.
〔註 25〕鄭貞銘，《新聞與傳播》，臺北正中書局，1973 年，第 126 頁。

項目標也是衡量新聞傳播事業表現的標準。第一，新聞傳播事業應對時事做真實、完整和明智之報導。換言之，報導務求忠實，並須將意見與事實分開。在過去人際關係簡單的社會裏，人民不難瞭解時事的背景，而在今天的社會裏，人際關係錯綜複雜，一件新聞的發生，往往有複雜之背景，故新聞記者不僅應忠實地報導事實，並應對事件之背景做深入的報導。第二，新聞傳播媒介應成為各種不同意見的「共有載體」(Common Carriers of Ideas)。換言之，新聞傳播媒介在評論事件時，因有權表達自己的意見，也有義務發表不同於自己之意見。美國報人彼得森（Grove Patterson）認為：「報紙是全體人民之代表，而非特殊利益之代表。新聞傳播從業人員之所以不能作為人民之真正代表，乃因他們誤認新聞自由僅是屬於他們專有之權利。自由的報業，決不僅是報紙發行人的飯票。」〔註 26〕第三，新聞傳播媒介應反映社會中各群體之實況。新聞自由委員會鼓勵新聞傳播媒介在報導有關事件時，應顧及各群體（如白人、黑人、黃種人等）之道德觀念與希望，但也不應忽視其弱點和罪惡。這種哲學表示社會平等重於個人自由，這在自由主義思想中幾乎不存在。第四，新聞傳播事業應澄清社會的目標與價值。新聞從業人員應面對現實，勇敢地讓社會大眾認識一切反對社會目標之阻力和支持社會目標的助力。新聞傳播媒介是社會上最有力的教育工具之一，因此他們應「負起教育家的責任，說明並澄清社會所奮鬥之目標。」〔註 27〕第五，新聞傳播媒介應成為「通往當日消息的完整的途徑」。現代工業社會中的人民對消息之需要，遠甚於以前任何時代中的社會分子。廣泛地播送消息和意見，是民主社會所必要之條件，為民主社會中的人民時常需要消息，作為行使基本權利之參考。

「社會責任論」接受自由學說所揭櫫之新聞傳播事業的基本功能，即啟迪民智、保護民權、維護民主自由的政治和經濟制度，提供娛樂和獲得合理利潤。但社會責任論者主張，自由與責任並重。換言之，新聞自由之享受，是以社會責任之履行為前提。自由民主社會中的新聞傳播事業，即在法律和傳統習慣保障下，享受若干寶貴的特權，他們也應對此社會克盡義務。〔註 28〕社會責任論誕生於二十世紀四十年代末，五十年代趨向成熟，八十年代發展

〔註 26〕William Rivers, Theodore Peterson and Jay W. Jensen: The Mass Media and Modern Society, 2nd ed.; San Francisco: Rinehard Press, 1971, p. 94.

〔註 27〕William Rivers, Theodore Peterson and Jay W. Jensen: The Mass Media and Modern Society, 2nd ed.; San Francisco: Rinehard Press, 1971, p. 96.

〔註 28〕李瞻，《新聞學原理》，臺北黎明文化事業股份有限公司，1992 年，第 53 頁。

緩慢，社會責任論雖然最初受到攻擊，但後來廣為傳媒所接受。然而說歸說，做歸做，美國新聞事業為壟斷資本所獨佔，利潤掛帥及黃色新聞充斥，許多人只把社會責任論當做一種口號或擋箭牌，而沒有真正去實行。〔註 29〕

馬克斯・韋伯曾經指出，有資格把手放在歷史舵輪的握柄上的人必須具有三種素質：「激情、責任感和恰如其分的判斷力」。〔註 30〕一個日後在中國新聞史上創下數個第一，在中國新聞史上享有很高聲望與影響的傑出報人，成舍我在早期就已經開始培育把手放在報業「舵輪的握柄」上的資質。如果說激情是青年人特有品質的話，那麼責任感和判斷力則無疑需要後天的養成和培養。成舍我在持續的學習和實踐中不斷提高自己的判斷能力、分析能力，對於家國的責任意識也越來越清晰，也越來越理解輿論的力量並自覺運用之。在安徽時，少年成舍我參加青年軍，「那時我才十四歲，是個小孩子麼，大概是心理上感受的，覺得社會上的壞人壞事太多，覺得只要參加革命黨，就能剷除壞人壞事。」〔註 31〕激起了「反專制、爭民主」的朦朧的革命意識。在上海，成舍我參加「南社」，擔任《民國日報》的副刊編輯，自覺運用文學作為武器抒發革命情操，宣傳革命理想，喚起民眾覺悟，不僅具有了知識分子傳統的「文人論政」意識，也初步體現出一種「社會責任」的擔當和意識。

在北京的辦報實踐中，成舍我開始體察到「文化運動最大的武器，就是報館」，〔註 32〕於是運用《益世報》的輿論陣地，不畏權貴，獨立思考，獨立判斷，極力支持學生運動，揭露反動軍閥真面目，雖遇阻力依然不屈不撓；也在言論中鼓與呼，激勵民眾奮起反抗。在《安福與強盜》一文的最後，成舍我發出熱切的呼籲：「我可憐的國民啊！安福部最大得意的時候快要到了，我們便聽他得意麼，我們若果不叫他得意，我們便應該大家起來，掃除這極大的強盜窟宅，我們就有了光明同幸福，若是大家放棄掃除的責任，叫他們大肆活動。那麼，恐怕我們宣告死刑的日子就在目前了。」〔註 33〕在成舍我

〔註 29〕左成慈，《余紀忠辦報思想與實踐研究（1988～2001）》，南京大學出版社，2003 年，第 62 頁。

〔註 30〕【德】馬克斯・韋伯，《以政治為業》，《學術與政治》，馮克利譯，北京三聯書店，1998 年，第 100 頁。

〔註 31〕馬之驌，《新聞界三老兵：曾虛白・成舍我・馬星野奮鬥歷程》，臺北經世書局，1986 年，第 138 頁。

〔註 32〕成平，《文化運動的意義與今後大規模的文化運動》，《新人》第 5 號（1920 年 8 月）。轉引自《報海生涯——成舍我百年誕辰紀念文集》，新華出版社，1998 年，第 96 頁。

〔註 33〕舍我，《安福與強盜》，北京《益世報》，1919 年 5 月 23 日。

後期的辦報活動中，這種責任感可說是一直貫穿他辦報生涯的始末。成舍我言責意識的核心是愛國，愛國情懷主導了他「天下興亡，匹夫有責」的價值觀，引領了他不畏權威、敢於擔當的言行。這種不僅敢於「破」——揭露帝國主義和北洋軍閥的野心和本質，也善於「立」——為民眾指明方向，發揮報刊的啟蒙價值，展現了成舍我作為一個職業報人具備的言責意識和專業素養。

4.2.4 西方報人報業實踐與經驗

成舍我視英國報人北岩爵士（1865～1922, Alfred Harmsworth Northcliff, Lordm，諾思克利夫勳爵）及其創辦的報紙為典範，認為北岩代表了「大眾化」報紙的精神。北岩在十九世紀末創辦的《每日郵報》，被認為是英國大眾化報紙的典型，作為十九世紀末二十世紀初英國現代報業奠基人之一，於 1905 年受封為勳爵。北岩先後創辦和購買了《每日郵報》、《每日鏡報》、《觀察家報》、英國最有影響的資產階級大報《泰晤士報》以及多種地方報刊，一度形成了英國第一個、也是當時最大的現代報業集團——北岩報團。一戰期間，北岩利用自己龐大的報業帝國成功地宣傳了英國政策，向敵國施加了強有力的影響。這位奠定英國現代報紙格局的「報業之父」，在英國報界享有極高的聲望，享有「艦隊街拿破崙」之稱。

而真正成就北岩，使其一舉成為英國報界著名報人的《每日郵報》（The Daily Mail），也被視為英國的大眾化報紙的典範和英國現代化資產階級報紙的開端，可以說，《每日郵報》的出現使英國報業進入了一個劃分大眾化報紙和高級報紙的新時代。1896 年，北岩在倫敦創辦《每日郵報》，創刊時宣佈；「這是忙人的報紙，這是窮人的報紙！」，是「售半便士的便士報」。《每日郵報》創刊號登有 4 篇短社論，第一篇社論即說明《每日郵報》報價低廉，文字簡明，只要花半便士，就可以讀到所有的新聞。報紙由於排版、印刷、發行，都使用英美的最新機器，因而能夠降低成本 30%至 50%，只售一般報紙的半價。

《每日郵報》每天出 8 個版，其中有一版為《每日雜誌》，刊登介紹新聞背景及婦女感興趣的文章，開英國報紙副刊的先河。該報編輯方針是通俗易讀，以使文化水平較低的讀者也能夠讀懂。報紙口號是：「你們不要以為政治、外交是件難懂或是少數人包辦的東西，我可為你們分析清楚。」北岩在這些方面的努力，曾經招致一些上層人士的嘲弄，稱該報「是一張為工友辦的報紙」。但依然不能妨礙他取得的巨大成功。

繼《每日郵報》獲得巨大成功以後，1903 年 11 月 2 日，北岩又創辦了《每日鏡報》，售價一便士，成為英國報業史上又一張成功的「大眾化」報紙。一戰期間，北岩也成了戰時的著名政治人物。1918 年 2 月，北岩曾擔任「對敵宣傳總監」，主持對德宣傳，他使用飛機向德軍投擲千百萬份的宣傳品，成功的「紙彈」攻勢，對於瓦解德軍士氣，起了相當重要的作用。

北岩創辦的《每日郵報》之所以能夠取得巨大成功，其基本原因有三：第一，有效應對了英國社會的需要與現存報紙的積弊。英國自 1855 年廢除印花稅以後，雖然已經有了廉價報紙，但是這些廉價報紙大多報價低，質量低劣。而大報（高級報紙）則墨守維多利亞時代的傳統，自以為是，固步自封，報價高，文字冗長，毫不關心一般市民及其生活；普遍漠視時代在前進，世界在變化；更沒有注意到 1870 年教育法案之後新崛起的讀者群體，他們並不滿意當時英國報紙只是報導政治、社會生活。北岩通過長時間的觀察、分析和研究，認識到讀者市場的這一變化，因此，《每日郵報》一創辦就開闊了讀者的視野，使他們能看到社會清晰的完整圖像，一下子便緊緊地抓住和吸引著讀者。第二，北岩豐富的新聞工作實際經驗，並善於任用和培養新記者。第三，健全的報業管理。北岩在報業經營管理方面不僅十分注意搜羅人才，而且對於報紙經營管理的有益意見都十分尊重。

據北平新聞專科學校首屆學員林海音的回憶，可以部分證明成舍我對北岩辦報的推崇。林海音在文章中回憶當年成舍我在新專給學生授課時，不止一次提到其最推崇的報人就是北岩勳爵。「我想舍我師在世界許多的名報人中，特別崇拜北岩爵士，是有其理由的：第一，舍我師和北岩爵士一樣，也是十幾歲就在報館工作，後來才入北京大學讀書。第二，他辦報的理念也是受了北岩爵士的影響：他要辦的是一份為大眾所看的報，為人民做喉舌的報，而不是為少數人有什麼目的的報。後來，舍我師辦了六家報（北平世界日報，世界晚報，世界畫報，南京民生報，上海立報以及臺灣的立報）和一所新聞專科學校。我曾問過舍我師，世界著名報紙中尚有赫斯特（Hearst W. Randolph, 1863～1951）報系等，為何他當時對我們頗少談起，而有關北岩爵士的筆記竟寫了幾乎有一本？他說赫斯特對於社會新聞的誇張渲染，他認為是報之下

品，看不起，因此，也不屑多講了。」〔註 34〕

成舍我的報業理念以追求「獨立自由」為主要特徵，其新聞理念的形成無論是從宏觀上對於報業在社會生活中地位的看法，抑或是從中觀上對於報刊宗旨的確立，再或者是從微觀上對於具體新聞實踐的言論立場，等等，都有深遠的影響，多年辦報始終追求「超然」路線，這種理念的形成與貫徹既有中國儒家傳統觀念的影響，如「文人論政」傳統，也有西方新聞理念的影響，如自由主義論和社會責任論，另外，知名西方報人的報業實踐在某種程度上也影響了成舍我的報業觀，如「大眾化」的辦報理念和「小型報」的經營理念等。

〔註 34〕林海音，《春風化雨》，《成舍我先生紀念文叢》，世新大學出版中心，1999 年，第 77 頁。

第 5 章　興學：「新聞教育的先行者」

我的意思，新聞教育，一方面是職業教育，一方面也是文化教育的一種，技術的訓練，和學理的研究，都應該同樣重視。不過就學習的便利，可以有先後時間的分劃。像我們這個小小的新聞學校，在第一第二兩階段比較的偏重技術，在第三階段，則大多數課程，都已研究為主。當然我們的目的，是要他們將來能在新聞事業中，做一個真能手腦並用的工作員，但同時也盼望他們能對於新聞教育的學術方面，將來有相當的供獻。不過我們現在所試驗的，僅止是一種未成熟的雛形，成功與否，還要靠國內同業和新聞教育家先進的指導與援助。我生平最佩服斯賓塞兩句話：「不能遮雨，不是好雨傘，正因為雨傘的目的就是遮雨」。那麼，我們要判斷這個理想的前途是好是壞，只有看它將來是否能達到我們改進中國新聞事業的目的。〔註 1〕

5.1　辦學歷經兩岸三地

作為一代報業巨擘，成舍我不僅在辦報方面成就突出，其辦學經歷同樣可圈可點，從創辦北平世界新聞專科學校到今日的世新大學，成舍我的辦學足跡橫跨兩岸三地，在中國新聞教育史上，是以個人力量從事新聞教育時間長、影響大、成績突出的新聞教育家之一。成舍我從事新聞教育的生涯可分為四個階段。

〔註 1〕成舍我，《我所理想的新聞教育》，報學季刊第一卷三期，1935 年 3 月 29 日。轉引自世新大學舍我紀念館資料。

早在 1932 年，成舍我就計劃在北平創辦新聞專科學校。到 1933 年正式創辦，一直到 1937 年抗日戰爭爆發，北平淪陷後，學校被迫停辦，這是成舍我從事新聞教育的第一個階段。1942 年，北平新專在西南後方恢復辦學，全稱「私立北平新聞專科學校桂林分校」，到 1944 年，由於日軍向湘桂黔進犯，桂林緊急疏散，這所學校被迫再遷重慶，直到 1945 年抗戰勝利後，才宣告結束。這是成舍我從事新聞教育的第二個階段，也是最為艱苦的一個階段。抗戰勝利後，成舍我回到北平，先是於 1945 年 11 月 20 日恢復了《世界日報》北平版，緊接著就恢復了北平新聞專科學校，復建兩年多，因為形勢變化而自行結束，這是成舍我從事新聞教育的第三個階段。1952 年，成舍我到臺灣定居。1955 年起，開始籌劃在臺灣興辦新聞教育。1956 年夏，在臺北創辦了世界新聞職業學校，他任董事長兼校長。從 1956 年到他逝世，成舍我擔任校長達 35 年之久。這所學校在此後的 42 年間，先後於 1960 年從職業學校升格到專科學校，到 1991 年改制為世界新聞傳播學院，再到 1997 年改制為世新大學。這是成舍我從事新聞教育的第四個階段，也是最為輝煌的一個階段。

5.1.1 北京創校：北平世界新聞專科學校（1933～1937）

早在 1926 年 10 月 4 日在《世界日報》就登載了一條「《世界日報》附設報童工讀學校章程」和募捐啟事，以對抗「報霸」操縱剋扣零售通路的行為。意圖收容北京報童，計劃在全市分點辦二十個這樣的學校，每校設有兩班，每班定額 60 人，兩班交替在上午學習，下午工作。這所學校如果辦成，約可收 2400 人，所謂工作就是賣報，上午有 1200 外報童出動售賣日報，下午也有 1200 年賣晚報，形成一股強大的推銷力量。但需開辦費 6000 元，經常費為 2400 元，特別費第一年為 28800 元。〔註 2〕

1930 年，時任北平大學區秘書長的成舍我計劃在法學院開設新聞專修科未果。之後遊歷歐美考察學術文化和新聞事業。在此期間，成舍我撰寫了《我所見之巴黎各報》和《倫敦所見英國報界之新活動》兩篇考察文章，對資本主義報業的經營管理方式和新聞人才素質感觸頗深。這次考察堅定了成舍我「把新聞教育納入新聞事業體系之中，培養和選拔忠實於自己報業的業務骨幹，使失業後繼有人」的信念。〔註 3〕

〔註 2〕張友鸞等，《世界日報興衰史》，重慶出版社，1982 年，第 163、164 頁。

〔註 3〕葉紅，《對成舍我先生先生新聞教育事業的反思》，《湖北經濟學院學報》，2006 年第 12 期。

另一種說法則認為，成舍我創辦新聞專科學校與 1933 年 1 月《世界日報》印刷工人罷工有關。據《世界日報興衰史》記載，當時的印刷工人全年無休，每日更是超時工作。工資常年無增，面對連年增長的物價，生活拮据。同時，印刷工人工作地點在地下室，環境惡劣。在 1933 年 1 月，《世界日報》印刷工人和北平《晨報》工人聯合罷工，要求改善待遇，提高工資。成舍我在與工人相持數天後，不得不採取讓步以避免停刊招致更大損失，工人工資增加數元不等。這次罷工平息後，成舍我即於 4 月著手創辦了新聞專科學校。先開設的初級班，以學習排字印刷為主。這所「科班式」的新聞學校的成立，某種程度上可以說是直接源於成舍我當時新聞事業所需。1933 年 2 月，由《世界日報》社出資創建的北平新聞專科學校成立。這年先開辦附設的初級職業班。第一屆初級職業班於 4 月 8 日舉行開學典禮，除全體師生參加外，來賓有時任北京大學校長的蔣夢麟、北平《晨報》社長陳博生、《實報》社長管翼賢等。成舍我在致辭中言及辦校動機及將來計劃時稱：中國報紙有兩點亟應改革：（一）應由特殊階級之讀物，變為全民大眾之讀物，報紙要向民間去。（二）為消除勞資對立，使報館成為合作的集團。創辦新專的目的有兩點：一、是訓練實際應用的新聞人才；二、是準備將來能在這個學校辦個報紙。訓練的方針為學科實習並重，學校是個工廠，同時又是個報館，使畢業生能做用腦的新聞記者和用手的排字工人。此外，在其招生簡章的「特別注意」一欄也可見其獨特的辦學宗旨，即本校目的，在改進中國之新聞事業及訓練「手腦並用」之新聞人才，凡投考本校者，本身及其家長，務必對於本校之宗旨，有詳切之認識。如學生本人及其家長，懷抱一般投考洋八股式學校者之同樣心理，冀圖本身或其子弟，將來畢業後，能光宗耀祖，陞官發財，則請千萬勿誤入此途。因新聞事業，最需要忠實勤奮，吃苦耐勞，而本校管理訓練，亦將取極端嚴格主義。故凡有紈絝習氣，或渴望將來陞官發財者，即便僥倖錄取，亦必難保全始終，不僅貽害本校，亦實適以自誤。希望投考之先，務必注意。北平新專首先開辦的是排字和編輯兩個初級班。首批招收學生 40 餘人，進入初級職業班學習排字印刷，實施免費培養。投考學生須具備的資格有：甲、曾在高級小學畢業，或雖未畢業，而自信已具有與高小畢業相等之學力；乙、年齡在 14 歲以上，18 歲以下；丙、體質強健，無不良嗜好，且能吃苦耐勞，無紈絝習氣者。考試科目是國文、常識測驗、體格檢查、口試。入學免學費，修業年限為兩年。訓練方法，每日以半數時間講授應用文字、一般常識、及新聞事業概要，其餘時間則從事技術科目實習。至於新專學生畢業後的去向，招生簡章中說明以下辦法：凡願升學者，提升入本校高級職業班肄業；高級職業班畢業後，升入本科肄業。本科階段注意於新聞學理，業務管理及政治法律等社會科學之探討。其目的在造成指導報館業務，及健全之編輯人才。本校最大目的，欲使凡在本校受過完全訓練者，如出校服務報館，則比每一報館之高級職員——經理、編輯，皆能排字印刷；而每一個排字印刷之工人，全能充任經理、編輯，藉以廢除新聞事業內長衫與短衫之區別，而收手腦並用、通用合作之效。再者，凡願服務者，由本校派赴捐款創立本校之北平世界日報、南京民生報及贊助本校已與本校訂有特約之國內報館服務。丙、其既不願升學，又不願由本校指派服務者，聽其自由，本校不加拘束。新專首批教職員計有：校長成舍我，副校長吳範寰，教務主任虞建中，教員有張友漁、左笑鴻、薩空了、趙家驊、原景信等，工廠主任張孟吟，事務員葛孚青、葉靜忱。成舍我於當年 5 月 2 日呈報市社會局轉呈南京政府教育部，請准予設立校董會。6 月 16 日市社會局轉奉教育部令，准予設立校董會。9 月 1 日函聘李煜瀛、蔣夢麟、李麟玉、李書華、管翼賢、吳前模、成舍我為校董。1934 年 1 月 10 日下午，校董會舉行第一次會，各校董皆出席，通過：（一）推選成舍我為校長；（二）通過校董會章程；（三）核定本年度預算；（四）準備建築校舍，擴充設備。1933 年 11 月在新專開辦報業管理夜班，以最短期限，訓練報業管理合格人員。修業期限六個月，免收學費。開課兩個月後，就派往世界日報實習。實習期間，由學校供給膳宿。修業期滿，分派到《世界日報》、《民生報》服務。報業管理夜班由時任世界日報社營業處長趙家驊任主任。報業管理夜班招收學生 15 名，凡年齡在 16 歲以上，20 歲以下，在高級商業學校修業 1 年者和初中畢業生，不分性別，都可報考。10 月 18 日至 26 日報名，10 月 30 日至 11 月 1 日考試。考試科目有國文、外國文（英文或法文）、數學、珠算、商業常識、口試、體格檢查。11 月 9 日考試揭曉，計正取 15 名，備取 5 名。11 月 22 日開學，每夜上課兩小時，課程有國文、報業管理、實用會計、廣告學等，由報社營業處有關人員擔任教員。這班學生，6 個月畢業，全部分在《世界日報》工作。每月薪金一律 15 元。當時《世界日報》置有無線電收報機等設備，但報社本身沒有專職的報務人員。自從利用南京某機關電臺後，電報增多，報務人員更感缺乏，且常常誤事。因此，成舍我決定在新專開辦無線電特班，由陳哲民負責訓練無線電務人員。1 月 13 日無線電特班開始招考，預訂招收 10 名。以初中畢業男生，身體健康，能任勞苦，年齡在 16 歲以上，20 歲以下為合格。修業期間不收學費，但入學時須交保證金 20 元，作為領用一切設備之保證，畢業時發還。報考的人並不多，經過筆試、口試，正取 6 名，備取 3 名。開學時，6 人入學。3 個月訓練期滿，全部到《世界日報》工作，最初時月薪為 20 元。1935 年 4 月，第一屆初級職業班畢業。這時校址已由成方街遷到西四豐盛胡同。新教務主任到校不到一月，畢業生的安排工作經過學校討論，決定女生 8 名，除兩名保升高級班外，6 名分在《世界日報》總管理處服務。男生 12 人，到上海《立報》工作。北平新專隨著辦學條件的不斷成熟，增開高級職業班。1937 年開始設立本科。7 月已登報招生，招生廣告特別說明訓練目的，高級班是注重報業管理、報業會計、報業經營、印刷機械及編輯採訪等學科，畢業後能管理報社會計、印刷工人，或擔任助理編輯採訪等職務。抗日戰爭爆發，北平淪陷後，學校一度被迫中斷教學。初級班訓練項目與前相同只是特加說明畢業後以能在印刷處實際工作為目的。廣告最後仍附有「特別注意」，內容與前相同。高級職業班投考資格須曾在初級中學畢業，年齡在 16 歲以上，20 歲以下。考試科目為國文、英文、史地、數學、理化、常識測驗及口試，體格檢查。初級班的投考資格及考試科目，與前相同。修業年限，皆為兩年，免收學雜費。這次新生入學時，須填具入學誌願保證書，並繳納保證金，標準是高級班 10 元，初級班 5 元。8 月 15 日學校舉行考試，借用石駙馬大街師大文學院教室為考場。初級班一天考完，高級班連考兩天。8 月 31 日復試揭曉，高級班正取 32 名，備取 10 名。初級班正取 40 名，備取 20 名。10 月 1 日開學。高、初級班都是上午上學科課，下午實習。學科課，高級班有新聞學、報業管理、自然科學大意、社會科學大意、國文、英文、數學、速記。初級班有報業常識、數學、國文、英文。這時的教員有趙家驊、彭芳草、吳謹銘、李翰章、李曉宇、林慰君、翁德輝等，職員有葛孚青、葉靜忱、馬五江、唐博祐。學生實習由報館技工指導。新專學科講授內容，較一般中學略深。除國文、英文、數學採用普通課本外，其他各科，因無適當教材，一般由任課教員編寫講義，印發給學生。由於教學比較嚴格，學生成績普遍不錯。

至於學生生活，因上課和實習很緊張，課外活動少。學生本來是走讀，最初一學期，為了解決外地學生食宿問題，學校曾租房開辦宿舍和飯廳，後因經費和管理人員問題，開辦一學期即停止。印刷實習是學生的重要課程。10 月開學後，學生就學排字印刷，到 1936 年 1 月，開始實際操作。大致分工是高級班學生排字；初級班學生印刷。最初是將《世界畫報》安排由學生排版、校對、印刷，以後逐漸增加。日報的「學生生活」版、「大眾公僕」版、「週刊」版都由學生排版校對、組版，車送到報社，和其他版一起印刷。晚報印數在四五千份時，由學生印刷。從 1935 年起，晚報組成版送到學校印刷、發售。此外如報社每年贈送給直接訂戶的日曆，以及其他零活，也都是由學生排印，所以學生們的工作量很大。《世界日報》社每年為新專開支約一萬元，而學生排版、印刷，為報社節約的開支，也相差不多。這屆高、初級班學生，應在 1937 年暑假時畢業。5 月，上海《立報》需用印刷工人，初級班學生 10 人被派往《立報》工作，其餘的人，因盧溝橋事變，學校停辦，就談不上畢業、安排工作了。〔註 4〕

1937 年 6 月，國民黨批准新專校董會立案，並令將學校改名為「北平新聞專科學校」。成舍我以學校的法律手續已經齊備為由，決定開辦本科，並續辦高、初級班。登載招生廣告，定 7 月 20 日開始報名，8 月 20 日考試。由於「盧溝橋事變」，8 月 10 日學校宣布停辦，這些計劃也隨之擱淺。

抗戰勝利後，成舍我回到北平，在北平石駙馬大街甲 90 號《世界日報》舊址恢復「北平新聞專科學校」，後遷至西長安街，仍然沿用「德智兼修、手腦並用」的校訓。由成舍我任校長，設有印刷和編採兩個班，但兩年多後，因形勢變化自行結束。

5.1.2 廣西復校：桂林世界新聞專科學校（1942～1944）

抗日戰爭爆發後，成舍我在北京、上海、香港等地創辦的報紙，先後落入敵人手中。1941 年 12 月 8 日，太平洋戰爭爆發，香港淪陷，《立報》停刊。成舍我出席參加了重慶參政會，隨後由渝趕至桂林。太平洋戰爭爆發後，香港淪陷，許多文化人和新聞工作者，除有些去了重慶或延安等抗日根據地外，絕大部分內遷到了桂林，桂林成為抗戰後期著名的「文化城」。

〔註 4〕張友鸞等，《世界日報興衰史》，重慶出版社，1982 年，第 142 至 149 頁。

當時桂林已有《廣西日報》、《大公報》、《掃蕩報》、《力報》和《自由晚報》，興辦報紙除了紙張和器材有困難，銷路也不容樂觀。成舍我和一部分《世界日報》舊人決定在桂林恢復北平新聞專科學校。一來是辦學所需經費相比辦報少，容易籌措；二來是待以後時機成熟，以這些學生為班底，可以在桂林恢復出版《世界日報》。

1942 年，成舍我經廣西教育廳核准立案，創辦了「私立北平新聞專科學校桂林分校」（又稱「桂林世界新聞專科學校」），成任校長，借用原廣西省政府「幹訓班」校址與校舍。由於時局關係，僅開設一個印刷職業班。學制仍沿用「北平新專」舊制，分初級班、高級班、本科班，學員以流亡學生為主。桂林新專原擬在 1943 年秋季招生，因時局不明延至 1944 年 2 月開始報名，3 月初考試。招考辦法與戰前大致相同。學生一經錄取，一律不收學費，並由學校供給膳宿。所以報考學生十分踴躍。3 月 15 日，新生入學考試揭曉，計錄取 40 名。定於 4 月 3 日開學。又因遠自福建、貴州、四川等地趕來的學生未能參加考試，於 3 月底招考試讀生 10 名，第一學年終了，如各科成績平均在 70 分以上，可以通過請求轉為正式生。試讀期間一切待遇與正式生相同。原計劃秋季開辦高級職業班及本科各一班，因桂林淪陷，學校停辦而未能實現。初級班的學習形式和課程，基本沿用戰前辦法。文化課由虞肆三等講授。技術課由富有經驗的報館工人負責指導。學生在短短幾個月裏，成績顯著，並與商務印書館合作排版印刷書籍。1944 年夏季，因抗日戰爭的時局變化，衡陽失守，桂林告急，國民黨政府實行緊急疏散，成舍我不得已宣布學校停辦，並宣告教職員和學生，如有願到重慶去的，可負責介紹職業。許多學生奔赴重慶，後來一部分成為重慶《世界日報》復刊時的班底。至於學校在桂林的設備資產，除一部分鉛塊埋藏外，來不及安置的，完全毀於炮火。〔註 5〕

5.1.3　臺灣立校：從世界新聞職業學校到世新大學（1956～）

1952 年，成舍我遷居臺灣。本擬在臺北復刊《世界日報》，因國民黨政府實施「報禁」，辦報計劃擱置，成舍我從 1952 年到 1954 年，基本斷絕了辦報念頭，一面教書，一面寫點評論或專欄之類的文章。〔註 6〕直到 1956 年

〔註 5〕張友鸞等，《世界日報興衰史》，重慶出版社，1982 年，第 142 至 149 頁。

〔註 6〕馬之驌，《新聞界三老兵：曾虛白．成舍我．馬星野奮鬥歷程》，臺北經世書局，1986 年，第 309 頁。

在臺北創辦「私立世界新聞職業學校」，該校發起人共 19 人：于右任、王雲五、蕭同茲、林柏壽、成舍我、黃少谷、李中襄、端木愷、程滄波、陳訓佘、阮毅成、張明煒、游彌堅、郭驥、謝然之、閻奉璋、辜振甫、葉明勳。〔註 7〕1956 年「世界新聞職業學校」在臺北木柵溝子口成立，仍以「德智兼修，手腦並用」為校訓。成舍我任董事長。在開學儀式上，成舍我向首屆學生表示：「儘管這是一個大家看不起的小學校，但我以年將六十歲的老人身份保證，我一定將我未來的生命，全部貢獻給這個學校。」〔註 8〕

學校開辦初期，僅開設採編、管理、印刷、廣播四個班；1960 年，增開報業行政、編輯採訪、廣播電視、電影製作、印刷攝影、公共關係、圖書資料、觀光宣傳等八個學科；1991 年，改制為世界新聞傳播學院；1997 年，改制為「世新大學」，設立傳播學院、管理學院、人文社會學院、法學院四個學院，開有新聞、廣播電影電視、公共關係、傳播管理等 16 個系，以及三個碩士、博士研究所，在校學生 8000 人。從新聞專科學校到世新大學，已累計培養學生數萬人，有「全世界學生最多，分科最細，最重專業實習的第一所新聞學校」之稱。〔註 9〕1957 年，創辦報紙型《小世界》週刊專供學生實習，並對外開放，除阮毅成每期必寫一篇雜文《適廬隨筆》之外，幾乎都是成舍我一個人包辦，自寫自校自編，都是自己動手，其樂無窮。雖然是一張週報，卻常有獨家的頭條。成舍我當時作為立法委員，消息靈通，時常發布許多第一手的消息，引人注目，《小世界》不脛而走。在新聞業內有一定的知名度。〔註 10〕1960 年，「世界新聞職業學校」改制為「私立世界新聞專科學校」。由蕭同茲任董事長，成舍我專任校長。1975 年，蕭同茲逝世經年，董事會改選成舍我為董事長。1991 年，臺灣教育部批准世新改制為「世界新聞傳播學院」。後來在校長成嘉玲的主持下，升格為「世新大學」。

雖然個性脾氣「剛直不屈」，並不妨礙成舍我在辦學生涯中秉承「兼容並包」的精神。研究成舍我的一位臺灣學者認為，儘管成舍我晚年的政治傾向趨於保守，對民主表現出既迎又拒的態度，然而，在其三十餘年的寶島辦

〔註 7〕轉引自世新大學舍我紀念館資料。

〔註 8〕《成舍我一生波瀾壯闊》，世新大學舍我紀念館資料。

〔註 9〕成舍我，《我如何創辦世新》，http://csw.shu.edu.tw/PUBLIC/view_01.php3?main=Works&id=204。

〔註 10〕劉紹唐，《成舍我的終身事業》，成舍我先生紀念文叢編輯委員會，《成舍我先生紀念文叢——百歲誕辰專輯》，世新大學出版中心，1998 年。

校生涯中，始終沒有放棄「兼容並包」的辦學精神，對臺灣的民主運動有著間接的貢獻。名記者陸鏗在紀念成舍我的文章中說，成舍我能團結使用各種不同立場、觀點的人。

曾任世新大學校長的成嘉玲女士對成舍我一生的辦學經歷，有四項概括，先後體現在：〔註 11〕一、明確、一貫的辦學理念。一生服膺並力行「富貴不能淫、貧賤不能移、威武不能屈」的古訓。認為新聞記者最重要的是，要具有高度的新聞道德，最好還能採訪、編輯、校對三樣技能俱全，方可成為成功的記者。因此，在北平新聞專科學校時代，成舍我即以「德智兼修、手腦並用」為校訓，這個校訓沿用迄今。正由於在辦學過程中，特別重視新聞道德的灌輸，並以「理論與實務並重」作為教學方針，因此畢業生離開學校進入傳播機構後，能立刻上手，並能恪守工作崗位。「世新」能在今天競爭激烈的臺灣教育環境中，占一席重要地位，畢業生在就業市場能被傳播機構所重視，與成舍我這一明確而一貫的辦學理念密切相關。

二、實行專業化的學校管理。在北平新聞專科學校時代，就以報紙作為學生實習場所。在桂林新聞專科學校時代，更進一步安排學生協助商務印書館做排版、校對、打印紙型等工作，以換取學生的生活費。用現代術語來講，即「建教合作」，既能幫助學生在「做中學」，又有利於學生畢業後的就業，是一項非常切合實際的教育措施。在臺灣創辦「世新」，四十幾年來，學校都是依照教育部的規定收取學雜費，從不超收，也不向學生家長要求「樂捐」，教職員工薪俸則悉數比照公立學校發放，絕無拖延情況，而學校資產能由開創期間的數十萬元，累積至數十億元。學校管理高度的專業化。管理原則大體可歸納為節流與開源兩大方向。節流方面，即嚴格管控學校的支出，杜絕一切浪費，細微到盥洗室洗手香皂的耗量、職員原子筆的換新等細節，成舍我都身體力行，親力親為。開源方面，即實行「稍有節餘之款，即購買土地、股票，多方營運」的政策。成舍我的節省是出了名的，雖然因此有「慳吝」之名，但透過他多年的企業化經營，「世新」財務結構健全，以致校務發展平順，卻是不爭的事實。

三、「涓滴歸公、大公無私」。節省甚至到了「嚴苛」的地步。但固然「嚴

〔註 11〕成嘉玲（成舍我三女，曾任世新大學校長），《永遠的老校長——父親在新聞教育上的理念與貢獻》，http://csw.shu.edu.tw/PUBLIC/view_01.php3?main=Works&id=204。

以待人」，同時也「苛以律己」。學校經費涓滴歸公，杜絕移作私人之用。學校草創之初，經費短絀，成舍我有時還把他在旁的大學兼課所得的鐘點費、稿費，甚至他在立法院的薪俸，都帶到學校，抵補開支。但等到學校營運逐漸上軌道，尤其到了一九六八年，學校已擁有土地八萬餘坪、建築物一萬餘坪，基金和不動產合計共有二十餘億元時，成舍我竟然一舉將它全部捐出，組成「財團法人」。根據臺灣的「民法」規定，錢一但捐入財團法人，即歸屬該財團法人，不得移轉給任何私人或私人企業。成舍我這項決定，深受社會各界的敬佩。

四、「接納不同意見，維護校園民主」。在對學生的教育訓練上，成舍我基本上是「擇善固執」的態度，同學對某些事務的批評與指謫，如果能言之成理，他也能「從善如流」，因此，許多有思想、有見解的學生，都會在與成舍我發生爭論後，反而對他佩服有加。成舍我畢生追求自由民主，揭發不義，打擊特權，曾贏得「報業硬漢」的美譽。在臺灣辦學，也不脫離本色。早期，臺灣在政治上採取嚴格的管制政策，因而產生不少「異議」人士。那些「異議」人士，大多是文化人，他們一但遭到當局的壓制，常常連教書的職位都不能保證。成舍我對這種人大多寄予同情，先後接納不少這類人士，如王曉波、陳鼓應到校任教，讓他們得以獲得安身立命之所。這一做法，雖然在某種程度上使執政當局不甚高興，但如此一來，卻使成舍我受到更廣泛的推崇，也使得「世新」校園一直保持著濃厚的自由色彩。

5.2　成舍我的新聞教育思想

從創辦北平世界新聞專科學校到今日的世新大學，成舍我的辦學足跡橫跨兩岸三地，薪繼火傳，在中國新聞史上，是不多的以個人力量從事新聞教育時間長、影響大、成績突出的新聞教育家之一。成舍我從事新聞教育活動，從 1932 年算起，到 1991 年逝世，將近 60 年。經歷了逾半個世紀的新聞教育實踐，成舍我的新聞教育思想主要有以下方面。

5.2.1　辦學宗旨：「手腦並用，德智兼修」

從北平新專成立伊始，「手腦並用，德智兼修」即被懸為校訓。新聞傳播學是一門實踐性很強的學科，它要求學生在校期間，就有接觸實際的機會，畢業後很快就能適應工作的需要。「手腦並用」強調的正是這一點。北平新專時期，學生的學習和辦報活動緊密結合；桂林新專時期，無報可辦，就與桂林商務印書館的出版工作相結合。一個學期下來，學生排出了《美國前總統弗蘭克林傳》和《超人》等兩本準備公開出版的書。到臺灣後，「理論與實務並重」仍然是「世新」辦學的一項重要方針。為了使學生在校期間有更多的實習機會，這所學校率先創辦了世新廣播電臺、《小世界》週報、彩色與黑白兼備的閉路電視實習臺、鉛印工廠、彩色印刷廠、電影攝影棚等，使學生有充分的實踐的機會。1988 年創辦的臺灣《立報》，從某種意義來說，也具有一定的教學實習報紙的作用。在培養學生的「德智兼修」方面，除了注重培養動手能力，成舍我非常重視對學生進行新聞道德的灌輸，把德育放在教學工作的首位，使學生在校學習期間，就能夠明辨是非，恪守新聞工作者的職業道德。在「智育」方面，除了一般的必修課程之外，他十分強調文字基本功的訓練。他認為做一個新聞工作者，必須首先把文字基本功打好。為了強化這一點，辦北平新專的時候，他親自給學生上國文課。

為了貫徹這一校訓，辦好一個學校，除了一個好的領頭人，還要有一支優良的教師隊伍。這一點，成舍我是深有認識的。他在每次辦學過程中，對學生們作出的第一個許諾，往往就是「聘請最好的老師」。在北平新專時期，他所請的教師如張友漁、左笑鴻、薩空了、趙家驊等，都是有豐富學識和辦報經驗的人。他自己也經常擠出時間為學生們上課。曾親自擔任過《新聞學》、《世界新聞史》、《世界報業管理概況》等課程的講授，據早期學員回憶，成舍我習慣自己準備教材，而不是採用當時通用的教材。每次上課，必自編講義，不假手他人，準備的十分認真。在臺灣辦學時，他先後聘請了程滄波、阮毅成、端木愷、蔣勻田、陶百川、蔣復璁、胡秋原、葉明勳、沈雲龍、陳紀瀅、王藍、邵鏡人、王曉波、朱川譽等到校授課，其中相當多的一部分，都是臺灣新聞界的知名人士和著名的新聞學者，為學校的教學質量提供了根本的保證。〔註 12〕

作為新聞教育家，成舍我興學有方，他秉持「手腦並用，德智兼修」的校訓，從北京新專開始，輾轉桂林，直到臺灣，依託新聞事業興辦新聞學校，學校培養的人才又源源不斷地輸送給新聞事業服務，在中國民營報人中，能夠做到辦報、興學相輔相成，齊頭並進，是頗難能可貴的。

5.2.2　辦學風格：「銖積寸累，勤儉辦學」

和辦報一樣，成舍我在從事新聞教育的過程中，也堅持勤儉辦一切事業的

〔註 12〕《成舍我一生波瀾壯闊》，世新大學舍我紀念館資料。

原則。他常說的一句話是「該花則花，當省則省」，嚴格控制學校的一切開支，不允許有一丁點浪費，據稱有時達到了十分苛細的程度。例如辦公室使用的圓珠筆，必須以舊換新；學校裏的教室，白天不許開燈；私人使用公家電話，必須投幣付費；學校所用肥皂，限量供應；上級主管部門派人來校視察，只以茶水招待，不上茶點；等等。他自己也是以身作則，涓滴歸公，自奉甚儉。長期穿的西裝，就是那一套，襯衫和毛衣領口破了也照穿不誤，每天上班時乘坐的始終是那一部臺灣產的舊車。「世新」師生中傳頌著很多有關這位老校長一貫勤儉的故事，對他的銖積寸累纖芥不苟的精神，懷有至深的敬意。因為他把節省下來的錢，都用於了辦學上。正是這種勤儉辦一切事業的精神，加速了「世新」的發展，使這所學校在沒有財團背景，沒有宗教背景，沒有政治背景的情況下，僅僅用了十來年的時間，就由只有三間教室和三十萬募集來的資金起家的窮學校，發展成為擁有八萬餘坪土地，一萬餘坪建築物，基金和不動產累計超過二十億元新臺幣的實力雄厚的學校。在某種程度上，可以說，沒有成舍我，就沒有今天的「世新」是不為過的。〔註 13〕這種勤儉辦學的精神，值得肯定。

〔註 13〕成舍我的辦學之路可謂篳路藍縷，艱苦備嘗。在辦學實踐中，成舍我特別重視對學生新聞職業道德的灌輸，堅持「理論與實務配合」的教學方針，培養學生的專業能力和刻苦負責、敬業樂群的服務精神；嚴格學校管理，事無鉅細，務必躬親，對學校的一切開支，都從節流和開源出發，儘量把每一項開支都用在刀刃上。成舍我的「慳吝」是出了名的，是「笑談」亦是「美談」，教室電燈每日下午 6 時才能開，信封信紙正反都要用，鉛筆文具以舊換新等等，據稱有一次「教育部」來人視察，秘書在接待報告中寫「茶點招待」，成將「茶點」改為「茶水」代替。某年校慶，總務主任開具招待貴賓選購單上列有高級香煙一包，成舍我看後劃掉，說所購招待香煙尚有剩餘。總務主任馬上回答說：上次購煙一包，貴賓及隨從吸了 4 支，剩下的已發黴，已不好再待客。成聽後厲聲說道：「香煙發黴你不知保管，還辦什麼總務？」他自己的辦公室也樸素簡單，連冷氣機都沒有，每天三樓爬上爬下，也沒有電梯。值得一提的是，他不僅對別人「小氣」，本人更是頗為節儉，幾乎過著「清教徒」式的生活。到他已是「億萬富翁」時，乘坐的仍是一輛臺灣產的破舊吉普車，直至去世。據「世新」創辦人的介紹，作為一所私立學校，其一直按規定收取學雜費，不接受官方和個人捐資，不向銀行貸款，完全靠學生的學費辦學。但學校創辦之初，經費短缺，成舍我即把個人的兼課費、稿費都用來充抵開支。「世新」到 1968 年擁有土地八萬餘平方米，建築物一萬平方米，基金和不動產合計有二十餘億臺幣的規模，和成舍我一直「勤儉辦學」的主張是密不可分的。而成舍我竟然一舉將它全部捐出，組成「財團法人」。按臺灣「民法」規定，錢一旦捐入財團法人，即歸屬該財團法人，不得轉移給任何私人或私人企業。到 1991 年，「世新」總資產已達三十億臺幣，臺灣沒有任何一所大專院校可以望其項背。可以說，成舍我為學校的發展奠定下雄厚

5.2.3 辦學目標：一種「理想的新聞教育」

成舍我曾經在一篇題為《我理想中的新聞教育》的文章中談到這種理想的試驗，是從北平世界新聞學校成立時開始。抱持這種試驗，分作三個階段。第一，初級職業班；第二，高級職業班；第三，本科。第一，第二兩階段，各為兩年，第三階段三年。換一句話說，就是起碼七年，才可以將這個理想試驗終了。一個學生，從初級到本科，共需七年，中間若因為家庭經濟，或個人興趣的關係，不能一次繼續度過如此長久的時間，那麼，在每一個階段終了，這種教育也能替他準備相當工作的能力。所以成舍我強調所謂三個階段，也盡有分劃的餘地。

第一階段的初級班，它主要課程，是屬於印刷方面的排字，鑄版，管機器，第二階段的高級班，主要課程是屬於事務方面的發行、廣告、會計、簿記，至於第三階段的本科，則當與法學院中各種分系相當。而在每一階段中，都兼有新聞學概論、採訪、編輯和新聞事業中必須的技能，如攝影、速記、譯電等。初、高兩級課程，並講授社會科學大意，自然科學大意，以充實學生的常識。訓練初級班，目的是造就印刷工人，高級班造就發行、廣告及事務上管理人員，本科則為造就一方面既常識充足，一方面且學有專長，而對新聞事業，又已得到深刻瞭解的編輯採訪和報業指導者為目標。依據這樣計劃，以一個經歷三個階段，修畢七年課程的學生，他一定對於新聞事業全部的必需技能和知識，都可以相當明瞭。換句話說，他穿上長衫，可以做經理，當編輯，換上短衫，也馬上就可以排字，鑄版，管機器，這大概就是成舍我所提倡的「手腦並用」。即使僅僅經過第一階段的學生，他在畢業後，除印刷以外，對於編輯採訪，和其他報業技術，也不會和其他工人一樣，完全不懂。〔註 14〕

成舍我曾經談到自來輕視新聞教育的人們，總以為新聞教育，其目的只是訓練一些技術的人材，是職業教育的一種，沒有什麼高深學理的研究，不能成為一個學術上獨立研究的部門。所以民國年間中國的大學很少正式允許新聞學系的存在，更談不到正式的新聞學院。成舍我認為，新聞教育，一方面固然是職業教育的一種，一方面也含有高深學理的研究，有積極提倡的必要。他理想中的新聞教育，一方面是職業教育，一方面也是文化教育的一種，

的經濟基礎功不可沒。世新大學舍我紀念館資料。

〔註 14〕《我所理想的新聞教育》，世新大學舍我紀念館資料，http://192.192.155.229/PUBLIC/view_01.php3?main=Works&id=1312。

技術的訓練和學理的研究，都應該同樣重視。不過就學習的便利，可以有先後時間的分劃。在第一第二兩階段比較的偏重技術，在第三階段，則大多數課程，以研究為主。目的是要學生將來能在新聞事業中，做一個真能手腦並用的工作人員，但同時也盼望他們能對於新聞教育的學術方面，有相當的貢獻。他引用斯賓塞的兩句話來形容所謂理想的新聞教育即：「不能遮雨，不是好雨傘，正因為雨傘的目的就是遮雨」。而要判斷這個理想的前途是好是壞，則要看它將來是否能達到改進中國新聞事業的目的。可以看出，成舍我理想中的新聞教育思想不光有注重實用的一面，也有注重專業長遠發展的考慮，對新聞教育本身而言，在當時及現在都有積極的意義。

成舍我秉持「手腦並用，德智兼修」的校訓，勤儉興學，旨在追求一種「理想的新聞教育」，與新聞教育「結緣一甲子」。可以說，成舍我前期的辦學是和他的辦報活動緊密結合的，更多地是服務於他個人的辦報事業。後期的辦學則成為他的主業，為整個新聞界培養人才。在將近 60 年的時間裏，成舍我通過他所辦的學校，為中國新聞界培養了數萬名新聞工作者，堪稱新聞教育界的先行者，傑出的新聞教育家。

第 6 章　問政：「文章士」非「政治家」

> 此十餘年來，自民國十七年國民軍統一中國後，政治漸上軌道，報紙亦日益發達，而外侮日亟，亦為國家最困苦之時期。報業處此環境之下，尤能步調一致，有一共同之標的，故就精神方面言，發揮民族意識，為報人唯一使命。〔註 1〕

辦報、興學、問政，是成舍我一生致力的三個方面，他的問政經歷與辦報、興學相比，遜色很多。以成舍我在《世界日報》的經歷為核心考察，可以看出與其短暫的擔任如國民參政會參政員的經歷相比，他「問政」的主要渠道還是通過自己辦的報紙實現的，他的「問政」目的還是圍繞辦報來進行的。

6.1　呼應國民革命

社論是報紙的靈魂，成舍我極為重視。他始終掌握言論大權。初創時期報紙的社評，大多數是他自己寫的，用「舍我」、「百憂」、「大哀」和「均一」這些署名發表。別人寫社論，事先要交代內容觀點，寫成後，經由成舍我修改審定再發排。在他離社期間，很少刊登社評，即或有一兩篇，也是經他指定的人審核發表的。從《世界日報》發表的有關社評可以一窺這份報紙和其主人成舍我的政治傾向，對國家前途的立場和態度。

在辦報初期，其社論的主調是呼應國民革命。在《世界日報》出版三個多月後，發生了五卅運動。《世界日報》在慘案發生後，陸續登載了大量新聞，

〔註 1〕胡道靜，《新聞史上的新時代》，世界書局，1946 年，第 61 頁。

並且募捐援助上海罷工工人。但是在言論方面，卻保持沉默，落後於其他各報。直到 6 月 10 日，才發表署名「舍我」、題為《滬案唯一之目標》的社評。這篇社評主張懲凶、賠償，不應擴大為「打倒帝國主義」和「廢除不平等條約」。

關於這次運動的目標，6 月 6 日，中國共產黨在《告民眾書》中，嚴正指出：「因英日帝國主義之大屠殺，而引起的上海和全中國的反抗運動之目標，決不止於懲凶、賠償等了事的虛文，解決之道不在法律，而在政治，所以應認定廢除一切不平等條約，推翻帝國主義在中國的一切特權為其目的。」蘇聯政府和第三國際號召全世界無產階級援助中國人民的民族運動。但是，《世界日報》認為蘇聯對中國的聲援，懷有侵略意圖，並且容易給帝國主義以「赤化」的藉口，所以在新聞中常持「懷疑冷峭之態度」而批評之。例如報導蘇聯駐華大使加拉罕弔唁被慘殺之學生、工人的新聞時，標題為《加拉罕果意存挑撥耶》。刊載蘇聯職工聯合會中央議會的慰問電時，標題為《俄人又來討好矣》。《世界日報》這種宣傳，引起讀者的不滿和責難。

1925 年 11 月，北京的學生、工人連日集會，反對段祺瑞政府，聲討北洋軍閥，喊出「打倒帝國主義、廢除不平等條約，人民要有集會結社、言論出版自由，釋放一切反帝的被捕戰士」等口號。28 日，大會通過決議，決定即日解除段祺瑞一切政權，由國民裁判，限段於 29 日 12 時前辭職，由國民委員會執行中央任務。會後，集會群眾包圍了段的住宅，並搗毀章士釗、李思浩、朱深、梁鴻志、劉百昭這些北洋政客的住宅。《世界日報》發表署名「舍我」，題為《哀段君祺瑞》的社評，對段表示惋惜。直到 1926 年 3 月，段祺瑞製造三一八慘案時，《世界日報》才以大量篇幅刊登新聞和死難者的照片，畫報和副刊都為之出版專刊。在慘案發生的第二天，發表了署名「舍我」，題為《段政府尚不知悔禍耶》的社評，提出段政府應引咎辭職、懲辦兇手和優恤死亡者三項要求。

《世界日報》在 1926 年 8 月以後，因備受北洋軍閥的壓迫，謹言慎行，默然無聲。內容方面，所登新聞全係官方消息，不再出現「特訊」，社論絕跡，也無「漫談」之類文章，副刊只談風月，週刊、畫報都與政治絕緣。兩大張日報、四開的晚報，欠缺生氣，營業僅以為生。自 1928 年春，《世界日報》開始復蘇。3 月 17 日登載成舍我以「尊煊」筆名寫的題為《南方政局之剖析》的南京通信，論述當時的南北局勢，打破一年多的沉默，開始發言。到 5 月 3 日，日本出兵濟南，殺害我外交人員蔡公時的慘案發生時，用大量篇幅登載新聞，以「日人將為人類公敵」、「嗚呼山東，嗚呼中國」這樣的字句為標題，版面重新活躍起來。第三版闢「讀者論壇」欄，大量刊登反日文章，「明珠」版主編張恨水也寫了《中國不會亡國，敬告野心之國民》及《學越王呢，學大王呢？》之類的時事短評。文藝性質的「薔薇」週刊，改出「國恥號」，談起政治。教育版大事刊登各校師生聲討日軍侵略暴行的新聞，雖常有被檢扣的空白，但由殘留的字裏行間，仍能看出師生們同仇敵愾的情緒。5 月 10 日，日晚報同時發表社論。日報社論的題目是：《吾人將何以自處？》；晚報社論的題目是：《國人應速下決心》，內容都是對日本帝國主義暴行的譴責和聲討，同時也藉此抒發一年多來的感慨。日報社論開頭寫道：「吾人不復以言論貢獻於讀者，一年數月餘茲矣。此雖在新聞記者之天職，良有未盡，然言之不能盡，即盡而絕不能有所裨益於事實，則誠不如不言之為愈。諺云：『留得青山在，不愁沒柴燒』吾人區區留得青山之意，或亦讀者所鑒諒歟？」社論裏表現出對於往事的無限感慨，對於未來寄予無限希望。回顧往事，在軍閥專橫時期，成舍我幾乎「以身殉報」，正是「言之不能盡，即盡而絕不能有所裨益於事實」，「不復以言論貢獻於讀者一年數月於茲矣」的不得已的苦衷。時異勢殊。希圖殺害成舍我的軍閥張宗昌，已成敗軍之將，4 月底從濟南落荒而逃；盤踞北京的軍閥張作霖，氣息奄奄，朝不保夕。而備受摧殘的《世界日報》，卻安然無恙。展望未來，引用的「留得青山在，不怕沒柴燒」兩句俗語，表現出對未來的樂觀情緒；一句「吾人區區留得青山之意」，又道出當事人內心深處的歡欣。這篇社論，雖未署名，但是成舍我在南京寫成，寄回北京發表的。〔註 2〕

抗戰勝利後，成舍我為《世界日報》所寫的長篇復刊詞，再次聲明《世界日報》是站在國民立場、代表最大多數人民說話的無黨無派的超然報紙；為了表明為人民代言的辦報宗旨，他還讓報社員工在辦公樓內高掛「人民喉舌」的大字條幅。此時，以國家、人民的名義反對內戰，呼籲和平，成為復刊後《世界日報》社評的總基調。〔註 3〕

〔註 2〕張友鸞等，《世界日報興衰史》，重慶出版社，1982 年，第 77 至 82 頁。
〔註 3〕陳建雲，《向左走　向右走：1949 年前後民間報人的出路抉擇》，福建教育出版社，2010 年，第 264 頁。

6.2 在進步與後退之間

《世界日報》在前後 17 年裏，言論權始終掌握在成舍我自己的手裏。在前期 13 年多的時間裏，報上所刊布的評論或短評，一部分是他用「舍我」、「百憂」或「大哀」等筆名寫的，有一部分是請別人寫的。參與撰寫的先後有梁龍、費鞏、羅敦偉、張友漁、彭芳草、劉直等。除梁、費、羅所寫的文章是直書姓名外，其餘都是不署名的。在後期三年多時間裏，除專論外，評論一律不署名，他自己執筆的較前期為少。先後擔任主筆或撰述名義的有傅築夫、王鐵崖、樓邦彥、王聿修、黃雪村（李宗仁行營副秘書長）、朱沛人等。由於後期已投身統治集團，立場和態度已較鮮明，即希望以「第三條道路」的姿態，對國民黨政府的評論也帶有諷刺意味。

在後期寫專論的，計有蕭一山、李谷、粟寄滄、鄧翠英、錢克新、王鐵崖、傅築夫、張申府、胡寄聰、左宗綸、胡繼瑗、陳耀庭、伍啟元、陳壽琦、張延祝、陳劍恒、常道直、張丕介、徐世才、黃金鼇、楊博如、樓邦彥、孟憲章、羅志如、傅介子、李良政、張桂塵、李朋、余也非、嚴仁慶、楊西孟、張佛泉、鄧之誠、鄭林莊、劉子亞、趙迺摶、楊綽庵、吳恩裕、李長之、趙德潔、王聿修、鄧嗣禹、殷祖英、楊人楩、高名凱、徐毓枬、錢基信、吳大中、崔書琴、賀美、吳士權、雷海宗等。〔註 4〕

成舍我在《世界日報》的發刊辭裏所標榜的是不黨不偏，不受津貼，不畏強暴，保持公正立場，替老百姓說話，作民眾喉舌。在初期以犀利的文筆和巧辯的辭令，以當時北洋軍閥政府作對象，指責譏評。後因奉魯軍閥採用高壓手段，報人幾遭殺身之禍，有一年的時間報上不刊登評論文章。從日本藉口保僑出兵山東，阻撓北伐，發生濟南慘案起，接著東北「九・一八事變」，淞滬抗戰，偽滿成立，日寇深入華北，在蔣介石不抵抗的國策下，國難日趨嚴重。成舍我曾提出抗日救國的主張。同時他因在政治上、經濟上已有了相當基礎，有妥協保存的心理，因此在對日抗戰的問題上，北平《世界日報》的言論主要是主張忍辱持重。在濟南慘案發生時，即以國家未統一為理由，主張暫時隱忍，徐圖良策。在「九・一八事變」發生時，民情激昂，要求停止內戰，一致對外，而《世界日報》則主張以有秩序有計劃的方式，與日周旋，提出與日人實行國民絕交以促其覺悟的主張，認為激於一時浮動的熱情，勢將發生更難收拾於事無補的禍變。當方振武、吉鴻昌等組織抗日聯軍，堅

〔註 4〕張友鸞等，《世界日報興衰史》，重慶出版社，1982 年，第 29 頁。

決抗擊進犯的日軍的時候，《世界日報》的評論則以《方吉究欲何為》為題，指責方吉「犧牲國家民族利益之不惜，個人固身敗名裂而國家亦實其禍」。直到盧溝橋事變發生，日寇炮轟北平，《世界日報》才迫於形勢，主張以實力自衛，但在幾次評論中，只偏於激勵軍人出死力保衛國土，對全面抗戰仍存幸免心理。〔註 5〕

《世界日報》對中國共產黨領導的人民解放事業，態度始終是不夠客觀的。1929 年蔣介石在江西發動第一、二次反革命圍剿失敗後，成舍我以「百憂」署名所寫的評論，主張根絕「赤禍」，希望蔣在六個月內肅清「土匪」。建議集中全力進行經濟建設，以圖根本「鏟共」；並主張救濟失業青年以免被「裹脅」。1930～1931 年蔣介石發動第三次反革命圍剿失敗前後，《世界日報》為蔣打氣，諱敗為勝，號召「清共剿匪」作和平統一的基礎。指出中國的亂因是由於普遍的失業所造成，要求政府救濟失業減少禍亂之源，又以「剿共」與恢復農村誘導青年為題，謂紅軍是烏合之眾，容易蕩平，農村破產與青年失業才是禍亂之源，因而主張速謀恢復農村生產，注意青年出路，以遏亂萌。「九一八事變」發生的第二年，蔣介石對日實行不抵抗政策，對內則發動第四次反革命圍剿。《世界日報》主張應於軍事解決之外，從政治上謀根本消滅之策。

《世界日報》對外的言論方針，在抗戰結束後，對當時的蘇聯則詆為赤色帝國主義，說日本投降，並不是由於蘇聯對日宣戰。對於美國，則因國民黨政府正依靠美國進行內戰，不惜以媚美為能事。對美軍在華不斷演出的汽車肇禍案，及強姦女學生的暴行，不僅不加譴責，反而勸國人「不要上共產黨宣傳策略的當，將美軍肇禍演變為反美運動」，主張一方面以「十分誠懇的心情期待美軍事法庭作出公正裁判，一方面盼望政府由此案推及一切辱國喪權事件，為國家爭人格，為民族求保障」。〔註 6〕

6.3　與「黨派政治」的合離

1937 年 7 月 7 日盧溝橋事變發生時，成舍我適在北平。宋哲元的第二十九軍 7 月底撤退，北平淪陷。在日軍未正式入城以前，城內漢奸大肆活動，

〔註 5〕張友鸞等，《世界日報興衰史》，重慶出版社，1982 年，第 31 頁。
〔註 6〕張友鸞等，《世界日報興衰史》，重慶出版社，1982 年，第 35 頁。

著名大漢奸潘毓桂出任偽北平市警察局長，組織地方維持會。8 月 8 日日軍正式入城，成舍我將《世界日報》停閉，翌日即潛往天津。事後日寇派憲兵和特務去報社搜查，劫走無線電收報機並捕去職員謝玉書等。8 月 15 日，潘毓桂派宋介、魏誠齋等率領大批警察接收《世界日報》，並用原報名復刊。以後又改組為北京《新民報》(這個《新民報》是日偽配合新民會所定的名稱，與後來的北平《新民報》是兩回事)。最後敵偽合併各報，改組為《華北新報》。〔註 7〕

1937 年冬，成舍我由漢赴香港，先計劃在港恢復《世界晚報》，後因資金無著，乃決定從各方面籌湊資金創辦香港《立報》。所籌得的資金來源相當複雜，陳誠、李書華等都有股份，也有些左翼人士出過資金。內部職工大部分是從上海《立報》調去的。1938 年 4 月 1 日創刊，初期以左傾進步的姿態出現。其後由於成和國民黨方面關係日密，言論立場逐漸轉向，一些較進步的職工陸續離開，報紙銷數日落。從 1940 年起，完全靠津貼維持。1941 年冬，日寇攻佔香港後停閉。

成舍我因在漢口時期和陳誠等建立聯繫，從國民參政會第一屆起，即以所謂社會賢達的資格，被蔣介石指派為國民參政員。成曾向陳布雷表示願對蔣盡忠圖報，並由蔣召見談話。到香港後，被陳誠派為國民黨駐港代表。1940 年政治部部長改為張治中，另派俞樹立為駐港代表，成舍我和政治部脫離關係。

成舍我當上了國民參政員以後，往來重慶、香港之間。在港時初和王雲五、傅傳霖等結識，後與國民黨中宣部所辦的香港《國民日報》主持人陶百川、陳訓佘等往還甚密，並由陶、陳等要國民黨中宣部每月付給《立報》津貼港幣 800 元，由吳鐵城的駐港機關按月支付。國民黨收買香港《星島日報》，改組金仲華所主持的編輯部的一幕，成也參與其事。當香港《星島日報》改組時，首先要解決編輯部改組問題。國民黨派程滄波前往主持。

1941 年 12 月 7 日，日寇發動珍珠港事件，同日開始進攻香港。是時成舍我適去重慶出席國民參政會未歸。《立報》在香港淪陷後停閉。成舍我由渝趕到桂林迎接由港撤出的家屬，即卜居桂林。在留桂年餘期間，為計劃將來恢復辦報，決定恢復新聞專科學校，親自訓練，以未來的報館後備軍相期許。到 1943 年初，重慶軍委會政治部所屬的《掃蕩報》改組，政治部第三廳廳長

〔註 7〕張友鸞等，《世界日報興衰史》，重慶出版社，1982 年，第 35 頁。

黃少谷〔註 8〕對成舍我有知遇之感，以成舍我在桂林等於閒居，為報答知遇，向政治部部長張治中揄揚成是辦報能手，推薦接任《掃蕩報》社長，得到張治中首肯。但成舍我和黃少谷商定暫不出馬，但亦不辭卻，由黃暫兼社長，容他作長時期考慮後再定。

1944 年，日寇一度向西南進兵，戰火延及桂林，成舍我從桂林避居重慶。當時已決定不接辦《掃蕩報》，乃從國民黨方面找到一些資金，同時湊集了若干私人股份，在重慶辦起了合資的重慶《世界日報》，自任總經理。第一任總編輯是他從前在南京因《民生報》問題同時被捕的海通社記者陳雲閣，桂林新聞學校一部分學生擔任了印刷、營業兩部門的工作。初辦時仍舉出「民營」的牌子，以大眾化的報紙作為方向。對社內一切措施，一如他在北京《世界日報》的辦法。

1945 年 8 月，日寇投降，抗戰勝利。成舍我在 9 月間就搭上飛機飛往上海，接收上海《立報》的資產，辦完轉讓手續，即飛到北京，又得到國民黨接收人員張明煒的支持，很快地就把以前《世界日報》的房屋資產搶先接收到手。印刷設備除接收了一部輪轉機和 16 部平板機以外，還多了 1 部凹印刷機，另外還搶到大批捲筒紙。成即趕緊組織人力，籌備復刊。成舍我對於從前《世界日報》一部分因生活關係不能離開的職工，以不同工資標準選擇留用。是年 11 月 20 日，北平《世界日報》恢復出版。初出四開一張，後改為對開一張，直到北京解放後在 1949 年 2 月 25 日被封閉時止。

1946 年國民黨掌控下的國民代表大會在南京召開，成舍我以國民參政員的身份，加上為國民黨方面出過力的功勞，被列入「社會賢達」，當上了「國大代表」，參加了制憲活動。在 1947 年解放戰爭時期，成舍我曾計劃把北平《世界日報》的招牌和資產以美金 5 萬元的代價出售，希望用這筆錢加上在南京收回《民生報》的樓房、地產和積存的資金，另謀出路。這時蔣介石著手組織立法院和監察院。成舍我被圈定為北平市的立委候選人。國民黨市黨部主任委員吳鑄人和軍統特務馬漢三等都對成表示願以全力支持，成舍我也自認確有把握。首先以北平新聞團體的丁履進、張明煒等，以北平日報公會、記者公會和通訊社公會的名義，聯合刊登推薦成舍我當選立委的廣告。第二步是派人分途宴客，

〔註 8〕黃少谷，畢業於北京師範大學，1926 年在北京應《世界日報》的考試，錄取入社，頗為成舍我所賞識。張友鸞等，《世界日報興衰史》，重慶出版社，1982 年，第 63 頁。

並在街頭張貼競選標語。1948 年 1 月 21 日北平市立法委員分區舉行投票，投票結果，成以獲得 36750 張選票，當選為北平市的立法委員。〔註 9〕

成舍我當選立委後，於 1948 年 9 月前往南京報到。早在制憲國大開會時，成已和國民黨擬定創辦「中國新聞公司」的計劃。進行辦法是由趙棣華、陳立夫等撥出資金，另找一些零星股份，在南京設立總公司，計劃在全國各大城市分布據點。初步決定以北平《世界日報》劃作公司事業單位之一，另在南京創立《世界日報》。成舍我把原來南京《民生報》在中正路所建大樓和全部資產作為他加入中國新聞公司的股份，另圈購中正路一大片地皮，準備建築新屋。當時正值國內戰局緊張，成舍我的中國新聞托拉斯計劃成為泡影。在成舍我集中全力做中國新聞托拉斯夢想的時候，國內戰局急轉直下，東北解放，平津吃緊。成舍我關心在北方的報館，於 12 月初由海道回到天津。在到達天津的那天（12 月 13 日），北平被圍，平津交通斷絕。成舍我於 12 月 18 日與北平報館通電話後，搭上最後一班民航機回到南京。平津相繼解放，南北通郵以後，成舍我通函策劃，一面刊登新華社消息，一面又刊載南京中央社廣播，支持國民黨政府的和談等等，希圖保存。到 1949 年 2 月 25 日，《世界日報》才被北平市軍管會通知停刊接管。文管會對《世界日報》員工作出了四種安置辦法：「（一）《世界日報》改名《光明日報》，凡願留報社工作的，一律留用；（二）凡願考革命大學和華北大學讀書的，一律由文管會開介紹信，前往報名；（三）凡願回家鄉的，由文管會給介紹信和返鄉路費；（四）查有罪行記錄的人，做開除處理。」〔註 10〕成舍我聽到報紙被封的消息，先是在南京廣播他的答辯，並於 3 月 1 日在《申報》、《新聞報》上登載聲明，以示抗議。〔註 11〕

6.4　發起「平津新聞學會」

1936 年 1 月 1 日，北平和天津的新聞界成立了「平津新聞學會」。學會成立的目的，據發表的新聞說平津從事新聞事業及新聞教育同人，因鑒於新聞界平素缺乏團結力，組織不健全，久擬組織健全學會，以謀充實新聞內容，促進新聞事業，及解除新聞束縛，而成立平津新聞學會，擔負起發展平津新

〔註 9〕張友鸞等，《世界日報興衰史》，重慶出版社，1982 年，第 163 頁。

〔註 10〕陳建雲，《向左走　向右走：1949 年前後民間報人的出路抉擇》，福建教育出版社，2010 年，第 290 頁。

〔註 11〕張友鸞等，《世界日報興衰史》，重慶出版社，1982 年，第 200 頁。

聞事業之重任，對全國報界有所貢獻。學會的籌備委員，宣布的是張季鸞（天津《大公報》）、成舍我（北平《世界日報》）、張明煒（北平《華北日報》）、梁士純（燕京大學新聞學系）及陳博生（北平《晨報》）五人。實際真正發起籌備的是梁士純。他和北平《晨報》的關係比較密切，首先得到該報負責人陳博生和林仲易的支持，相繼又得到其他幾家大報的贊同，經過一年時間的磋商，才得以宣告成立。1936 年元旦舉行成立大會時，發表了宣言，通過了章程，選舉了理監事。又於 1 月 25 日召開了第一次會員大會，討論通過了幾項重要提案，確定了經費募集辦法，並決定會址設在《北平晨報》社。〔註 12〕

「平津新聞學會」成立大會，於 1936 年元旦上午在北平南河沿歐美同學會舉行，參加的會員有張季鸞、王芸生、汪松年、成舍我、吳範寰、賀逸文、朱梅村、陳博生、林仲易、劉尊棋、張鐵笙、孫瑞芹、張明煒、鮑靜安、陳純粹、管翼賢、蘇雨田、張萬里、王廷紳、蔣蔭恩等二十四人。這些人分別屬於天津《大公報》、北平《世界日報》、北平《晨報》、《華北日報》、天津《益世報》、英文《時事日報》、北平《實報》、中央通信社和燕京大學新聞學系。其中以張季鸞最引人注目。張是以寫社論出名的，而且得到蔣介石的「賞識」，不僅在新聞界，就是當時的政治界也是著名人物，所以大家對他參加這個會，都感到驚奇。自然，張季鸞也就成了這個學會的中心人物。〔註 13〕

開會時，有人推張季鸞任主席，張推成舍我任主席。按照開會順序進行，宣言由張季鸞宣讀，章程由成舍我宣讀，都順利通過。旋按照章程推選理監事，當選理事者為張季鸞、成舍我、梁士純、張明煒和陳博生。當選監事者為林仲易、宋梅村及孫瑞芹。成立會在攝影後閉幕，即開理事會，由理事互推陳博生為常務理事，並議決會務數項，接受張季鸞提議，定於 1 月 25 日召開第一次會員大會。

學會的宣言，首先闡述了成立的旨趣，然後對當時國民政府當局，提出了四個最低限度的請求：（一）切實開放言禁；（二）切實保障報館及從事報業者之安全；（三）不得迫令報紙為圖利一人一派之宣傳；（四）撤銷以前未按正當程序對報館或記者所加之處分。這四個請求的主要精神，就是新聞界要求法律上的正當自由，要爭取光明和忠誠履行應盡的職責。可是當時國民

〔註 12〕鄭錫安，《自北伐完成至抗戰前夕北平民營報業研究（1928～1937）》，1938 年，燕京大學文學院新聞學系論文。

〔註 13〕鄭錫安，《自北伐完成至抗戰前夕北平民營報業研究（1928～1937）》，1938 年，燕京大學文學院新聞學系論文。

黨實行的是言論禁錮的政策，雖說是四個最低限度的請求，實際一個也不會被採納。

宣言最後還說：「我們更深切認定新聞事業，不僅在一國內是改造社會、推進文化、復興民族的主要動力，而且它還負有喚起全世界人類互相諒解，互相援助的最高使命，使他們回復固有的理智，消除瘋狂的衝動，用最適切有效的方法，來擁護國際正誼，鞏固世界和平，所以我們這個平津新聞學會的發起，一方面雖是企圖聯合我們全國的同志先進，來為我們現階段中國新聞事業的光明而奮鬥，一方面還要更擴大的，祈求世界同志先進來共同努力，爭取國際正誼的實現，和世界和平的確立。」這是「平津新聞學會」的努力目標，但是在那時國內外反動統治的環境裏，也是無法實現的。

「平津新聞學會」第一次會員大會，於 1936 年 1 月 25 日下午二時在歐美同學會舉行。公推陳博生主席，譚邦傑記錄。首由梁士純報告成立經過，繼由主席宣布下列事項：(一）收到南京新聞學會、成都《復興日報》及天津《商報》王鏤冰賀電三通。(二）本會已呈請立案，會址設於北平晨報社內。（三）本會經費，除會員年納會費五元外，復經天津《大公報》、北平《晨報》、《世界日報》、《華北日報》各捐助一百元，天津《商報》捐助五十元。旋由譚邦傑宣讀該會職員及會員名單，嗣繼續討論，決議下列各案：(一）呈請政府取消檢查制度案，決議集合全體會員之意見，由理監事聯合起草呈文，有必要時由理監事任代表，向當局請願，完全取消現有之新聞檢查制度。(二）向全國新聞界建議，組織全國新聞協會，並每年開年會一次案，決議由理監事負責進行，第一步先進行推廣工作，請各地新聞界進行組織學會，俟廣州、漢口、上海等地組織成立，即進行第二步，聯合組織「新聞學會全國總會」。（三）本會每半年出版刊物一次案，決議：甲、每半年刊行平津新聞學會會刊一期；乙、凡會員每期寫稿一篇；丙、由理事會推選會員四人負責編輯，二人負發行印刷之責，第一期定五月底齊稿，六月出版。(四）討論進行國際宣傳及與國際新聞界之聯絡案，決議：甲、進行調查各國新聞事業之團體，互相通信，交換刊物，以取得國際聯絡；乙、定期舉辦茶會，邀請外籍記者出席，交換消息、意見或講演，以資聯絡。還通過臨時動議兩項。

參加會員大會的計有陶良鶴、林仲易、王伯龍、王鏤冰、陳博生、鮑靜安、張明煒（鮑靜安代)、趙效沂、譚邦傑、劉志遠、宋梅村、賁芳琳、馮華熙、梁士純、耿堅白、張鐵笙、吳汝裁、吳範寰、賀逸文、成舍我（吳範寰代）、瞿冰森、管翼賢（林仲易代）、孫瑞芹、鄭太初、胡政之、汪松年、楊士倬、李翎贊（王鏤冰代）、蔣龍超等二十九人。

「平津新聞學會」第二次會員大會於 1936 年 7 月 6 日中午在歐美討學會舉行，梁士純任主席，主席致詞後，即由譚邦傑報告會務，旋由美聯社記者米勒氏講演，題目是「阿比西尼亞——第二滿洲國」。當時意大利獨裁者墨索里尼發動侵略阿比西尼亞（埃塞俄比亞），而引起戰爭。米勒氏由阿比西尼亞採訪新聞後來北平，講述阿比西尼亞人民奮起抗戰的英勇事蹟，極為生動，聽者很為感動。最後散發會刊，散會。到會的會員有梁士純、吳範寰、管翼賢、林仲易、宋梅村、陳純粹、孫瑞芹、蔣龍超、賁芳琳、張季鸞、胡政之（楊士倬代）、胡天冊（宋梅村代）、趙效沂、賀逸文、瞿冰森、張鐵笙、陶良鶴、譚邦傑、高青孝等。

1937 年 1 月 17 日，學會在歐美同學會舉行第三次會員大會，到會會員梁士純、宋梅村、管翼賢、鮑靜安、孫瑞芹、胡天冊、張鐵笙、賀逸文、成舍我、趙效沂、譚邦傑、瞿冰森、耿堅白、蔣龍超、趙恩源、趙敏求、莫倚泉、林仲易、朱鏡心等三十二人。天津會員王鏤冰、何毓昌、陳純粹。由理事梁士純任主席，首由主席致詞，書記譚邦傑報告會務，修改會章，將理事由五人增為七人，常務理事由一人增為三人。當選出成舍我、梁士純、胡天冊、張季鸞、王鏤冰、陳純粹、潘仲魯七人為理事，林仲易、羅隆荃為侯補理事，管翼賢、孫瑞芹、鮑靜安為監事，宋梅村為候補監事。決定：（一）向北平新聞專科學校借用一部分房屋暫作本會會所。（二）籌劃本會經費。（三）與各主要報紙接洽發行新聞學週刊，並編行報學季刊及新聞叢書等。（四）舉行新聞講演會，請中外報業先進及新聞學者主講。（五）籌辦新聞講習班，訓練新聞人才，灌輸報業知識。以上決定交理事會執行。會後舉行理監事聯席會，互推成舍我、潘仲魯、王鏤冰為常務理事，成舍我為常務理事主席並決定以後每月第一周之星期日舉行理事會一次。

5 月 16 日，在北平《世界日報》第九版刊行《報學半月刊》，由瞿冰森、譚邦傑、張鐵笙負責編輯，內容多係有關外國報業報人的介紹，有幾篇涉及新聞學理論文章，也是翻譯外國作品。至 7 月 16 日，共出五期而止。之後學會沒有重要活動。7 月，抗日戰爭爆發，鑒於形勢，學會陷入停頓。

學會成立後，由於成員皆是平津重要報社，引起各方的重視。國內新聞界紛紛發來函電致賀。駐在北平、天津的英美記者也聯名來信祝賀。中國人民的朋友、美國著名記者埃德加・斯諾（當時譯為施樂），於 1 月 26 日致學會常務理事陳博生長信，除慶祝該會之成立，備述贊同之熱忱外，並對國民黨實行的新聞檢查制度，加以嚴厲地抨擊。斯諾希望由該學會的媒介，使中外新聞從業人員密切合作，增進友誼，改善邦交。當時斯諾作為紐約《太陽報》和倫敦《每日先驅報》的駐北平記者，對中國國情有較深刻的瞭解，對中國人民的革命事業給予同情。同年 6 月，他衝破國民黨的重重封鎖，進入陝甘寧革命根據地採訪，後來寫成《西行漫記》一書，向全世界讚揚了中國共產黨領導的革命事業。所以他在信中，對於學會的宣言，逐條逐字地分析，表示贊助（原信附後）。其他參加聯名祝賀的為英國曼徹斯特《衛報》、美聯社、《華北明星》、《北平英文時事報》、《新聞週刊》、《平津泰晤士報》等及外籍記者田玉烈、黃思、白雅格等。那時北平已有新聞記者公會的組織，而學會是由幾家著名報社的人員組成，故此其他報報社反應不一。

學會常務理事陳博生，原是《晨報》社長。同年 3 月，《晨報》的後臺老闆張學良將《晨報》送給冀察政務委員會委員長宋哲元，報社進行改組。陳博生辭職前往日本，任中央通訊社駐東京特派員，學會會務大受影響。6 月 19 日，舉行理監事聯席會議，決定由梁士純代常務理事，會址移至王府大街《華北日報》社內。10 月 3 日，南京、上海新聞界，為中日關係緊張發表共同宣言，全國各地新聞界紛紛響應。學會於 10 月 10 日上午舉行理監事聯席會議，議決：（一）為響應京滬新聞界對中日緊張關係之宣言，並表示擁護整個國策，決定發表通電。（二）定於重九節（23 日）在西郊香山飯店召開全體會員聯歡會，當晚在世界日報社聚餐。

「平津新聞學會」可謂當時中國報界最健全之組織，成立後，記者之娛樂、進修等項問題均先後顧及，只是不久「七・七事變」，新聞學會命運同歸於盡，勝利之後尚未恢復。〔註 14〕「平津新聞學會」的存在，雖然為時不久，但在新聞史上，卻是重要的一頁，也是成舍我參加過的一個重要社團。

在辦報初期，成舍我與其報紙社論的主調是呼應國民革命。抗戰勝利後，成舍我聲明《世界日報》是站在國民立場、代表最大多數人民說話的無黨無派的超然報紙；復刊後《世界日報》社評的總基調為以國家、人民的名義反對內戰，呼籲和平。作為一名報人，成舍我的問政生涯可以說是作為報海生

〔註 14〕鄭錫安，《自北伐完成至抗戰前夕北平民營報業研究（1928～1937）》，1938 年，燕京大學文學院新聞學系論文。

涯的補充而存在。囿於時代環境和政治立場，他在不同的歷史時期扮演過不同的政治角色，但總體上仍是以一個報人的視角參與政治活動，無論是初期的初涉政界，還是中後期的問政經歷，可以看出他的出發點和落腳點都是以辦報為依託和歸宿，不僅體現了他作為報人的特質；「問政」始終圍繞「辦報」進行，也是其問政經歷的確切注腳。

第7章　結語：作為「這一時代報人」

> 我們真不幸，做了這一時代的報人！在艱苦奮鬥中，萬千同樣的報人中，單就我自己說，三十多年的報人生活，本身坐牢不下二十次，報館封門也不下十餘次。……做一個報人，不能依循規範，求本身正常的發展。人與報均朝不保夕，未知命在何時，我們真不幸，做了這一時代的報人！
>
> 我們有筆，要寫文章；有口，要說話。報紙是發表意見最著功效的工具，我們一定要竭盡心力，珍重愛護。北洋軍閥和日本強盜，都不能打倒我們，不僅過去如此，相信一切反時代反民眾的惡勢力，無論內外，都將永遠如此。打倒我們的，只有我們自己；只有我們自己，變成了時代和民眾的渣滓。我們向正義之路前進，我們有無限的光明。我們太幸運，做了這一時代的報人！〔註1〕

1945年11月20日，在遭受了八年零三個月的停刊後，《世界日報》、《世界晚報》在北京西長安大街32號原地復刊。成舍我親自為報紙撰寫了復刊詞，從政治和社會兩個方面，闡述了「這一時代報人」應當擔負的任務，並以自己的辦報經歷訴說「這一時代報人」的「幸」與「不幸」。

7.1　語境：言論自由之惑

「這一時代報人」——成舍我經歷的時代，始終是一個面臨言論自由之惑的時代。言論自由是民主的產物，是報業發展的前提條件。從五四到北伐

〔註1〕成舍我，《我們這一時代的報人》，1945年11月20日，北京《世界日報》。

前的這一階段，軍閥橫行於中國北方，摧殘言論界，使北方的報業了無生氣。言論自由之爭取乃新聞進步過程中必有之現象。在任何文明國家中，其新聞事業之發達與言論自由殆不可分。新聞自由，在成舍我所處的時代，雖經政府屢次頒布，但始終未成事實，自 1928 年至 1938 年十年間，新聞界與統治者之鬥爭隨時可見。Henry Grey 在其"Gray's China"書中寫稱：「世上無任何其他國家，其新聞自由有如中國新聞自由之被人漠視者。」此語縱非全然真實，其事實根據卻無從否認。〔註 2〕

邵力子曾在一篇文章中寫道，有人以為欲求新聞事業之發展，必先要獲得完全的「言論自由」，絲毫不受政治的裁制；其實「言論自由」這個名詞，也和「自由」這個名詞一樣，如果用的不得當，或者被人誤解了，一定會流弊叢生。個人自由須要以不侵犯他人之自由為範圍，同樣，言論自由也要以不妨害民族國家的自由為原則。「言者無罪」是中國的一句老話，可是在不同時代的估量下也是不盡適當的，這句話亦好像「有聞必錄」一句成語陷於同一的毛病。我們應該考慮在言的時候，是不是應當言，言而有利於社會，有益於國家民族，這樣的言，才可告無罪！才可謂民意的代表！才可稱正當的言論！〔註 3〕而新聞事業是促進民主政治的一大動力，所以對於人民在法律範圍以內的言論，應愛護之不暇，何能予以抑制？關於新聞檢查制度，現在一般新聞從業者已都能有正確的認識，在謠言易於發生的現社會，合理的檢查只能輔助新聞界使其所登載的消息不致失實，而同時也可保障國家民族的利益。國難外侮，新聞界應該毫不猶疑的負起使全國意志集中，信仰統一，而為國家民族努力奮鬥的責任！〔註 4〕

劉豁軒在《中國報業的演變及其問題》〔註 5〕一文中提到報紙對於政治當局，無分古今中外，都是處於對立的地位。因為政治當局常常是保守的，而報紙常常是在開掘新的。政治當局常常是靜止的，報紙則是一種前進的促動力。所以兩方面的衝突總是不免的——不論政治是專制，獨裁或民主。中國十數年

〔註 2〕鄭錫安，《自北伐完成至抗戰前夕北平報業的演變（1928～1937）》，1938 年，燕京大學文學院新聞學系論文。

〔註 3〕邵力子，《十年來的新聞事業》，《十年來的中國》，商務印書館，1938 年，第 481～502 頁。

〔註 4〕邵力子，《十年來的新聞事業》，《十年來的中國》，商務印書館，1938 年，第 482 頁。

〔註 5〕劉豁軒，《中國報業的演變及其問題》，《報學》第一卷第一期，燕京大學新聞學會出版，1941 年，第 5 頁。

的報史，可以說是報紙與政治當局的鬥爭史。前清末年，中國報人的鬥爭，最為有聲有色。且看慈禧太后於光緒二十四年及二十六年對付康梁的兩道「上諭」：「莠言亂政，最為民生之害。前經降旨將官報局時務報一律停止。近聞天津上海漢口等處，仍復報館林立，肆口逞說，妄造謠言，惑世誣民，罔知顧忌，亟應設法制止。著各該督撫飭屬認真查禁。報館中主筆之人，率皆斯文敗類，不顧廉恥。即飭地方官嚴行訪拿，從重懲處，以息邪說，而靖人心。」〔註 6〕「前因康有為梁啟超罪大惡極，迭經諭令沿海各省督撫，懸賞緝拿，迄今尚未弋獲。該逆等狼子野心，仍在沿海一帶煽惑華民，並開設報館，肆行簧鼓。種種悖逆情形，殊堪髮指。著南洋閩浙廣東各省督撫，仍行明白示諭，不論何項人等，如有能將康有為梁啟超緝獲送官，驗明實係該逆犯正身，立即賞銀十萬兩。如該逆犯早伏天誅，只需呈驗屍身，確實無疑，當即一體給獎。」〔註 7〕

提倡革命的同盟會諸人，對清廷的鬥爭，更是「死生以之」。聞名史冊的上海「蘇報案」，便是一個例子。當時章炳麟、鄒容同樣作為「這一時代報人」，在專制淫威之下，赤手空拳，全憑一支筆，為主義而戰，在中國報業史上可謂力透紙背。鄒容組織「愛國學社」，發行的一本小冊子，名《革命軍》，其中有語：「披毛戴角的滿洲人應予殺盡，可比登三十六天堂，升七十二地獄。巍巍哉革命！皇皇哉革命！」章炳麟為之作序，全文在《蘇報》上發表。這對清廷當然是「大逆不道」，「死有餘辜」，結果鄒容章炳麟因為正當「萬壽開科，廣施宏仁」被清廷判了個永遠監禁。後因上海領事團反對，始改判鄒容監禁兩年，章炳麟「監禁三年，罰做苦工，限滿開釋，驅逐出境。」鄒容後來病死獄中，是為彪炳史冊的「蘇報案」。

這種為「言論自由」而鬥爭的範例，在中國近現代史各個時期，可以說罄竹難書。梁啟超的《清議報》，《新民叢報》；同盟會的《民報》，章士釗的《甲寅》，不僅對中國革命都有偉大的貢獻，也是中國一代報人為言論自由而鬥爭的足跡。瀕於退出歷史舞臺的清廷雖然迫於壓力，頒布了「大清報律」，但事實上對報業的壓迫摧殘，更是變本加厲。

滿清潰滅，民國誕生。民國以後，臨時約法規定人民有言論著作刊行的自由，報業似乎可以出水火而登衽席。可是自民國紀元以迄 1928 年，中國政

〔註 6〕劉豁軒，《中國報業的演變及其問題》，《報學》第一卷第一期，燕京大學新聞學會出版，1941 年，第 10 頁。

〔註 7〕劉豁軒，《中國報業的演變及其問題》，《報學》第一卷第一期，燕京大學新聞學會出版，1941 年，第 10 頁。

治可說名為民主，實是專制。中國報業仍無時不在與政治當局鬥爭之中。袁世凱帝制，報紙與報人所遇的厄運，與晚清不相上下，甚至有過之而無不及。名記者黃遠生就是當時慘遭犧牲的一個。張勳復辟，為時不過十二天，而北京報館被封者達十四家。之後軍閥連年內戰，各大都市及內地，死於非命的報人數不勝數。林白水，邵飄萍，人所共知。成舍我亦是「鬼門關外走一遭」，留下了永生「一次值得追憶的笑」。

1928 年以後，國民黨當政，實際實行一黨獨裁。在這十來年的過程中，中國報業仍然是在與政治當局鬥爭中艱難行進。國民黨的中央委員，許多都是從前鬥爭過來的報人，他們對付報業的方法與以前專設「殺頭」的不同，而新聞檢查機關則遍布各處，比比皆是，中央通訊社的「宣傳」作用更是普遍。消極的與積極的統制，雙管齊下。殺人流血的事實多有發生，報人所感到精神的與物質的痛苦，不可謂不大。

此外，還有一種政治勢力，與報業時常鬥爭的，便是租界。在那個時期，中國比較大規模的報，因為國內政治勢力的壓迫，不能攜著報館向外國跑，所以有的在外國領事館立案，凡有外國租界的地方，都到租界去尋求「庇護」，如上海、天津、漢口等地。在清末及軍閥當政的時期，這當然是無可如何的安全辦法。可是到了 1928 年以後，這種辦法也不發生什麼效力了，因為當局開始採用「停止郵遞」的辦法，一種比「殺頭」還要扼報人「咽喉」的措施。報紙不能出租界，發行堪虞，如停三五個月的郵遞，什麼基礎穩固的報也支持不住。以前中國報紙很少登國際新聞，所以同租界當局很少發生衝突。1928 年以後，國外新聞多了，也免不了要受租界當局的統制。有的報館，深謀遠慮，怕將來發生阻礙，在選擇地址的時候，擇與中國外交關係最淡薄的租界，如《大公報》在天津日租界起家而轉戰全國。但是，至於與中國外交關係複雜的租界，一旦兩國發生外交糾紛，在這個租界的報紙，立時便會受到嚴重影響。國內政治勢力壓迫統制之外，再加上外人勢力的干涉，中國報業的言論自由，可以說被剝奪盡了。

縱觀中國報業幾十年的歷史，可以說，無論哪一個時期，報人無時無地不在同各種政治勢力鬥爭，這也是作為「這一時代報人」——成舍我經歷的報海生涯的寫照。換言之，即報業與統治者爭言論自由的博弈連綿不休。〔註 8〕若

〔註 8〕劉豁軒，《中國報業的演變及其問題》，《報學》第一卷第一期，燕京大學新聞學會出版，1941 年，第 13 頁。

「自由因奮鬥而得」，那麼要有報業，便要取得言論的自由；成舍我作為「這一時代報人」之一，這種「為自由而奮鬥」的意志可以說也貫穿其整個報海生涯。

7.2　時代：新聞統制與報紙危運

作為「這一時代報人」，自 1926 年國民革命軍北伐，1928 年全國統一，至 1937 年抗日戰爭爆發，到全國抗戰勝利，這期間，在中國歷史上可說是劃時代的時期，一方面因為國民革命的初步完成，奠定了民族復興的良機；而一方面因為帝國主義者的加緊侵略，國難一天比一天嚴重。一方面國家規模逐步建立，自民國締造，第一次有一個統一的政府，從事推進國家整體建設；另一方面則外患日亟，內亂不已，國家局勢至為嚴重。

這一時代的中國報人，飽受民族苦難和高壓政治的摧殘，時時命懸一線，危在旦夕。時代的巨輪，時刻不停地向前進展，報人作為社會的一員，生在這種驚風駭浪的時代中，如果不發奮圖存，則不僅民族復興的一點芽苗要被摧殘而夭折，就是我們民族的生命或許也會被這時代巨輪所壓碎。新聞紙是一面時代的鏡子，它可以反映時代的動態。它的性質，不僅是人類生活的精神食糧，而且把它一頁一頁的積聚起來，就可以成為整部的歷史。同時，報人和新聞紙又是社會的喉舌，並兼社會的導師，在民族復興的過程中所負的使命至為重大。

在北伐完成前之北京，殺記者，封報館乃司空見慣之事。北伐前軍閥時代之報紙，各報言論皆不能觸及軍閥隱私或損及軍閥利益，而不能能言所欲言，暢發議論，1925 年，張宗昌殺害邵飄萍及林白水乃最顯著之例證。北伐完成後，一般言之，情形較前略佳，然報館及報人之生命仍無時不在危險中。北伐完成後，檢查辦法更為嚴密，且實際之檢查法乃成立於北伐完成之後，加之北京軍閥勢力特殊，更處處予報紙以無理之限制。雖有了出版法，但在「法律系一紙空文」之狀況中，加上檢查制度之苛細，言論自由不過是名詞及口號。報人之生命一如中國一般老百姓，即連生命權利及人身自由亦毫無保障，更無言論自由可言。

如自 1928 年至 1937 年，北京報紙多直接或間接被迫採用中央社稿件。中央社成立於 1926 年，1930 年勢力及於北平。因其資力及人事關係，其他通訊社均不能與之抗衡。中央社電報，自總社發出，各地分社須經過收電、譯電、編輯、審查、准可、印刷、分送等手續，始送達各報館，往往午前六時，未次稿尚未送到，影響報社工作至大。報館大樣再經檢查，或修改，如工作稍一遲緩，即錯過發行時間，失誤外埠發行之列車。因此中央社之統制，使報界之新聞內容及營業均蒙重大損害。國民黨政府的思想統制誠為報界之致命桎梏。報紙不容危害國家民族利益，自屬當然，但對政府之善意批評或改善之建議竟亦在禁登之列。統治者與報紙之對立，至此更為明顯，統治者一味求使報紙成為執政者之宣傳工具，而儘量摧殘報紙之生命，報館如《世界日報》《北平晚報》等均被短期停刊。而各報之編輯、主筆或經理奉召入京受思想上之訓練，更屬常事。

統治者之政策如是，但檢查者之知識不夠，對新聞不瞭解，對「檢查」亦不明其所以然，為減輕責任，免受上級長官懲罰起見，手續只得不厭其詳密苛細，每超出「不妨礙各報社通訊社工作進行」之原則。使報紙甚至於失去政府規定中應享之有限自由。此外，在親日派及反日派之夾縫中，報紙更陷於難堪地位，或被認為某某勢力，或被認為中央派，均有報人被逮捕，報館被封門之危險。「九・一八」事變後，物價上漲，白報紙價昂，足以威脅報館之經濟。當時報館之收入，百分之六十以上賴於發行。而北方經濟蕭條，民生困難，如增加報價，銷數勢必銳減。統治者又與報館處處對立，而此時期之報業尚能有所改進，實乃報人心血結晶所致。〔註 9〕

作為一代報人，是否能克盡厥責，不負使命，成舍我在《世界日報》復刊詞中，闡發了生為這一時代的報人「不幸中的萬幸」：既見證了正義戰勝邪惡、公理戰勝強權的過程；也通過對輿論「忠誠篤實」的反映，推動了這一歷史進程。在這篇文章中，成舍我還提出了抗戰勝利後「這一時代報人」所應擔負起的政治使命與社會使命：正視事實，自由思想，自由判斷，以真正超然的立場，代表最大多數人民說話，充分發揮輿論權威，消除威脅國家民族生存的內外危機；轉變社會風氣，改造國民心理。「我們這一時代的報人，將為國家奠下富強康樂的基石，將為後世留下燦爛豐厚的資產」。

7.3 身份：報人・報業家・新聞教育家

邵力子在《十年來的新聞事業》一文的結尾提到新聞事業需要注意的三

〔註 9〕邵力子，《十年來的新聞事業》，《十年來的中國》，商務印書館，1938 年，第 481～502 頁。

點，是當時中國新聞界需要加倍努力的地方，這三點也是成舍我一生戮力的方面。

第一、新聞的企業化，這是在事業的經營上是應該而必需的。如管理的合理，設備的充實，資本的增加，與基礎的建樹，這些都是使事業現代化的必要條件。可是同時也得注意：新聞事業的著眼點是在社會意識的表達，社會生活的實錄，與社會意向的指示。所以新聞事業還是應該以服務社會，引導人群為目的，不能以專求利潤為務。至於同業間相互競爭，本是促進事業發展的一種動力，但是必須認識競爭的方法，是在事業的實質而不在事業的表面。譬如：中國目前還沒有自製的報紙，那又何必一定要在出報張數的多寡上去競爭呢？

第二、事實證明：小型報倘使能夠選材精當，編排經濟，也是有它的銷路的。又如：目前各報所載的巨幅廣告，其收費往往較一般面積小的廣告的比率來的低，而且這些巨幅廣告的性質，幾乎十分之九目的在提高社會的消費，所以欲求用紙的經濟，與間接的鼓勵社會生產建設，倒不如以累進率收費——即廣告面積愈大則取費愈昂——為適當。

第三、新聞事業所需的勞動，是包括記者的勞動，經理人員的勞動與印刷人員的勞動的三部分。新聞紙的靈魂，是寄託於報導與編輯，所以新聞記者所負的責任是更重要。要養成一個良好的新聞記者，必須要有豐富的常識，明確的觀察，同時還要吃苦耐勞，樸實誠懇，富有表達的技能，具有品學的修養，否則，決不能勝任愉快！過去十年中在中國新聞界內可見的新進的全能的人才可說是太少了，所以我們欲謀今後新聞事業的發展，務望今日的記者們，與有志從事新聞事業的青年們，先去鍛鍊一副好的身手，則此後十年內新聞事業發展的速力必將超過於過去的十年。〔註 10〕

成舍我在數個十年中始終是作為報人、報業家、新聞教育家而統一於一身。作為報人，成舍我縱橫報海數十年，辦報有成。辦報一向堅持自己的宗旨，在不同的歷史時期和地理空間，他的辦報宗旨卻能一以貫之。首先，「立場堅定，態度公正」，不管是否出於本意或能否做到，至少始終爭取以「客觀公正」作為辦報宗旨；「消息靈確」是成舍我辦報的另一宗旨，反映出他對媒體功能的正確認識。從《世界晚報》開始，成舍我就經常堅持親自採寫消息，

〔註 10〕邵力子，《十年來的新聞事業》，《十年來的中國》，商務印書館，1938 年，第 502 頁。

固然有創辦之初人手匱乏的原因，但隨著他辦報時空的變化，對「消息靈確」的追求卻從未放鬆。報社曾自設短波無線電收報機，雇傭收報員「偷聽」空中電波，得到「獨家新聞」。「西安事變」、蔣介石被釋放、「七君子」被捕等重要消息，上海報紙首先發表的就是《立報》。〔註 11〕這些可以說還是源於他強烈的新聞觀念，用他本人的話說就是「新聞第一」。成舍我曾經在回憶《立報》創辦過程時，談到他所認為的報紙的成功只有一天。因此報紙每天都要競爭，特別是新聞的競爭，一定要比別的報多一條新聞或特訊，才可以培養讀者對本報的信心。名記者陸鏗擔任《世界日報》南京特派員時，被特許用成舍我的座車採訪，也是由於「新聞第一」。對於熱愛的新聞事業，成舍我可以說做到了專心致志，心無旁騖。員工經常看到其手持當天的《世界日報》，計算著新聞的條數；國大開會時，其關注的還是自己報紙上出現的錯別字。成舍我在經營上的「吝嗇」成為報界「笑談」，但與其相熟的卜少夫等人也不得不承認，其辦報的成功也多少正是得益於這種「慳吝」作風。

辦報要做到「立場堅定，態度公正」，除了經濟上獨立自存，還要在政治立場上不偏不倚，成舍我一生辦報不能說從沒有接受過津貼，但在度過創業期之後，以無黨派民間報人自居。沒有辦過官報，沒有突破民間報人的底線，總之，成舍我基本上做到了不受津貼和無黨無派，從而大體保證了追求「獨立自由」辦報理念的貫徹。

成舍我在報館率先採用「科學管理」法，在其嚴苛要求下，《世界日報》的發展蒸蒸日上，報館也一度被譽為新聞界「人才庫」。曾把「玳瑁」寫成「烏龜」的記者畢群曾說到：「《世界日報》開的是流水席，一批人進去了，一批人又出來了；又一批人進去了，又一批人出來了。可能由於人事流動性大，成舍我提拔幹部是較為放手的。只要你肯賣勁，不爭錢的多少，而又稍具才幹，往往能受到重用。因之，在新陳代謝中，鍛鍊了人的工作能力。在相當長的時期內，只要聽說那個人是從《世界日報》出來的，其他的報社都樂於接納。我曾經聽到一位新聞界前輩說，《世界日報》實際上是一所新聞從業人員的訓練班，這話含蓄著辛辣的諷刺意味，同時又是真實的寫照。」〔註 12〕可以說，也因為成舍我的善於容才、用材、育才，才有了在報界的成功。

作為報業家，成舍我辦報的成就得益於堅持走「大眾化」的辦報之路。成

〔註 11〕鄭逸梅，《書報話舊》，中華書局，2005 年，第 283 頁。

〔註 12〕張友鸞等，《世界日報興衰史》，重慶出版社，1982 年，第 211 頁。

舍我不但有豐富的國內辦報經驗，對中國報業狀況頗為瞭解，而且也熟悉世界新聞業發展狀況。成舍我認為中國報紙「定價高、篇幅多、文字深、內容大多無關民眾痛癢」的特點是背離於世界新聞業「大眾化」的發展潮流之外的，因此，在我國開創性地打出「報紙大眾化」的口號，作為上海《立報》的發刊要旨，並在實際辦報過程中，力求變革，開創新的報紙風格，以期符合世界新聞業「大眾化」的發展潮流。《立報》雖然沒有達到「日銷百萬」的目標，但是發行量一度達到二十萬份，創我國自有日報以來的最高發行紀錄，成舍我對這張報紙的辦報目標寄予厚望，到了臺灣辦報時，依然以《立報》作為報名。

成舍我倡導報紙「大眾化」潮流的同時，能夠認識到資本主義國家報紙大眾化背後追逐個人私利、報館成為私人牟利機關的弊病，宣稱中國報紙的「大眾化」不但不步資本主義國家的後塵，而且還要站在他們的前面來矯正其流弊，使中國報館變成「大眾樂園」和「大眾學校」，為公眾而非個人謀取福利。不僅如此，成舍我更能夠從培育國民的國家觀念、樹立近代國家根基的高度，來討論中國報紙「大眾化」的必然性和迫切性。成舍我在文章中曾指出，中國近百年來內憂外患不斷，甚至遇到了空前國難，但是最大多數國民依然置若罔聞，無動於衷。「根本毛病，即在大多數國民，不能瞭解本身與國家的關係」，「人人只知有己，不知有國」。之所以造成這樣的現象，最主要的原因，是大多數國民不能讀報，「國民與國家，永遠是隔離著」。因此，要把報紙辦得使全體國民都能讀、愛讀、必讀，「使他們覺得讀報，和吃飯一樣的需要，看戲一樣的有趣，然後，國家的觀念，才能打入最大多數國民的心中，國家的根基才能樹立堅固」。他認為辦報是「對於國家最緊要的一件工作」，立己立人立國均在其中：「我們認為不僅立己立人不能分開，即立國也實已包括在立己的範圍以內。我們要想樹立一個良好的國家，我們就必先使每一個國民，都知道本身對於國家的關係，怎樣叫大家都能知道，這就是我們創辦立報唯一的目標，也就是我們今後最主要的使命。」〔註 13〕成舍我的這一識見，非一般報業者能企及，不能否認，成舍我是報業家，追逐利潤是其辦報的目的之一，但是在他身上，不乏中國傳統知識分子愛國濟世的情懷。〔註 14〕

成舍我從一文不名的流浪青年到一代報業家，馳騁中國新聞界半個多世

〔註 13〕《我們的宣言》，1935 年 9 月 20 日上海《立報》。

〔註 14〕陳建雲，《向左走　向右走：一九四九年前後民間報人的出路抉擇》，福建教育出版社，2010 年，第 222 頁。

紀，除了宏觀層面的辦報宗旨、中觀層面的辦報方針外，也與其微觀層面的治事風格密不可分。與成舍我共事多年的張友鸞曾說過，就報紙而言，無論採寫編評，還是經營管理，成舍我都有一套辦法，甚至可以稱為「成舍我體系」。〔註 15〕雖然這種所謂「體系」無具體確切的內容表述，但大致有幾點堪稱成舍我本人的標誌，如管理嚴格，負責敬業，事必躬親，他自言「要把辦報看作開機器，馬達固然重要，小螺絲釘也不能忽視；要把辦報看作指揮一支作戰的軍隊；要把辦報看作主婦管家，應該節省時，粒米寸布，不許浪費，不應該節省時，幾千幾萬，也毫無吝惜。」〔註 16〕此外，如知人善任，興學育才，同樣是助成舍我辦報成功的「法寶」。雖然他的有些做法並非「無可指謫」，但在同時代的報人行列中，成舍我的業績堪稱一代報業巨擘。

作為新聞教育家，成舍我興學有方，秉持「手腦並用，德智兼修」的校訓，從北京新專開始，輾轉桂林，直到臺灣，依託新聞事業興辦新聞學校，學校培養的人才又源源不斷地輸送給新聞事業，在中國民營報人中，能夠做到辦報、興學相輔相成，齊頭並進，是頗為難能可貴的。有報紙「補白大王」美譽的老報人鄭逸梅在分析上海《立報》的成功因素時，就注意到了它在人事方面的優勢：「《立報》不但是編輯上招了練習生，它的排字房裏一般青年職工，也都是訓練過的。這些人都是北方人，是成舍我在北方辦報訓練成功，帶到南方來的。這些青年職工很可愛，年紀都在二十歲左右，受過相當教育，他們而且會寫稿子。我在編副刊時，他們常投稿，思想意識而且頗前進啊！因此《立報》的職工，和上海別家報館的職工不通氣，別家報館往往鬧罷工，而《立報》卻不受他們的影響，現在辦小型報的，都想追蹤《立報》，但談何容易呢！」〔註 17〕這批從北京新專前往上海《立報》工作的年青人，朝氣蓬勃，給《立報》注入了新鮮的血液，多年後仍被成舍我提起，稱他們為「新聞鬥士」，是報紙永葆可貴的「動的精神」的化身。

從「北平新專」到「桂林新專」，再到臺灣世新大學，成舍我曾在「世新」發起人會議上鄭重指出，辦報與辦學雖然同是極其重要的文化事業，但兩者的基本出發點卻正好相反：近代報紙，是自由經濟下大規模營利事業之一，賺錢越多，越顯得報紙辦的成功。學校則不然，不能以營利為目的。公立學

〔註 15〕張友鸞等，《世界日報興衰史》，重慶出版社，1982 年，第 9 頁。
〔註 16〕成舍我，《如何辦好一張報》，1953 年 5 月 29 日臺灣《新生報》。
〔註 17〕鄭逸梅，《書報話舊》，中華書局，2005 年，第 282 頁。

校，全部支出由中央或地方政府負擔，政府支付的經費越多，辦得越好。私立學校，則全靠私人捐助，捐助的目的，只是興學，不為謀利，捐來的錢越多，學校才能辦的越好。換句話說，就是辦私立學校，要賠錢越多，才越算辦的成功。正是基於這樣的認識，發起人會議才決定由大家分頭募集辦學經費。但是苦口婆心一年多，最後只募得 30 萬元。這一結果使成舍我深切認定，要使「世新」不中途夭折，並能夠逐年壯大，必須放棄那套等待工商界不斷捐助、賠錢越多學校越成功的想法。〔註 18〕

「我們既不能以辦學為營利事業，改募捐為募股，勸人投資辦學店，我們就只有咬緊牙關，以工商界私人營利精打細算的精神來辦此涓滴歸公、非營利的私人學校」。〔註 19〕於是，成舍我採用的仍是當年憑 200 元創辦《世界晚報》再辦《世界日報》的做法，在學校已有的微薄基礎上，厲行節約，慘淡經營，直至一躍成為臺灣乃至世界知名新聞專業院校。值得提到的是，在學校由「專科」改制為「學院」時，成舍我竟然一舉將世新上億資產全部捐出，組成「財團法人」。根據臺灣的法律規定，財產一旦捐入財團法人，即屬該財團法人所有，不得再轉移給任何私人或私人企業。世新草創之初，經費短絀，成舍我常常把自己在其他學校兼課所得的鐘點費、稿費甚至「立法院」的薪俸，提供學校財務應急。財力堅實後，為了學校的進一步發展，成舍我慨然捐贈，這樣的舉動不僅體現了他辦學的旨趣，也說明了其辦學的精神。〔註 20〕

成舍我多年辦學，成就斐然。這一切的源頭要追溯到 1932 年成舍我創辦「北平世界新聞專科學校」的旨趣和願景：「本校最大目的，欲使凡在本校受過完全訓練者，為出校服務報館，則比每一報館之高級職員——經理、編輯，皆能排字印刷，而每一個排字印刷之工人，全能充任經理、編輯，藉以廢除新聞事業內長衫與短衫之區別，而收手腦並用、通用合作之效」。〔註 21〕成舍我的辦學之路雖幾經炮火而中斷行程，但在中國新聞教育史上必然有一席之地，作為創辦人的成舍我——亦堪稱一代新聞教育家。

〔註 18〕陳建雲，《向左走　向右走：1949 年前後民間報人的出路抉擇》，福建教育出版社，2010 年，第 308 頁。

〔註 19〕《成舍我先生文集》（港臺篇 1951～1991），世新大學舍我紀念館暨新聞史研究中心 2007 年，第 562 頁。

〔註 20〕《成舍我先生文集》（港臺篇 1951～1991），世新大學舍我紀念館暨新聞史研究中心 2007 年，第 562 頁。

〔註 21〕張友鸞等，《世界日報興衰史》，重慶出版社，1982 年，第 143 頁。

作為「這一時代報人」，成舍我是「幸運」的，見證了中國新聞史的風雲變遷，以報人、報業家、新聞教育家的多重身份參與了歷史進程，創辦了多張報紙，留下了數萬文字記錄，培養了數萬名「新聞學子」，在同時代的報界取得了成就；同時，成舍我又是「不幸」的，幾度報海浮沉，不僅報館幾度遭逢關停，更曾數度險些命喪辦報途中，不管辦報還是辦學，都是一波三折，坎坷蹉跌。成思危認為，成舍我在 1977 年作的一首《八十自壽》〔註 22〕詩，頗能代表成舍我一生「自強不息、剛直不屈、愛國不渝、情深不移」的四種精神；〔註 23〕在某種程度上，這也可作為成舍我逾半世紀之久的「報海生涯」的一種概括。成舍我在其人生的各個階段皆以辦報為經，營報為緯，無論在報海危運中，還是營報歲月裏，始終堅持辦報理想，在中國近現代新聞事業史上佔有重要的地位。作為一代報業巨擘，成舍我的報業實踐跌宕起伏，囿於歷史環境，也有著鮮明的時代烙印。

〔註 22〕「八十到頭終強項，敢持庭訓報先親。生逢戰亂傷離散，老盼菁英致太平。壯志未隨雙鬢白，孤忠永共萬山青。隔洋此日夢垂念，頑健差堪告故人。」中國人民大學港澳臺研究所編，《報海生涯——成舍我百年誕辰紀念文集》，新華出版社，1998 年，第 162 頁。

〔註 23〕中國人民大學港澳臺研究所編，《報海生涯——成舍我百年誕辰紀念文集》，新華出版社，1998 年，第 162 頁。

附　錄

一、成舍我小傳

方漢奇

成舍我（1898～1991）原名成勳，後名成平。筆名大衷、百憂、舍我。湖南湘鄉人。1898 年 7 月生。青年時代就學於安徽省安慶第四學堂，課餘為當地《民岩報》、《長江報》寫稿。1915 年到奉天（今瀋陽），在《健報》任校對編輯。1916 年入上海《民國日報》任要聞及副總編輯。1917 年發起籌辦「上海記者俱樂部」，並參加柳亞子、陳去病等主持的進步文學團體「南社」，任《太平洋》雜誌助理編輯。1918 年考入北京大學中文系，課餘在《益世報》北京版任主筆、採訪主任、總編輯，並試辦小型報紙《真報》。1924 年在北京創辦《世界晚報》，以消息迅速、內容豐富受到歡迎。1925 年起增出《世界日報》、《世界畫報》，並在北京創辦「世界新聞專科學校」，為三報培養初級人才。1926 年曾被奉系軍閥張宗昌逮捕。1927 年為躲避軍閥去南京，在李石曾的勸說下創辦《民生報》，1934 年《民生報》被國民黨當局查封，一度被拘。1935 年到上海創辦小型日報《立報》。抗日戰爭爆發後，被國民黨當局聘為國民參政員。1942 年在桂林恢復「世界專科學校」。1945 年在重慶出版《世界日報》。抗戰勝利後回到上海、北平，復刊《立報》和《世界日報》。1947 年當選國民黨政府立法院委員。1949 年移居香港。1952 年去臺灣，在臺北各大學任教。1956 年後主要從事新聞教育工作，在臺北創辦「世界新聞職業學校」，任該校校長及「世界書局」董事長。1988 年臺灣當局解除報禁後，申請在臺北創辦《立報》。1991 年病逝於臺北。

中國人民大學港澳臺研究所編，《報海生涯——成舍我百年誕辰紀念文集》，新華出版社，1998 年，第 3 頁。

二、如何辦好一張報紙——暨臺北編輯人協會演講詞

成舍我

內容不好，免費送人，人家也不願意看

本來編輯人這一職位，在英美報紙，極其重要，英國的編輯人簡直和我國報館社長相等，無事不管，有時廣告方面都要聽其指揮。美國編輯人雖只管言論，版面，然而事實上，許多報館，編輯人由社長（即館主）兼任。無論英美，編輯人的確掌握著一個報館最大部分的命運，成敗興亡，幾乎繫於一身。一張報紙辦好的因素，固然極多，不過最應注意而必須全力以赴的，自以報紙內容，言論版面為第一。

有些辦報的人，不講求報紙內容，千方百計，專從廣告上打主意，情面而外，甚或更透過一些特殊關係，軟討硬要，非登不可。又有一些辦報的人，版面如何視為不足輕重，所努力的只在如何推銷，或託人介紹，或挨戶勸購，再或三日一小宴，一折九扣，優待報販，向報販下工夫，請其特別幫忙，打擊他報，扶助自己。這兩種人，絕無例外，結果都必殊途同歸，獲得百分之百的慘敗。大家不要誤會，以為我的意思認為廣告發行，辦報的人，都不應該注意。

我所以說他們必然慘敗，是敗在不先注意報紙內容。因為內容不弄好，言論、版面，一塌糊塗，就發行說，你即逢人哀求，或竟免費奉送，人家也不願閱看。至於廣告，則更要銷路廣，效力大，人家才肯刊登。假使這張報根本沒幾個人看，登載任何廣告，都如石沉大海，則儘管賣人情，講關係，最多也不過敷衍一次、兩次，要人家歡欣踊躍，長期做你的廣告顧客，那等

於你要人家做你長期的廣告施主，當然這是不可能也極可恥的。我常說笑話，假使我辦的報，在某一城市中，銷路最壞，假如我的兒女結婚，他或她結婚希望有較多親友參加婚禮，則結婚廣告，他們一定希望能在一家銷路最大的報紙上登，而我為他們的廣告效力打算，也就不應該不原諒他們這種苦情，由此類推，可見銷路不好的報紙，兒女也無法敷衍你，何況別人。

只有你的銷路在某一城市占到第一或第二位以後，廣告才會竟先恐後，自動上門，甚或為了爭取某一效力最大的地位，而需要和排隊買最叫座的電影票一樣，風雨無阻，唯恐失望。至於如何才可以使銷路達到第一或第二位，毫無疑問，就看你的言論，是否比別人精闢、公正。你的新聞是否比別人迅速確實，你的排版，是否比別人生動美觀？文理不通的話，和排印錯誤的字，你是否能夠保證比別人少，或完全沒有。換一句話說，即必須一切內容，都比同一區域內任何一家別的報紙好，或比任何一家報紙，有你獨特的優點，然後你才可以安全穩固，取得廣大的讀者。

因此，一個報紙辦好的順序，是由編輯到發行，由發行到廣告，不先搞好內容，即妄想銷路大、廣告多，那就完全因果顛倒，必將勞而無功。霍華德所說，有才能編輯人是報紙辦好的重要因素，即正是這個道理。

《立報》拒登廣告一炮而紅

民國二十四年，我和一些朋友在上海創辦《立報》，當時大家認為上海這個碼頭，已被《新聞報》、《申報》兩家包辦，不知有多少新聞摔過跟頭，特別是廣告拉不到，沒有廣告，報紙無法生存。因此，《立報》前途，大家都替我們擔心。若干以剝削報館為業的廣告販子，正準備大敲斧頭，讓我們去登門求助。

不料我們卻在各報所登封面整幅的創刊預告中，以最大字體，特別聲明，在《立報》發行數字，不能證明已達到十萬份前，任何廣告都一概拒絕刊登。這個聲明，不僅大出那些廣告販子的意料，即一般讀者，也非常驚奇。這在宣傳上，已發生不少作用。及《立報》出版，最初我們集中全部力量於編輯方面，接著就在本外埠精密布置發行網。那時上海報紙銷路最多的也不過十萬份左右。當我們銷到四五萬份時，許多工廠商店就已感到每一角落，都有了《立報》的讀者。他們要求登廣告，越是我們拒絕的十分堅決，他們也就要求的特別熱烈。

廣告販子不等我們登門去求助了，他們受顧客委託，自己來和我們懇切情商，要我們增加篇幅，開放廣告。所同意給予我們廣告的實收價格，也和對待一般新報館，七折八扣，層層剝削，迴不相同。他們說：《立報》篇幅不多，銷路很大，廣告地位特別珍貴，廣告費應照上海最大標準計算。我們沒有求過人寫介紹信，更沒運用其他特殊的關係，我們的廣告這樣不招自來，源源不絕，沒有多久，《立報》居然不但沒栽跟頭，反而成了上海一個賺錢的報館，這可以說，就是根據上述辦報要先注意報紙內容那一項原則的。

另一件與此相反的故事，即當某一報館某年在某地出版時，他們把大部分力量用在拉廣告，他們很高興，有不少廣告販子為他們卑辭厚禮所動，願替他們特別幫忙。臨到出版前夕，還收到一則指定登在報頭旁邊「包醫花柳」的特等廣告，經理部要求編輯部撤銷一條新聞，來容納這則廣告，恰巧我正來向這家報館的朋友道賀，我笑著和經理部朋友說，第一天報頭旁邊，就登載這樣一條包醫花柳的廣告，未免太欠雅觀了。那位朋友聳一聳肩說，那有什麼法子？這一條廣告連登三天，我們可收到將近一百元美金的廣告費，報館資本不雄厚，我們不能不看在錢的面上，有所犧牲。我說，照我的看法，這類廣告，恐怕登出之後，到收費時你連一塊美金也收不到，那麼，豈不冤枉？他堅決地否認我這一預言。過了半年以後，我碰到這位朋友，偶然想起那筆廣告費，我問他已否收到，他很懊喪的告訴我，登廣告的醫生，已離此他去，介紹人不負責任，到現在真是連一塊美金都沒收到，已經列入呆帳作廢了。而因為創刊時報頭旁邊一連三天刊登這樣的惡劣廣告，對於讀者，當然印象不會好。這一故事的確值得我們警惕。

版面重於一切

版面重於一切，編輯人掌握著辦好一張報的主要關鍵，我已在前面一再說過。而且這種觀念，在美國，由於許多眼看即將倒閉的報館，因版面及時革新，挽回厄運，而更被證實。

要把報業看作指揮一支作戰軍隊

當然這問題的全部解答，仍有待於全世界報人繼續而謹慎的研究。於此，我願意再補充一些小小的意見：

要把辦報看作開機器，馬達固然重要，小螺絲釘也不能忽視。編輯人縱然絕頂天才，如果配上一些缺乏能力，不太負責的校對，錯字連篇，那麼這張報仍將難以博取讀者良好的印象，由編輯方面推而至於其他部門，報差不按時送報，信差不按時取稿，工人不按時出版，其對於報紙的能否辦好，當然影響很大。

要把辦報看作指揮一支作戰軍隊。新聞工作，雖被稱為自由職業，但為增加工作的效率，一報館的組織和紀律，卻絕對不能鬆懈。指定的發稿時間，一定不許遲誤，指定的採訪任務，一定需要達成。印刷部延時出版，一定要追究責任，校對房錯字連篇，一定要依章處罰。尤其重要的，即對於參加這支報館軍的每一份子，必須隨時隨地充分鼓舞他們的戰鬥精神。一個標題不如人，編輯先生應該感到羞愧，一條新聞不如人，外勤先生應該吃不下飯，人人要爭取勝利，但這勝利的有效期限，永遠只有一天。今天勝利了，明天仍需要勝利，並不能因為今天努力奮鬥，粒米寸布，不許浪費，不應該節省時，子女教育，或急病開刀，幾千幾萬，也毫無吝惜。

《成舍我先生文集——港臺篇 1951～1988》，
唐志宏主編，世新大學出版中心，2006 年，第 131 頁。

三、我們這一時代的報人

成舍我

停刊八年的《世界日報》，在全國慶祝聲中，於中華民國三十四年（即一九四五年）十一月廿日，仍在北平原地復刊。我們不願羅列名公巨卿的祝詞賀詞，裝點門面；也不願陳腔濫調寫什麼宣言、獻詞之類的新聞八股，浪費篇幅。現在只老老實實，將我以及《世界日報》同人心坎上的一些雜感，寫出獻給我們今日的讀者，尤其我們這一時代的報人。

我們真不幸，做了這一時代的報人！在艱苦奮鬥中，萬千同樣的報人中，單就我自己說，三十多年的報人生活，本身坐牢不下二十次，報館封門也不下十餘次。《世界日報》出版較晚，它創刊於民國十四年（即一九二五年），因為誕生地在北平，北平，此偉大莊嚴的古城，二十年來卻多災多難，內有各種軍閥的混戰，外有日本強盜的劫擄，《世界日報》和許多惡魔苦鬥，所以也就不能不與北平同遭慘酷的厄運。厄運最後一幕，竟使我們經過八年零三個月悠久時間，不能和讀者相見，全部資產被敵人沒收。起初竟盜用原名，繼續出版，後改稱《新民報》，再改《華北新報》。《世界日報》的生命中斷，一個純粹民營的報紙，竟如此犧牲。實則此種艱辛險惡的遭遇，在這一時代的中國報業，也可算司空見慣，及其平凡。做一個報人，不能依循規範，求本身正常的發展。人與報均朝不保夕，未知命在何時，我們真不幸，做了這一時代的報人！

但從另一角度看，我們也真太幸運了，做了這一時代的報人！我們雖曾遭受各種軍閥的壓迫，現在這些軍閥，誰能再壓迫我們？許多惡魔叱吒風雲，這一個起來，那個倒去，結果同歸於盡。槍殺邵飄萍、林白水以及若干新聞界先烈的劊子手，有幾個不是「殺人者人恒殺之」？在林先生就義的後一天，我也曾被張宗昌捕去，並宣布處死。經孫寶琦先生力救得免。當時張宗昌殺人不眨眼，那威風，真可使人股栗。然而沒有幾年，我卻在中山公園，時時看見他悶坐來今雨軒，搔首無聊。他屢想和我攀談，我只是報以微笑。民國二十三年（即一九三四年），因為反對汪精衛的媚日外交，和包庇貪污，被他封閉了我的南京《民生報》，並將我關在南京憲兵司令部四十天；一面又電令他的北平同志，將《世界日報》也停刊三天。他無法定我罪名，也無法消除由此而起的全國沸騰的清議，我終於恢復了我的自由。他的黨徒唐有壬勸我：「新聞記者怎能與行政院長作對？新聞記者總是失敗的，不如與汪先生妥協，《民生報》仍可恢復。」我很堅決地答覆：「我的見解完全與你相反，我有四大理由，相信最後勝利必屬於我。」此四大理由，最重要的一點，就是我可做一輩子新聞記者，汪不能做一輩子行政院長。新聞記者可以堅守自己主張，保持自己人格；做官則往往不免朝三暮四，身敗名裂。我們的談判，因此決裂，《民生報》被強制「永久停刊」。然而幾個月後，我又在上海創刊了《立報》。日寇投降，我到南京，最近一個月以前，當我在南京掛出了「民生報」招牌的那一天，我從中山陵回來，經過所謂梅花山「汪墓」，只見許多人在他墓前排隊撒尿。我舉以上二個例，並非故做快語，更無自我宣傳之意。而且張汪兩賊，勢傾全國的時代，凡稍有正義感的，哪一個報人，不恨張宗昌；哪一家報館，不反汪精衛？我僅是萬千報人中的一個。現在我只真憑實據，證明我們確太幸運，做了這一時代的報人。過去凡是我們所反對的，幾無一不徹底消滅。這不是我們若干報人的力量，而是我們忠誠篤實反映輿論的結果。再以此次全世界反法西斯戰爭來說，在中國，因抗日而犧牲的報紙，不知有多少？當敵人沒收我們資產時，豈不志得意滿？利用我們資產，出版了多少偽報？曾幾何時，我們終於舊地重來，物歸原主。我為收回上海、南京、北平、香港的報紙器材，曾因小小波折，寫過一封信給中央某部當局，我很率直地說：「抗戰八年，我們做報人的，沒有餓死、炸死，已算託上帝保祐，心滿意足。我不希望向政府要一官半職；也不向任何機關要一文半鈔，更不想藉此機會渾水摸魚，搶他人一草一木，但憑自己血汗，辛苦經營得來的一草一木，可以掉頭不顧被人沒收，卻決不能在自己政府之下，自動放棄，無故犧牲。」我們有筆，要寫文章；有口，要說話。報紙是發表意見最著功效的工具，我們一定要竭盡心力，珍重愛護。北洋軍閥和日本強盜，都不能打倒我們，不僅過去如此，相信一切反時代反民眾的惡勢力，無論內外，都將永遠如此。打倒我們的，只有我們自己；只有我們自己，變成了時代和民眾的渣滓。我們向正義之路前進，我們有無限的光明。我們太幸運，做了這一時代的報人！

如何向正義之路前進？這確是擺在每一報人前面的重大課題。對此，我們從政治及社會兩方面，指出我們今後的任務。

第一，中國現在雖已是全面勝利，列為四強之一，但無可諱言的，威脅國家民族生存的內外危機，在今日並沒有整個消除，甚且還更比以前嚴重。站在國民立場，無黨無派的超然報紙，對此危機，絕不能有絲毫忽視，且正賴這種超然，代表最大多數人民說話的報紙，能充分發揮輿論權威，始可使這種危機，歸於消滅。不過，所謂超然也者，既不是一般人所懸想的，像兩個車夫打架，警察出來，一人一巴掌；也不是不分皂白的和事老，東邊作一揖，西邊作一揖。這兩種辦法，都不能息爭排難，解決問題。我們認為「超然」的可貴，就因他能正視事實，自由思想，自由判斷，而無任何黨派私怨，加以障害。以目前震動中外的國共糾紛來說，決非空洞敷衍寫幾篇呼籲和平的文章，所能奏效。我們必須發動全國輿論，造成一種最大的力量。就當前形勢，我敢放心大膽代替最大多數的中國老百姓說，老百姓的一致要求，是「國民黨還政於民」……。假若現政府不能實行民主，肅清貪污，安定人民生活，而欲一手把持，天下為私，我們就要向政府革命；……。革命不是做漢奸，剿匪不是打內戰，這是我們全國真正「超然」報紙，所應該一致確認的，也就是全國老百姓心坎上真正要說的話。我們如不將這一個最大前提決定，不明辯是非曲直，而只想兩面求饒，甚或因為怕現在被國民黨捉去砍頭，就不敢喊「革命」……，這乃萬分卑怯的可憐鄉愿，絕不配稱報人，更不配稱「超然」。我要在這樣的原則下，去發動全國輿論，正視事實，自由思想，自由判斷。老百姓是主人，主人有力量，任何黨派，應該聽主人的話，國共糾紛，自可得到解決，而威脅國家民族生存的內外危機，也就有從此消除之望。這是我們這一代報人，今後在政治上應盡的責任。

第二，我們這一代報人，還另有一重大任務，這就是社會風氣的轉變，和國民心理的改造。「抗戰必勝，建國必成」，前一個口號，我自始就沒有懷疑過。至「建國必成」，則確實大有問題。不說政治糾紛，專從社會方面來看，假使我們一大部分中華貴國的國民，還像從前那樣偷惰泄沓，貪污苟且，那麼我們要建國，試問將從何建起？幾十年前，李鴻章、張之洞那一班人，也未嘗不想將中國建成一個近代化國家，他們辦過造船廠、槍炮廠、紡織廠等等，然而結果如何？哪一個工廠不是弄的一塌糊塗？長官貪污，職工偷惰，不是關門大吉，就是虛有其名。現在抗戰勝利，中國要大規模建設，縱然英美盟邦，能供給我們幾千萬萬的資本，最新最好的機器，然而國民心理不改進，社會風氣不轉變，我敢預下斷語，他的結果，一定不會比幾十年前李鴻章等的時代，勝過幾何？舊官僚貪污，多少有點顧忌，目前大多數青年，一經做官，只要權勢在手，開宗明義，就是怎樣買汽車、蓋洋房、換老婆。我們看看，抗戰以來所謂經濟建設中的若干官營事業，有幾件真有成績？所以我們不談建國則已，要建國，心理建設，其重要實遠過於物質。我們必須將全國貪污苟且，偷惰泄沓的心理與風氣，徹底掃除，然後才有物質建設可言。否則所謂建設，不過替若干新官僚，增加揩油發財的機會。至心理如何改造，風氣如何轉變，這一重大任務，除了教育以外，就完全落在我們這一代報人的肩上。我曾經提出一個口號，「建國必先建設」，也正是這個意思。

以上所述，就是我們應走的正義之路。歸根結底，我們真不能否認這一時代的報人，確太幸運。國內軍閥，摧殘不了我們；國外帝國主義者，也消滅不了我們，我們現在還能挺起腰杆，替四萬萬五千萬國民說話，我們要發揮輿論權威，一方面建立民主自由的國家；一方面改造封建腐惡的社會。我們的任務是何等偉大；我們的前途是何等光明。眼前若干錯綜複雜的危機，只是黎明前暫時的昏暗。大家努力！我們這一時代的報人，將為國家奠下富強康樂的基石，將為後世留下燦爛豐厚的資產。我們何幸而為這一時代的報人！在萬千報人奮鬥的行列中，我及每一《世界日報》同人，都願發憤淬勵，將永遠追從先進，成為這行列中的一員。

抗戰後北京《世界日報》復刊號，1945 年 11 月 20 日。

四、辦報要「節省篇幅」

成舍我

中國報紙尤不宜在篇幅方面拼命競爭

過去在大陸辦報，我一貫主張，大家應節省篇幅，最要不得的做法，是彼此從篇幅上，誇多鬪富。第一、中國不能大量造紙，新聞用紙的百分之九十九，靠外國進口，多消耗一噸紙，即多支出一筆外匯。第二、工商業未臻於高度發達以前，廣告數量不會多；廣告價格一定低，尤其越靠廣告填篇幅，價格越無法提高。不幸幾十年來，大家都受上海兩大報——《申報》、《新聞報》——的影響，積重難返。抗戰以前，《新聞報》有時每天出到八大張。那時三大張以下的日報，在上海幾乎無法立足。平津各地第一流報紙，起碼也必須兩大張。一直到抗戰勝利，全國各報，無論是復刊或是新辦，都一致受著全世界戰後紙荒的壓迫，及其他因素，這種風氣，才逐漸轉變，連申、新兩報，也不再集中力量，以爭取篇幅之加多了。（《申報》限定日出兩大張，《新聞報》日出兩大張半）

英美作風不可學

本來，全世界報紙，最歡喜競爭篇幅的，首為英美。歐洲大陸，第一流報紙，通常也只日出兩大張，德國則更盛行小型報。日本銷路最大的「朝日」、「每日」都效法歐洲大陸。為什麼我們在抗戰以前，幾十年間，竟走上競爭篇幅的途徑？這就因為造成此項風氣的申、新兩報，最初投資經營的，都是英美人，而《新聞報》美國老闆福開森，一直到民國十七年，才出售股票，脫離關係。他們將英美報紙競爭篇幅的做法，帶來中國。如果最初投資經營這兩家報紙的，不是英美人，我想無論如何，面對兩大剋星——紙張不能自造，廣告價格低廉——的中國報紙，總不會不儘量打算節省篇幅的。

小型報一字千金

不過儘管在這種積重難返的風氣中，數十年來，對節省篇幅一點，我個人仍始終不斷努力。抗戰以前，我強調小型報在中國前途無量，並在南京、上海，創辦此類報紙——《民生報》及《立報》。小型報篇幅，通常僅為大報一大張之半，如與日出八大張的大報比，即等於大報的十六分之一。因此，小型報內容，必須力求精美，世所謂「一字千金」，我認為惟小型報編者，於發稿時心中實應存此意念，加倍珍惜，切戒浪費。小型報編輯原則，第一、評論每篇最多勿過五百字，針針見血，不堆砌詞藻，不模棱兩可。第二、通信社稿，必須綜合比較，徹底改寫。第三、每天要有幾條任何大報沒有的秘聞特訊，而大報所登一般要聞，小型報卻提要鉤元應有盡有。第四、不將寶貴篇幅，應酬要人或朋友，換言之，即無關宏旨的演講論文，任何請託，均須一律謝絕。雖然這四項原則，在我所辦的小型報中，未必都完全做到，但我和從事這一工作的同人，總竭力以赴，求其實現。

想盡辦法節省篇幅

勝利以後，我在北平恢復一份戰前出版的所謂「大報」——《世界日報》。這是世界紙荒十分嚴重，洋紙奇缺，土紙也供不應求，大家只好痛下決心縮減篇幅。復刊初期，僅出半大張，實際等於一張小型報。除以小型報編輯原則，應用到這份「虛有其表」的「大報」外，我還挖空心思，打盡算盤，在節省篇幅上想出一些平凡庸俗的辦法。第一、將上下左右的報邊空白，特別縮小，增加地位，容納新聞。第二、由新五號字改用新六號字。第三、行與行的間隔，由對開鉛條改三分，四分以至鉛皮，最後並鉛皮亦多半省去。第四、少用大字標題。我曾將這樣半張報，和戰前一大張比較，所容納的字數居然相差不遠。而從質的方面說，比起戰前為適應環境，日出三大張或四大張，對於讀者，也許還印象更好。雖然不久就由半大張加到一大張半或兩大張，但直至報館資產被接收，上述各種有關節省平凡的辦法，我始終仍並沒有改變過。

四十萬元一吋紙

競爭篇幅，「多多益善」的觀念，由於第二次大戰結束後的嚴重紙荒，不僅在中國獲得改進，即在英美，也已逐漸轉變。英國戰後，紙荒威脅最大，報紙篇幅，仍和戰時相似，受政府嚴格限制。這兩年雖比較放鬆，今年年底且或將全部撤銷，但一般情勢，像戰前那樣過多的篇幅，事實上已不易恢復。美國用紙，占全世界產量百分之六十，去年（四十二年）全世界產紙一千零八十七萬七千噸，供應相抵，紙荒問題，已成過去。去年十二年十三日，紐約製版工人終止罷工，各報第一日復刊，《紐約時報》竟出版了一百零七大張半（共四百三十面），小型的《每日新聞》出版了一百三十三張（共五百三十二面），這就增加篇幅說，真可算一個新紀錄。不過白報紙縱能取之不盡用之不竭，紙價卻由戰前每噸五十美元，增漲到目前一百二十六元，紙貴對美國報業的威脅，比紙荒更感嚴重。美國許多報館，已陷於無法支持。他們不敢多加報價，求取補償，最近也似乎水盡山窮，要走到節省篇幅之一途。由《丹佛郵報》（Denver Post）開始，也把原有篇幅每版縮小一吋，接著《紐約先鋒論壇報》（New York Herald Tribute）照樣辦理。先鋒論壇，僅此一項，今年可減少支出四十萬元。固然為數有限，然採用此項辦法的，全美國已風起雲湧，多到好幾百家。也許不久將來，進一步大家還會減少半張，一張或超過一張。因為紙價的支出，依報館銷數多寡，通常恒占總支出自百分十十五至五十五，如以先鋒論壇為例，省紙一吋，年減支出四十萬，則省紙一張，縮減支出最少亦必在四百萬以上。所以要挽救報館不景氣，即在美國，「節省篇幅」也仍不失為最有效的對策之一！

也還是一樣，可以答覆那位幾月以前在報紙上寫小說問我的作家。

1955 年 6 月 2 日，臺灣《聯合報》。

轉引自成舍我，《報學雜著》，中央文物供應社，1957 年版。

五、我如何創辦世新

成舍我

今天，是私立世界新聞專科學校創校二十週年紀念日。學校紀念創校，等於個人紀念自己的出生，除了血親近戚，歡聚祝福外，值不得鋪張宣揚，尤其國難方殷，節約第一，因此，我們決定，世新本屆校慶，只在校內舉行一個小小的紀念會，歡迎回校校友，與在校師生全體同仁共度慶典。政府首長，各界領袖，均不敢輕易驚動。當然，我們慶賀自己的成長，同時也絕難遺忘並當永遠感激國家和社會各方二十年來所給予我們的支助，沒有這種支助，一個私立學校，是無法生存壯大的！

回憶「世新」創校的最初幾年，每天我迎著早晨的太陽，由所在的信義路鹿水街，坐三輪車來溝子口，就走了一個多小時，那時公共汽車非常少，沒有計程車，羅斯福路四段，仍在所謂比萬里長城還難修的情況下，沒有完成，滿地泥濘，北新公路，尚未興修，到處高低不平。溝子口沒有電話通市區，有時每天要上下午各跑一次，如此直到羅斯福路四段及北新公路完成，才慢慢增加了公路車，接著又有了自動電話及計程車，以迄木柵鄉之改為木柵區，成了大臺北市的一部分，溝子口與臺北的交通才進入現代化，而我每天到校也就節省了不少時間。

……

我到臺灣以後，即準備在臺恢復《世界日報》，惟此時臺灣已有了所謂的「報禁」，為節省紙張油墨，不許有新報出版，如果要辦，只有購買現有一家營業不佳，計劃出頂的報紙，改變登記，更換報名，也有不少熱心朋友，為我介紹，但我認為辦報，尤其此時辦報，……非如我過去為開創自己的新聞事業，這是一件何等光明正大的事，既然國家不需要我辦報，又何必鬼鬼祟祟去頂替別人的招牌？我婉謝了這些朋友的好意，四十一年到四十四年，這幾年中，我就斷絕了辦報念頭，一面教書，一面寫點評論或專欄之類的文章。

……何不率性辦一所新聞學校？我對於這一建議，再三研考，我最顧慮的，是那時我已快近六十歲，所謂十年樹木，百年樹人，雖然我無法等待百年，但要看到一所學校，稍具規模，起碼得有廿年以上的努力，我能否再活廿年？鼓勵我的朋友，尤其程滄波先生，他這樣說，馬相伯先生，在滿清末年，創辦震旦大學及復旦大學，都是在他六十歲左右，他還能眼見他的學生于右任及其他高足，勳業彪炳，事業成功。那麼，安知你不能有他那樣的運命。即使萬一中途不幸，只要這個學校，有了好的開始，許多朋友，也會幫你繼續辦下去。世界新聞學校，就是在如此熱情鼓勵下，開始籌辦的。

有了校址，立了案，但最大也最先的另一件事，還是如何籌措經費。雖然，我在大陸，創辦了幾份報紙，業務發達，薄於資產，但此時創辦學校，即使初步只是一所高、初級職業學校，除了地皮，至少也仍需二三百萬，才可動手。許多朋友專家學者，熱心支持，並同意參加發起，他們卻大半均一介書生，赤手空拳，在新聞界、教育界服務。此外幾位公務員，也都畢生廉潔，家無餘財。談到經費，大家都深深感到力不從心。記得四十四年我們召開第一次發起人會議，由已故于右任先生主席，我提出創校計劃及經費預算，最低限度，開學前必須籌足兩百萬元，以後經常費尚不在內。朋友中有人半開玩笑說，你辦了幾十年報，沒有一個報辦不得有聲有色，尤其業務方面，均年有巨額盈餘，相信你辦學校，也不會沒有辦法。雖然那時私立學校，還沒有所謂「財團法人」，更沒有私立學校法，但我即曾經鄭重指出，辦報之於辦學校，雖然同是極為重要的文化事業，其基本出發點，卻恰巧相反。近代報紙，是自由經濟下大規模營利事業之一，賺錢越多，越顯得報紙辦的成功。學校則不然，不能以營利為目的，公立學校，固然全部支出，均由中央或地方政府負擔，政府支付的經費越多，辦的越好。私立學校，則全靠私人捐助，捐助目的，只是興學，不是謀利。捐來的錢越多，學校才能辦的越好。換一句話說，就是辦私立學校，要賠錢越多，才越算辦得成功。經一再研商結果，決定分別尋找所熟識而有錢的朋友，舉行勸募。

我非常感激這些參加發起的朋友，他們都盡了最大的努力。若干工商界人士接受了我和這些朋友的請求，由幾百元至幾萬元，有一位竟捐了十萬元，在開學前好不容易共捐到將近三十萬元，再加上我私人告貸，及將麗水街住宅向第一銀行押借，勉強簡陋的蓋好了校舍，實習工廠，及購置了一些教學上必需的設備。在這艱難建校的募款期間，使我跑路最多的，有兩件事，至今還記憶如新。第一件，是某位經營鳳梨而發財的富翁，他答應我們發起人某君，捐一萬元，某君叫我帶收據到他的公司領取。跑了好幾次，他不肯見我，最後派女秘書代見，說他頂多只能捐兩千元，並拿出兩疊十元一張的鈔票，要我簽收。我帶來收據是一萬元，我們又不是叫化子，如果我收下這兩千元，不但對不住我自己，也損傷了要我來的朋友自尊心。於是毅然謝絕，空手而歸。第二件，是我接到發起人中另一位朋友的電話，要我去拜訪一位煤礦老闆，說他答應捐五千元。他的公司離我家很遠，那時沒有計程車，三輪車也多半破舊不堪，我先以電話約定，坐了三輪車去。不料快到他的公司附近，三輪車一個輪子飛了，把我摔在地上，還好沒受重傷，我站起來拍拍腿，勉強走到這位老闆的三樓，我發覺腿有點痛，而且約好的老闆，居然說臨時有要事請我明天再來，我說：我明天不能來，可能要進醫院了！幸好檢查結果，只是扭傷了筋，不必住院。這位老闆還是不錯，沒有多久，他竟派人把答應的五千元，不折不扣，送到我家裏。

「世新」就是從這樣艱苦的妊孕中，籌備一年多，於二十年前今天，在我們學校現有這一塊基地上，正式誕生。由於這一年多籌備的經驗，我深切認定，要使世新辦下去，不中途夭折，並期望其逐年壯大，必須放棄以前那套等待工商界不斷捐助，賠錢越多，學校越成功的想法，因為我們這一夥書生，尤其是我，這一次費盡力氣，只捐到三十萬元，以後更無把握，能靠募款，將學校辦下去。我們既不能以辦學為營利事業，改募捐為「募股」，勸人投資辦學店，我們就只有咬緊牙關，以工商界私人營利精打細算的精神來辦此捐滴歸公，非營利的私立學校。因此，我決定仍採用我民國十三年以二百元創辦《世界晚報》再辦《世界日報》的愚笨做法，就這脆弱淼小的一點基礎，開始長期苦鬥。

過去二十年中，最初幾年，可真是苦不堪言。高初級各一班，第一學期總共只剩六十餘人，所幸學生少，教職員工友連我總共不到十人，每月全部開銷僅萬餘元，有時將我在他校兼課所賺得鐘點費、稿費及其他薪俸，帶到學校，抵補開支。我應該特別感激的，我的朋友，無論是參加發起與否，只要我登門懇求，他們都肯慨然承諾，來「世新」擔任教課，像這樣一所設備簡陋的學校，我們竟有先後擁有大眾公認的第一流師資，如程滄波、阮毅成、端木愷、蔣勻田、陶百川、蔣復璁、胡秋原、沉雲龍、陳紀瀅、於衡、王藍許多專家學人，都曾來校正式上課。王雲五、胡適諸先生來校專題演講。雲五先生，在他健康良好時，每年必來一二次。尤其使我永遠懷念的，故立委邵鏡人先生，在得了不治的癌症之後，不聽勸阻，帶著高燒，仍來校講課。他們給世新這樣大力鼓勵，使嚮慕新聞事業的青年人，對「世新」有了信心。

二十年來，我經常告訴同學，「世新是全體同學的世新」，目前已有八十幾位校友回校服務，切望不久將來，有更多優秀卓越的校友，回校擔任教師，重要行政工作，或經由董事會推選，參加董事會，或出任校長。我以五十九歲的半老人，創建本校，經過二十年無情歲月的煎熬，今已成為七十九歲急待退休的老翁。這由二十年累積儲存的三億以上校產，也就是「世新」全體同學的共同產業，將一文不少，移交董事會，並由全體同學來協助維護。讓我趁精力尚未完全衰退以前，能再多讀一些書，多寫一些東西。在歡度二十週年校慶的今日，如果有人問，什麼是我最大的願望，我將毫不遲疑的回答，只有這，才是我最大的願望。

1976 年 10 月 15 日，臺灣《聯合報》。

六、普及新聞教育問題：我所理想的新聞教育

成舍我

報學季刊的各位先生，因為本期要討論普及新聞教育問題，叫我寫一點對於新聞教育的意見；同時，並要我將正在嘗試中的北平新聞專科學校概況，介紹給大眾。我對新聞教育，本沒有深刻研究，至新聞專科學校，它創辦僅僅兩年，還正在幼稚時期，也實在沒有向大眾介紹的價值。不過，我欠報學季刊的文章債，實在不好再賴，為還債並答謝各位先生的盛意起見，所以將這兩個題目，合併起來，勉強寫出下面這篇卑不足道「我所理想的新聞教育」。

所謂理想，或許會被人指為一種烏托邦，也未可知。但我的原意，要想替中國今後的新聞事業訓練一些手腦並用的小朋友。假使這些小朋友，真能完成他們的學業，那麼，他們將來的技能，是一方面穿上長衫，做經理，當編輯，一方面也可以換上短衣，到印刷工廠中，去排字，鑄版，管機器。當然這種理想，難免不失敗，然而這確是我現在對於新聞教育所懷抱的意見，也就是我們創辦新聞專科學校的唯一動機。

這種理想的試驗，是從民國二十二年四月十二日新聞學校成立時開始，到現在已恰將兩年了。我們抱持這種試驗，分作三個階段。第一，初級職業班；第二，高級職業班；第三，本科。第一，第二兩階段，各為兩年，第三階段三年。換一句話說，就是起碼七年，才可以將這個理想，試驗終了。不過一個學生，從初級到本科。雖然共需七年，但他若因為家庭經濟，或個人興趣的關係，不能一次繼續度過如此長久的時間，那麼，在每一個階段終了，我們也已替他準備了相當工作的能力。所以三個階段，也盡有分劃的餘地。

第一階段的初級班，它主要課程，是屬於印刷方面的排字，鑄版，管機器，第二階段的高級班，主要課程是屬於事務方面的發行，廣告，會計，簿記，至於第三階段的本科，則當與法學院中各種分系相當。而在每一階段中，都兼包有新聞學概論，採訪，編輯，和新聞事業中必須的技能，如攝影，速記，譯電等。初高兩級，並講授社會科學大意，自然科學大意，以充實其常識。我們訓練初級班，目的是造就印刷工人，高級班造就發行，廣告，及事務上管理人員，本科則為造就一方既常識充足，一方且學有專長，而對新聞事業，又已得到深刻瞭解的編輯採訪和報業指導者。依據這樣計劃，可以一個真能經歷三個階段，修畢七年課程的學生，他一定對於新聞事業全部的必需技能和知識，都可以相當明瞭。那就是前面說過的，他穿上長衫，可以做經理，當編輯，換上短衫，也馬上就可以排字，鑄版，管機器，這就是我們所提倡的手腦並用。即使僅僅經過第一階段的學生，他在畢業後，除印刷以外，對於編輯採訪，和其他報業技術，也不會和其他工人一樣，完全不懂的。

從民國二十二年四月十二日起，新專成立，初級職業班開辦，今已兩年快到畢業的時候。這一班初級學生，共四十人。他們現在已能排字，製版，開機器，雖然編輯採訪，不是他們的主要課程，但因為他們十分愛好的原故經過這兩年的附帶訓練，似乎也勉強可編，可訪。學校中有排，製印的實習工廠，並舉行過自編自印小型日刊的練習。在這個小型日刊上，從社論，編訪，排印，以至用自行車將刊物送給讀者，都是由學生擔任，不許有半個外人，參加工作。經過這樣假「日刊」演習以後，到了第二學年開始，就更進一步將北平《世界日報》的「北平增刊」和「世界畫報」，在教授指導之下，都劃歸他們去實地排版印刷。並將一部分編輯採訪的職務，也交他們負擔。而《世界日報》的社會，教育，婦女等版的新聞，有時並指定他們出外採訪。他們編訪的能力固然還談不到十分滿意，但就他們的學程說來，實已出乎我們的預算之外。

過去兩年中，他們對於實習，都很努力，尤其採訪，在被派出以後，除非得到結果，他們是不願意空手回來的。有一次，因為採訪一條重要新聞，派兩組學生，分別活動，甲組從早晨等到午夜，算是有了圓滿結果，但已兩頓飯都犧牲了，乙組不幸得很，雖然也是同樣時間回來，但終於沒有結果，於是有一個學生，回到學校，就抱頭痛哭。這種精神倘他們將來還能永遠繼續保持，那麼新聞記者的第一個信條「忠於職守」。或許會不致被他們違棄。

依據我過去辦報的經驗，新聞記者，尤其外勤，他們最容易也最危險的毛病，就是不能「忠於職守」。所不「忠」的原故，第一，是缺乏忍耐性。有些外勤往往因為急於銷差的關係，消息竟任意捏造，騙自己，騙報館，騙讀者，我在北平記得有這樣一個故事。好多年前，有一家現已停版的晚報，某次，派一外勤，到車站接晤與時局有重要關係之南來某君。適火車誤點，這位外勤，不能久等，遂離開車站，杜撰了一段新聞說：「某要人某時抵站，詢其任務，多不置答，惟言，此次北來，沿途印象甚佳」云云。在這位外勤的用意，必以為早報上已有某要人昨夜過濟南的電報而一般要人，又向來不願對記者說真話，「印象甚佳」，幾乎是千篇一律的要人口吻，火車雖然誤點，但總是要到的，等著了，也不過這幾句話，倒不如先造幾句，省得在車站苦守。在他必以為聰明過人，萬無一失，不料某要人的行止，卻偏軼出這位外勤的意想。他中途從天津下車，當日並沒有到平。於是這家晚報，大標其某要人今早到平談印象甚佳的新聞，結果是竟被人笑為「白日見鬼」。這個故事，我常常拏來警告一般擔任外勤的朋友。而我對於這些學生的訓練，採訪方面，總是叫他們守著「與其信用耳朵，不如信用眼睛」的原則，如果眼睛真沒法看見，也只好自認失敗，終比捏造的好。就這過去兩年的情形，看似乎他們還能夠相當忍耐，而沒有那些造搖捏報的惡習。

初級職業班，定今年四月十一日畢業，在他們四十人中，有三分之二，已決定升入高級，有三分之一，則請求學校，送《世界日報》服務。《世界日報》，也已決定將此三分之一的畢業生，盡數留用，打算每天以一半時間，叫他們用手（印刷），再以一半時間叫他們用腦（採訪或報業管理），實行我們手腦並用的初步理想。

今年秋季始業，就開辦高級職業班，試驗我們第二階段的理想。同時還再招一初級職業班，以補足本年畢業的班次。初高兩級的學生，是完全免費，不收分文。至於學校的經費，則過去均由北平《世界日報》及南京《民生報》擔任，兩年來，已經用去的，大約在兩萬元左右，今後的擴充，則董事會正在設法籌劃中。

除初級職業班以外，去年因受《世界日報》的委託，還先後辦了一個報業管理特班，和電訊特班，前者半年，後者三月畢業，都現在《世界日報》服務。報業管理班，是應當時《世界日報》改用複式簿記的需要，電訊班則為翻譯電報，及收聽國內外廣播電報之用。服務成績，均尚不惡。這是不能等到高級職業班畢業，所以才先開辦的兩種特班的。

我所理想的新聞教育，及這兩來在新專試驗的經過，其輪廓大至已如上述。至於我為什麼要決心來作這種或者被人指為烏托邦的嘗試？第一，我從未來的新聞事業組織上設想，覺得未來的新聞事業，它的內部組織，不但應消滅資本勞動兩階級的對立，並且連勞心勞力的界線，也應一掃而空。因為新聞事業，是社會組織的中堅，是時代文化的先驅，我們固然不敢預想未來的中國，將有怎樣方式的社會和文化，但無論如何，若將中國未來的報紙，也組成像資本主義化的美國黃色報紙一樣，試問這種報紙，於未來的社會文化，有什麼利益？民國二十一年，我在北平燕京大學，演講「中國報紙的將來」。關於報紙的組織問題，我的意見，是：「未來的中國報紙，它應該是受民眾和讀者的控制，它的主權，應該為全體工作人員——無論知識勞動或筋肉勞動者所共有，它在營業方面，雖然還可與一般營業無異，但編輯方面，卻應該絕對獨立，不受商業化任何絲毫的影響。」這就是我不但想打消勞資對立，並且連勞心勞力的界限，也要打消的一種建議。但是我們既打算將一個報館的主權，交給全體工作人員，那麼，就現一般報館中的勞力者尤其印刷工人而論，他們知識和道德水準的低下，自然無可為諱，一旦叫他們接受並行使這種主權，當然非常困難，就是貿然接受，等到行使起來，其結果也會要有名無實，像辛亥革命後中華民國的老百姓一樣。中國國民黨有訓政，我們想要改進未來新聞事業的組織，似乎也應該先有一個訓政。這個訓政工作，一方面設法就已有的勞力者，提高他們知識和道德的水準，一方面我們來從根本做起，徹底訓練一般新的報業人員。這些新的報業人員，他們將沒有勞心勞力的區別，他們一方面可以做勞力的工人，一方面也可以做勞心的經理，或編輯。整個報館就是他們的所有，他們盡可各盡所能，各取所需，如此，則不但整個報館的組織，可以得到新的改革，而報館內部，也一定容易協調，大家都感到共同團體，努力奮鬥的必要。像現在一般報館中常易發生的勞資糾紛，及印刷工人與編輯間每每無謂的爭執，衝突，總可以不致再有。我辦新專的理想，就預備最後能將這些新的報業人員，多應用到這種新的組織上去。第二，再就報館的技術方面說，勞心勞力，實在也有融會貫通的必要。固然學術愈進步，工作愈專門，一個人決難全知全能，報館的技術，當然也不能例外，專門的工作，自當讓專門的人才去做。不過一個報館的工作者，一方面應該有專門的技術，一方面對報館全部工作，也應該普遍瞭解。

正如一個專門醫生，他僅管是喉科，或是眼科，而他對於人身整個生理的構造，卻不能不普遍瞭解一樣。往往受過高等教育，甚至大學新聞系畢業的人，當他開始走近報館的編輯室時，他最易感到的麻煩，就是印刷工人不能指揮如意。有時編輯方面，要這樣排，而印刷方面，偏說這樣是不可能。有時編輯方面，以為稿子還不夠，而印刷方面卻說已經發多了。如果發生爭執，編輯方面，總大多不能說明技術上的理由。固然有時係印刷工人，故意偷懶搗亂，但當編輯的，假使他對於印刷，早就有過經驗，最低限度，他已知到排版和計算的方法，那麼，這種麻煩，是很易解決的。如果照我們的計劃，編輯就是工人，工人也就是編輯，那自然更不成問題了。無如直到現今，編輯和印刷，還差不多是劃成兩個世界。許多初到報館當編輯的，連字體大小，一行大題，應該用幾個頭號，幾個二號，還弄不清，哪裏還能從技術上，使印刷工人，完全折服。所以遇到一個印刷技術的爭執，儘管編輯方面的主張確當，也往往不能不為工人所屈服，反過來說，有時印刷方面的主張確當，但因為編輯地位較為優崇，在工人勢力不很強大的地域，他們恐怕開罪編輯，也只好將錯就錯，敷衍編輯的面子。這種情形，當然從報館立場說，都是於報館不利。一個有印刷知識的編輯，不但他不會感受到印刷方面的麻煩，並且的確可以在技術上，使報紙形式，比一個沒有學過印刷的編輯，編得生動，美觀。至於在印刷方面工作的，假使他有編輯同樣的學力，那麼，工作的迅速，和錯誤的減少，甚至編輯發稿時匆忙中沒有注意到的疏忽，都可以代為糾正。這與普通工人的效率，當然是不可並論。而平常因為改正排字錯誤，以犧牲初校二校大樣等的巨量時間，也可以從此節省不少。這就是我主張勞心勞力不可分別的第二理由。並且這樣的例子，不僅印刷與編輯為然，普通一個報館中所謂階級最低之報差信差，實在同時也可以兼作一種很重要的職務——外勤。比如世界日報，牠平時有五十名以上騎自行車直接送報的報差，他們平時除每日除送報的兩三小時工作以外，其餘都閒坐無所事事，如果這班人是受過新聞教育的，那麼，他們於北平情形，甚至在他送報的區域以內，每條胡同中，每一重要住戶的生活起居，他平時照例都十分清楚，因為他們天天送報的緣故，自然也就有了同郵差警察同樣與住戶熟習的機會。他們騎車技術，很好很快，每天必須有幾個小時，穿行全市，如果指定他們同時負起採訪的責任，那些街上突發的事件，自一定很少逃過他們的眼睛。這比報館專請幾位無事不出門，出門必雇車的外勤記者，效力要如何來得偉大！諸如此類，不勝枚舉。總之，報館的工作，都應該由受過新聞教育的人擔任，尤其今後的印刷技術，突飛猛進，中國的排字方法，也一定會要大大革命。這都絕非無知識的工人所能肩負得了。凡是同在報館工作的人，沒有什麼上等下等的分別，換一句話說，就是沒有什麼勞心勞力的分別。第三，從未來報紙大眾化的傾向著想，消弭勞資對立，並訓練手腦並用的工作者，更有急切的必要。因為我們要報紙大眾化是要報紙真能走到民間去，如果大眾化的結果，只是造成幾個像美國一樣的黃色報紙大王，他們只知道個人發財，不管社會遭殃，那麼，這種大眾化的報紙，試問於大眾有何利益？綜括以上所述，由報館的組織，技術，和大眾化三方面來看，所以就形成了我對於新聞教育的一種理想，更催促我下了開辦新專，從事試驗這種理想的決心。

本來新聞教育，是一個新興的部門，它是否有獨立的價值，到現今還在許多人的爭論中。雖然歐美各重要國家，他們的大學中，不少有新聞課程的設置，但十分之九，不過聊備一格，就歐洲各國與美國比，美國的新聞教育當然較歐洲發達。歐洲多偏重學理的探討，而美國則偏重實用。美國最完備的新聞學校，當首推密蘇里大學的新聞學院。據該大學發表的校務報告上說：自一九零八起修新聞學者，得援予學位，在全世界當以此校為最先。（It is the oldest school of journalism in the world, having begun instruction leading to a degree in journalism in the fall of 1908）它課程內容也以實用為主。學校內並有三種實習的刊物，它的日刊——Columbia Misouriun——簡直和一個普通的地方報紙沒什麼分別。它在當地銷行很廣，除印刷部分外，廣告和編輯採訪的人員都全由學生分任。他們當學生時，已有這樣由實習得來的豐富經驗，所以畢業以後到美國各地報館去服務，都很有滿意的成績。我們隨便到美國的那個報館中去，幾乎總可以遇見這個學院出身的學生。中國的名記者，從這學校畢業的也不少。雖然這是美國人辦的學校，是為美國報紙而訓練的學生，裏面所教授的，不能盡如我們今日的願望。然而就現在全世界已有的新聞學校看來，幾乎能像它那樣完備的，實已是不可多見了。

自來輕視新聞教育的人們，總以為新聞教育，其目的只是訓練一些技術的人材，是職業教育的一種，沒有什麼高深學理的研究，不能成為一個學術上獨立研究的部門。所以到現今中國的大學中還沒有正式允許新聞學系的存在，更談不到正式的新聞學院。其實新聞教育，一方面固然是職業教育的一種，一方面何嘗不含有高深學理的研究，尤其號稱民本主義的國家，新聞教育，更有積極提倡的必要。韋爾斯著世界史綱，曾反覆聲述，民主政治之鞏固與發展，惟視新聞事業之能否普及光大。至於新聞教育的學理方面，如新聞道德對於社會之影響，公共輿論之如何形成，群眾心理之如何善導，及各國報紙與其國內政治文化演變關係之所在。何一不需要有系統的高深研究？豈可以職業教育，而抹殺其學術地位？如果說，受新聞教育的人，將來不過想做一個新聞記者，沒有什麼高遠的目的，就認為新聞教育，沒有學術上獨立的價值，那麼學醫的，百分九十九，做醫生，學法律的，百分九十九做法官，當律師，為什麼國家不禁止辦醫科大學，和法科大學，這真是有點奇怪。況且自民本主義的立場來看，職業教育，與文化教育本沒有什麼分別。杜威民本主義的教育，就曾極力打破這種界限。澈底的說，無論哪一種教育，都包括著實用和研究。冠墨留氏（Comenius）嘗謂：增進知識，須先教以實物，又謂：教育須能實際應用於日常生活。現在已有許多教育家，將法律，政治，經濟，甚至陸海空軍事學科，都認為職業教育，那麼即使認定新聞教育，只是職業教育的一種，也不應該有任何被人輕視的理由。

我的意思，新聞教育，一方面是職業教育，一方面也是文化教育的一種，技術的訓練，和學理的研究，都應該同樣重視。不過就學習的便利，可以有先後時間的分劃。像我們這個小小的新聞學校，在第一第二兩階段比較的偏重技術，在第三階段，則大多數課程，都已研究為主。當然我們的目的，是要他們將來能在新聞事業中，做一個真能手腦並用的工作員，但同時也盼望他們能對於新聞教育的學術方面，將來有相當的供獻。不過我們現在所試驗的，僅止是一種未成熟的雛形，成功與否，還要靠國內同業和新聞教育家先進的指導與援助。我生平最佩服斯賓塞兩句話：「不能遮雨，不是好雨傘，正因為雨傘的目的就是遮雨」。那麼，我們要判斷這個理想的前途是好是壞，只有看它將來是否能達到我們改進中國新聞事業的目的。

載於報學季刊一卷三期，1935 年 3 月 29 日。

七、如何使報紙向民間去

成舍我

今天是新聞專科學校開學的頭一天，也就是我們試驗我的理想——改革中國新聞事業——的開始，假使我們的理想，幸而不十分錯誤，我們將來對於中國新聞事業或許有點貢獻，那麼，今天或許就是我們最可以紀念的一天，也未可知。我們組織這個學校的動機，是認為眼前的中國報紙，有兩件急當注意的事：

（一）現在國內的報紙，大半可以說，只是特殊階級的讀物，而不是社會大眾的讀物。我們可以從兩方面來看：每一報紙牠所記載的消息，大都偏於政治方面。把要人的來去，宦海的升沉，特別注意：都用很多的篇幅，很重要的地位去登載。至於社會上許多嚴重的事件，反而多被忽略。我深刻的記得，幾年前，在上海一家報紙的本埠新聞上，一天，將一個要人開的園遊會，登了第一條，占去很大的地位，甚至來賓中一位太太的鑽石項圈，也不惜用數百字來描寫它如何華貴，令人羨慕。但在同日同欄的末尾，有段大學畢業生投黃浦江自盡的消息，這個自殺者，從大學畢業以後，謀一點小事都得不到，後來做了一個小學教員，小學卻因為經濟困難不能發薪，他沒法維持生活，就把自己的妻子和女兒，都送入妓館裏去做妓女，後來她的妻子因羞憤自殺了，女兒也跟人跑掉了，小學到底因不能維持，至於關門，他完全失業，結果，只好帶著一個三歲的小孩子同投黃浦江自殺。這是多麼悲慘而複雜的社會問題？可是反而被列入在幾個自殺消息的裏面，標了一個「自殺消息一束」的題目。用六號字排在小角落裏。試問這兩條新聞，影響社會生活的，哪個輕？哪個重？而報紙的眼光。卻將他這樣的倒置起來。這種現象，不僅一家報紙如此，一般報紙均很少避免。所以只有少數與政治有關的人，才去讀報，大多數的農人，工人，商人，則以為這種報紙，不過是些陞官圖，起居注，和特殊階級的消遣品，與大眾不發生關係，沒有讀的必要。再就報紙的定價來說：像北平，天津，上海的各大報，每月每份售價都在一元以上，而一般勞動階級的收入，普通每月總只有十元上下。如果訂一份報，就差不多要占去他生活費的十分之一；他們家裏如果再有父母妻子，十元維持衣食住都不夠，哪裏還有力量去買報看？不但勞苦的農工看不起報，就是收入稍豐普通的小學教員，也看不起。但在歐美，看一份報不過佔據每個人收入千分之一。譬如英國的一般日報，每天只賣一個辨士，英國普通的工人收入，每天平均總有一百個辨士（以每月收入十磅計算，）法國的報，每份只售二十五個生丁，而普通工人的收入平均每天總有三千多生丁，（以每月收入一千佛朗計算）所以歐美的人都喜歡看報。在外國，早晨起來看見街上賣菜的主婦，袋子裏除下小菜，麵包。總還有一份報紙。可見歐美的報紙，是人人可以看得起，那才是真正給大眾看的報紙。中國的報紙定價，為什麼這樣昂貴，一方面固然因為廣告不發達，另一方面，也是因為報紙本身篇幅太多，不知道減輕成本，低價推銷。

報紙的內容，不是大眾所需要讀的，報紙的定價，又不是一般勞苦大眾所讀得起。中國報紙不發達，這兩點實在是最主要的原因。所以中國辦報數十年，到現在，他的讀者，還只是限於極少數的政治人物，和所謂知識分子，不能伸張到民間去。中國糟到現在這種地步，就是大多數國民，根本上不知道國家是個什麼東西，國難道這樣的嚴重，國家快要亡了，他們還不知道。甚至他們將中國，「滿洲國，」日本，看作沒有什麼分別，做那一個國家底下的國民，於他們本身，都沒有什麼了不起，他們所以愚昧，閉塞到如此田地，就多半是因為向來不去讀報的緣故。就這一點說，我們新聞界，實在應該負重大責任。因為我們的報紙，從來不注意向多數國民動員，使他們瞭解民族意義，個人和國家的關係，及中國現今的危迫。致使他們始終坐在漆黑的暗室，不知道屋外大勢。自從九一八事件發生以來，我們更深切的感到，有急起直追轉變我們目標的必要。內容應由政治轉到廣義的社會，讀者由應少數特殊階級，到全國勞動大眾。就是要將向來被視為特殊階級的讀物，變成大眾的讀物。使全國士農工商，都能看報，用報紙來喚起全國民眾，共赴國難，抵禦外侮。這是中國報紙應該改革的第一點。

（二）中國報紙，在商業不發達的地方，雖然還埋沒在手工業時代的狀況，而在通商大埠，則漸次已有資本化的傾向。辦報的老闆，可以與報紙工作不發生關係，只要拿出了資本，終年不入報館大門，也可以坐分紅利幾十萬元。勞資的對立，日趨尖銳，就在同一的報館裏，腦力勞動者，與體力勞動者中間，也很容易發生衝突。編輯部和印刷部，總難合作。凡是從事過新聞事業的人，恐怕都感到過這種痛苦。這是未來中國新聞事業的一大危機，我們要預防這種危機，就應該設法使一個報館，成為一個合作的集團，由排字工人起，至社長止，都要忠誠合作，全成報紙的主人，不但要消滅資本勞動兩階級的對立，並且要融合勞心勞力，使他們同為一個報館的生產者。應就他們勞動的時間和效率，去區別他們的報酬，而不應該從勞心勞力上有所歧視。這是中國新聞事業應該注意改革的第二點。

我們懷抱這兩種觀念。就想來創辦一個理想的報紙，來實現我們的理想。原來我們的計劃，是想就我們已有的報紙改良，照我們理想的辦法去作，後來經過縝密的考慮，覺得要實驗我們的理想，非有根本澈底的辦法不可。而人才的準備，尤為必要。最好先辦一個新聞學校，一方面訓練未來的人才，一方面在學校裏可以創辦一個民眾化的報紙。從事這個報紙工作的人，像經理，編輯，外勤記者，印刷工人，會計，發行，廣告等等，就均可由學生自己來充任。由一個學校，來實現我們上述這兩種改革的理想，這就是我們創辦這個新聞專科學校的由來。

其實，這兩種理想，我們懷抱已經很久。前幾年，國立北平大學，曾請我舉辦一個新聞專修科，後來又覺在法學院內，開辦一個新聞學系。本來均可以試驗我這種理想。但是我仔細考量結果，覺得就現在教育界情形，要想在一個國立大學裏面，試驗我們的理想，必然困難太多。當時又恰巧因事出國，平大這個委託，我只好中途辭謝，沒有進行。我後來更感覺到要根據我們的理想，訓練完全手腦並用，吃苦耐勞的新聞人才，應當由下往上，逐步徹底的作去。辦大學新聞系，招大學程度的學生來訓練，不從根本著手，將來也恐怕難見成效。所以回國以後，決定以私人能力，來創辦一個以合乎實用，循序漸進為目的的新聞專科學校。經過相當期間的籌劃，到今年二月正式招生。我們將這個學校，分為初級職業，高級職業，本科三班。現在開辦的是初級職業班，以後兩班，當陸續開辦。初級職業班，學額本只有限四十名，當時應考的竟有四百多人，超過名額十倍以上，可見一班青年對於新聞事業，大概很感興趣。今天這初級職業班，已正式開學。初級職業班，是打算造成一般新聞事業中的基本社員，就是一個報館裏最重要也最神聖的印刷工人。以一半時實地間練習排字，鑄字，製版，機器等工作，以一半時間講授中國文，外國文，自然科學大綱，社會科學大綱，新聞學等。

務使在兩年裏，技術和知識同時並進。畢業後願意作事的當然可以作事。其環境好，不願即刻做事，還願意深造的，則可以升入高級職業班。高級職業班，是以訓練外勤記者，助理編輯，及事務方面，發行廣告，會計等職員為目的。一面有實習工作，一面也有學科講授。畢業以後，願意做事的作事，願再深造，可以入本科。本科的目的，則再造就主筆，總編輯，及事業方面的指導人才。它的課程，則專注意於法律，政治，經濟，和若干主要的社會科學，其程度，將與一個完全法科大學相當。這三班的畢業期限，總共七年，假使一個人，能從初級職業班，進到本科畢業。那麼，他的能力，一方面可以做社長，當主筆，一方面也可以排字，管帳。這樣，才可以算一個完全的新聞記者，而腦力勞動和筋肉勞動，也就可以合而為一了。

我們創辦這個學校的計劃，大略如上所說。我們將來還想在這個學校內附辦一個理想的報紙。一方面給未畢業的學生做實習，一方面就讓畢業的學生去工作。報館裏全部的職務，都由本校未畢業或已畢業的學生去做。由印刷到編輯，都由學生擔任。照著我們改良中國新聞事業的理想，這個報，一方面要注意到大眾，同時要把這個報作為全體社員所公有。我們的學校，是一個工廠，同時又是一個報館，希望將來凡在本校畢業的，能做一個用腦的新聞記者，同時也能做一個用手的排字工人。各位同學畢業以後，除由本校指派工作外，也可以自由分散到各報館去服務。世界上任何事情，都是新陳代謝，在座的諸位同學，雖然都還很年青，將來長大了都可以成一個完全手腦並用的新聞記者，或新聞事業的支配職者。我們的事業將來就會要讓給你們去作。所以各位的希望和責任，都是重大而無窮的。不過現今我們辦學的能力有限，設備也很簡單，好在無論何事，只要努力作，一定總會有相當成功。雖然我們的設備很簡陋，基礎可以說一點沒有，房子是租的，經費差不多全由我個人，和北平日晚報南京民生報捐助，工廠裏的東西，也是世界日報捐出來的。但是實際上，我們還是有很偉大的基礎，在那裡等著，這個偉大基礎，就是我們全體努力的精神，只要同學和各位教職員，都來共同努力，將來新聞專科學校一定可以成為一個完全的學校，一天天的發展起來，或者能造起一個十層樓八層樓的工廠化的學校也未可知。不然，大家因循敷衍，辦事的混飯吃，當學生的混文憑—其實這個學校的畢業證書，並不能當衣食飯碗，那麼，就馬上有八層十層的洋房，也一點沒有用處。再就我們以往的經驗，覺得一種事業，起初都應從小處作起。從小處作起一天一天進步，根基才能鞏固，剛才管學賢先生進來同在座的一位小同學，進這個學校，希望將來做什麼，他說想做世界日報的社長。世界日報的社長，並沒有什麼可羨慕，但是，你們的心目中，一定覺得這個報館，現已有相當基礎，不過，你若在十年以前，世界日報剛剛創辦，房子還沒有現在這個學校好，最初的資本才幾百塊錢，在那時，你一定不會說，想作這個報館的社長，現在的基礎，是許多同事，用十年的腦汁和血汗換來的，不僅一個小小的世界日報如此，世界知名的《泰晤士報》，它在一七八五出版時，不過是一張八開大小的小報，和現在世界晚報一樣大小，經過了約翰·懷特（John Walter）幾代的努力，才得到現今地位可見大的成就，必先從小的基礎，一點一點的做起，我生平做事，始終抱此方針。我所以不去辦一個大學中的新聞學系，而願意先來訓練你們幾十個小朋友，也就是這個意思。若拿現在的新聞專科學校和十年前《世界日報》來比，新聞專科學校，可以說是現在的規模還比《世界日報》好得多。所以新聞專科學校將來的發展，實是不可限量希望各位同學和我們同人都要互相努力，共同發展。將來學校一天一天擴大，畢業的人一天一天加多，那麼，我們改革中國新聞事業的理想，「報紙要向民間報」和「工作者有其報」，就自然可以慢慢的實現起來。我們的實習工廠，張貼了一塊橫楣，和兩句對聯，那橫眉說一手腦並用，一對聯說「莫刮他人脂膏，要滿自身血汗。」這幾句話雖是偶然湊成，但各位若日細體會，也就是本校真正的精神所在。

載於《報學季刊》一卷三期，1935 年 3 月 29 日。

八、中國報紙的將來

成舍我

「中國報紙的將來」，「將來」這兩個字，意義極為廣泛。究竟我所指的「將來」，是從何時算起，何時為止。因為從眼前起，到世界毀滅，都是將來。如果漫無邊際，那麼，這個將來，真是大海茫茫，何處是岸。我當然沒有那樣神機妙算，可以預想到如此遙遠。所以在未入本題以先，我應該下一個界說，就是我所指的將來，僅僅是最近的將來，從現在起，大約最多不過三五十年，這不是一種憑空的玄想，也不是電影院演的五十年後的世界。我所說的中國報紙的將來。在最近三五十年內，一定有實現的可能。

因為近代科學界猛烈的進步，無論那種事業，都沒有不受科學的影響。就報紙說，一百年前，不僅中國，即在報紙最發達的英國，大家知道，馳名世界的泰晤士報，一七八五創刊，到了一八三四，經過了五十年堅苦卓絕的奮鬥，他的銷數，還不過僅僅一萬份。我在大英博物館所看見最初的泰晤士報，只是一張四開大小，和現在北平的各種晚報的篇幅一樣，印刷異常模糊。所有消息，如巴黎羅馬等處通信，都是經過十天二十天，才能到達。若拿現在的泰晤士報比較，真是天上地下，無從譬擬。假使今天，我們中國的北平，發生一件特別驚人的事件，譬如說，燕京大學的上空，落下了一個星球，這個星球，起初是一塊石頭，後來馬上變成了黃金，那麼，這條奇怪的消息不但明天泰晤士報以及所有的倫敦各報，都會有詳細記載，如果北平有電傳寫真（televislon）的設備，還可馬上連燕京大學的校舍和落下來星球的照片一塊兒同時發出。至於他們的銷路，大家都知道，每日郵報，已經突破世界上日報的紀錄每日發行到二百萬份。為什麼百年前的報紙，那樣衰敗，現今的報紙，卻如此發達？這個答案極簡單，就是由於科學進步的結果。有了輪轉機，從前一小時印報不到一千份，現在用許多機器合併起來，一小時可以印好幾百萬。從前一條從巴黎到倫敦的消息，需要好幾十天，有了電報，就是比巴黎倫敦距離更加幾十百倍的地方，也沒有需到一天的。從前沒有火車，輪船，更沒有飛機，報紙發行，異常困難，現在這種困難自然也一律消滅了。這就是科學發達影響報紙的實例。歐美如此，中國科學發達的速度，雖遠不及歐美，然此種傾向，實在也異常明顯。以前五十年或一百年歐美報紙的演進如此，則今後三十年或五十年中國報紙的演進，亦何嘗不可同樣類推。

中國報紙，發達途徑，雖似乎很遲，或者，還有人說，中國報紙，近來簡直沒有什麼進步可言。但以我的經驗，卻極覺到最近幾十年來，中國報紙，確已有很大的進步。我從做中學生時，就同時做新聞記者，到現在將近二十年，即就此二十年而論，我們若把他今昔情況，略加比較，即可知那些批評中國報紙沒有進步的，實非確論。民國初年的報紙，即如號稱報紙最發達的上海，那時的銷數，占第一位的報館，也最多不過銷兩三萬，現在則最多已有到十四五萬份一天的了。那時報紙的新聞，異常陳腐，尤以本埠新聞最腐敗，一切消息，均憑所謂跑馬路的訪員，拉雜撰寫，用複寫紙一字不改，分投數報。現在則本埠新聞，競爭最烈，每一報館輒有外勤十餘人，一事發生，立時出動。再就北平說，民國七年，我在一家當時在北平銷數最多的報館，當總編輯。名義上是總編輯，實際上那個總字的意義，卻應該另有一解釋，就是從做社論以至校對，幾乎總共僅我一個人。那時通信社還極少，更談不到本報專有的外勤。一大張緊要新聞，它的構成，三分之一，是剪外埠報，上海報尤為主要的命脈。假使有一天上海報脫了班，到車站上取報的信差，空手而歸，那麼，這個恐慌，一定比上車站沒有接著熱戀的情人，還要利害百倍。三分之一是命令和一切等因奉此的官文書。還有三分之一，才勉強可以算是真正新聞。這種新聞大部分由兩位秀才不出門的專家包辦。他們每天各送來上十條蠅頭恭楷的所謂訪稿。他的文字和內容，簡直可以列成兩種公式。一種是今日上午幾點幾十分。公府接到某地督軍某某萬急密電一件，全文共幾百幾十幾字，但內容關防極密，無從探悉。另一種是今日下午幾點幾分，國務總理某某入府覲見總統，當即屏退左右，談至幾點幾分，始行辭出，但內容因關係重大無從探悉。這兩種公式，無論天崩地塌，幾乎都不會使他變動。他們對於電報字數的多少，收發時刻，入府人名，謁見時間，都很精準，然而沒有內容，有時即有一兩句，不是模糊影響，就是跡近捏造。後來我仔細一打聽，才知道這兩位專家新聞的秘密來源。因為一位，他的父現在總統府當號房，什麼人來見總統，他在掛號時，大概總都可知道，所以總理入府，這個消息，當然不會漏卻。至於內容，自非號房間所能知。另一位，他的兄弟，在公府電報處收發室辦事，外來電報，照例由他摘號登記，所以收電時間，和字數多少，可以詳記無遺。但電報內容，自然也無法探聽。但就是這樣不成新聞的新聞，在當時，卻已是我們報館即以在北平銷數最多的最大原因之一。報館主人，對他們兩位，異常尊重。因為他們是我們報館特別消息的唯一來源。至於專電，在那時當然是絕無，即使僅有，亦大半出自本店自造。民國七年時北平的領袖報，大概如此。現在呢？北平各報的印刷編輯新聞來源以及一切的一切，幾乎沒有一樣不是比民國七年時特別進步。單就電報一項而論，一個著名報紙的緊要新聞，平均計算，二分之一，大約都是專電，字數約由三五千字，最多到一萬字，這都是從前所夢想不到的。他的原因，就是由於一切交通器具，和其他物質上比從前進步的原故。換言之，就是科學進步的結果。中國報紙的進步，雖然比歐美還算很遲，然而中國報紙，幾十年來，究竟總是向前進，不是向後退。那麼，我們可以推想，以後十年三十年或五十年的中國報紙，當然也只有更前進不會更後退的。因為科學的經驗，告訴了我們，世界上的科學，只有一天比一天進步，他的進步，可以改變人類社會所有的一切。那麼，我們中國的報紙，就要故步自封，也事實上絕不可能！

自從有了蒸汽和電的發明，才有產業革命。一切人類生活，亦都為之改變。十九世紀，簡直可以說是蒸汽和電的世紀。現在的世紀，飛機，無線電，又將改變人類一切的生活，那麼，二十世紀，我們也就簡直可叫他做飛機與無線電的世紀。在這個世紀中，報紙受飛機和無線電的影響，當然還是最大。全世界的報紙如此，中國報紙，當然也不能除外。

今後三五十年內中國的報紙，將怎樣演進呢？固然，一部分有中國特殊的背景，實際上，大部分，與世界報紙的將來，自然不會有相反的傾向。依我的見解，中國報紙的將來，受了新時代的影響，他的變化一定有三個重大問題發生：

第一、怎樣去控制一個報館？報館的主權，將為誰有？報紙商業化，是否尚有存在可能？

第二、如何去確定一個報館的言論方針？及如何去採集國內外一切重要的新聞？

第三、如何可以使一個報紙，用最速的方法，在最短期間，分配於全國讀眾。

換一句話說，就是最近三五十年內，中國報紙的組織，編輯採訪，發行，都將有極大的革命。由此與世界報紙，同時演進，則將來必更有一世界大同的報紙產生。現在且分別說明：

前面列舉未來的三大變化，按著次序，先講第一個變化。在這個變化的過程中，它的特質，就是中國將來的報紙，還是照著「歐美報紙商業化」舊的途徑，緊緊跟著一步一步的走去？還是在舊的途徑以外，另闢生路？假若我們對這個根本問題，不能認識清楚，則無論中國報紙，將來能發達到怎樣地步，對於未來世界的人類福利，也不會發生絲毫關係的。

自從產業革命以後，報紙也同樣的受了蒸汽機和電氣的影響。報紙商業化，就一天一天擴大起來，從前那班文人，想以個人力量去辦報的，近百年來，在歐美幾乎是絕不可能。中國現在雖還有些文人用極少資本，憑個人文章和資望，去自行創辦報紙，然而這種報紙的成功希望，是一天會比一天減少。在最近的將來就會要和歐美一樣，絕不可能了。我們看上海新興報紙之不能產生，就是一個極顯著的證明。這就因為現代的報紙，既然純粹商業化，它需要最新式的生產工具，就不能不需要最多的資本。一個赤手起拳的文人，如何能和那班坐擁巨金的資本家競爭，沒有法子，只好拱手讓人。所以在現今資本制度和「報紙商業化」的口號下，「報」只是資本家的專利品，別人是無從染指的！

報紙不能不需要資本，由各種觀點看來，也不能不相當的商業化，不過，產業革命後的資本主義，現在已根本動搖。科學更進步，機器更發達，而一切社會制度，卻不能不有新的改變。則此後的報館組織縱然需要資本，縱然要商業化，它的意義，也一定和現在的資本與商業化不同。中國報館的組織，就目前說，當然和一般資本主義下的經濟組織無何差別。也就是和歐美一般報館的組織相同。報館的主權和政策，不但一般讀者，無從過問，即所有職員，除有巨額投資者外，亦一律只有仰承主人的意旨，不敢輕有違反。目前中國的新聞事業，雖然還沒有人能夠做到英國的羅賽梅（Rothermere），畢維樸（Beaverorook），美國的好華特（Howard），赫思特（Hearst），那班新聞大王的地位，卻是資本主義的趨勢，很有向這方面走近的可能。我前面說過，因為在資本制度之下，一切生產工具，握在資本家手中，報紙是需要生產工具的，沒有雄厚的資本就不能得著最精利的工具。資本薄弱，不但創辦新報不能成功，即維持已有的報，結果，亦必歸於失敗，或被大資本者吞併而後已。這是資本制度下必然的結果。歐美已然，中國的報紙，若果資本化商業化起來，當然也不能例外。假使左右全國的輿論機關，都操縱在少數貪狠自私的資產階級手中，此中危險，如何重大，當然不言可喻。歐美的新聞大王，他們只知道自己如何投機發財，對於社會公眾的福利，幾乎是毫未想到，照這樣繼續推進，直到現在，「新聞商業化」，所以就成了世界上各種最嚴重問題之一。去年，我由歐洲到美國，在密蘇里大學校長威廉博士招待席次，曾便中將這個問題提出叩詢威廉博士的意見。他經過很深切的考量，答覆我說：唯一希望，還在一般讀報者知識和道德，能較現在增進，對於報紙的價值，能有明確的認識。那些只知牟利的報紙，不但不能迎合一般社會的心理，反將為一般社會的心理所厭棄。如此，則彼輩伎倆已窮，報紙風格，自可一變云云。威廉博士這一番話，在現代制度下，當然是無可如何的唯一希望。然而一般人們的知識和道德，究竟何時才能達到我們理想上的標準？我們一方面促進中國報紙的發達，一方面又要努力阻止中國報紙和歐美資本化商業化的報紙走入同樣的運命。我們就不能不從靜待讀者知識和道德增進的唯一希望以外，來另找一個新的希望。

「新聞大王」的產生，和現今所謂，「報紙商業化」，這都是整個的經濟制度問題，整個的經濟制度不變更，「新聞大王」和所謂「商業化」的弊害，是無法矯正的。資本主義的運命，現已逐漸受著新時代的摧毀，在全世界尤其在中國，究竟能延長到什麼時候？假使中國有革命鼎新的機會，我想，將來報紙的趨勢，在組織方面，定不外兩種方式。一種是報紙國有，一切報紙，都由國家來經營，或指導，不許任何私人，握有如此偉大的輿論威權。另一種，是雖許可私人經營，但其資本，惟以在報館任有工作者為限，自社長以至工人，均為主權者，均有分擔報館責任分享報館利益之權，非工作員不得坐分紅利，換言之，即不勞而獲之大資本家，概在屏除之列。而關於報館主張及言論，應另有一監督機關，所有報館對政治，社會的批評，概應受此機關指導。總編輯之進退，亦應由此機關決定。此機關之人選，應由社會民眾團體推選。而每一報之讀者，亦得有權推代表參加每一報館之此種機關。如此，則個人操縱輿論，或違背公眾福利的弊害，自可剷除。在中國最近的將來，似乎第二種方式，比較第一種容易實現。因為這種辦怯，雖然不能容許「新聞大王」的存在，然尚可容納私人報紙的經營。而資本與言論分開，使報紙和社會合一。如此，則報紙的營業方面，盡可商業化，報紙的言論，卻並不因商業化，而損害社會福利。此不但可以矯正現代資本主義下報紙的惡弊，而比較報紙國有的辦法，亦實平妥易行。英國工黨機關報（Herald），現在很想向這方面做去，中國未來的三五十年的報紙，如果能像這樣，那麼雖然還是需要資本，營業方面，也還是盡可商業化，然而歐美報紙已有的害處，總算可以避免。我們也不必顧慮到，報紙愈發達，社會的罪惡愈增多了。

現在我可以將第一個問題歸納起來，得到以下的結論：未來的中國報紙，它應該受民眾和讀者的控制。它的主權，應該為全體工作人員，無論知識勞動或筋肉勞動者所共有。它在營業方面雖然還可以商業化，但編輯方面，卻應該絕對獨立，不受「商業化」任何絲毫的影響。

講到第二個重大變化，就是中國報紙，今後將怎樣去確定它的言論方針，和用怎樣敏捷精確的方法，去採集並選刊國內外重要新聞。這完全屬於報紙內容上的問題，也就是報紙編輯方面兩個主要的事件。關於言論方針，現在中國的報紙，一部分是有背景的機關報，一部位是依著報館主入的喜怒為轉移。除卻極少數，他們在良心上，或顧慮到銷路的關係上，不能不對於社會公共福利，有所考量外，其餘多半是只圖本身的利益，社會公共福利，他們是絲毫不管的。這本是資本制度下，報紙「資本」「商業」化共通的現象。我在前面第一個問題內，既然說到資本制度下的報館組織，必將有重大改革。一個報館的主張。要受民眾的控制，由特殊的機關，來指導他，那麼，言論方針，自然不會和公共福利，即民眾利益相違反。那些昧著良心，專給私人鼓吹聖德的機關報，或只圖迎合社會上低級病態的心理，來誨淫誨盜的所謂營業報，在未來的中國報紙中，當然無再行容許他們存在的可能。

編輯方面監督機關的組織，是救濟現在報紙「資本」「「商業」化唯一有效的方法，替未來的報紙，開闊了一條新的光明的路。這種監督機關，和軍閥政府假借所謂出版法或什麼戒嚴條例，實際上就是擁護軍閥本身利益，來壓迫一切報紙，絕不相同。他是完全屬於民眾方面的，用擁護民眾的利益，來代替擁護個人的利益。因為報稱既然標榜著「代表輿論」，「民眾喉舌」，最漂亮的口號，而事實上都只是報館主人的輿論，報館主人的喉舌，這是多麼不通！多麼矛盾！「掛羊頭，賣狗肉」，雖然「滔滔者天下皆是」，但我們要改革中國的新聞事業，要站在民眾的立場，這種欺騙民眾的報紙，我們是不能不及早覺悟，來主張整個的革命。那麼，由「民眾」，「讀者」來組織監督報館言論的機關，當然絕對必要。

「新聞記者是無冕之王」，這句話，在從前，固然僅是想表現他的獨立，和自由，然實際上，卻只利用了這句成話，來掩飾新聞記者驕傲，狂妄，和自私。在未來的新時代，無論有冕無冕，「王」這一樣東西，是根本不能存在。所以「新聞記者是無冕之王」這一句話，未來的新聞事業中，當然無再稱引的餘地。老實說，就是應該打倒。未來的新聞事業，新聞記者，只是在「民眾」，「讀者」監督指導下一個忠實服務者，他不能再以自己或他的主人的個人愛憎，來強奸民眾的意思。並且，這種以個人愛憎強奸民意的辦法，即在「資本」「商業」化的舊時代也已漸感失敗。比如一九二九年英國的總選舉，屬於保守黨或傾向保守黨的報紙，當時極力反對工黨，那時工黨機關報（Daily Herald）銷數不過三十萬，與敵方的報紙比較，總在一比十以下。然而選舉結果，工黨勝利。從前，英國所視為報紙乃操縱選舉之最有力者，經此試驗，已知其不然。我們對於威廉博士所說，希望讀者道德知識的增進，來改革報紙資本商業化的弊害，固覺得近於「河清難俟」，然而，資本制度下的報紙，如果始終還抱著自私自利欺騙民眾的方針，那麼，暫時縱能掙扎苟存，終久亦必為新時代所摧毀。我們因此，更可證明未來報紙的言論方針，確有向民眾公開，受民眾控制的必要。我所建議民眾監督報紙言論方針的辦法，在未來的中國報紙，實有必然的趨勢，和實現的可能。

以上講的第二項問題中，報館言論方針的變化，現在再講到報紙新聞的採集與選擇。中國報紙，在過去數十年間，傳遞新聞的工具，是如何缺乏，窳劣，即至十四五年前，如我前面所說，北平報紙，所載消息，大部都是抄襲滬報，官廳文告，電報目錄，和一些變相的宮門抄。到最近幾年，無線電發達到了中國，各處短波電臺，和廣播無線電臺，如雨後春筍，紛紛設立，報紙上的電訊，才突然增多，即就北平報紙而論，上海，南京，廣州的重要事件，差不多當天的北平報，都可接到報告，幾萬字的外交上重要條約，都用電報拍發，極迅速的在報上全文刊登。這不但不是幾十年前北平的報紙所不曾想到，就是六七年前也絕沒有進步到現在境況。這當然由於交通工具比從前進步而增多的結果。可見科學，機器的發展，對於新聞事業，有如何重大影響。我曾經提議，二十世紀，可以稱他是一個飛機與無線電世紀。無線電所以影響到中國報紙的，已如前述。飛機呢，沒有飛機以前，我們若要從甘肅蘭州，寄一封通信到北平，起碼總要十多天，現在北平到蘭州的航空，就要完成，那麼，昨天蘭州的通信，今晚就可收到，明天北平報上，即可登出。在僅有有線電報的時候，我們貴國的電線局，是如何腐敗，他們對於一對新聞電報的遞送，即由南京到北平，也往往隔天才到。自從有了無線電，起初由建設委員會主管，因為比有線電特別迅速，原來交通部主管的有線電報局，才大起恐慌，對於機器和一切事務，才想到必須改良。現在無線電雖然也並歸交通部主管了，有線電局，沒有競爭的恐慌，然有線電報，得了無線電的補充，收發電訊，就不至像從前那樣擁擠。由南京到北平的新聞電。如果不是被所謂軍事機關檢查延擱，大約總很少當天不到的了。如果中國的航空，更能一天比一天發達，電報的傳送，如果不能比現在更迅速，那麼，飛機的效用，或許要代替了電報。一九一九，英國的北岩爵士（Northcliff），他想提倡飛行，曾由每日郵報，懸賞十萬鎊，給與橫渡大西洋成功的飛行家。當阿可克（Sir John Alcock）飛行成功，領取獎金時，北岩在他給阿氏的一封慰勞書中，說：「飛機的發明，簡直給未來報紙，開闢了新的生命，假使那些專利的電報公司，不去趕快設法改良他們對於公眾的服務，那麼，我們今後是可以不去再求他們了。」我們中國的電報事業，是由政府獨佔，我們也願意用這同樣的語句，去警告他們。飛機和無線電，在中國繼續的發達下去，中國未來的報紙，對於消息的傳達，無疑的，自然也會更比現在迅速而詳確。

無線電，飛機，繼續的進步，普遍，同時，電傳寫真，也當然包括在無線電範圍以內。我想，未來的報紙，外勤記者出動，一定每人可以攜帶一具無線電機，隨時隨地，都可拍發就和現在帶照相機一樣的方便。運動大會的一切照片，可以將電傳寫真的器具，裝在汽車上，向報館立時放送。每一報館的採訪部，從前專備汽車，到那時或許要用飛機來作大部分的代替品。像這樣採集新聞的設備，在歐美，大約十年左右，就可做到，在中國，三五十年內，也一定會有同樣的事實。

至於報館選擇新聞的標準，換言之，也就是對讀者於一切新聞趣味的傾向。據我的意見，現在的報紙，尤其中國的報紙，對於政治消息，和社會上盜劫，及變態戀愛，太注意了。這種新聞，在將來，一定要漸漸退落到極不重要的地位。因為將來的人們，他的興趣，一定會兩方面發展，一方面是科學的興趣，科學上，一個新的發明或發現，必能占將來報紙最要最多的篇幅。一方面是藝術的興起，人們要求精神上的慰藉，對於藝術一定會有特別的愛好。至於人們對政治盜劫戀愛等事件，決不會再像現在那樣津津樂道。我記得十幾年前，上海盜劫，綁票，不如現在流行，那時，一條強盜，綁票消息，總是看得很重要，登在本埠新聞第一條。及到如今，大家都司空見慣，除卻極特別的案件外，總登在新聞末尾，有時來一個「盜案匯誌」，用極小字排印。固然，未來的三五十年，不見得還會像現在那樣盜賊載途，人慾橫行，假使還有，經過了這幾十年的經驗，也不至於認為有特別新奇可喜的價值。所以我對於第二問題的結論，是：中國未來的報紙，他的言論，既然要受民眾的監督，那麼，他的言論方針，自然會專以民眾利益為前提。至新聞資源，隨著科學的進步，採集方面，當日趨敏捷。而報館對於新聞的選擇，科學消息，與藝術消息，一定將要佔據未來報紙中極重要的地位。現在報紙所注意的政治鬥爭，強盜，戀愛，都要漸漸不為讀者所重視了。

報館的組織，編輯，採訪，在最近三五十年，他前途的展望，都已經預測過了。現在，講到最後的一項，就是關於報紙的發行問題。將來中國的報紙，應該用怎樣極敏捷的方法，將每日的報，分配於全國各地。使內地，或較僻偏地方，都有同時閱讀本國重要都會最著名報紙的機會。不過，在這個問題的討論下，我們先應該注意到中國報紙的篇幅，和價目，因為這兩件事，於報紙的普遍，是有極大關係。假使這兩件事，不能有極合理的改正，發行的工具，縱極精利，也不足使中國報紙的銷數，能夠與歐美日銷幾百萬的報紙，達到同等的地位。

我們第一，先來看看中國報紙的篇幅，尤其是上海的報紙，是如何不經濟，不與報紙的環境相適合。就目前說，中國既沒有自設的造紙廠，所有紙張，都是由外國購入，取價既高。同時中國又不是一個工商業發達的國家，廣告很少，來的廣告都不能付較高價錢。在這樣環境之下，怎樣可以像英美一樣，刊行極多的篇幅。世界的報紙，就篇幅多少來分析，也本可勉強用「英美派」、「大陸派」兩個名目，來代表他們的差別。英美報紙，篇幅最多。英國如倫敦泰晤士晨報（Morning Post）每日電聞（Daliy Telegraph），他們大抵每天要刊行到三十二面，即八大張。美國如紐約泰晤士則又加倍，其星期增刊，更多至二三百頁，煌煌巨裝，等於一本專門書籍。英美報紙，所以如此，一方面，固由於工商業發達，廣告多而價昂，國內紙廠林立，紙價便宜，另一方面，則由於傳統的讀報習慣。而大陸報紙，如法，如德，他們雖然並不是工商業不發達，也不是沒有紙廠，然而在習慣上，他們的報紙通常總不過兩三張，德國則大部分，更為小型的四開紙，和我們北平的一般晚報大小相似。日本報紙通常亦僅兩大張。在這兩種不同的派別中，中國的報紙，不幸竟走入了英美的一派。前幾年，上海申新兩報，有日出至七八大張者。以報價與紙價比，每售報一份，當賠本到大洋一分左右，即以所收入之廣告費，與所需之紙張比，亦所獲甚微。故上海報紙，雖年有盈餘，然此種盈餘，實際上只是從極力減低同人的俸給，新聞費及一切事業費而來。一個在上海著名報館服務的編輯，普通常不過五六十元。假使篇幅縮減，以所省下的錢，來作其他方面的擴充，上海報紙的地位，一定會比現在增高。以前因銷報愈多，虧本愈大，故辦報者不求多銷，往往外埠分館，因讀者增加，請求多寄，而報館拒絕，這實在是新聞事業最奇特的現象。上海報所以不能有廣大銷路，此為最主要原因之一。前幾年，我在上海，曾將縮減篇幅的利益和必要，同許多報界朋友談過，當初都不敢首先實行，恐怕損折了大報名譽，違背了讀報者的習慣，後來因為種種事實上要求，尤其如最近滬戰期內，沒有法子，只好將篇幅縮減。在滬戰未發生前，上海報的篇幅，較從前平均已縮減三分之一。平津各報，篇幅向較上海為少，近更因紙價昂貴及廣告疲弱，均有縮減篇幅的傾向。依我推測，最近的將來，中國報紙，漸漸會要轉變同「大陸派」報紙一樣。篇幅平均，為兩大張，或四小張。字粒減小，廣告價目提高，一切新聞均用一切極經濟的縮編方法。如此，紙價可以減輕，多銷不致多虧，而報館亦得移其經費，增高同人待遇，並為一切事業及新聞方面的擴張。較之現在的報紙，每天幾個銅子一份的報費收進來，結果，是整批洋錢買紙，給日本人或西洋人送過去。其餘一切，都是減之又減，削無可削，報館的支出，紙費，幾乎要占全部經費的二分之一。報館，簡直成了日本人或西洋人的進貢者。我們若涉想及此，我們將感到如何的慘痛和不安。

說到此處，或者有人要問，現在中國的報紙，廣告不發達，紙價太貴，都是一時的現象，你既然說的「中國報紙之將來」，則將來的三五十年中，難道中國還會像現今這樣的產業落後。如其不然，則現在報紙的篇幅，將來似乎並不一定要縮減。這種疑問，當然很有道理。不過，我所說的縮減篇幅，在目前，固然如前面所述的幾種原因。最近的將來，縮減篇幅，一方面固為解除那些廣告價低紙張價高的困難，但最重大根本的意義還不在此。因為除卻這些原因，廣告不發達紙價太貴以外，科學越發達人類越進化，「時間」在未來的世界，是比現在更要寶貴到幾千百倍。那時的人們，讀報的時間，在他的全部時間支配中，一定還要比現在特別的減少。現在的一份英國泰晤士報，若是從頭至尾，完全讀過，恐怕至少需要五六小時。就是我們貴國的申新兩報，甚至如篇幅較少的平津各報，如果要全部讀完，也總要兩小時。試問未來世界的人們，那有如此閑暇的工夫。並且這種縮減篇幅的趨勢，除卻大陸系的報紙，本來篇幅很少外，即在篇幅最多的英美系報紙近來也日漸顯著。就英國言，自從北岩爵士，創辦每日郵報，他毅然決然，打破英國人傳統的讀報習慣，不惜將風行一時三十二頁的泰晤士式，突然減到八頁至十二頁，就是兩張到三張。而它的銷路，就竟至打破了世界上日報的新紀錄。後來畢維樸的每日快報（Daily Express），接踵而起，都得到同樣的成功。同時小型報紙，（即我國所謂四開報）亦日漸發達，因為篇幅小，便於攜帶，且甚美觀，在公共汽車及旅行中，均較大張報紙，容易閱讀。婦女界，尤其特別歡迎。據我的推測，即使在工商業最發達，產紙最多的國家，將來報紙的篇幅，也必然要日趨縮減。就數量言，由多而少，就體積言，由大而小，這是可以預斷的。不過新聞的選擇，也必要的趨謹嚴，一切力取「精編主義」，量減而質增。其實，像現在中國的報紙，日刊好幾大張的上海報，若將廣告價值提高，大廣告改小廣告，將那些不相干，無意義的新聞，瑣談，盡力刪減，那麼，有兩大張或四小張，也盡可使人滿足。有人說，上海報如果減成兩張，則廣告必無法容納，收入亦必大減，然則大陸系報紙，如法德，日本，難道他們最大的報紙，每天兩張，所容納的廣告，所收入的廣告費，還不及我們貴國嗎？可見我所主張中國報紙的篇幅縮減，暫時的將來，是適應報紙的環境，即使這種環境改變，就科學發達，人類進化的前途看來，因為求讀報的時間經濟，報紙也不能不向縮小和精編的方面走去。

中國報紙的篇幅應該縮小，已如前述。第二，我們再來看看現在中國報紙的價目。一份日報，普通總要賣到大洋四分，以月計算，平均總是大洋一元。合英鎊，才不過一個先令，一個先令只能賣六天的泰晤士報，或十二天的每日郵報，照這樣推算，中國報紙，總算世界上最便宜的了。然而，這種推算事實上完全相反。因為拿中國的生活程度，與歐美比較，中國報紙，不但絕不是世界上最便宜的報，且是世界上最貴的報。何以呢？中國的一元錢，只能賣六天的泰晤士報或十二天的每日郵報，誠然不錯，但我們要知道，一元錢和一個先令，在兩國一般的社會生活程度上，是怎樣的比例？我們假定，英國普通工人，每月可收入十磅，十磅是兩百個先令。工人，大概沒有看像泰晤士一類的兩辨士報，百分之九十九，總是每日郵報一類的一辨士報。那麼，看一個月，只需要兩個半先令。就他全體的生活費計算，看報，只消耗他所有收入兩百分之二·五，就是百分之一略強。中國普通工人的收入是怎樣？一個從早到晚，像牛馬般勞動的工人，就北平來說，平均不過月入十二元，如果他們看一元錢一月的報，就要占去它們全部收入十二分之一。不特一般工人看不起，就是每月收入二三十元的小學教員，要叫他們提出全部收入二三十分之一，就是百分之三或四強來看報，恐怕也十分不易。他們這樣微薄收入，先要吃飯，穿衣，住房子，上奉父母，下養妻子，試問那裡還有許多餘錢，再買報看？所以，中國的一塊大洋，匯兌價格上，固然只抵得英國的一個先令，但實際生活上，的確一塊大洋，要當二十個先令用。不但中國和英國報價的比較如此。法國的報紙，還更要便宜。一份日報，普通總是賣二十五個生丁，香水大王郭帝（Coty）主辦的人民之友（I. Ami Du People）最初還只賣十個生丁。就以普通報紙的二十五生丁計算，每月才合七個半佛朗。法國工人平均的收入，假定每月為一千佛朗，那麼，一份報，只耗去他全部收入的千分之七點五，連百分之一還不到。此外像德國，美國，都可以如此類推，現在因時間關係，也無庸去逐一列舉。總之，中國的報紙定價，就一般人民的負擔能力說，實在太貴。所以在歐美，我們可以隨時隨地，看見工人，老媽子，手拿著報紙，一面走，一面看。一面工人的家庭，當他太太上街買菜回來時，她的籃子裏，除卻麵包，小菜外，一定還附帶著一份當天出版的報。中國，則不僅工人沒有看報的福氣，即所謂知識階級的小學教員，如果要看一份報，也那樣很費氣力。大多數的平民和一部分貧乏的知識階級，都不看報，然則報是給什麼人看的？我們辦報，還有什麼意義？中國的報的大部分一向只是給軍閥，官僚，資產階級，做起居注，做玩具，因為他的銷路，只限於這種極少數人。中國的報，不能風行全國，日銷幾百萬份，報價太貴，實在也是一個最主要的原因。

在報館方面，卻並不能因為價錢定得貴，就可賺錢。一塊錢一個月，實際上不僅不能賺，篇幅多的報，反要大賠特賠。報館所以定價太貴的原因，就是因為篇幅多，紙價昂。除卻上海報，還可以靠廣告收入來補救發行損失外，別地方的報，大概主要收入，專靠報費。大家想想，外國紙到中國，已經是貴不可當，而報館一切支出，又更要指望在報費上回收。那麼，報價安得不昂？我們要想打破這種困難，我們一方面，固然要希望中國工商業發達，廣告增多，一方面就只有努力縮減篇幅。

我覺得北平所謂「小報」，我們真有提倡的必要。雖然大家在那裡鄙棄「小報」，但是若把他的短處，加以改革，在將來的中國新聞事業，「小報」一定要占很重要的地位。因為他篇幅小，所以定價比一般所謂「大報」也者便宜，因定價便宜，所以士大夫不齒的引車賣漿之徒，也還可以勉強買得起。未來的真正民眾化的報紙，是要將這種「小報」「提倡」「改良」而發達起來。他現在所以不能十分發達，就因為他們的大部分，在「評論」，「新聞」，「印刷」，和報館的「組織」一方面，都缺乏了近代報紙必具的條件。如果能夠使他充實而具備，更依著環境的需要，他的篇幅，可以比現在所謂的「大報」少，「小報」多，那麼，在形式上說，這簡直可以算做我們理想中，中國未來的標準報。

固然，在這個「報價」討論之下，也許一樣的有人要說：未來的中國人不見得還像現在那樣窮，一塊錢一個月的報，怎麼就看不起？不過我們要知道，假使中國人的生活程度，增高和歐美一樣，那麼，中國的報價，也一定會跟著漲。這兩年來，平津滬的報紙，不是已經過了幾度的漲價嗎？報價若跟著生活程度，為正比例的增加，將來中國報紙，還是要比歐美貴。並且，報紙的價錢，固然應該注意到一般社會的經濟狀況，然報紙是一種最重要的社會公器，他實在兼有公園，圖書館兩種不同的性質。一方面給人愉快，一方面給人知識。公園，圖書館，即在資本主義的國家，也多半一律公開，不收分文。那麼，報紙縱不能完全免費，也要收到可能的極少。歐美各國的一般社會，對於報費的負擔，未嘗不可比現在再行增加，他們並不是沒有這個經濟力量，然而歐美的報紙，自從每日郵報減價暢銷以後，近幾十年，生活程度提高，報價卻總是減低。英國的兩辨士報，漸漸要被一辨士報打倒。前年倫敦兩便士報的每日電聞，遂不得不減成一辨士。據最近消息，赫立生（Laurance Harrison）打算在倫敦辦一晚報，只收半辨士一份。他們之如此減低，固然目的在多銷，然而另一意義，也就因為報紙要民眾化，自不應該多收報費。他是社會上最重要的公器，他實在應該盡可能範圍以內，能像公園，圖書館一樣，給民眾以公開欣賞閱讀的機會。至於報價方面的損失，就中國言，在將來工商業發達以後，自可向廣告方面去取償。

篇幅既然縮小，就報館的經濟方面說，報價自可減低。這兩種現象，「篇幅多定價高」在中國未來新聞事業中，如能有合理的改正，同時普及教育，能逐漸發達，那麼，中國的報紙，一定會蓬蓬勃勃，特別繁榮起來。一個全國著名的報紙，它的銷數，將來不僅可以同英國每日郵報相等，並且，拿中國人口土地做比例，中國報紙，還應該比每日郵報多銷好許多倍。在推行全國的時候，發行所需的唯一利器，就是飛機。飛機對於消息方面的貢獻，前面已經說過，但他對於發行方面的貢獻，更比消息重大。以如此疆域遼闊的中國，報紙發行，非倚賴飛機不可，所以，我們既已研究過篇幅縮小和價目減低兩大問題，現在所要研究的，就是怎樣來利用飛機，使我們的報紙，將來可以極迅速的，傳播於全國各地的讀者。

世界著名的報紙，現在雖還沒有利用飛機，來全部代替了火車，然遇有特殊機會，飛機運輸的功效就可馬上特別的顯著出來。一九二九年，倫敦的《每日快報》(Daily Express)，因欲在總選舉時機，特別表現他發行的神速。除專備三百輛汽車，向鐵路公司包定了六輛專車，供他運送報紙以外，還另備十架飛機，將他的報紙，隨時遍達於全國各地。因此，在此期間的《每日快報》，銷報特較他報增多。英記者赫而特（Harold Herd）說過，全世界的報館，到一九五〇年，大概不必再用火車送報了，這話自極有見地。至於世界報紙所以尚沒有儘量利用飛機送報的原故，第一，當然是飛機還沒有我們理想中那樣普遍，第二，因為還沒有極端普遍，飛機的安全和完善，也沒有達到我們理想的境地，所以飛機運輸的費用，比火車還要貴許多倍。而各國報紙篇幅，大部分仍極繁富，由飛機運送，需費太巨。第三，除卻美國以外，在英法德各國，他本國的疆域，並不遼闊，都會的報紙，大抵幾小時火車，就可遍及全國，沒有十分即須改用飛機的必要。然而這三個原因，第一，第二，當然在最近的將來，就可不成問題，第三原因，在飛機尚沒有十分收功時，雖然覺到幾小時相差，尚不怎樣極端重大，然若飛機十分普遍了，且彼時人類重視時間必千百倍於現在，則幾小時相差，自會感到萬難忍受。赫而特所說一九五〇年後，不再用火車送報，當然事有必至，理有固然。

中國未來的新聞事業，在發行方面，需要飛機，就疆域遼闊言，實在比較世界任何國，還要迫切，重要。現在的中國，一份北平的報紙，不僅運到新疆、青海、西藏，要在兩三個月以上，就是到河北不通火車的各縣，也有需要到十天半月，才能達到的。在這樣運輸不便之下，中國報紙，即使其餘的各種缺陷，都能補救，也無法望其發達。所以中國的報紙，就他銷行的性質說；大都是地方報，不是國家報。「國家報」這個名詞，不是指由國家辦的機關報，是指一個可以推行全國偉大的報紙。地方報的銷行，是限於報館所在的一個區域，不像國家報，能遍及全國各省市縣鎮，甚至一鄉一村都有他的蹤跡。上海報雖在外埠推銷，但成績很小。我覺得地大物博的中國，應該可以產生十個二十個設備最完全的國家報，每報以每四百人購讀一份計，就可以銷到四百萬份。這樣四百萬份的國家報，在教育普及，工商業發達以後，一定可以許多家，同時並存。有人說，一個都會中的大報，如果要向外埠去推銷，無論他消息如何豐富，分配如何神速，他總不能敵那各當地所有的地方報，能夠使當地讀者滿意。因為都會中的大報，消息縱豐富，總不能將全國各省區，商埠，以至一縣一鎮的一切消息，都刊載在他報上，分配縱神速，也很難比當地出版的報紙，能夠在晨光熹微中，就送到讀者的面前。歐美的都會大報，有特製的地方版，專在某一地方發行，但這種地方版，消息由當地達到總館，總館編輯刊印以後再送到當地。無論如何，總還比當地地方報落後。所以歐美的都會報，也就是我前面所說的國家報，還不能儘量向外埠暢銷。歐美尚且如此，中國的國家報，當然更難達到普及全國的目的，這種說法的確很有道理。不過，我們正可另想辦法，戰勝這困難。據我的理想，未來的中國「國家報」，譬如就北平說，北平的一個大報，它總館設在北平，他可以就他經濟能力所許可的範圍內，去儘量普設分館於他所要推銷的全國各省市縣鎮。這種分館，當然不能像現在上海報的外埠分館一樣，只是一個報紙的批發所。未來國家報的分館，他應該等於一個地方報。他一切組織是比總報館具體而微，他有發行，廣告，編輯，採訪，印刷各部的組織。但他每天只刊行一小張，專載本埠新聞，他的內容，應該比當地最好的報紙更豐富，精美。每一分館，均有自用無線電，可隨時與總館及其他分館，互通消息。每一地方，有特別重大事件發生，可立時報告總館及其他分館。總館如遇有關係全世界，全國之重大事件，亦得隨時通知各分館，俾得刊發號外。每晨，由總館，將應運往外埠之報，提前用飛機分別送達，如果航程僅在一小時，或最多二小時以內者，每一外埠之分館，可俟總館報到，以總館出版者為正張，分館出版之本埠消息為附張，一併分配於閱者。如此，則屬於全世界及與全國有關之事件，各地方重大事件，正張已全部包容。而屬於每一地方之事件，則副張可詳載無遺。都會報與地方報之長，可冶於一爐。都會報之短，為不能詳載地方消息，地方報之短，為不能有巨大資力，可以供給地方讀者以最靈捷詳盡之世界全國的重要消息。有此辦法，兩種報之缺陷，即均可彌補。而因各分館均有採訪部，及專用電報之設置，可隨時將當地發生之特殊事件，報告總館，則在都會之總館，其消息自更較其他在都會報館，僅僅任一二訪員，在外埠採訪消息者，特別可靠。照此辦法，無論在外埠，在本埠，此報必可使讀者滿意，殆無疑義，比如北平有這樣組織的一個報，他每晨六時，可以將他總館所出的正張，連同當地出版的副張，用飛機運送，使在天津，濟南，保定，鄭州，開封，察哈爾，綏遠，以及其他各地的讀者，於每晨七八時前，完全接到，這個報的銷路，又怎能不增高到幾百萬份呢？而每一地方的分館，還可以吸收當地的廣告，性質限於當地者，可以在本埠刊登，須向全國宣傳者，可以經手介紹於總館，如此，廣告方面的收入，一定也非常可驚。在經濟上，也不愁不能發展。紐約的一種週報叫禮拜六晚報的，它能同時在倫敦，紐約，巴黎，用同一的版子，刊印發行。這已經使現在的新聞界，驚為異舉，如果我們能夠有這樣的報紙出現，那麼，怎能不算世界上最偉大報紙之一？

中國報紙的將來，所有三個重大問題，組織，編輯，發行，都已經分別講完，現在，我應該將這個講題，來宣告結束了。至於新聞事業中，還有一個重要問題——廣告。我覺得這個問題，在未來新聞事業中，比現在，不會有很大的變遷。所以我不在這個短促時間再來詳細解說。總括我以前所說，對於中國報紙的將來，我的意見，是：中國報紙，依著科學和機械的進步，在未來的三五十年中，一定有很大的變遷。最顯著的，就是飛機，無線電，電傳寫真，這幾樣東西，將成為未來新聞事業中最重要的工具。又因為資本主義的沒落，現今的社會經濟生活，將根本動搖。私人包辦下之報紙「資本」「商業」化，也一定不能再延長他的運命。凡此皆全世界潮流所趨，中國當然也不能意外。我們推測中國報紙的將來，在組織方面，資本與言論必須分開。在編輯方面，言論方針，應該受社會和讀者的控制指導，專以擁護民眾利益為依歸。至新聞採集，可儘量利用最新的工具。而未來讀者對於新聞趣味的變換，一定將由政治鬥爭，要人行動，盜劫，戀愛等，而注意於科學的發明和藝術的愛好。在發行方面，一定會縮減篇幅，減低報價。銷路最多的報紙，必定由總館用飛機分布於全國，在全國各地廣設分館，就當地刊行地方版，與總館所刊行者，合併發行。組織，編輯，發行，能照這樣創設，改革，就全體說，這就是我理想中，中國未來的新聞事業。就個別說，也就是我理想中，中國未來的模範報。

我所說的這許多話，並不是全憑玄想。他雖然尚有三五十年的時間，然而「將來」兩字的意義，盡可從明天起——也可說從現在說完了這句話就開始計算，從明天到五十年的末了一天都是我所指的將來，所以，我們有志於新聞事業的，馬上就應該開始努力去創造，或改革中國的新聞事業。並且中國新聞事業的將來，也就是世界新聞事業的將來。在三五十年以後，或許因為科學和人類知識道德的進步，人類社會中，真會有一個大同世界的出現。那時的報紙，他的銷路或許不像現在——甚至不像三五十年內的將來——那樣的範圍只限於一國了，或許那時真有一個普及世界的報紙。現在我們只想在三五十年內，中國都會中著名大報，能同時遍布於全國各省市縣鎮，或許三五十年後，一個世界的著名大報，能同時遍布於世界各地。普天之下，莫非此世界報足跡所及。或許那時不必用紙印刷，只須報館在世界上（……此部分印刷不清楚，略），裝設一最大的電傳寫真器（Television）。由此中心地方，隨時將所有評論，新聞，文藝，電傳於全世界的閱戶。在每一閱戶的客廳，書房，或飯廳內，大家張著銀幕，就可以隨時坐著、很安閒的去讀他所要讀的報，這是如何神奇的現象。那麼我今天所說的那些「組織」，「編輯」，「發行」，此時或許有人要笑我拉雜，無稽，在那世界報出現的時候，或許又要笑我這些話，太腐敗太落伍了。

過去世界一百年的進化，比一千年還快，那麼，則未來世界，十年，百年，的進化，當然比最近的一百年更快。我們不要以為這些話，同現在事實，相差很遠，就以為太離奇（……此部分不清楚，略），賣票去看的，要五塊錢一張，這樣貴的票價，去看的人，還擠得水泄不通。那時，誰能想到十幾年後，飛機在屋頂上飛過，連三歲小孩子都司空見慣，覺得沒有什麼驚異的價值。更不會有人拿五塊錢，買一張票去看。那麼，以現在的飛機，無線電，電傳寫真，進步的趨勢，在未來三五十年中，又安知不能如我所說的那樣普遍，來做創設未來新聞事業最重要的利器。

此文為成舍我在北平燕京大學新聞學系第二次新聞周的演講。
講稿由榮濤、於振綱紀錄下來，經成舍我校閱整理，
曾在南京《民生報》發表過。

九、我們的兩個目的

成舍我

我們這個小小的刊物——新聞學週刊——在很匆忙中，今天來和我們的讀者相見。以我們知識能力的淺薄，和籌備時期的短促，當然這個刊物，不足以饜滿讀者的期望。但我們自信，從今天起，決將藉著這小小的刊物，來努力促進我們所懷抱的兩種目的。這個刊物創辦的旨趣，也即在此。

第一，我們認定，新時代的報紙，不但一派一系的代言性質，將成過去，即資本主義下，專以營利為本位的報紙，亦必不能再為大眾所容許。新時代的報紙，它的基礎，應完全真確，建築於大眾「公共福祉」的上面。新聞記者，雖然不是真接受了大眾的委任，但他的心中，應時時刻刻，將自己當作一個大眾的公僕。不要再傲慢驕縱，誤解「無冕帝王」的意義。他只知有大眾的利益，不知有某派，某系或某一階級的利益，更不知有所謂政治或營業的利益。所以報紙上的言論，記載，一字，一句，均應以增進「公共福祉」為出發點。他並當時時刻刻，瞭解報紙對於大眾利益影響之重大。一篇不純正的批評，一條不真確的消息，它的貽害社會，就數量言，可以有無數的男女讀眾，可以延長至幾十百年以後。至於關係個人私德的事，尤當謹慎，稍一疏忽，小之可使當事者飲恨終身，大之可迫其羞愧自戕。編輯室中的每一編輯，在揮舞他自己的工具——筆——的時候，當設想，在這個工具的下面，有整個民族的命運，待他決定，有無數個人的生死禍福，聽其轉移。因為如此，所以我們這個刊物第一目的，即在如何聯合我們的報業同伴，來努力於新時代報業的樹立。以「擁護公眾利益」為我們的職責，打倒那些漠視公眾利益，輕率狂悖，對社會不負責的傳統謬見。

第二，我們認定，新時代的報紙，既然是建築於「大眾利益」的基礎上面，那麼，報紙是擁護大眾利益的，報紙的本身，又靠誰來擁護？現在的報紙，尤其中國現在的報紙，他的環境，實比任何國家為惡劣。報館的生命，和新聞記者的生命，都是毫無保障。封閉報館，槍斃記者，已成了中國時代巨魔，所施於報業者的家常便飯。至於言論的多方束縛，新聞的百般封鎖，更天羅地網，隨處皆是。若是報館或記者，與當代巨魔的衝突，他們是發鋤於私的原因，全國大眾，袖手旁觀，尚有可說，不然，他們既真為大眾利益奮鬥而被犧牲，即全國大眾當然即應有群起抗爭的義務。只有全國報紙，與全國大眾，打成一片，通力合作，才可以小之增進社會的福祉，大之完成民族的復興。否則全國大眾，與全國報紙，各行其是。時代巨魔，一方面既可以儘量摧毀全國報紙的生命，他方面即亦可儘量剝削全國大眾的利益。其勢非同歸於盡不止。抑更就報紙之經濟關係言，今後報紙，既將自機關報紙，及資本主義下的營業報紙，蛻變為新時代真正代表大眾利益的報紙，則其經濟生命，當然亦惟有賴於大眾之購讀，與各種公告費中之收入。因為如此，所以我們這個刊物的第二目的，即在喚起大眾，如何對於一切報紙，能有精確的認識。誰真能擁護大眾利益，即誰應受大眾所擁護。惟大眾能制裁不良之報紙，亦惟大眾之真誠擁護，始能產生真正擁護大眾利益之報紙。欺騙大眾，愚弄大眾者，固當為大眾所棄，而擁護大眾利益者，大眾亦不能聽其任人摧殘，然後新時代報紙，才有確實建立的可能。

現在全世界報紙，普遍的，被壓迫屈服於許多時代巨魔——資本主義和獨裁政治——的淫威下，真正代表大眾利益的報紙，既百不獲一，而因大眾和報紙，不能密切結合，以致有志於擁護大眾利益之報紙，亦無法產生，即產生，亦決難久存。此種現象在中國尤為顯著。這是全世界報業走進新時代的嚴重障礙，也就是全世界人們爭自由光明的成敗關鍵。所以我們願意，一方面誠懇的要求一切有致樹立新時代報業的同志，設法喚起報業本身的自覺，不要再以擁護一部分或個人的利益為目的，而要以擁護大眾的利益為目的。一方面誠懇的要求，有志爭取自由，光明的人們，對於一切報紙，應具有真確的認識。凡真能擁護大眾利益的報紙，則大眾即當予以熱烈的擁護。這就是我們的兩大目的，也就是我們創辦這個小小刊物的宗旨所在。

我們服務於現存制度下之報紙機構，多者十數年，少亦五六年。在這新舊時代交替的期間，我們縱然有時，博得大眾的喝彩，但我們不能否認，我們所經營的報紙，他的言論，記載，沒有達到我們最高的期望。現在腐惡勢力，如此彌漫，外患內憂，如此切迫，我們做新聞記者的，實在不能不承認。負有造成這種形勢的一部分責任。但同時，就民眾一方面說，過去所以不能樹立此種擁護大眾利益之良好報紙，大眾不能予此種報紙以有力擁護，固實為最大原因。封閉的儘管封閉，槍殺的儘管槍殺，有誰對那些為大眾利益而奮鬥犧牲的報業先進，予以有效援助。不過這都只是過去的追悔，我們今後，只有努力融合報紙和大眾的勢力，來造成新時代的報紙，造成整個的新時代。

《世界日報》，1933 年 12 月 14 日第 13 版。

十、安福與強盜

成舍我

北京城裏，強盜的窟宅非常的多，這幾年來，又發生了一個最大的窟宅，弄得兵戈擾攘，雞犬不寧，諸君知道這個窟宅在那裡呢？就是太平湖的安福俱樂部。

安福俱樂部成立以來，試問他們替人民安了什麼，福了什麼，他們所做所為，那一件不是鬼鬼祟祟禍國殃民的勾當，他們眼中只有金錢，只有飯碗，只要自己那一窩子有金錢、有飯碗，他們便不問國亡也好，種滅也好，這種行動，檢直是強盜的行動，所以我說他是強盜窟宅。

他們得意的時候，便是我們痛哭的時候，我想他們苦是到了生平最大得意的時候，那麼便是我們宣告死刑的時候了，我現在且把他們得意的事情寫出請大家看看。

軍事協約成功，他們有了參戰借款，每個人都分了若干賣國錢，這是他們第一件得意事，新國會成功造就了幾百個飯碗，他們可以幫著政府為所欲為，這是他們第二件得意事，現在他們又有了兩件得意的事：（一）就是南北合約快要決裂，他們在那裡拚命運動，從前眼巴巴的在那裡盼望決裂。如今快達目的了，從此南北還是打仗，他們還是可以多吃飯搶錢賣國；（二）就是這一次學生愛國運動，政府不但不能發現半點兒天良，也去愛下國子，卻反把一班有名望的志士一網打盡，他們安福部都趁著這個機會，要去把那從前沒有插入的地方去極力鑽迎佔據，你看這幾天外間所盛傳的什麼教育總長哩！大學校長哩！他們安福不都在那裡打主意，想把這兩把交椅搶奪過來，做成他們完全的強盜政治。

我可憐的國民呀！安福部最大得意的時候快要到了，我們便聽他得意麼，我們若果不叫他得意，我們便應該大家起來，掃除這極大的強盜窟宅，我們就有了光明同幸福，若是大家放棄掃除的責任，叫他們大肆活動。那麼，恐怕我們宣告死刑的日子就在目前了。

1919 年 5 月 23 日北京《益世報》，署名「舍我」。

十一、國人抗日應有之認識

成舍我

此次日軍暴行，我方當局，在軍事上，目前似已決取「不抵抗」主義。以彼此兵力相懸如此之巨，冒然應戰，徒自犧牲，不抵抗云云，自屬無可奈何之唯一方法。惟此種不抵抗，似仍應有一最後之限度……

「不抵抗」但須有一最後之防線……寧使東北亡於日軍之強暴襲據，不可使東北亡於條約之變相割讓……與日人實行國民絕交以促其覺悟……惟不可有溢越軌範之報復行為……最重要最急迫之要求則為中央及粵方當局速息內爭一致對外。

猙獰兇惡之日本軍閥，於皇姑屯，濟南慘桉以後，最近在朝鮮殺我數千百毫無抵抗之僑胞，猶若未足，乃藉所謂中村事件，向我挑釁。及關玉衡已安然就訊矣，知依國際間通常之方法，無論如何，此事仍難達其私欲於萬一。於是遂不故一切，毅然於昨晨冒世界之大不韙，陷我瀋陽，擄我官吏，屠我人民。據昨晚所得各方電訊，日軍繼續徵調，其關東軍司令，關東廳長官，均已移瀋，設署辦公，大炮飛機，紛向瀋陽集中，且已迅速西進，連山灣、營口等處，均有同時陷落之警報。而電通社所傳日軍當局在東京之表示，更謂事已至此，非下最大之決心不可。綜觀上述各種消息，則我祖我宗世守勿替，關外數千里膏腴之地，勢將為日軍暫時割據，非復我有。稍有人心，安得不椎心泣血，誓死奮起？為舉國對外，事貴有濟。於此生死存亡之交，一意畏避，任人宰割，固非二十世紀獨立民族所宜有。然若專恃浮燥憤激之詞，挑發情感。恐不足震懾強敵，反將貽前圖無窮之紛擾。吾人之愚，以為全國上下，當此國難突起，最低限度，應有以下兩大認識：

此次日軍暴行，我方當局，在軍事上，目前似已決取「不抵抗」主義。

以彼此兵力相懸如此之巨，冒然應戰，徒自犧牲，不抵抗云云，自屬無可奈何之唯一方法。惟此種不抵抗，似仍應有一最後之限度，在事變初起，我方為訴諸世界公論，即實力足與彼敵，亦未嘗不可稍示退讓。但世間決無「退讓外不知其他」之民族。今幸而日軍僅陷瀋陽，若再陷榆關，北平，南京，我又如何？不自度量，而輕舉妄動固不可，若始終毫無一最後自衛與國存亡之決心與準備，則此種民族，終難幸存，故即在此勢絀力弱之情形下，我於忍耐持重以外，軍事方面，仍須有萬一之籌畫，國人幸勿以此種籌畫，完全無益。法之於摩洛哥，英之於緬甸，美之於尼加拉瓜，固至今尚未克收完全征服之效，我雖積弱，亦何摩洛哥等之不若。當印度問題極嚴重時，以英之大炮飛機，即盡聚印人而殲之，亦綽有餘裕，然結果英終屈服，則印人始終不屈之效。且欲激起世界之同情，必先具有相當自存自衛之能力，徒以退讓弱小，求世人之哀憐，事必無濟，此國人所應認識者一。

日軍襲據瀋陽，殆深知我不敢與抗，一度佔領以後，所謂滿蒙懸案數百件，均不難於「城下之盟」，一舉解決。同時又深知我之反日運動，純為一時浮動的熱狂，雖目前暴行，容或與日本有損，然日軍朝退，此項運動，即可夕止。甚且不待日軍之退，而運動即已沉疾。濟南慘桉，即其前例。彼有此兩種認定，故敢甘冒天下之大不韙。國人於此，第一，應始終堅持，寧使猙獰兇惡之日軍，長此襲據，而城下之盟，決不可屈。蓋就日人方面所提出，一切懸桉，盡如其欲而解決，則東北三省，等於割讓，與其名存實亡，使日人得昭示世界曰：「此中國所自願予我」。何如堅持到底，苟所謂國際公法，即公理，尚有絲毫存在，則此種強盜行為之佔領，我終有得直之一日。第二，我之對日，雖在利害上，不必取任何溢越範圍之報復方法，但最低限度，我可全國一致，國民方面，與日人斷絕關係，換言之，即所謂不合作。甘地之不用英貨，不為英人服務，促使英人屠殺政策，終歸失敗。則我今日，正未嘗不可循其道而行之。人人發動於良心之驅使，其收效必有出乎意料之外者。此國人所應認識者二。

上列兩點，綜言之，前者，國人於「不抵抗」方略下，應有一最後之防線，否則不抵抗三字，直可為民族崩潰之別解，後者，我決不可因其暴行而承認彼一切酷苛之要求，寧可使東北亡於強盜之襲擊，不可使東北亡於條約之讓與。國人從此，應人人激發天良，在有秩序、有計劃的方式下，與所有日人，實行國民絕交，促其覺悟。但絕不可激於片時浮動之熱情，致發生更難收拾於事無補之禍變。此即吾人所願供其一得之愚於全體國民者。抑於此尚有一最重要之要求。冀南北領袖，立時覺悟。即此次事變，決非尋常外患可比，無論任何國家，其內爭如何劇烈，然一遇外患發生，即十倍輕微於此，亦未有不拋棄私怨，一致對外者。中央及粵方當局，苟尚不願中國人從此滅亡，則立止內爭，協力禦侮，時為今日最重要最急迫之唯一要務。否則國亡無日，異日即起諸公之白骨而鞭之，亦何足贖罪於萬一哉？

1931 年 9 月 20 日《世界日報》，署名「百憂」。

十二、就算是我的感想

成舍我

「你這次回來，有什麼新的感想？」幾乎每一位朋友，都是這樣地問我。

當然，一個人無論同什麼外界的事物接觸，他的內心一定有一種反應，這就是所謂感想也者，在經過了相當的時間，走了若干的水陸形成以後，耳目所觸，所謂感想也者，自然不能說「一點沒有」，不過這種感想，是否有告訴別人的價值，卻很值得考慮。

現在的世界，交通方法日見進步，不但幾十年幾百年前人未曾夢見，就比幾年前也大不相同。在地球繞一個圈子，真極平凡、極容易。印度洋、大西洋、太平洋的渡過，實在和從下關到浦口，沒有什麼很大的區別。我們若把紐約幾十層的大樓，和巴黎不可思議的肉感，拿來當做「海客談瀛」，那真要笑掉了一般朋友的牙齒。我們既生當交通特別發達的今日，就用不著去摭奇述異，做什麼幾十國的遊記，我們又不是頭等的闊人，更用不著大張旗鼓，去發表什麼歸國後的新政見，那麼，又有什麼東西，可以告人？

然而，我們既是人，是有感覺的，世界的事物，雖平澹無奇，有目共睹，但見仁見智，盡可不同。自然的景物，和戀愛的故事，古今中外的文人和小說家，描寫歌詠，實在已汗牛充棟，然不能因其寫得太多，就說這些東西，沒有再寫的價值，他們的外觀雖然一樣，印到人們的腦筋裏，卻僅有瞬息萬變的可能。根據這種理由，我也就毅然不辭，來答覆一般朋友的熱心向問，說說我這次遊歷的感想。

到南京好幾天了，現在每天漸能有一兩小時可以供我自己的支配，我打算遇有空閒就隨便寫一兩段。我的計劃，分作政治、經濟、教育，新聞事業和雜事五項（前兩項，我於本月二日在上海勞動大學講演，曾說過一部分）雖然拉雜不堪，但我自信還能盡我所知，誠實介紹現在世界的真相，且處處都反映中國的現狀，和未來的建設。在某種觀點上，固然對西方的文明，有相當的崇拜，但絕不敢說西方的東西都值得我們的讚賞模擬。同時我們東方固有的文明，誠然也有相當保存光大的價值，但也絕不敢妄自尊大，說墨子發明飛機，比他們早好幾千年，他們的發明，值不得我們的驚異。我的前提，凡一個文明的民族，能生存到現在，固然不能說全善全能，但必須有他特別的長處。我的結論，最近的將來，只有中國，是世界的天國，世界上不能解決的問題，在中國尚未發生，只要中國能和平建設，卻不走到西方已失敗的途徑，中國前途的希望，真是不可思議。

閒話少敘，且讓我分別說來。

一、從政治方面

我歸國後，最感愉快的一件事，就是國內戰事，已告一段落，我們的中華民國，無論事實上統一沒統一，名義上總只有一個政府了。在十七年完成北伐以後，「恢復國內的和平」已成為全國一致的祈望，不幸這種祈望，與事實適得其反。因為要達到這種祈望，所以當前冬去春，我所經營的北平世界日報，一度為閻錫山封閉，同時南京民生報，不知何故也日在憂疑危懼之中，眼看整個的國家又將分裂，我們的痛心疾首自不待言，不料走到國外，這種內戰未已南北對抗的痛苦，比在國內更感覺深刻。在我一切的旅行途中，如果西方人來和我談話——除非他是一個特別瞭解中國而抱有好感的人—開場的幾句，大概總可以列成如下的公式：

（問）你是日本人嗎？

（答）不是，我是中國人。

（問）中國人……（至此，其神色必不如以前莊重）你們現在有幾個政府？仗打得怎麼樣了？

（答）我們以來只有一個政府，你不知道，你們駐中國的公使，只有一個嗎？至於國內偶有的軍事行動，任何國家也不能說絕對避免，並且這種軍事行動，是一個國家由舊變新時必經的途徑。他的價值或許比現今英國在印度、美國在尼加拉瓜要高上萬倍。我們若拿法國、美國開國時所經過的軍事時間比較，中國的現狀，也算不了什麼稀奇！何況南美中美還幾乎天天在那裡鬧革命，你沒有注意嗎？

這種辯論的公式，在旅行途中，幾乎天天可以適用。有的，他覺得自討沒趣，也就罷了；有的，因為我們的答覆太不客氣，不免要找些別的話，來繼續辯論。有一次，程滄波先生在大西洋舟中，和一個美國人如此的辯論之後，美國人忿無可泄，竟在晚間舉行跳舞會時，拿出一條中國辮子，來羞辱我們，幾乎鬧到揮拳相見。但是也有不少的人，經我們解釋之後，覺得中國現狀，的確沒有什麼特別可歧視的理由，中國的內戰和分裂，在國際上所受影響，如此重大，如果這種現狀，一旦消滅，那麼，我們安得不驚喜欲狂？

自從南北分裂狀況消滅以後，西方人這種態度，居然有相當改變，特別是有若干報紙，從前幾乎無日不痛罵中國，近來也相當的說「中國有新的轉機」了。關於此點，我去年十二月應謝壽康先生之請，在中國駐比使館講演，內有一段說的比較詳細。這次講演的題目是（國際宣傳與中國），現在可寫在下面：

中國的國際空氣，現在確有大大的改善，唯一的原因，就是南北對立的局面，業已消滅。歐美報紙大半是在保守思想者和資本家手中，他們對於中國新興的民族運動，根本上是反對的，如倫敦泰晤士報、晨報、紐約泰晤士報，巴黎晨報 Ie Matin 他們都是以反對中國為其對外政策之一。因為新興的中國民族運動，與他們在華的特殊利益衝突，他們只盼望這種運動失敗，所以凡是不利於這種運動的事情，他們總是擴大宣傳，我曾將這幾種報紙的中國消息剪下來，分類統計，描寫中國內戰的，約十分之五六，農荒、共產黨、土匪、教士被擄，約十之三四，至於教育、文化，或建設一方面的消息，居極少數，幾乎等於零。倫敦的泰晤士報，幾乎每一星期，有一篇描寫中國內戰和土匪、農荒的長篇通訊，福建女教士被害一事，他把盧興邦寫得像水滸傳的宋江、彭公桉的黃天霸。我們讀了這幾篇通訊，真會感想到現在的中國，還在那裡過打家劫舍、替天行道的生活。當我和程滄波先生在倫敦的時候，我們常常去質問那些報館的記者，為什麼專歡喜刊載這種不利於中國的消息。他們的答覆很簡單，「中國現在，只有內戰、土匪、共產黨、農荒，我們實在沒有別的消息，可以登載。」我們聽了這話，固然萬分痛憤，但事實上，也無法多與爭辯，及至汪精衛先生離開北平，閻馮兩先生贊同和平，將軍隊撤回西北，蔣先生先後通電，主張召集國民會議，及定期制憲，這總算中國的好消息了，不料除卻「張學良軍隊入北平」的消息，各報都已刊載外，其餘一直到我們讀了中國寄來的報紙，上面有原文電報後，英倫各報，還一字未曾提及。因此去質問上次譏諷我們的記者，「你們說中國沒有重要的好消息，可以登載，請問：一個現任的國民政府主席，兼陸海空軍總司令，他發出電報，主張開國民會議，制定憲法，大赦政治犯，這種消息，在一個沒有偏見的報館去評判，是否算是中國的一個重要消息？你們為什麼不肯登載？」他們只好說「我們沒有接著駐華記者的電告，並不是我們不登載，」那麼，我們只好用滑稽的語調調侃他：「假使我們報館的駐英記者，只天天將你們的失業、貧困、竊盜、姦殺、大霧等消息，打回中國，卻把你們印度會議和帝國會議閉幕，講如何解決各種重大問題的消息漏去，那麼這種記者，我們一定要與以免職的。」他們對中國新興的民族運動，根本上不懷好意，固如此類。然而偏見總不能永遠掩沒事實，內戰終了，張學良入京，和其他各報比較樂觀的消息，歐美報紙後來也不能不繼續為我們犧牲相當的篇幅，去一一刊載。好幾家報紙還做了社論。倫敦泰晤士報並有一篇為「中國的轉機」。他們態度的轉變，固然不是對中國新興的民族運動，就從此要改採取贊助的方針。他們所以如此，第一，看見中國的民族運動，是無法壓制和破壞；第二，英美失業問題的嚴重，主要的原因是生產過剩，在世界上找不著市場。他們既不能破壞中國的民族運動，倒不如見風轉舵，買中國人的好感，來發展遠東的市場。俄些報紙對內的方針，雖然和現在的政府不一定是一致，至於對外，卻十九是沒有兩岐的—尤其是經濟的侵略。我們最近一二月來，不但看見了各國報紙態度的轉變，及各國政府對我的態度也有若干的進步。這種帝國主義資本主義國家態度的好壞，完全是發動於他們自己的利害關係，原用不著大驚小怪；不過因此我們可得一個結論，最有效力的國際宣傳，就是自己努力，努力的方法，第一，在消彌內戰，完成統一。

以上是我在駐比中國使館講演的一段。可見恢復國內的和平，確立國家的統一，不僅在國內是萬分重要，國際間的關係也是刻不容緩。我們在國內，雖然還可以看見許多自己替自己鼓吹的消息，在報上刊載，說我們外交如何有把握，國際空氣如何良好，但一出國就可感覺到，如果我們實際上不能把國家弄好，我們在世界上的地位，不僅不能和現在所謂的「一等國」抗顏並論，就連印度的地位也還不如，因為印度這幾年再接再厲的奮鬥，實在引起了世界上無限的欽佩和同情，一個印度人和一個中國人立在一起，在西方人看來，總覺得印度人的身份還比中國人高，那麼我們所遭受世界人的輕視，已經到何種程度，還不當痛哭流涕嗎？

1931年3月16、19、20、21、22、23、30日，
4月1、3、4、5、6、7、8、12、13、18、20日《世界日報》。
節錄刊於3月16日的「楔子」及「從政治方面」。

十三、我們的宣言

上海《立報》發刊詞

不過我們雖然不承認「大眾化」是新奇，「百萬銷路」是誇大，但我們所標舉的「大眾化」，與資本主義國家報紙的大眾化，確實有絕對的差異。我們並不想跟在他們的後面去追逐，而是要站在他們的前面來矯正。

在整個中國和整個世界，正被不安定、不景氣的陰雲籠罩著，而我們卻在此時，蓽路藍縷，開始我們所認為對於國家最緊要的一件工作——這就是立報於中華民國二十四年九月二十日出版。

我們應深切瞭解，並永遠記憶，立報，在今天，僅是一個剛墜地的嬰孩，他的誕生，一方面離開我們過去最沉重的一個節日，還只兩天，一方面，眼看青面獠牙，世界最兇惡的戰神，即將光臨，農難本已是人類的家常便飯，而此年、此時、此地的中國，卻更已達到農難的尖點。我們懷抱著這個吉凶未卜的嬰孩，站在如此危險萬狀的尖點上，應如何才能打開當前的農難，這的確是一樁最不容易的事。

我們不相信什麼叫國運，我們相信，只有生息在這個團體中的全人類，共同奮鬥，無論何種農難，都自然可以度過。我們認為不僅立己立人不能分開，即立國也實已包括在立己的範圍以內。我們要想樹立一個良好的國家，我們就必先使每一個國民，都知道本身對於國家的關係，怎樣叫大家都能知道，這就是我們創立立報唯一的目標，也就是我們今後最主要的使命。

在今日以前我們曾向社會宣布過我們發刊立報的要旨，我們揭舉兩個口號：「報紙大眾化」、「以日銷百萬為目的」，這兩個口號，或許有人會批評我們，第一個很新奇，第二個太誇張。但我們的認定，卻正在這種批評的反面。

第一，「報紙大眾化」，這是十九世紀以來，近百年間，世界新聞事業，最共同普遍的一個原則。從一八三三美國彭佳命創辦紐約太陽報，到一八九六英國北嚴爵士發刊每日郵報，報紙大眾化的潮流，實已彌漫了全世界新聞王國的任何角落。只有我們孤立自詡的貴國，到現今，所謂「精神食糧」也者，還只在極少數的高等華人中打圈子，也只有這極少的高等華人，才可以有福享受這種高貴的食糧。占最大多數的勞苦大眾不但不能瞭解報紙的使命，甚至見著新聞記者，還要莫名奇妙的問：「恭喜貴行，究竟做的是什麼買賣。」我們從整個世界新聞事業的潮流說來，「大眾化」不但不稀奇，而且腐之又腐。我們提出這個口號，正和民國初年，拿剪辮子、放小腳，當做新政，是同一的叫人慚愧。尚何新奇之有？

第二，「以日銷百萬為目的」，如果我們從中國的人口土地來比例計算，那只能說，這是「大眾化」報紙的一個起碼數字。我們試看，不滿五千萬人口的英倫三島，只倫敦一處，日銷兩百萬份的大眾報，就有四家。即人口不及百萬的比利時京城，僅一個「晚報」就銷四十萬，那麼，我們縱不拿全國四萬萬五千萬人口作對象，而只就所謂將近四百萬人口的大上海說，這個「日銷百萬」的數字，還能算是誇大麼？

不過我們雖然不承認「大眾化」是新奇，「百萬銷路」是誇大，但我們所標舉的「大眾化」，與資本主義國家報紙的大眾化，確實有絕對的差異。我們並不想跟在他們的後面去追逐，而是要站在他們的前面來矯正。因為最近的數十年中，報紙大眾化，已被許多資本主義者，利用做了種種的罪惡。他們錯將個人的利益，超過了大眾的利益，所以他們的大眾化，只是使報館變成一個私人牟利的機關，而我們的大眾化，卻要準備為大眾福利而奮鬥，我們要使報館變成一個不具形式的大眾公園，和大眾學校。我們始終認定，大眾利益，總應超過於任何個人利益之上。

我們所揭舉的報紙大眾化，不僅是對於中國報業的一種新運動，並且也是對於現在世界上所謂大眾化報紙的一種新革命。不過我們特別感覺到中國報紙大眾化的需要，那就因為中國近百年間，內憂外患，紛至沓來，甚至遇到了空前國難，而最大多數國民仍若漠然無動於心。根本毛病，即在大多數國民，不能瞭解本身與國家的關係。何者為應享的權利，何者為應盡的責任，都模糊影響，莫名奇妙。一方面政治可以聽其腐敗，領土可任人蠶食，一方面自己也不肯為國家有分毫犧牲。人人只知有己，不知有國。其所以造成這樣現象，我們敢確切斷言，最大多數國民，不能讀報，實為最主要原因中之最主要者。誠如書彌斯氏所說「中國報紙，內容艱澀，國民能完全瞭解報紙中所記載者，為數極少。」且中國多數報紙，定價高、篇幅多、文字深，所載材料，又桓與最大多數國民，痛癢無關。此種報紙，固然自另有其寶貴的價值，但欲達到普及民眾之目的，則顯然十分困難。以致現有報紙，只能供少數人閱讀，最大多數國民，無法與報紙接近，國家大事，知道的機會很少，國民與國家，永遠是隔離著。在如此形勢之下，要樹立一個近代的國家，當然萬分困難。要打破這種困難，第一步，必開創一種新風氣，使全國國民，對於報紙，皆能讀、愛讀、必讀，使他們覺到讀報，和吃飯一樣的需要、看戲一樣的有趣，然後，國家的觀念，才能打入最大多數國民的心中，國家的根基才能樹立堅固。立報所以揭舉大眾化的旗幟，其意義在此，其自認為最重大的使命，也在此。

不過，「喚起民眾」的重大使命決不是這樣一個剛剛墜地的嬰孩，所能負荷得起，尤其不是我們這十幾個能力薄弱的創辦人，所能保其必達的。我們僅是願意在這劃時代的中國報業的新運動中，各做一名開路的小卒。我們正期望著中國——尤其報業最發達區域的上海的先進同業，來共同努力。更期望最大多數的讀眾，在達到「立己」、「立人」和「立國」的共同目的下，來給我們許多的指導。

此外關於立報營業和編輯的方針，我們還可以向讀者聲明今後的四個原則：

憑良心說話。

用真憑實據報告新聞。

除國家幣制，即社會經濟，有根本變動外，我們當永遠保持「一元錢看三個月」廉價報紙的最低價格，決不另加絲毫，以增加讀眾的負擔。

除因環境及不得以原因外，我們認定，報紙對於讀眾，乃一種無形的食糧，和無形的交通工具，應當終年為讀眾服務，無論任何節日，概不許有一天的休刊。

1935 年 9 月 20 日上海《立報》，未署名。

十四、先考行狀

成舍我

民國十九年，平出國，詣歐美，將研考報業，備異日革進所營各報，預定歸期甚促。即抵英倫，愛其讀書環境良好，欲變計久居。且就讀英京倫敦大學。時與上海時事新報主撰程中行先生偕。倫敦氣候，冬最劣，日霧而夜雨，一夕，平與程先生擁爐坐，北風嗚咽如泣，急雨襲戶，遠還故國，不勝遊子萬里之感。程先生忽語平，吾輩此際，以感愴痛，然高堂白髮，倚閭而望者，其哀傷恐尤百倍於吾輩此時也。

先考讀璧，字心白，清咸豐十年八月二十四日生。其先籍江西吉安，宋末遷湖南湘鄉，遂家焉，距今蓋數十世矣。湖南民風素肫摯，吾邑尤甚，居民什九力田自給，仕宦有顯聲於時者蓋寡。自太平天國之役，曾國藩以湘軍轉戰東南，湘子弟棄耕來從者數十萬眾，而吾邑豪傑之士，起自田間，立大功官至封圻者，乃多至不可勝數。先大父春池公，亦以此棄故業，佐國藩弟國荃幕，歷官江浙，此為吾家百餘年來有仕宦之始。故先大父性廉正，俸祿不支所出，則鬻產以足之，寖假產盡，先大父尋於清光緒二十二年卒。易簀之日，室無寸儲。自先大父卒以迄燾等之成立，先考幾無日不為衣食所役，窮厄顛沛，殆非文字言語所能形似。先考居常語燾等曰，使汝大父不欲立功名於時，則吾及汝輩，固可耕耨自存，不如今日有飢寒駿奔之苦。然汝大父以廉宦傾家，苟天相善人，吾人必信汝輩異日之能有自立，此尤善於貪吏遺厚產以禍子孫也。燾等常謹識此言，彌自刻勵。

先考居先大父喪三年，服闋，環堵蕭然。時母氏歐陽夫人已先二十年來歸，育希謨、燾、希周、平及女二，希謨及女一早夭，尚餘子女四，繞膝索食，先考常累日彷徨。計所以謀生者，以戚友助，入京納貲，得從九品銜，掣分安徽。三十二年，始得署舒城縣典史。位卑祿薄，月俸銀二兩九錢，合縣署津助，僅勉之口腹。雖亦能非法致貲財，固先考恪直。有大父風，安貧守分，已得免飢寒為已足。清典史。即今之典獄，秩雖微而負責恭重。先考每中夜起，環獄巡視。平時遇囚犯至有恩，除一切虐遇苛刑。且時入獄，講授書史，勉以悛改。

三十四年，有梟盜數人，新逮獄，將立決。盜劫掠，夜半突破獄出。先考聞警馳捕，抱兩囚，臥地血，先考負重傷，囚終未得脫。其餘舊囚，感先考恩，獄雖破，多坐守不去。清制，司獄之責，縣令為有獄官，典史為典獄官，獄囚以武力破獄出者，有獄責重，由穴隙或竊垣逃者，典獄責重。時縣令某，值秋漕歲旺，預計可贏數萬金，若眾以反獄上聞，漕未畢，必遞官，乃商之先考，欲匿實而以越獄聞。如此，則縣令可末減，許先考八千金。並介親信語先考：為典史十年，八千金上不可致，今一但有此，即免官亦溫飽無虞矣。先考以飾詞納賄，有虧士行，堅不可。據實陳大使，縣令劾革去。先考因捕囚功，僅撤任。然窮困益甚，每不能舉炊，馴至衣被日用所需，亦胥付典質。適清末，舉新政，廣開學校。先考年近五十，慨然曰，吾雖老，然尚欲讀書以致用也，先後入安徽官立法政學校，及高等警官學校，苦攻法律政治之學，不以頭白自餒。既卒業，得歷任宿縣風臺縣警務長，在職勤勉，夙夜匪懈。時皖撫朱家寶，聞其能，欲擢任之，曾數度召見，垂詢甚殷。宣統三年，補桐城縣練潭巡檢，未蒞任而清鼎革。先考倉卒自安徽風臺縣警務長任所，馳舊省垣。民國初建，萬流竞進，青年當要路，凡無功於革命或特有巨援者，自不易冊列仕途，以是先考遇益窘。幸先考長文學，又曾入學校讀新籍，簿書告令，最所嫻習。因得數參縣幕，任縣承審，或縣典獄，斷續相間，以下吏勉為生活者，約八年。時燾、希周、平及女劍霞，次第成立，顧均以家貧失學，平最幼，先考最所鍾愛。

當先考官舒城，平甫八歲。常示平曰：汝兩兄以長，讀書不易求進，然吾疏不忍再使汝不讀書也。顧無力延師，先考乃親自訓讀。事冗，常外出，則授平檢字書，令自讀畢籍。有不識者，依字檢尋，先考歸，再就正之。先考知舊籍無裨實用，則更購各種小學新籍，如格致、史地、算數之類，令平誦習。十歲先考自舒城解官歸省垣，令平就旅皖第四公學讀。不一年，自初小高小，拔升至中學。顧家愈貧，境愈困。書值百錢者亦不能致，須昏夜借寫。不能具校服，有操演或集會，均擯不得與。又積欠學金過巨，則不與試。卒至輟學。

民國元年，平年十四，燾、希周均奔走四方。平亦艱苦求自立。時南北和議未定，國人憤清廷反覆，多主戰，黨人韓衍，以大義勖皖青年，組青年軍，涵為軍監，勢甚盛。平亦慷慨請入伍。顧太幼弱，習野戰，身長逾步槍僅寸爾。統一告成，韓遇刺，青年軍解散。寥落無所依，乃浪遊國中。遍為各種非所好尚之職役。先考見平喜讀報，好議論，一夕，詢平所志，以欲終身操記者業對，先考甚喜。始試撰文投各報。癸丑之役，坐黨籍，為皖督倪嗣沖購捕，間關走遼沉，任報社校對編撰者約一年。四年赴滬，任上海民國日報及他報編撰者又二年。然先考每有訊示，輒無不以平年少失學為慮。七年，以亡友某君介，之北平，主北平益世報編撰。報館夜作而日息，則就讀於北京大學。以書告先考，大悅。時薪給較前裕，差能自支，而先考亦垂老，因監乞先考休退，半以所入供菽水。

民國八年，先考始不再勞役於外。十年，平卒業。十三年，出所積金二百，就北平創辦世界晚報。不期年，大起。十四年，更增創世界日報。並迎養先考及母氏歐陽夫人於北平寓次，當是時，軍閥柄國，變亂相尋，兩報以指陳時政，無忌憚，迭為當居者禁閉，然愈禁閉，而兩報聲焰愈張。十五年，張宗昌捕殺北平新聞界先進邵飄萍、林白水。更於殺林白水次夕，遣緹卒數十，捕平。已宣示死刑矣，已故國務總理孫慕韓先生急救得免。在獄之日，惟日以震驚先考及母氏為慮，及出獄見先考夷然，心大安。先考徐語平：吾先人雖無大功德，然吾不信及吾之身，將見汝有非命之慘。且直言縱可賈禍，然士君子讀書所應爾也。不然，又何貴汝司言職耶，當繫獄時，平追念十餘年中之憂危恐怖，輒思一旦得釋，必棄此他圖，及聞先考訓，夙志益堅。然張氏終以不能得平為憾。時國民革命軍已據武漢，順流東向，乃南走滬，抵滬而南京以克，乃更與同志創民生報於新都。

先考及母氏歐陽夫人仍留平。其間因南北相持，不及承色養者約二年。迨統一底定，輒往返於新舊兩京之間。時希周遘疾先卒，女劍霞已嫁，侍甘旨者，僅燾及平，先考年雖就衰，然見平創業稍成，及家人集侍，意頗歡怡。精神健旺，不殊四五十許人，常獨步遊衢市，每飯盡三盂。燾等方竊喜先考天賦深厚，期頤可享，初不意慘變之來，有非燾等始料可及也。民國十九年，平出國，詣歐美，將研考報業，備異日革進所營各報，預定歸期甚促。即抵英倫，愛其讀書環境良好，欲變計久居。且就讀英京倫敦大學。時與上海時事新報主撰程中行先生偕。倫敦氣候，冬最劣，日霧而夜雨，一夕，平與程先生擁爐坐，北風嗚咽如泣，急雨襲戶，遠環故國，不勝遊子萬里之感。程先生忽語平，吾輩此際，以感愴痛，然高堂白髮，倚閭而望者，其哀傷恐尤百倍於吾輩此時也。當吾出國，吾父執吾手泣，恐不得再相見，吾每一念及，輒為泫然。平遂驚起曰：父母在，不遠遊，吾輩未來之歲月方長，而侍父母之日則已短，吾輩忍為一已不可必得之學業，以遠侍去日苦多之父母歟？先是，程先生與平，迭接故舊書，以事促歸，均婉謝。至此，乃決治裝以今年春歸。自美國三藩市，至日本東京，舟中遇日本九州島大學教授宮崎彪之助，恂恂儒者，與程先生及平至相得。

互約抵日後，當尋遊日本各名勝。及抵東京，以商定遊覽日程矣。忽宮崎深夜排戶入，色慘白，與程先生及平曰：吾有父，以卒於吾舟過檀香山之日，余奔喪急，不及侍兩君遊矣。遂倉皇掩涕去。程先生及平，均為黯然。既哀宮崎所遇之酷，而程先生及平，自歐涉美，經數萬里，水陸歷兩月，以轉徙倉卒，與國中音間隔絕。聞宮崎事，不勝惴懼。舟抵滬，兩家親屬來迎，均首訊父母安否？曰安，乃大喜。又熟知一轉瞬間，平竟獨蹈宮崎之覆，而為無父之兒耶。平既歸國，抵新都，奉先考諭，謂健旺如昔，倘南中有事，不妨稍留。乃未幾，突接燾電，謂父病速歸，比馳抵北平，則病已就減。先考見平歸，甚喜，尋海外異聞，輒為軒笑。每晨夕與家人同席食。讀日晚兩報，一切如平日。易簀前一日，猶含笑與平：汝業報垂念載，士當忠其所職，信其所守，望汝異日勿異此而他騖也。自十四年，先考奉養留平，暑寒六更易，每當政局遞嬗之際，則以此見勉。故雖國民政府定都南京，平或為大義公益所迫，或感於師友愛好之殷，偶為所業以外之役事，然終不忍一日離去，固由天性習好，而感於先考訓戒者實泰半也。

燾等正私喜先考康復可待，乃翌晚而症驟變，僅三小時，即棄燾等而長逝。嗚呼痛哉！先考以民國二十年六月二十四日卒，年七十二。子燾、平、女劍霞，及婿、媳、孫男女等均侍側。燾等僅遵慈命以同月二十八日，移靈北平宣武門外長椿寺。將俟時局稍定，道路無阻，再扶櫬歸葬於湖南湘鄉祖墳，蓋遺命，欲與先人之靈長相依望也。夫先考以遜清末秩，無大勳勞於國家。子孫庸碌，又不能拾青紫以煊赫當世。則為其後者，欲其不與草木同化，蓋亦難矣。故所貴垂不朽者，非所以榮死者，抑亦招示來世耳。使其人之至德篤行，有足矜式，雖引車賣漿，可傳也。文學隱逸，山林耆舊之士，所得與帝王卿相，同見稱於古之史官者，惟此而已。先考至性過人，生平無敗德，垂死猶不解狹邪博塞為何事。官雖卑，未嘗一日溺所職，境雖厄，未嘗一日喪所居。其所以教迪子孫者，皆中國數千年來精神所寄倚，殆亦中山先生所謂忠孝仁愛信義和平已耳。而忠其所職，信其所守兩語，猶先考生平所反覆垂示。吾家自宋末移湘鄉，子孫世以力田為業，家給人足，無逸蕩失業之人，更無一不肖子弟，流為盜賊者。

自曾國藩以湘軍中興滿清，立大功。吾家棄祖業，取仁宦。或從兵戎者，乃漸眾。流風所扇，今燾等同族兄弟百餘人，從兵役者逾三分之一，餘亦競集都市，多朝夕易所業。土地盡蕪，產易主，而流離飢寒，至不得已為不忍言之敗行者，固比比然也。是知先考忠職信守之訓，不僅所以寧一家，今日之舉國洶洶，人無桓業，使能盡如先考之言，國富庶而社會輯安，其憂攘或不至此。僅略次其生平言行，以俟世之博文君子焉。季子平泣述。

1931 年 9 月 4 日、5 日《世界日報》，署名舍我。

十五、成舍我的四種精神

成思危

我的父親成舍我辭別人世已有七年多了，他的音容笑貌一直活耀在我的記憶裏，有時還會悄然進入我的夢中。但是當我真要提筆寫這篇紀念他的文章時，卻深感思緒紛雜，不知從何處下筆。我想這大概是由於以下三點原因：

一是父親從一八九八年誕生到一九九一年逝世，在人間度過了漫長的九十三年，這正是我們的祖國發生了翻天覆地變化的時期。他作為一個立志要振興中華的知識分子，親身經歷過辛亥革命、五四運動、軍閥瀰戰、抗日戰爭、解放戰爭等對中華民族的命運有重大影響的事件，經過多次的探索、思考、徬徨、奮鬥和失敗。由於各種因素的作用，他晚年在臺灣又一次取得事業上的成功。儘管某些人對他的偏見和強加於他的一些不實之詞已經煙消雲散，但對他這樣一個歷史人物如何給以恰如其分的描述，仍然是一項十分困難的任務。

二是我出生兩年以後就爆發了抗日戰爭，我們一家離開北平，先後在香港、桂林和重慶居住，父親因為是國民參政會的參政員，又忙於他的新聞事業，和我們離多聚少。抗戰勝利後回北平才剛三年，全家又遷到香港。而我自一九五一年離開家庭由香港隻身回到廣州參加工作後，直到一九七九年才與父親在美國重逢。以後雖有過幾次相聚的機會，但都為時不長。因此和我的兩個姐姐及兩個妹妹相比，我和父親相處的時間恐怕是最少的，對他到臺灣後的情況就了解得更少了。

三是父親為人心思縝密，感情深藏不露，很少在子女面前坦露他的內心世界。他對甲說的話不一定對乙說，而對乙的感情又往往不願讓甲知道。因此我深信沒有一個人能真正全面地瞭解他，對他的看法也很難完全一致。從而對他的回憶和評述也只能是「仁者見仁，智者見智」，各抒已見罷了。

經過再三斟酌，我決定採用寫實兼寫意的筆法，從我親身所見和所聞出發，寫出我的所感，那就是他的四種精神：自強不息、剛直不屈、愛國不渝、深情不移。本文中所用的資料主要來自父親歷次和我談話的紀錄，特別是我一九九〇年到臺灣探親期間他和我的談話錄音，以及他自己所寫的文章。我謹以此文作為一瓣心香，敬獻給父親的百歲冥壽。

自強不息

記得十二歲生日那天，我興致勃勃地拿著新買的紀念冊到位於北平西長安街的世界日報社，在父親的辦公室裏找他題詞。他不假思索地提筆寫下了「自強不息」四個大字。我當時就猛然醒悟到，這四個字不僅是他對我的殷切期望，也正是我心目中父親的形象。

那一段時間裏他在家的機會較多，每天晚飯後他都要抽出半小時對我講他的經歷，並要我紀錄下來，整理成文，第二天再給他審改。從中我得知他在清光緒二十四年（一八九八年）出生於南京下關，五歲開始跟祖父學讀書和寫字。由於當時家境貧寒又遷徙不定，他只能靠發憤自學，特別喜好作文。當他於一九一三年（十五歲）被正式聘為外勤記者時，他只在旅皖第四公學讀過一年半書，在章兆鴻老師（此人後來當了國會議員）的指導下學習作文。此後他在記者、編輯和自由撰稿人的生涯中刻苦學習，努力奮鬥，因文筆犀利、才華出眾而得到陳獨秀、李大釗、王新命、葉楚滄等人的賞識。一九一八年父親報考北京大學中國文學系時，因他既無學歷又只會中文，無資格參加入學考試，經當時任北大文科學長（即後來的文學院院長）的陳獨秀批准，先當旁聽生入學聽課。他經半年苦讀英文等科目後，就通過考試獲准轉為正式生。此時他為了解決生活困難，經李大釗介紹進北京「益世報」當編輯，靠半公半讀完成了學業。

據父親說，他於一九二一年從北京大學畢業後，靠著超常規的工作和節衣縮食，終於在三年後靠著他辛勤積累的兩百塊大洋，辦起了一張自己的報紙——「世界晚報」，一年後又辦起了「世界日報」和「世界畫報」，以後又陸續創辦了南京的「民生報」（一九二七年）、北平新聞專科學校（一九三二年）、上海的「立報」（一九三五年）等，才三十多歲就已取得了他事業上的成功。

一九三七年抗日戰爭爆發後，父親在北平及上海等地的事業喪失殆盡。但他憑著驚人的毅力，一九三八年又在香港創辦了「立報」，香港淪陷後不久他就在桂林創辦了世界新聞專科學校，桂林失守後他又在重慶創辦了「世界日報」。在那段時間裏我親眼看著他忍痛丟掉一個又一個辛辛苦苦創辦的事業，但他從不在這些巨大的挫折面前灰心喪氣，而是堅忍不拔地重新創業。記得他在桂林辦學初期，學校就設在郊區瑤山腳下的幾間茅屋裏，桌椅板凳都是他設法借來的，他還幾乎每天都要步行到市內去籌建新校舍。而當我們全家搬到新校舍剛一天後，就因日軍進攻桂林而逃往重慶。

父親於一九四八年底到香港時，他的財產已所剩無幾。但當一九七九年我和他分別二十八年後在美國重逢時，他高興地對我講述他五十八歲開始在臺灣創辦世界新聞專科學校（簡稱「世新」）的經過，並告訴我「世新」已成為臺灣最大的私立學校之一。他還表示正在申請將「世新」升格為「世界新聞傳播學院」，將來還一定要再辦報。後來終於在他九十高齡時創辦了臺灣「立報」，「世新」的更名也終於在父親去世後得以實現（最近已擴展為「世新大學」）。

父親從小就勤奮好學，在詩詞、歷史、文學和新聞寫作方面下過不少苦功。以後他曾用「舍我」、「一丁」、「丁一」、「戊戌生」、「小白」、「成則王」、「百憂」等多種筆名寫下了大量的社論及各類文章，逐漸鍛鍊出犀利的文筆和凝練的文風。他小時從未學過英文，一九一六年至一九一八年間在上海時還只能採取劉半農口述、由父親整理成文的方式合作翻譯英文小說。但經過幾年的努力，他就已能順暢地閱讀英文書刊了。

父親畢生熱愛新聞事業，對採訪、編輯、排版、印刷等業務都曾刻苦鑽研，並能有所創新。一九八八年我帶著夫人和女兒到香港與他相聚時，他每天早晨都要我去買當地出版的各種報紙，供他參閱比較。看著他手執高倍放大鏡一行行認真辨讀的模樣，真令我既欽佩又憐惜。

剛直不屈

父親一生剛強正直，從不屈服於強權惡勢。他所以選擇新聞記者這個職業，就是因為他年少時親自看到「神州日報」的記者方石蓀為我的祖父成心白辯白冤屈的作用。他從十五歲開始當記者後，就用他的筆抨擊軍閥的殘暴統治，為平民百姓打抱不平。他曾先後被倪嗣沖、張宗昌及汪精衛下令逮捕過，險些喪失生命。關於他不畏強勢方面的報導很多，在此我僅舉幾個所見聞的例子。

我小時聽母親蕭宗讓說，父親在南京辦「民生報」時，曾有記者採訪到到汪精衛的親信、行政院政務處長彭學沛貪污瀆職的劣跡。當時汪精衛是行政院長、國民黨副主席，權勢很大，彭學沛又是我母親的姑父，因此有些親友勸父親不要刊登這一消息。但他認為主持公道是報紙的職責所在，還是義無反顧地在報上公開揭露。汪精衛見後大怒，就讓彭學沛向法院控告成舍我和「民生報」妨礙名譽。開庭之日父親親自出庭答辯，慷慨陳詞，終於迫使對方撤訴。但汪精衛懷恨在心，終於藉故將父親逮捕並關押了四十天，還責令「民生報」永遠停刊。父親被釋後汪精衛又派人對他說，只要他向汪寫一封道歉信，汪就可以收回成命。父親當場嚴詞拒絕，並說：「我可以當一輩子新聞記者，汪先生不可能做一輩子行政院長」。

記得在重慶時，有一天我在他桌上看到蔣介石請他吃晚飯的請帖，但他並沒有去赴宴。一九七九年我在美國與他會面時，他告訴我他曾多次申請在臺灣辦報，但遲遲得不到批准。一九五九年國民黨宣傳部長陶希聖曾找他談，說「上面有意要讓一些過去在大陸上有聲望的報紙在臺灣出版，你不是一直想恢復出版「世界日報」嗎？你最好直接給蔣公寫封信」。但父親回答說：「這封信我不能寫，因為「世界日報」一向是民營報紙，我一但寫信給蔣公，他必然會對我有所要求，我也必然要對他有所承諾，這就束縛了我辦報的手腳。因此我只能正式向政府申請出版「世界日報」，而不能給蔣公寫信」。據說陶向蔣彙報後，蔣大發雷霆，親筆批示道：「此人不宜讓他在臺灣辦報」。

父親還告訴我，蔣經國上臺後，曾對黃少谷（國民黨中常委，父親的好友）說：「成舍我曾是我黨的老黨員，你可勸他歸隊，也不必辦什麼手續，登記一下就可以了」。父親聽到後回答說：「我今年已八十二歲了，當了多年的「社會賢達」，我想就不必再歸隊了吧」！據說蔣經國知道後甚為不快。

父親曾對我說，他到臺灣後仍不改初衷，主張新聞自由，民主政治。一九五五年他就曾以「立法委員」的身份為「國大代表」龔德柏及「立法委員」馬乘風（兩人均因批評臺灣當局而被秘密逮捕）的「失蹤」案，向「行政院長」俞鴻鈞提出質詢，要求保障人權及言論自由。他所創辦的「世新」在七〇年代大膽容納了王曉波等一批被臺灣當局列入「政治觀察名單」的學者，成了臺灣的「政治思想犯大本營」。更有甚者，我的繼母韓鏡良女士的前夫是因「匪諜罪」而被臺灣當局處決的，而父親卻不避嫌疑，於一九六九年與她結婚，也使一些人感到驚奇和不解。

我一九九〇年在臺灣探親時，父親還給我講過他年輕時的一段故事。一九一五年他在上海「民國日報」當編輯時，曾參加柳亞子主持的「南社」。當時南社中有朱鴛雛等人因論詩的觀點與柳不合，柳就讓他的好友、「民國日報」總編輯葉楚滄在報上刊登一份啟事，驅逐朱鴛雛出南社。父親認為這樣做法不妥，遂憤而辭職，並將他惟一的被褥典當換錢，在「申報」上刊登啟事反對柳的做法，引起了一場風波。一九四九年柳亞子離開香港赴北京前，還曾與父親會面，兩人談起當年的這段爭執，不禁恍然失笑。

愛國不渝

父親一貫熱愛祖國的歷史與文化，當我四歲時就教我讀唐詩，六歲時就給我講「資治通鑒」中的故事。一九四四年到重慶後，曾先後暫時寄住在黃少谷和李中襄（母親的姑父家）家，父親每天都教我背誦「資治通鑒」，還常給我作些講解。使我從他身上感受到對中華民族的熱愛。

據父親告訴我，辛亥革命不久後，十四歲的他就參加了青年軍，並集體參加對國民黨（後來國民黨重新登記黨員時對父親因拒絕登記而按自動退黨處理），還差一點到南京正式入伍，被祖父從安慶碼頭上拖回。他從事新聞工作後，曾參加過反袁對袁世凱的秘密活動，並因此而被捕。經人營救獲釋並到上海進入「民國日報」做事後，仍不斷發表文章抨擊時政，鼓吹革命。在北京「益世報」工作時，曾寫過許多支持五四運動的社論，其中「安福與強盜」一文曾導致報館被北洋政府查封三天，一九二五年「三一八」慘案發生後，父親在剛創辦一個多月的「世界日報」上大量刊登慘案的照片及報導，痛斥段祺瑞政府的暴行，獲得了社會上的好評。次年他因批評時政而被張宗昌下令逮捕，險些被槍斃，得孫寶崎先生營救才幸免於難。

一九三七年日軍佔領北平前，父親被人以身家性命作威脅，要他當「維持會」的委員。但父親堅決拒絕，日軍入城後，父親拋棄一切財產，經天津、上海、南京、漢口而到香港。又辦起了宣傳抗日的「立報」，薩空了、沈雁冰（茅盾）、卜少夫等人都曾在其中做事。

父親早年與陳獨秀、李大釗等革命先輩有過師生之誼，也與曾在他報社共過事的張友漁、薩空了等中共黨員有較深的私交。一九三八年，父親以「社會賢達」的身份被遴選為「國民參政員」，在國民參政會上又結識了周恩來、董必武等中共領導人。雖然他對於北平和平解放後「世界日報」被當作國民黨 CC 系的報紙而被沒收一事耿耿於懷（這是促使他由香港去臺灣的主要原因之一），但他一直是贊成祖國統一的。一九七二年十月周恩來總理在北京接見我的小妹成露茜並要她代問父親好，還說過我們之間有些誤會，他還是民族資產階級嘛。父親聽到後很高興，並曾將此事告訴黃少谷。我背了二十多年的「官僚資產階級出身」的包袱也因此而得到解脫。

一九七九年我在美國與他會面時，他就認為臺灣與祖國大陸的統一是必然的趨勢。他認為，從歷史中看中華民族歷來就是心向統一，反對分裂及異族入侵的，而且力圖保存和發揚中國的文化。一九八五年我在美國與他見面時，他說：「在統一問題上，我是樂觀派的」。並預言：「少則五年，多則十年，兩岸總是要談的」。一九八八年我攜妻女在香港與他會面時，他特意要我們陪他到落馬洲遠眺對面的深圳，並表示將來條件成熟時一定要爭取回祖國大陸一行。

一九七九年會面時他還告訴我，美國曾於一九五九年邀請包括他在內的十名列為社會賢達的「立法委員」赴美訪問，有些人還企圖透過他們在臺灣形成親美的反對勢力，但他去後並未為所動。七〇年代時也曾有人勸他把在臺灣的財產逐步轉移到美國，並申請在美國的永久居留權，他也沒有接受。他說：「我的事業在中國，我決不到美國去當寓公」。一九九〇年他在臺北和我對話時，還為他少年時的一些愛國行為而感到自豪。我深信，一直到他生命的最後一息，他對祖國的熱愛仍然是矢志不渝的。

情深不移

父親是一個感情不輕易外露的人，但在他心中卻是情深似海，這種深情厚意只有在事後追憶時才感到它的可貴。真可謂：「此情可待成追憶，只是當時已惘然」。

父親從小就對子女要求十分嚴格，不苟言笑。他時常鼓勵我們要獨立自強，不要依賴父母。一九七九年我與他見面時，他對子女實行「三不干涉」政策，即一不干涉子女的政治傾向，二不干涉子女的職業選擇，三不干涉子女的婚姻家庭。我想，正因為他對子女志向的尊重，使得我們五個子女各有發展和成就，從而也體現了他對我們最深沉的愛。這樣開明的父親恐怕在當今事上也是少有的。

父親對我們雖很嚴厲，但在必要時又十分關懷。一九八一年，在他的支持下，我到美國進修管理科學。一年後當我寫信告訴他，我已拿到免全部學費的獎學金，決心讀一個工商管理碩士「MBA」學位，但需要他支持我的生活費時，他立即給我回信說：「你需要的錢，在我雖也是一個不小的負擔，但為完成你的學業，決如數籌付。我原擬今年暑假來美一行，但因學校事務紛繁，能否分身，此時尚難確定。但到你明年畢業時，無論如何，必將趕來」。此後不久我的表妹黃玨女士赴美探親，順便到我處看望，她回到臺北後對父親說我住處條件較差。父親又給我來信說：「如果因住的地方你不能自己做飯，以致每頓只能吃麵包，影響健康，那就應該早日搬遷，租金縱稍貴，也不必顧慮」。當我今天重讀他十六年前給我的這兩封信時，不禁感到一股暖流升上心頭。

父親表面上不露聲色，實際上感情十分細膩。一九八三年八月二十三日，他在返臺前和我在洛杉磯場閒談。當我告訴他即將拿到工商管理碩士學位，有幾家美國公司邀請我去做事時，他表示希望我考慮留在美國，以後有機會可以去臺灣，並懇切地說：「畢竟我們家的事業在臺灣」。但後來當我決定學成回國時，他也能理解，還在見面時鼓勵我要認真做事，自強不息。一九九〇年我到臺灣探他的病，晚上就睡在病房外的沙發上陪伴他。我臨走的前一天晚上由於回家收拾行李，沒有住在醫院。他早上醒來後沒看到我，就一定要護士陪他回家。到家後得知我已去醫院向他辭行時，又匆匆趕回醫院。當看到他回到醫院後衰弱地躺在病床上的情景，我不禁熱淚盈框，伏在他的身上，久久不忍離去。他用一隻瘦弱的手抱住我，另一隻手則不斷地撫摸著我的頭。我想他心中大概已預感到，這是我們最後的一次見面了。

許多人對他的節儉頗有微辭，有些人還認為他太「吝嗇」，而我認為他的成功主要就是靠勤勞與節儉。一九八八年我和他在香港見面時，曾勸他要多注意身體，不要效法諸葛亮，「夙興夜寐，罰五十以上皆親覽焉」。他卻說：「你應該知道創業為艱，守成不易。特別是我們這種私立學校，在理財或用人方面稍有不慎，就可能會造成慘重的損失。不像你們在公營機構中做事的人，只要會等因奉此，就出不了大問題」。他的一番話說的我無言以對。實際上，他對自己才最「吝嗇」。一九九〇年我到臺灣時，他已可算是億萬富翁，但他的生活仍很儉樸，每天乘坐的還是一輛臺灣產的舊車，而他卻捨得花鉅款為臺灣「立報」購買最先進的印刷設備。他逝世時正好與美國「福布斯」（Forbes）雜誌合作的臺灣「卓越」雜誌推出首份臺灣富豪排行榜，父親也榜上有名。其實他的絕大多數財產早已通過組成「財團法人」自願奉獻給新聞事業了。

在與父親不多的接觸中，我還感到他是一個十分念舊，知恩圖報的人。他在美國第一次和我見面時就關切地詢問張友漁、張友鸞、左笑鴻、萬梅子等老友的情況，要我回國後去看望他們並代他致意。一九九〇年在臺灣時，他還提到八〇年前曾為祖父伸冤的方石蓀的孫子在臺灣，他準備請此人到學校做事。我還聽妹妹們說，母親到臺灣後因思念我而心情憂鬱，父親特意將在香港的二舅蕭宗謀請到臺灣他辦的世界書局任總經理，以便和母親能常見面。母親病重時父親對他關懷備致，因此母親逝世前曾說父親的心是金子做的，我想這大概是一個丈夫能從妻子口中得到最高評價了。

一九五一年，為了實現自己的理想與抱負，我獨自一人由香港返回內地，一個十六歲的少年提著一隻手提箱，開始了我的奮鬥歷程。儘管我遇到不少坎坷和挫折，但憑著對祖國的熱愛和自強不息的精神，使我能夠刻苦學習，樂觀向上，終於能小有所成。因此我認為「自強不息」是父親留給我最珍貴的遺產，我將繼續用他的四種精神來鞭策自己，爭取為祖國和人民多做貢獻。

父親喜愛舊體詩詞，但很少發表和保存。我認為他在一九七七年寫的「八十自壽」一詩最能反映他上述的四種精神，現敬錄出如下：

八十到頭終強項，敢持庭訊報先親。
生逢戰亂傷離散，老盼菁英致太平。
壯志未隨雙鬢白，孤忠永共萬山青。
隔洋此日勞垂念，頑建差堪告故人。

我因小時後受父親影響，有時候也寫一些舊體詩詞，其中幾首曾寫過父親過目。他說我的詩詞平仄不合，這曾促使我花了一些時間自學詩詞格律。現謹步父親前詩的原韻和詩一首，權且作為本文的結束。

精勤自強得小成，心香一瓣祭嚴親。
爭鳴紫禁輕權勢，雄辯金陵要公平。
翠谷躬耕松常綠，深坑臥看草猶青。
春風拂面如寄語，中華振興盼後人。

一九九八年四月二十九日深夜成稿於北京〔註 1〕

作者係成舍我先生獨子，曾任全國人民代表大會常委會副委員長，中國民主建國會中央委員會主席，國家自然科學基金委員會管理科學部主任，中國軟科學研究會理事長。

〔註 1〕【附注】「世新」的校址位於臺北市內翠谷，父親（成舍我）的墓園在臺北郊外深坑。

十六、「世新」永遠的老校長——父親在新聞教育上的理念與貢獻

成嘉玲

一九九一年四月一日，父親（即成舍我）不幸病逝於臺北三軍總醫院。父親故去後，我承襲他的遺志，一肩挑起世新大學的教育擔子。加上我是父親眾多子女中，惟一伴他走過最後三十年歲月的，比較瞭解他的辦學狀況，因此我僅就父親的新聞教育理念與作風，作一些闡述。

父親一生以新聞事業為職志，先後在北平、南京、上海、香港、重慶等地，親手創辦許多成功的報紙，在新聞處理上也有許多轟轟烈烈的表現，被譽為「一代報人」，在中國新聞史上，早有一席地位。後來到臺灣，卻成為新聞教育的巨擘，取得相當的成就，我以為那是政治環境使然。

何以說是政治環境使然？事情是這樣的：一九五二年底，中國政治局勢的巨變早已成定局，父親攜家眷由香港前往臺北定居。父親一生喜歡辦報，詎料到了臺北，主政當局為了便利統治言論，已實施所謂的「報禁」政策，以節省紙張油墨為由，停止受理新報紙出版許可證的申請。如果你非要辦報不可，就請你自己設法頂購一份現有的報紙吧！但父親認為辦報是光明正大的事，豈可像寄居蟹換殼一樣偷偷摸摸？他不屑為之。

幾經力爭，當時在國民黨文宣政策的掌控上頗有影響力的陶希聖，只好承諾讓父親的「世界日報」在臺復刊。然而此一決策呈報給最高當局時，竟遭否決。

事情起了變化，父親沒多說話，開始埋投給報紙寫評論，並到大學兼幾堂課。這種沉默的態度，讓一些人感到不安，於是有人向當局建議：「成某人是個閒不住的人，不讓他辦報，也應該讓他做些大一點的事，否則會悶出問

題來（按：大概就是造反的意思）。」

經過一番討論，當局最後認為讓父親辦學校，應是兩全之策。於是有一天，當局擔任教部長的張其昀跑到我家來，極力慫恿父親辦學校。

「嗯，辦學校？也好。」父親思考許久，最後終於作出決定。

事實上，父親早在一九三二年即在北平（現在的北京市，當時叫北平）辦過一所「北平新聞專科學校」。一九四二年又在廣西辦了一所「桂林新聞專科學校」。辦「北平新聞專科學校」是鑒於當時的新聞記者素養欠佳，培養一幫夠水準的記者，好提高報紙的水平。辦「桂林新聞專科學校」，則是希望藉此幫助逃避日寇侵略流亡到廣西的青年學子，讓他們免於失學之苦，並想看看是否能以學校的畢業生作基幹，也在桂林辦一張報紙。可惜學校辦了兩年，桂林就被日軍攻陷，大家匆匆逃進四川，一切化為煙雲。

父親是一個劍及履及、說做就做的人，此時既決定在臺灣辦學校，於是一方面傾其人財產，購得臺北市郊尚未開發的山谷地萬餘坪，作為創校的最基本條件，一方面邀集于右任、王雲五、端木愷、程滄波、黃少谷、葉明勳等新聞文化界人士，組成發起人會議，繼而成立董事會。分別四出募款。

中國自古以來即官學、私學並存。最著名的當然是漢朝的東林書院、宋朝的四大書院。但古代的私學，只要蓋好房舍，請好老師，即可坐等學生帶束脩上門求學，不像現在的學校，設備繁雜昂貴，私人興學是大不易的。而偏偏中國人又極端欠缺捐款助學的觀念，勸募之難、勸捐之苦，父親於一九七六年十月十五日為紀念世新創校二十週年而發表在臺北「聯合報」的一篇文章——「我如何創辦世新」一文中，這樣寫到：

「在這一年艱難建校的募款期間，使我跑路最多的，有兩件事，至今還記憶如新。第一件，是某位經營鳳梨而發財的富翁，他答應我們發起人某君，捐一萬元，某君叫我帶收據到他的公司領取。我跑了好幾次，他不肯見我，最後派秘書代見，說他頂多只能捐兩千元，並拿出兩疊十元一張的鈔票，要我簽收。我帶來收據是一萬元，我們又不是叫化子，如果我收下這兩千元，不但對不住自己，也損傷了要我來的朋友自尊心，於是我就毅然謝絕，空手而歸。第二件，是我接到發起人中另一位朋友的電話，要我去拜訪一位煤礦老闆，說他答應捐五千元。他的公司離我家很遠，那時沒有計程車，三輪車也多半破舊不堪，我先以電話約定，坐了三輪車去。不料快到他的公司附近，三輪車一個輪子飛了，把我摔在地上，還好沒受重傷，我站起來拍拍腿，勉強走到這位老闆的三樓辦公室，我發覺腿有點痛，而且約好的老闆，居然說臨時有要事請我明天再來，我說：明天不能來，可能要進醫院了。幸好檢查結果，只是扭傷了筋，不必住院。有人介紹我到中醫診所於善堂推拿、打金針，睡了三天，總算無事。不過這位老闆還算不錯，沒有多久，他竟派人把答應的五千元，不折不扣，送到我的家裏。」

靠了眾多友人的協助，以及父親自己的努力，好不容易募到三十萬元。然後再加上父親向朋友告貸，甚至將自己的住宅拿去向銀行抵押貸款，終於得以勉強蓋出一棟校舍，以及一座實習印刷工廠，並購置了一些教學上必需的設備。其專業的辦學生涯，於焉開始。此時，他老人家只差一歲就花甲之年。

在這裡有一點要說明。父親原始構想是辦一所新聞學院或新聞專科學校，但當時政府對大學或專科學校的設立，也嚴加管制，父親只好從職業學校開始辦起。學校於一九五六年九月開學，招收高級部、初級部學生各一班。

學校成立，父親的朋友們如程滄波、阮毅成、端木愷、蔣勻田、陶百川、蔣復璁、胡秋原、葉明勳、沉雲龍、陳紀瀅、王藍、邵鏡人都相繼到學校正式授課。這些先生們，個個都是臺北當時一流的名學者、名教授，竟然每週迢迢奔波到荒僻的木柵，對著一堆毛小孩，講述不知道他們是否能聽得懂的課程，想來都覺得好笑。父親「得道多助」，由此可見一斑。

四年後，政府以「世界新聞職業學校」辦學成績優良，政市核准升格改制為「世界新聞專科學校」。從此，學校得以快速成長，逐年設立了「報業行政」、「編輯採訪」、「廣播電視」、「公共關係」、「圖書資料」、「電影製作」、「印刷攝影」、「觀光宣導」等八個科，學生實習設備也陸續擴充到包括：「小世界」學生實習報、世新廣播電臺、彩色與黑白兼備的閉路電視實習臺、鉛印工廠、彩色印刷工廠、攝影棚等。

迨至一九九一年四月一日，父親不幸因病去世。就在同年八月，政府終於核准「世界新聞專科學校」改制為「世界新聞傳播學院」。專科學校與學院之別在於：前者屬於專門技術學校，後者則屬於大學這一層級。世新爭取成為學院，前後將近三十年，這條路真是崎嶇漫長。

世新在專科學校的時代，前後共培育出三萬五千餘名畢業生。這些畢業生，除出國進修或自行創業者外，其餘大多進入報社、廣播電臺、電視臺、圖書館、公關公司、電影公司、印刷廠、旅行社、觀光旅館等機構服務，表現傑出。尤其早期畢業校友，現在都已是機構的高級主管。在臺灣的新聞傳播界裏，「世新」具有相當程度的重要性與影響力。

父親去世幾個月後，我承董事會的推舉，擔任了「世界新聞傳播學院」的首任校長。為因應臺灣快速成長的政治、社會變遷，我們把「在十年內讓學校發展成為一所精緻的綜合大學」，訂為現階段校務發展的最高目標。在這項目標指引下，學校大量聘請學有專長的博士級教師來校任教，急速增添教學及圖書設備，動用鉅資增蓋校舍，重新規劃並改善校園景觀，使學校的外觀及教學品質，均起了高度的變化，巨幅提升了學校在社會上的形象。

由於全校師生的共同努力，「世界新聞傳播學院」於一九九七年八月一日，再奉准改制為「世新大學」，較諸規劃的「十年」，整整提早了四年完成目標。預計到今年秋天，本校將有學生八千人，學校規模為：

四個學院：傳播學院、管理學院、人文社會學院、法學院。

三個研究所：傳播研究所（博士班、碩士班）、社會發展研究所（碩士班）、觀光研究所（碩士班）。

十六個學系：新聞系、廣播電視電影系、公共傳播系、平面傳播科技系、圖書信息系、口語傳播系、傳播管理系、信息管理系、觀光系、經濟系、行政管理系、財務金融系、社會心理系、英語系、中文系、法律系。

今後，世新大學將在這個厚實的基礎上，加強研究所設置的範疇和數量，同時將全力闢建第二校區，使本校擁有更美的學習環境。

父親過世時，有位畢業校友在悼念文中這樣說：「沒有成舍我先生，就沒有現在的世新。」看過的人都說：「評論非常中肯。」誠然，沒有父親的堅忍毅力，「世新」連誕生都成問題，沒有父親的勤儉辦學，「世新」不可能有今天穩固的財務根基。「世新」與父親，簡直就是一而二，二而一。

綜觀父親一生的辦學經歷，我以為他有下述四項特質：

一、有明確、一貫的辦學理念

父親一生服膺並力行「富貴不能淫、貧賤不能移、威武不能屈」的古訓。他認為新聞記者最重要的是要具有高度的新聞道德，最好還能採訪、編輯、校對三樣技能俱全，方可成為成功的記者。因此，他在「北平新聞專科學校」時代，即以「德智兼修、手腦並用」為校訓，這個校訓沿用迄今。正由於父親在辦學過程中，特別重視新聞道德的灌輸，並以「理論與實務並重」作為教學方針，因此本校畢業生離開學校進入傳播機構後，咸能立刻上線，並能恪守工作崗位。「世新」能在今天競爭激烈的臺灣教育環境中，佔一席重要地位，畢業生在就業市場能被傳播機構所重視，父親明確而一貫的辦學理念有以致之。

二、專業化的學校管理

父親在「北平新聞專科學校」時代，以報紙作為學生實習場所。在「在桂林新聞專科學校」時代，更進一步安排學生協助商務印書館做排版、校對、打印紙型的工作，以換取學生的生活費。用現代術語來說，這就是「建教合作」，既能幫助學生「做中學」，復有利於學生畢業後的就業，是一項非常實際的教育措施。父親在一九四二年即有此一概念，其構想之先進，眼光獨到，實在令人驚訝。

在臺灣創辦的「世新」，四十幾年來，學校都是依照教育部的規定收取學雜費，從不超收，也從不向學生家長要求「樂捐」，教職員工薪俸則悉數比照公立學校發放，絕無拖延情事，而學校資產竟能由開創期間的數十萬元，累積至數十億元。用經濟學的眼光來看，我發現父親雖然沒有學過現代管理學，但他的學校管理卻是高度的專業化。父親的管理原則大抵可歸納節流與開源兩大方向。節流方面，他嚴格管控學校的支出，杜絕一切浪費，細微到盥洗室洗手香皂的耗量、職員原子筆的換新，他都親自聞問。開源方面，父親的政策是「稍有節餘之款，即購買土地、股票，多方營運」。父親的節省是出了名的，雖然因此有「慳吝」之名，但透過他的企業化經營，「世新」財務結構健全，以致校務發展平順，卻是不爭的事實。

三、涓滴歸公、大公無私

父親節省到了「嚴苛」的地步。但他固然「嚴以待人」，同時也「苛以律己」。學校經費，涓滴歸公，絕不移作私人之用。學校草創之初，經費短絀，父親有時還把他在旁的大學兼課所得的鐘點費、稿費，甚至他在立法院的薪俸，都帶到學校，抵補開支。但等到學校營運逐漸上軌道，尤其到了一九六八年，學校已擁有土地八萬餘坪、建築物一萬餘坪，基金和不動產合計共有二十餘億元時，父親竟然一舉將它全部捐出，組成「財團法人」。根據臺灣的「民法」規定，錢一但捐入財團法人，即歸屬該財團法人，不得移轉給任何私人或私人企業。父親這項豪舉，深受社會各界敬佩。

另外，父親對旁人很不大方，對自己很苛刻，對兒女也不例外。我和妹妹考上國立臺灣大學（妹妹念外文系，我讀經濟系），向他要註冊費，父親竟然說：

「我十四歲就開始工作，一生靠自己奮鬥，你們區區幾文學費也伸手向家裏要，怎麼成？」我和妹妹不得已，只好努力打工賺學費。打工，在那年代是何等困難之事，但就因為歷經了這些困難，我和妹妹今天都很能刻苦自立。

四、接納不同意見，維護校園民主

在對學生的教育訓練上，父親基本上是「擇善固執」的，對同學某些事務的批評與指謫，如果能言之成理，父親也能「從善如流」，因此，許多有思想、有見解的學生，都會在與父親發生爭論後，反而對父親佩服有加。

父親畢生追求自由民主，揭發不義，打擊特權，贏得「報業硬漢」的美譽。在臺灣辦學，也不脫離本色。早期，臺灣在政治上採取嚴格的管制政策，因而產生不少異議人士。那些異議人士，大多是文化人，他們一但遭到當局的壓制，常常連教書的職位都不保。父親對這種人大多寄予同情，先後接納（甚至可說是庇護）不少這類人士（最著名的是王曉波、陳鼓應）到校任教，讓他們獲得安身立命之所。此一做法，雖然在某種程度上惹得執政當局不甚高興，但如此一來，卻使父親受到更廣泛的推崇，也使得「世新」校園一直保持濃厚的自由色彩。

韶光匆匆，父親離開我們已經七年多了，自從負責「世新」校務以來，每天在他工作了近四十年的環境中做事，反而有一種和他更親近的感覺。回想以往總為辦學理念的不同，和父親爭的面紅耳赤，如今才體會到父親在艱困環境中創校的心境，也才真正理解到，一九五六年「世新」創校的開學典禮上，父親說：「我以年將六十歲的老人，敢向同學保證，我一定將我未來的生命，全部奉獻給這個學校」的那一段話，所包含的豪情與壯志，是多麼的值得欽敬。

十七、北平市報社概況一覽表（1928～1937）〔註 2〕

報社名稱	社長姓名	社址	成立時期	登記證號數	基金	每月收入	每月支出	盈虧	編輯人數	記者人數	每日出報份數	銷行地區	副刊	備註
十字日日新聞	胡觀生	西單捨飯寺	民十七年二月	179	0	500	500	0	3	5	600	各地紅十字會	／	／
亞洲民報社	包志拯	和內後細瓦廠	民二十四年一月	／	0	3820	3420	+400	10	6	1000	全國	／	／
中和報社	雷音元	安福胡同	民二十二年十月	2634	0	1400	4432	-3032	9	2	5000	國內外	哲、文、等	／
日知報社	陳筠	下斜街	民 二 年九月	92	0	500	500	0	3	3	1000	華北各省市	／	／
北平報社	梁瓚庭	大安瀾營	民 八 年一月	3429	0	900	1070	-170	2	3	2000	本市及河北	／	／
北平商報社	宋抱一	宣外大街	民十七年八月	4382	5000	600	1340	-470	2	9	3500	平津京滬	／	／
北平晨報社	陳襄言	宣外大街	民十九年十二月	2651	100000	29360	29230	+130	14	4	27200	國內外	新舊文藝等	／

〔註 2〕鄭錫安，《自北伐完成至抗戰前夕北平民營報業研究（1928～1937）》，1938 年，燕京大學文學院新聞學系論文。

北平益世報社	張翰如	南新華街	民五年二月	1917	50000	6800	6800	0	9	7	10000	國內外	宗教文化	／
北平新報社	蕭訓	絨線胡同	民二十年四月	／	0	1800	1770	+30	5	1	7000	國內	絨線軟語	／
全面報社	牛福全	宣外大街	民十七年八月	111	0	5700	5700	0	6	18	6200	華北京漢	全民園地等	／
世界日報社	成舍我	西長安街	民十四年二月	82	0	20000	20000	0	18	203	17000	華北華南及國外	社會、新聞學	／
民國日報社	黃伯耀	椿樹下三條	民十七年六月	2447	0	1837	2408	-571	5	2	3500	國內	明燈	／
京報社	林起文	魏染胡同	／	4428	0	2200	4220	-2020	7	3	3000	國內	小京報	／
英文北平時事日報社	李治	煤渣胡同	民二十一年六月	2568	0	6400	6800	-400	4	1	3500	國內外	／	／
法文北京報社	那世寶	甘雨胡同	宣統元年	4995	4000	／	／	／	／	／	900	國內外	／	／
法文天津日報社	那世寶	甘雨胡同	民國元年	45126	／	／	／	／	／	／	／	國內外	／	／
華北日報社	胡天冊	王府井大街	民十八年一月	1699	0	2200	7500	-5300	10	10	6000	國內外	每日文藝等	／
導報社	林鼐士	梁家園	民十八年七月	4194	0	3200	3700	-500	5	3	4500	國內	文藝	／

鐵道時報社	李海濤	南新華街	民九年十月	647	0	300	380	-80	3	5	1000	各鐵路及交通機關	／	／
小小日報社	宋信生	和外棉花頭條	民十四年一月	／	0	900	1150	-250	4	／	8000	平津張保	無線電	／
大路報社	李堅白	和內六部	民二十五年一月	5034	5000	610	860	-250	4	1	6000	平津張保	文藝學術等	／
中報社	牛揆生	省黨部街	民二十四年十二月	／	5000	951	1360	-409	5	2	13000	本市山東冀察	文藝論說	／
公民報社	宋能雲	宣內象來街	民二十二年四月	2632	5000	1400	4030	-2630	2	1	20000	華北	戲劇文藝	／
平報社	陸秋岩	西南園	民十六年七月	3316	2000	1000	970	+30	3	5	5000	平津	／	／
北方晚報社	趙震華	宣外南半截胡同	民二十三年七月	3743	1000	210	380	-170	3	2	830	本市	／	／
北平晚報社	蔣龍超	絨線胡同	民十年一月	1537	10000	8180	1930	+250	6	9	8500	平津	文學小說	／
北平白話報社	任震亞	大安瀾營	民八年四月	3444	200	900	900	0	4	2	10000	平翼	／	／
立言報社	金達志	椿樹上三條	民二十三年十月	3932	2000	610	730	-120	2	7	9000	平津京漢	文藝遊藝	／

民聲報社	朱銳心	未央胡同	民二十三年九月	343	5000	1100	1520	-420	4	2	12000	國內	／	／
世界晚報社	成舍我	西長安街	／	／	／	／	／	／	／	／	17000	國內	／	與日報合作
東方快報社	許仲航	府右街	民二十一年十二月	2023	0	2135	2135	0	4	2	9000	國內外	文藝科學	／
星星日報社	金子數	外交部街	民二十四年五月	／	51000	350	320	+30	5	7	1200	河北	文藝	／
時言報社	常振春	鐵老鸛廟	民十九年十二月	112	10000	3115	3180	-265	4	3	28000	各省市	／	／
新興報社	豬上清四郎	官帽胡同	民二十四年十一月	5035	／	／	／	／	／	7	6000	天津、日本	／	／
新北平報社	淩昌炎	宣外大街	民二十年十月	347	20000	6000	7000	-1000	5	13	37000	華北	／	／
群強報社	陸澤	櫻桃斜街	宣統三年十一月	3218	10000	3000	2600	+400	3	3	17000	平津保	／	／
現代日報社	吳沖天	粉房琉璃街	民二十一年十一月	1806	8000	3000	5000	-2000	3	1	10000	國內	／	／
健報社	趙六生	裘家街	民二十年五月	2633	2000	1105	1053	+52	4	3	7000	本市	／	／

真報社	夏鐵漢	阜內蘇羅蔔胡同	民二十二年七月	2682	3000	700	970	-270	5	2	6500	本市	文藝小說	／
實事白話報社	戴徵	魏染胡同	民七年八月	2894	0	1140	1224	-84	2	／	8000	平津通保	／	／
實報社	管翼賢	宣外大街	民十七年十月	4405	50000	11000	10000	+1000	7	30	80000	國內日本	文藝學術	／
實權日報社	德中華	錦什坊街	民十九年五月	2645	0	867	897	-30	4	6	5000	國內	／	／
燕京新聞社	梁士純	燕京大學	民二十三年九月	4066	0	40	110	-70	／	／	300	燕大	／	／
燕京時報社	孫登鈺	北小街	民二十五年二月	／	2000	400	400	0	5	10	2000	國內	國劇藝術	／
北平京報	陸少游	宣外大街	1904 A.D.	／	／	／	／	／	／	／	13000	／	4～6種	／
北京新聞	森川照太	崇內四眼井	大正十一年九月	／	／	／	／	／	／	／	500	／	／	／
老百姓報	李子青	宣內後牛肉灣	民二十一年九月	／	／	／	／	／	／	／	6000	／	文藝	／
華北民強報	趙鵬宇	東四十二條	民二十二年三月	／	／	／	／	／	／	／	5000	／	／	／

北平報	任筱洲	和外大安瀾營	民七年六月	／	／	／	／	／	／	／	5000	／	／	／
平民小日報	李平民	西安門西土地廟	民二十一年四月	／	／	／	／	／	／	／	5000	／	／	／
華文京報	邵湯修慧	魏染胡同	民七年十月	／	／	／	／	／	／	／	7000	／	七種	／
公報	李衡	魏染胡同	民二十一年三月	／	／	／	／	／	／	／	8000	／	一種	／
彙報	王芳亞	和外南新華街	民二十四年三月	／	／	／	／	／	／	／	50000	／	五種	／
新支那	安藤萬吉居	大甜水井	民二年九月	／	／	／	／	／	／	／	500	／	／	／
十字新聞	萬亞伯	捨飯寺	／	／	／	／	／	／	／	／	／	／	／	／
中華新聞書報	劉君宜	東馬路	／	／	／	／	／	／	／	／	／	／	／	／
北方日報	余迺度	宣外西河	／	／	／	／	／	／	／	／	／	／	／	／
北辰報	曾鐵忱	宣內報子街	／	／	／	／	／	／	／	／	／	／	／	／
救世報	B. K. Fridrich	／	／	／	／	／	／	／	／	／	／	／	／	／
北京新報	A. Machbans	／	／	／	／	／	／	／	／	／	／	／	／	／

黨聲	河北省黨部	/	/	/	/	/	/	/	/	/	/	/	/	/
覺今日報	/	西長安街	/	/	/	/	/	/	/	/	/	/	/	/
小公報	/	魏染胡同	/	/	/	/	/	/	/	/	/	/	/	/
礦業新聞	/	廣甯伯街	/	/	/	/	/	/	/	/	/	/	/	/
中國大學日刊	/	/	/	/	/	/	/	/	/	/	/	/	/	/
曉報	/	/	/	/	/	/	/	/	/	/	/	/	/	/
國強報	/	/	/	/	/	/	/	/	/	/	/	/	/	/
天強報	/	/	/	/	/	/	/	/	/	/	/	/	/	/
愛國白話報	/	/	/	/	/	/	/	/	/	/	/	/	/	/
商業晚報	/	/	/	/	/	/	/	/	/	/	/	/	/	/
花報	/	/	/	/	/	/	/	/	/	/	/	/	/	/
戲報	/	/	/	/	/	/	/	/	/	/	/	/	/	/
藝光報	/	/	/	/	/	/	/	/	/	/	/	/	/	/
星報	/	/	/	/	/	/	/	/	/	/	/	/	/	/
北平大軍報	/	/	/	/	/	/	/	/	/	/	/	/	/	/
民主日報	/	/	/	/	/	/	/	/	/	/	/	/	/	/
民知報	/	/	/	/	/	/	/	/	/	/	/	/	/	/
大義報	/	/	/	/	/	/	/	/	/	/	/	/	/	/
快報	/	/	/	/	/	/	/	/	/	/	/	/	/	/

十八、北平通訊社概況一覽表（1928～1937）〔註 3〕

社名	社長姓名	社址	成立時期	登記號	基金	收入	支出	盈虧	編輯	記者	每日發稿次數	每次發稿份數	每稿字數	銷行地區
大北通訊社	何重勇	宣內未英胡同	民二十年三月	1496	400	／	／	／	3	1	1	50	2000	國內
大陸新聞社	劉明哉	新簾子胡同	民二十二年九月	3071	500	／	／	／	／	3	2	50	3000	平津漢
中央社北平分社	潘仲魯	和內石碑胡同	民十九年八月	2786	／	3100	3100	0	2	4	3	150	30000	平
中和新聞社	熊冰	宣外羊肉胡同	民二十四年八月	／	800	45	225	-210	3	3	1	50	5000	平津滬漢
中國通訊社	任筱洲	大安瀾營	民十二年一月	3440	／	100	193	-93	3	3	1	200	250	平
民興通信社	張伯傑	宣外大街	民十一年十月	94	500	80	92	-12	3	2	1	30	3000	國內
正聞通信社	夏鐵漢	阜內蘇羅葡胡同	民二十年四月	1271	／	220	267	-47	2	／	1	85	2000	北平及西北
北平華民通信社	聞毅然	廣外南觀音寺	民二十三年六月	3218	0	30	28	+2	1	1	1	14	2000	平
北平廣聞通信社	谷芳	宣外門樓胡同	民二十五年三月	／	0	300	300	0	2	6	1	40	2000	國內

〔註 3〕鄭錫安，《自北伐完成至抗戰前夕北平民營報業研究（1928～1937）》，1938 年燕京大學文學院新聞學系論文。

北平北洋新聞社	郭君強	西單千張胡同	民二十二年十一月	3214	0	300	292	+8	3	4	／	90	3000	平津漢
北方通信社	趙雨琴	宣外蓮花寺灣	民六年六月	3099	60	120	153	-33	4	4	／	60	5000	國內
世界新聞社	朱能雲	宣內象來街	民二十四年十二月	／	1000	160	350	-190	1	／	1	80	4000	國內
快聞通信社	白陳群	西草廠	民十九年十月	348	500	80	152	-72	2	2	1	40	500	國內
快達通信社	王麟祥	什剎海	民十八年六月	3056	500	300	670	-370	／	9	1	10	6000	／
東亞通訊社	溪樂天	廣甯伯街	民十五年九月	81	0	285	302	-17	4	7	1	19	4000	國內
東方新聞社	安尹靜	安內方家胡同	民二十四年六月	4830	500	83	98	-15	3	3	1	30	2000	本市
亞陸通信社	唐友詩	宣內南溝沿	民二十二年九月	3400	0	140	140	／	3	10	1	40	1000	平津
致中通信社	朱振新	西河沿	／	／	／	0	／	／	2	2	1	50	1500	本市
進化通信社	郭小邨	宣內爛漫胡同	民二十五年二月	／	500	／	53	-53	2	9	1	100	6000	國內
翔實通信社	宋家駒	宣外西磚胡同	民二十四年九月	4757	／	70	70	／	1	6	1	50	4000	國內
華光新聞社	朗蒼蕭	謝家胡同	民二十四年十月	4587	0	／	／	／	3	3	1	10	3000	國內
電聞通訊社	淩昌炎	宣外大街	民二十年七月	2152	0	700	700	／	3	15	4	120	10000	國內

新華通信社	張少峰	／	民二十年八月	3192	1000	50	95	-45	4	4	1	40	10000	平
新民通信社	金達志	椿樹上三條	民二十年六月	1082	500	20	38	-18	1	7	1	40	5000	平津
經濟新聞社	馬芷庠	茶兒胡同	民十三年六月	／	／	90	90	／	1	2	1	16	8000	平津
實事新聞社	張深	崇內大街	民二十五年一月	／	／	／	／	／	／	／	／	／	／	平津
歐亞新聞社	李松山	景山東大街	民二十四年十一月	300	300	120	225	-105	2	6	1	5	5000	本市
燕平寫真通訊社	章澤民	八寶殿	民二十三年十月	3484	／	200	240	-40	1	7	1	30	2500	國內
時聞通訊社	管翼賢	宣外大街	民十七年六月	3705	5000	250	560	-310	7	10	2	110	10000	國內
國光通訊社	宋抱一	宣外大街	民二十二年二月	4702	300	250	445	-195	3	7	2	80	7000	國內
統一通訊社	王博謙	廣內下斜街	民十二年八月	43	0	100	315	-215	3	5	2	50	4000	國內
覺今通訊社	許逸士	／	／	／	／	／	／	／	／	／	／	／	／	／
礦業新聞社	奚樂天	／	／	／	／	／	／	／	／	／	／	／	／	／
北平新中通訊社	賀善培	／	／	／	／	／	／	／	／	／	／	／	／	／
民力通訊社	上官修	／	／	／	／	／	／	／	／	／	／	／	／	／
北方通訊社	趙萱蓀	／	／	／	／	／	／	／	／	／	／	／	／	／
捷聞通訊社	李文源	／	／	／	／	／	／	／	／	／	／	／	／	／

眾聞通訊社	許振德	／	／	／	／	／	／	／	／	／	／	／	／	／
燕京通訊社	汪導予	／	／	／	／	／	／	／	／	／	／	／	／	／
國際通訊社	李澤民	／	／	／	／	／	／	／	／	／	／	／	／	／
和平通訊社	羅亦濤	／	／	／	／	／	／	／	／	／	／	／	／	／
世界通訊社北平分社	范宗淹	／	／	／	／	／	／	／	／	／	／	／	／	／
民強通訊社	徐樸青	／	／	／	／	／	／	／	／	／	／	／	／	／
中華通訊社	祈子九	／	／	／	／	／	／	／	／	／	／	／	／	／
商學通訊社	宋易	／	／	／	／	／	／	／	／	／	／	／	／	／
民言通訊社	林鼐士	／	／	／	／	／	／	／	／	／	／	／	／	／
光華通訊社	程黔剛	／	／	／	／	／	／	／	／	／	／	／	／	／
建國通訊社	范林	／	／	／	／	／	／	／	／	／	／	／	／	／
師大短波社	從達山	／	／	／	／	／	／	／	／	／	／	／	／	／
國民通訊社	呂超雲	／	／	／	／	／	／	／	／	／	／	／	／	／
大同通訊社	林質生	／	／	／	／	／	／	／	／	／	／	／	／	／
華北通訊社	樂健平	／	／	／	／	／	／	／	／	／	／	／	／	／
和世通訊社	崔蘊通	／	／	／	／	／	／	／	／	／	／	／	／	／
西北通訊社	於學韜	／	／	／	／	／	／	／	／	／	／	／	／	／
華聞通訊社	何佩寶	／	／	／	／	／	／	／	／	／	／	／	／	／
民聽通訊社	素創鋙	／	／	／	／	／	／	／	／	／	／	／	／	／
新亞通訊社	謝質如	／	／	／	／	／	／	／	／	／	／	／	／	／
華光通訊社	劉創輝	／	／	／	／	／	／	／	／	／	／	／	／	／
新生通訊社	金世澤	／	／	／	／	／	／	／	／	／	／	／	／	／
震華通訊社	朱震達	／	／	／	／	／	／	／	／	／	／	／	／	／

十九、北平《晨報》社編制表〔註 4〕

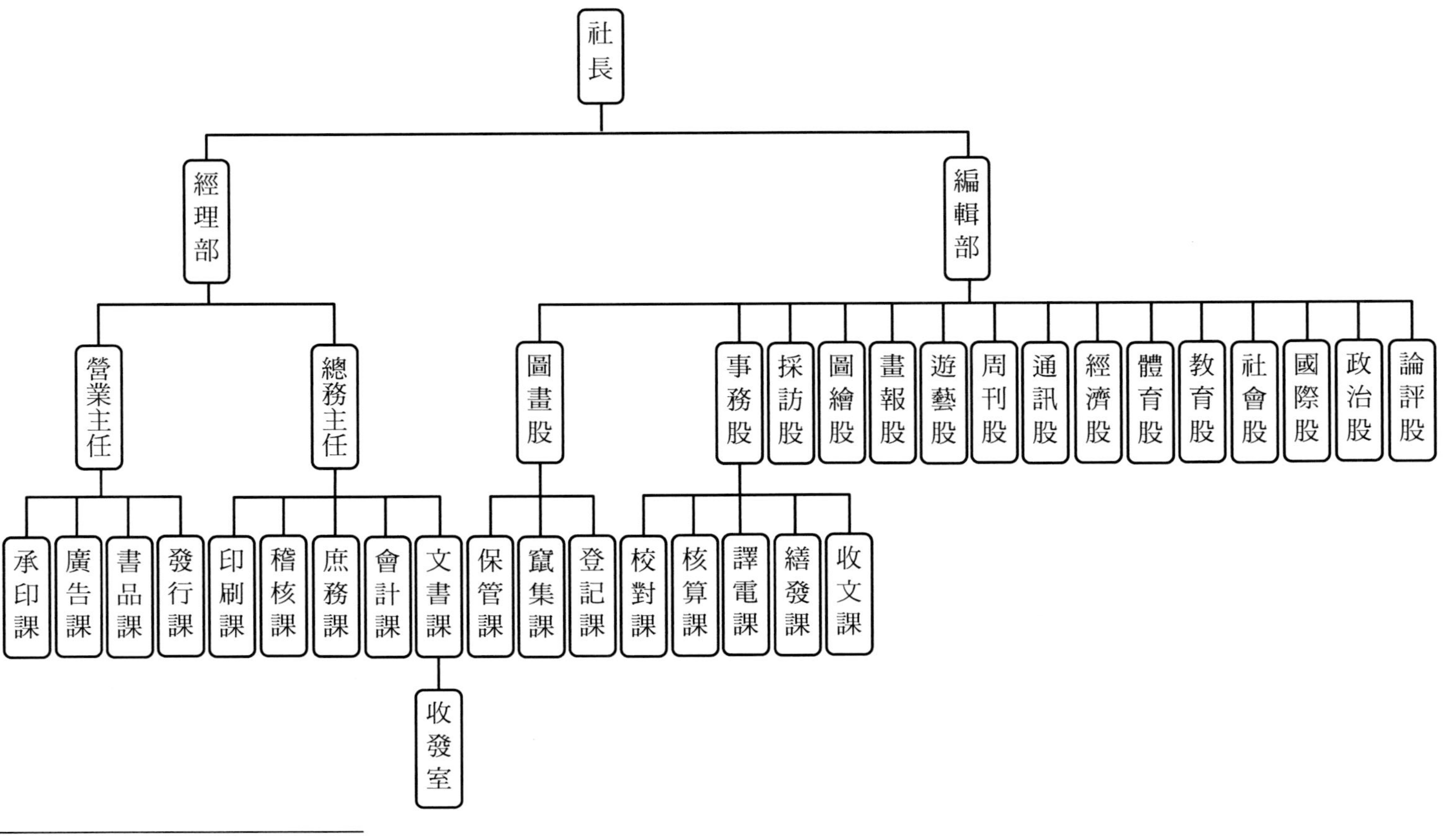

〔註 4〕張德生，《北平晨報過去與現在》，1938 年，燕京大學文學院新聞學系論文。

參考書目

1. 方漢奇主編，《中國新聞事業通史》（第一至第三卷），中國人民大學出版社，1992 年。
2. 方漢奇，《方漢奇自選集》，中國人民大學出版社，2007 年。
3. 方漢奇，《中國近代報刊史》，山西人民出版社，1991 年。
4. 方漢奇，《報史與報人》，新華出版社，1991 年。
5. 方漢奇，《方漢奇文集》，汕頭大學出版社，2003 年。
6. 方漢奇，《發現與探索——方漢奇自選集》，首都師範大學出版社，2009 年。
7. 方漢奇主編，《中國新聞事業編年史》全冊，福建人民出版社，2000 年。
8. 方漢奇主編，《〈大公報〉百年史》，中國人民大學出版社，2004 年。
9. 世新大學舍我紀念館暨新聞史研究中心，《成舍我先生文集——港臺篇 1951～1988》，世新大學出版中心，2006 年。
10. 成舍我先生紀念文叢編輯委員會，《成舍我先生紀念文叢——百歲誕辰專輯》，世新大學出版中心，1998 年。
11. 中國人民大學港澳臺新聞研究所，《報海生涯——成舍我百年誕辰紀念文集》，新華出版社，1998 年。
12. 戈公振，《中國報學史》，北京三聯書店，1955 年。
13. 張友鸞等，《世界日報興衰史》，重慶出版社，1982 年。
14. 包天笑，《釧影樓回憶錄》，中國大百科全書出版社，2009 年。
15. 曹聚仁文集，人民文學出版社，1983 年。
16. 曹正義、張國瀛，《舊上海報刊史話》，華東師範大學出版社，1991 年。
17. 陳佈雷，《陳佈雷回憶錄》，浙江人民出版社，1995 年。

18. 丁淦林主編，《中國新聞史文集》，上海人民出版社，1987 年。
19. 甯樹藩，《甯樹藩文集》，汕頭大學出版社，2003 年。
20. 秦紹德，《上海近代報刊史論》，復旦大學出版社，1993 年。
21. 王潤澤，《北洋政府時期的新聞業及其現代化（1916～1928）》，中國人民大學出版社，2010 年。
22. 宋軍，《申報的興衰》，上海社會科學院出版社，1996 年。
23. 陳玉申，《晚清報業史》，山東畫報出版社，2003 年。
24. 成幼殊，《倖存的一粟》，山東畫報出版社，2003 年。
25. 費正清，《劍橋中華民國史》，中國社會科學出版社，1994 年。
26. 費正清著，陸慧勤、陳祖懷、陳維益、宋瑜譯，《費正清對華回憶錄》，知識出版社，1991 年。
27. 保羅·埃文斯著，陳同、羅蘇文、袁燮銘，張培德譯，《費正清看中國》，上海人民出版社，1995 年。
28. 馮並，《中國文藝副刊史》，華文出版社，2001 年。
29. 馮玉祥，《我的抗日生活：馮玉祥自傳》，世界知識出版社，2006 年。
30. 馮玉祥，《我的生活：馮玉祥自傳》，世界知識出版社，2006 年。
31. 馮玉祥，《我所認識的蔣介石：馮玉祥自傳》，世界知識出版社，2006 年。
32. 哈雷特·阿班著，楊植峰譯，《民國採訪戰》，廣西師範大學出版社，2008 年。
33. 洪九來，《寬容與理性——〈東方雜誌〉的公共輿論研究（1904～1932）》，上海人民出版社，2006 年。
34. 胡道靜，《上海的日報》，上海通志館，1935 年。
35. 胡道靜，《上海新聞事業之史的發展》，上海通志館，1934 年。
36. 胡道靜，《新聞史上的新時代》，世界書局，1946 年。
37. 胡太春，《中國報業經營管理史》，山西教育出版社，1999 年。
38. 黄河，《北京報刊史話》，文化藝術出版社，1992 年。
39. 黄仁宇全集，生活·讀書·新知三聯書店，1997 年。
40. 黄天鵬，《中國新聞事業》，上海書店，1991 年。
41. 黄遠庸，《遠生遺著》（影印本），北京商務印書館，1984 年。
42. 蔣國珍，《中國新聞發達史》，上海書店據世界書局，1927 年。
43. 蔣夢麟，《西潮與新潮：蔣夢麟回憶錄》，東方出版社，2006 年。
44. 蔣廷黻，《蔣廷黻回憶錄》，嶽麓書社，2003 年。
45. 蔣廷黻，《中國近代史》，上海古籍出版社， 2006 年。

46. 來新夏主編，《北洋軍閥史稿》，湖北人民出版社，1983 年。
47. 李瞻主編，《中國新聞史》（報學叢書等六種），臺北學生書局，1979 年。
48. 馬光仁，《上海新聞史》，復旦大學出版社，2001 年。
49. 馬之驌，《新聞界三老兵：曾虛白•成舍我•馬星野奮鬥歷程》，臺北經世書局，1986 年。
50. 賴光臨，《七十年中國報業史》，臺北中央日報社，1981 年。
51. 賴光臨，《中國近代報人與報業》，臺灣商務印書館，1987 年。
52. 賴光臨，《中國新聞傳播史》，臺北三民書局，1983 年。
53. 李劍農，《中國近百年政治史》上、下冊，臺灣商務印書館重印本，1969 年。
54. 夏祖麗，《從城南走來：林海音傳》，生活．讀書．新知三聯書店，2003 年。
55. 林海音，《城南舊事》，浙江文藝出版社，2002 年。
56. 李菁，《往事不寂寞》，生活．讀書．新知三聯書店，2008 年。
57. 秦風，《民國名人再回首》，文匯出版社，2004 年。
58. 林語堂著，劉小磊譯，《中國新聞輿論史》，上海人民出版社，2008 年。
59. 邵力子，《十年來的新聞事業》，商務印書館，1938 年。
60. 壽勤澤，《浙江出版史研究：民國時期》，浙江大學出版社，1994 年。
61. 司徒雷登，程宗家譯，《在華五十年》，北京出版社，1982 年。
62. 唐德剛，《胡適雜憶》，廣西師範大學出版社，2005 年。
63. 陶恒生，《「高陶事件」始末》，湖北人民出版社，2003 年。
64. 陶菊隱，《北洋軍閥統治時期史話》，生活．讀書．新知三聯書店，1978 年。
65. 陶菊隱，《記者生活三十年》，中華書局，2005 年。
66. 王潤澤，《張季鸞與〈大公報〉》，中華書局，2008 年。
67. 吳廷俊，《新記〈大公報〉史稿》，武漢出版社，2002 年。
68. 徐鑄成，《徐鑄成回憶錄》，生活．讀書．新知三聯書店，1998 年。
69. 楊光輝等編，《中國近代報刊發展概況》，新華出版社，1986 年。
70. 葉再生主編，《出版史研究》（第一至第六輯），中國書籍出版社，1995 年。
71. 余戾林編，《中國近代新聞界大事紀》（微縮品），北京全國圖書館文獻縮微中心，2007 年。
72. 約翰．本傑明．鮑惠爾著，尹雪曼譯，《在中國二十五年》，黃山書社，2008 年。

73. 曾建雄，《中國新聞評論發展史》，廣西師範大學出版社，1996 年。
74. 曾憲明，《中國百年報人之路（1815～1949）》，遠方出版社，2007 年。
75. 曾虛白，《中國新聞史》，臺北三民書局，1966 年。
76. 張靜廬，《在出版界二十年》，江蘇教育出版社，2005 年。
77. 張靜廬，《中國的新聞記者與新聞紙》，光華書局，1930 年。
78. 張靜廬輯注，《中國近代出版史料初編》，上海出版社，1953 年。
79. 張友漁，《報人生涯三十年》，重慶出版社，1982 年。
80. 張玉法，《民國初年的政黨》，中央研究院近代史研究所，1985 年。
81. 張育仁，《自由的歷險——中國自由主義新聞思想史》，雲南人民出版社，2004 年。
82. 趙浩生，《八十年來家國》，百花文藝出版社，2000 年。
83. 趙君豪，《中國近代之報業》，上海申報館，1938 年。
84. 鄭逸梅，《書報話舊》，中華書局，2005 年。
85. 鄭逸梅，《鄭逸梅文集》，黑龍江出版社，2005 年。
86. 中國社會科學院近代史研究所，《顧維鈞回憶錄》，中華書局，1988 年。
87. 朱傳譽，《中國民意與新聞自由發展史》，臺北中正書局，1974 年。
88. 卓南生，《中國近代報業發展史》，中國社會科學出版社，2002 年。
89. 左成慈，《余紀忠辦報思想與實踐研究（1988～2001），南京大學出版社，2003 年。
90. 《盧溝橋事變與華北抗戰》，北京燕山出版社，1987 年。
91. 《民國叢書》，上海書店，1990 年。
92. 蔡登山，《民國的身影》，廣西師範大學出版社，2009 年。
93. 陳建雲，《向左走 向右走：1949 年前後民間報人的出路抉擇》，福建教育出版社，2010 年。
94. 陳曉卿／李繼鋒／朱樂賢，《一個時代的側影：中國 1931～1945》，廣西師範大學出版社，2005 年。
95. 李彬，《中國新聞社會史》，清華大學出版社，2008 年。
96. 李輝，《封面中國：美國〈時代〉週刊講述的中國故事（1923～1946）》，東方出版社，2007 年。
97. 李輝，《在歷史現場：換一個角度的敘述》，大象出版社，2003 年。
98. 李建新，《中國新聞教育史論》，新華出版社，2003 年。
99. Lee-hsia Hsu Ting，Government Control of the Press in China.Chicago，University of Chicago Press，U.S.A.，1974

100. Lin Yutang，The History of the Press and the Public Opinion in China.Chicago，University of Chicago Press，U.S.A.，1936

101. http://192.192.155.229／PUBLIC／view_01.php3？main=ReSearch_ch&id=332 臺北世新大學成舍我紀念網站

參考文獻

1. 《成舍我年譜》,《成舍我先生文集——港臺篇(1951～1988)》,世新大學出版中心,2006 年。
2. 成舍我,《辦報要「節省篇幅」》,《報學雜著》,中央文物供應社,1957 年。
3. 成舍我,《就算是我的感想》,世新大學舍我紀念館資料。
4. 成舍我,《如何辦好一張報紙》,《成舍我先生文集——港臺篇(1951～1988)》,世新大學出版中心,2006 年。
5. 成舍我,《我們的宣言》,《報海生涯——成舍我百年誕辰紀念文集》,新華出版社,1998 年。
6. 成舍我,《我們這一時代的報人》,成舍我,《世界日報興衰史》,重慶出版社,1982 年。
7. 成舍我,《我如何創辦(臺灣)世新》,《成舍我先生文集——港臺篇(1951～1988)》,世新大學出版中心,2006 年。
8. 成舍我,《我所理想的新聞教育》,世新大學舍我紀念館資料。
9. 成舍我,《先考行狀》,《報海生涯——成舍我百年誕辰紀念文集》,新華出版社,1998 年。
10. 成舍我,《由小型報談到〈立報〉的創刊》,《報學雜著》,中央文物供應社,1957 年。
11. 成舍我,《中國報紙之將來》,世新大學舍我紀念館資料。
12. 成思危,《成舍我的四種精神》,《報海生涯——成舍我百年誕辰紀念文集》,新華出版社,1998 年。
13. 成嘉玲,《「世新」永遠的老校長——父親在新聞教育上的理念與貢獻》,《報海生涯——成舍我百年誕辰紀念文集》,新華出版社,1998 年。

14. 方漢奇，《成舍我小傳》，《報海生涯——成舍我百年誕辰紀念文集》，新華出版社，1998 年。
15. 方漢奇，《一代報人成舍我》，《新聞史的奇情壯彩》，新華出版社，1992 年。
16. 卜少夫，《我的「老」老闆成舍我》，《報海生涯——成舍我百年誕辰紀念文集》，新華出版社，1998 年。
17. 胡秋原，《我與成舍我先生》，《成舍我先生紀念文叢——百歲誕辰專輯》，世新大學出版中心，1998 年。
18. 黃侯興，《成舍我的三個「世界」》，《報海生涯——成舍我百年誕辰紀念文集》，新華出版社，1998 年。
19. 荊溪人，《舍我老師與國民黨》，《成舍我先生紀念文叢——百歲誕辰專輯》，世新大學出版中心，1998 年。
20. 李鴻銘，《百歲冥壽念校長》，《報海生涯——成舍我百年誕辰紀念文集》，新華出版社，1998 年。
21. 王曉波，《臺灣知識分子的自由堡壘——記成舍我先生與「世新」》，《報海生涯——成舍我百年誕辰紀念文集》，新華出版社，1998 年。
22. 夏烈，《為言論自由而隕落的文星》，《成舍我先生紀念文叢——百歲誕辰專輯》，世新大學出版中心，1998 年。
23. 張佛千，《我與成舍我先生》，《成舍我先生紀念文叢——百歲誕辰專輯》，世新大學出版中心，1998 年。
24. 張友鸞，《報人成舍我》，《報海生涯——成舍我百年誕辰紀念文集》，新華出版社，1998 年。
25. 林海音，《一生的老師——悼吾師成舍我先生》，《報海生涯——成舍我百年誕辰紀念文集》，新華出版社，1998 年。
26. 劉家林，《成舍我編年紀略（1898～1991）》，《報海生涯——成舍我百年誕辰紀念文集》，新華出版社，1998 年。
27. 葉明勳，《成舍我先生傳》，世新大學舍我紀念館資料。
28. 周海波，《論成舍我與中國報紙的大眾化趨向》，《報海生涯——成舍我百年誕辰紀念文集》，新華出版社，1998 年。
29. 唐志宏，《報業集團與媒體知識份子以成舍我「世界報系」為例》
30. 唐志宏，《成舍我的小型報廣告策略》
31. 唐志宏，《無政府主義的影響和實踐：成舍我的「非資本主義大眾化報刊」》。
32. 陳昌鳳，《從〈民生報〉停刊看國民黨南京政府控制下的民營報業》，《新聞與傳播研究》，1993 年 3 月。

33. 陳平原，《輿論家的態度與修養——作為北大學生的成舍我》，《報海生涯——成舍我百年誕辰紀念文集》，新華出版社，1998 年。
34. 陳瓊珂，《民國新聞教育的另一種設計——成舍我與北平新聞專科學校》，《國際新聞界》，2008 年 4 月。
35. 都海虹、趙卓倫，《成舍我的新聞專業主義精神》，《新聞愛好者》，2009 年 12 月。
36. 傅國湧，《一代報人成舍我》，《炎黄春秋》，2003 年 10 月。
37. 侯傑，《媒體・性別・抗戰動員——以 20 世紀 30 年代〈世界日報〉副刊〈婦女界〉為中心》，《南開大學學報》，2010 年 2 月。
38. 孔岩，《〈世界日報〉連載〈金粉世家〉的歷史啟迪》，《新聞世界》，2009 年 2 月。
39. 李磊，《成舍我「二元化」辦報思想初探——對上海〈立報〉發刊辭的解讀》，《現代傳播》，2009 年 5 月。
40. 李磊，《一篇反映成舍我辦報思想的重要文獻——對成舍我〈中國報紙之將來〉的一個解讀》，《國際新聞界》，2009 年 10 月。
41. 劉寧元，《〈世界日報〉的〈薔薇〉》，《北京黨史研究》，1997 年 3 月。
42. 劉豔鳳，《解讀上海〈立報〉發行神話》，《國際新聞界》，2009 年 8 月。
43. 徐少紅，《成舍我與南京〈民生報〉》，《紫金歲月》，1998 年 4 月。
44. 葉紅，《對成舍我先生新聞教育事業的反思》，《湖北經濟學院學報》，2006 年 12 月。
45. 余望，《成舍我新聞策劃行為的現代啟示》，《福州大學學報》，2008 年 3 月。

報刊資料：

《世界日報》《世界晚報》《立報》《京報》《北平晨報》《華北日報》《北平晚報》《大公報》《申報》《新聞報》《東方雜誌》、燕京大學文學院新聞系畢業論文、《新聞研究資料》《文史資料選輯》《傳記文學》（台）、《新聞與傳播研究》《國際新聞界》《新聞大學》等。